# 《外国文学名著名译丛书》出版说明

世界文学名著作为人类文明成果的一部分永放光芒，永远为广大读者所喜爱和珍藏。

本丛书在尊重文明累积与普遍共识的同时，细心体察今日读者的需求，突出一个"兼"字，即兼及价值内涵的多向多元，题材、语言、风格的多姿多彩，以及读者兴趣、爱好、需求的多种多样。译本的择选也兼顾到卓有成就的老翻译家与世纪之交崭露头角的中青年译者。所选书目以小说为主，兼及童书、成长经典、抒情诗、散文、剧本、批评……时段以十九世纪至二十世纪前期为主，适当上溯到古代。总的要求好看、可读，读之有益。

自二〇一二年起，计划三年推出二百余种。每种书前有作品及译本的择选依据和权威评鉴，书中辑入外版精彩图片。

漓江出版社编辑部

莫泊桑

《漂亮朋友》封面

《漂亮朋友》剧照

《漂亮朋友》剧照

外国文学名著名译丛书

# 漂亮朋友

（法）莫泊桑 著
Guy de Maupassant
李玉民 译

漓江出版社

**图书在版编目(CIP)数据**

漂亮朋友/(法)莫泊桑(Maupassant,G.) 著;李玉民 译.—桂林:漓江出版社, 2012.8
(2019.2 重印)
(外国文学名著名译丛书)
ISBN 978-7-5407-5660-4

Ⅰ. ①漂… Ⅱ. ①莫… ②李… Ⅲ. ①长篇小说-法国-近代 Ⅳ. ①I565.44

中国版本图书馆 CIP 数据核字(2012)第 059308 号

出版人:刘迪才
漓江出版社有限公司出版发行
广西桂林市南环路 22 号　邮政编码:541002
网址:http://www.lijiangbook.com
全国新华书店经销

三河市腾飞印务有限公司印刷
开本:960mm×700mm　1/16
印张:17　　字数:298 千字
2012 年 8 月第 1 版　2019 年 2 月第 2 次印刷
定价:42.00 元

## 作家·作品

莫泊桑就《漂亮朋友》发表的公开信，声明他只想“讲述一位冒险家的生活，这种人在巴黎随处可见，而且各行各业都有”。

漂亮朋友杜洛华被视为典型人物，莫泊桑本人也谑称“漂亮朋友”，并将他自己的游艇命名为“漂亮朋友号”。

——桂裕芳

莫泊桑在自然主义作家中最善于隐藏自己。他让笔下人物尽情表演，而他却不动声色，让读者通过他描绘的包藏着道德本质的形体外貌去领悟人物的善恶。

——张英伦

莫泊桑不同于雨果、巴尔扎克、司汤达，也不同于福楼拜、左拉等名家，讲故事就是讲故事，不是为了表现某个主题，也不发表议论，每部作品完全围绕着所讲的故事而剪裁，仅仅追求故事本身的戏剧性或悲剧性效果。

《漂亮朋友》是短篇故事集大全者，是市民小吃和家常菜集大餐者，是百种小味道集成的大品味。

读《漂亮朋友》有一个明显的印象，即这部长篇是由一系列中短篇故事连缀而成。换言之，《漂亮朋友》可以化整为零，写成一二十篇精彩的中短篇小说。

《漂亮朋友》这桌“大杂烩”的主打菜，也正是广大市民阶层喜闻乐见的三大内容：金钱、女人和冒险。小说从人物、内容到讲故事的形式，处处体现出市民文学的特点。

——李玉民

# 世俗文学的大雅之作

自从人类开始文学创作以来,文学作品似乎就有雅俗之分,甚至有雅俗之争:究竟雅一点儿好,还是俗一点儿好,争论数千年也未能达成共识。我国自古就区分了阳春白雪和下里巴人,两者各行其道,名分上虽有高下,而实际却是伯仲之间,谈不上孰胜孰负。久而久之,就有人出来调和,从鉴赏角度拈出雅俗共赏之说。于是,对一部作品,给予雅俗共赏的评语,在一定程度上,就成了很高的赞誉。

《漂亮朋友》就是雅俗共赏的一部法国小说。

称得上雅俗共赏的作品,大致可以分为两类,殊途同归,从雅和俗两个方向,通至文人雅士与平民百姓的共赏。《漂亮朋友》显然是从俗的一端,走向人所共赏的境地。

在不知炒作为何物的年代,人们争相传阅一部作品,所看重的正是作品本身的价值和魅力。所谓洛阳纸贵谈何容易,成千上万的作品,能赢得雅俗共赏者,可以说屈指可数。《漂亮朋友》就是屈指可数的一部佳作。

雅俗共赏的作品,能登上大雅之堂者,更是凤毛麟角。《漂亮朋友》就是这样一只麟角或者凤毛。

莫泊桑的小说属于世俗文学,这应是不争的事实,甚至有人批评他的作品过于粗俗。他的中短篇小说三百篇,为他赢得了“短篇小说之王”的称号,换句俗话说,使他成为“故事大王”。

世俗文学最鲜明的一个特点,就是讲故事,讲俗人俗事,描绘人生百态,这是市民阶层特别喜闻乐见的。

莫泊桑从一举成名的《羊脂球》起始,似乎就给自己的创作定了基调,并且一生遵循:每篇作品都要写成生动有趣的故事,写成纯而又纯的故事。他不同于雨果、巴尔扎克、司汤达,也不同于福楼拜、左拉等名家,讲故事就是讲故事,不是为了表现某个主题,也不发表议论,每部作品完全围绕着所讲的故事而剪裁,仅仅追求故事本身的喜剧性或悲剧性效果。

莫泊桑的小说，故事都发生在法国西北部的诺曼底，或者巴黎及其郊区。写这两个地区的风土世情及各色人物，他自然得心应手，因为诺曼底是他度过童年和少年时期的故乡，而巴黎则是他生活和从事文学创作的地方。

自不待言，莫泊桑写的多是小人物，有诺曼底狡黠的农民、慷慨的工匠、受欺凌的妓女、小职员、小店主、小市民，也有比市民还世俗的破落贵绅、富商、工厂主以及野心勃勃的政客。例如《项链》中因爱慕虚荣而毁了一生的小市民；《一家子》中为争取遗产而大打出手的一家人；《羊脂球》中面对敌人的淫威，表现的骨气远远不如一名妓女的那些富商和乡绅；《泰利埃妓馆》中去逛窑子而丑态百出的社会名流……总之，法国世俗社会的万象，在任何作家的作品中，都不如在莫泊桑的小说中展现得这么充分。不知法国到了十九世纪下半叶，进入了空前的世俗社会，还是法国这个时期的社会，在莫泊桑的笔下得到空前世俗的描绘。无论哪种情况，都足以表明莫泊桑的小说，是地地道道的世俗文学。

莫泊桑不但善于讲日常生活中发生的故事，还讲一些怪异的故事，从而满足市民阶层的猎奇心理。如《谁知道》讲一个孤独者深夜回家，看见家具自动往外搬移，不胜惊恐而去住旅店；次日回家已四壁空空。然而数月之后，又突然原物归还，一件家具也不少。而名篇《奥尔拉》，更是以日记体讲述了一系列的怪异现象。

可见，市民生活的方方面面，几乎没有莫泊桑笔触不到的地方。然而，这三百篇故事，虽说大多很精美，也还不过是市民文学的一道道小吃、一道道家常菜，即便是名小吃、特色家常菜。莫泊桑还要做出大菜套餐，这就是他的六部长篇小说，其中最出名的品牌，要算《一生》和《漂亮朋友》了。

尤其是《漂亮朋友》，是短篇故事集大全者，是市民小吃和家常菜集大餐者，是百种小味道集成的大品味。

《漂亮朋友》是什么风味的一桌大餐，这里无须多费笔墨，请看文中开篇第一章的描述：

> 瞧瞧这池座，全是携带妻子儿女的中产阶级，来看热闹，一个个都蠢头蠢脑。包厢里则是经常逛林阴大道的人，也夹杂着几个艺术家、几个二流粉头儿。我们身后，可是巴黎最怪异的大杂烩。那些男人都是干什么的？你观察观察，干什么的都有，各行各业，三教九流，而占主体的是无耻的恶棍。那中间有银行、商店、政府各部的职员，有新闻记者、靠妓女混饭的杈杆儿、

换成便装的军官、穿上礼服的花花公子，有的在馆子里吃了晚饭来的，有的出了歌剧院，来这儿消遣一下，再去意大利剧院；还有一大帮男人形迹可疑，很难看出是混哪碗饭的。至于那些女人，全是一路货：在美洲人咖啡馆陪人吃夜宵，一两个路易金币陪一夜，窥伺能给五枚金币的生客，拉不到人时就通知自己的常客……

《漂亮朋友》这一桌大餐，就是“巴黎最怪异的大杂烩”，幸而这是作者自道，而非笔者的贬抑。

大杂烩，不仅体现在这些三教九流、五行八作的人物身上，还体现在书中所讲的故事上。

比起司汤达的《红与黑》、巴尔扎克的《幻灭》、福楼拜的《包法利夫人》来，读《漂亮朋友》有一个明显的印象，即这部长篇是由一系列中短篇故事连缀而成。换言之，《漂亮朋友》可以化整为零，写成一二十篇精彩的中短篇故事。现试举出几例：

生得一表人才的青年杜洛华，在学校学习成绩不佳，入伍当兵梦想晋升将军不成，于是来闯荡巴黎，幻想发财。怎奈他命运不济，仅仅在铁路局混了个小科员。微薄的薪金，花到月底连饭钱都不够，过不上他一心向往的奢华生活，夜晚逛街还期望艳遇，遇到揽客的妓女却不敢答腔。幸好有一名无以打发夜晚的花娘要价不高，也就成全了他的一段浪漫史。像杜洛华这样野心勃勃的青年不计其数，抱着黄金梦要过一辈子潦倒的生活，写出来很有代表性，可题为《一个巴黎小职员的浪漫生活》。

以下为简便起见，只列出几个标题，由读者到书中去寻找详实内容吧。

具有炒作名声之嫌的《记者用笔和枪的决斗》；

天生杜洛华的一表人才必有用：《帅哥儿进军上流社会的撒手锏》；

官商勾结，操纵舆论，是孕育孪生暴发户的最大温床：《部长和金融家的双赢》；

制服老板和扳倒外交部长的连环计：《冒险家队伍中的一匹黑马》；

《一个成功男人身后的一个神秘女人》；

《五十万的银婚和三千万的金婚》；

《帅哥儿和四个女人》；

等等，每一章都是一个精彩的故事。

总之,《漂亮朋友》这桌“大杂烩”的主打菜,也正是广大市民阶层喜闻乐见的三大内容:金钱、女人和冒险。

可见,《漂亮朋友》这部长篇小说,从人物、内容到讲故事的形式,处处体现出市民文学的特点。

这也并不奇怪,在著名作家中,莫泊桑应该是市民意识最浓的一个,也是市民生活方式过得最滋润的一个。别忘了,莫泊桑的父亲是银行职员,他本人也在海军部当职员工作多年。父亲因婚外恋而夫妻离异,儿子干脆不结婚,成为猎艳能手……作品的许多场景都是他的生活场景。

莫泊桑带着这种市民意识,每次写作很快就进入状态。尤其值得一提的是,他在创作生涯中(仅仅十年:1880—1890年),应是变化最小的作家,无论创作思想还是创作风格,似乎都没有什么变化。就好比一位纯熟的工匠,塑造出“众生相”的一个个精品,并不想给他的人物安上翅膀,使之变成天使,也不想给他的人物戴上四不像的脸谱,使之冒充外星人。

“文如其人”,其人如文,在莫泊桑身上表现得尤为明显,其文何文?正是市民喜闻乐见之文。至此也许有人要问,这种译者序,究竟是褒还是在贬作者?其实,笔者是褒是贬都毫无意义,这里仅仅谈一个事实:《漂亮朋友》是堪称大雅之作的一部通俗小说。于是,有人又要问了:写了这么多,怎么还不见论证这部小说是大雅之作的文字呢?

现在不用论证了,《漂亮朋友》被公认为大雅之作,早已列入世界文学名著,在世界文学宝库中占有一席显著的位置。一百多年来,以莫泊桑及其作品为题,发表了多少文章和专著,恐怕难以计数,盛赞他具有双重视觉,观察世界细致而深刻,从日常小事和人的行为中,看出人生哲理和事物的法则。

一、他是讲故事的高手,讲故事生动风趣,善于烘托气氛,制造戏剧效果,形成精致而鲜明的艺术风格;

二、他是法兰西语言大师,他的小说语言清新自然,生动流畅,堪称法兰西语言的典范,借著名作家法朗士的话说:“他的语言雄劲、明晰、流畅,充满乡土气息,让我们爱不释手,他具有法国作家的三大优点:明晰,明晰,明晰。”

三、最看重创新的著名作家纪德,也难得这样给莫泊桑定位:“不失为一个卓越超群、完美无缺的文学巨匠。”

我国一家出版社出版的“世界文豪书系”,二十余种莫泊桑的作品就位列其中,包括法国人在内,也不见有谁提出异议。

《漂亮朋友》走完了从一部通俗小说到经典名著的过程。

现在,几乎人人都知道,《漂亮朋友》是一部经典名著了。可是许多人却忘记或者不知道,它原本是怎样一部小说。

这篇序言提醒的就是这一点。

李玉民

2002年6月

于北京花园村

# 主要人物表

| | |
|---|---|
| 杜洛华 | 小说的男主人公，原为巴黎北方省铁路局办事处的小职员，后成为《法兰西生活报》的社会新闻主编，一表人才，机灵狡黠，虚伪成性，卑劣无耻，野心勃勃。他贪图豪华的生活，为改变自己卑微的地位，实现飞黄腾达的美梦，依靠其漂亮的外表，不择手段地玩弄巴黎上流社会的女性，最终成为大记者、暴发户。 |
| 弗雷吉埃 | 杜洛华的战友，《法兰西生活报》的政治主编，精明老练。他推荐杜洛华到《法兰西生活报》工作，使杜洛华的命运出现了转机，后死于肺病。 |
| 玛德莱娜 | 弗雷吉埃的夫人，秀美聪慧，大方热情，颇有文采。弗雷吉埃死后，她成了杜洛华的妻子，后与外交部长拉罗什-马提厄私通，事发后被杜洛华抛弃。 |
| 德·玛海勒夫人 | 玛德莱娜的朋友，杜洛华的情妇，和善健谈，温柔可人，敦厚懦弱。她一再被杜洛华欺骗玩弄，仍心甘情愿地继续当杜洛华的情妇。 |
| 华尔特 | 《法兰西生活报》的老板，议员，巴黎金融界、商界一个很有脸面的人物，老谋深算，傲慢贪财。他非常看重杜洛华的才华和机智，亲手提拔杜洛华任《法兰西生活报》的政治主编。 |
| 华尔特夫人 | 华尔特的妻子，杜洛华的情妇，心地善良，谨慎沉稳，热心慈善事业。在杜洛华甜言蜜语的一再引诱下，她的心理防线崩溃，堕落成为杜洛华的情妇。 |
| 拉罗什-马提厄 | 外交部长，议员，《法兰西生活报》的股东之一，老奸巨猾， |

粗俗好色，是一位八面玲珑的政客。他与杜洛华互相利用，后与杜洛华的妻子玛德莱娜通奸，被杜洛华用计抓获，并因此丢了官职。

苏珊娜　　华尔特的小女儿，纤巧可爱，活泼天真。在杜洛华花言巧语的哄骗下，她与杜洛华私奔，最后与杜洛华结婚。

# 目　录

# 第一卷

# 第一章

乔治·杜洛华拿一百苏[①]硬币埋单，接过女收款员找的零钱，便走出餐馆。

他长得一表人才，又保留当下级军官时的威仪，这会儿挺直腰身，以军人的习惯动作捻了捻小胡子，美男子的目光对晚餐迟到的顾客迅疾一扫，就像老鹰那样一览无余。

几个女人已经抬起头来注视他，有三名青年女工，还有一个徐娘半老的音乐教师，是个头发不整、帽子落满灰尘、衣裙歪斜的邋遢女人，以及陪同丈夫的两个小市民，看样子全是这家廉价大众餐馆的常客。

杜洛华来到街上，伫立了片刻，想想该干什么。今天是六月二十八日，口袋里只剩下三法郎四十生丁，要支持到月底。这就意味着面临选择：要么用两顿晚餐不用午餐，要么用两顿午餐不用晚餐。他考虑午餐二十二苏一顿，而晚餐为三十苏，如果只用午餐，那还能剩下一法郎二十生丁，又顶两顿小吃，可以在街上吃点面包夹红肠，喝两杯啤酒。这就是他的主要花销，也是他夜晚的主要娱乐。转念至此，他就沿着洛蕾特圣母院街朝下坡走去。

他走路的姿势，还像身穿轻骑兵军装时那样，昂首挺胸，仿佛刚下马似的双腿微微叉开，在行人熙熙攘攘的街上勇往直前。他那顶高筒礼帽已然破旧，斜压在耳朵上，鞋跟踏在铺石马路上嗒嗒作响，但他仍然摆出退伍军人轩昂的派势，傲视行人、房舍，甚至整座城市。

他那套衣服也就值六十法郎，但是潇洒的风度犹存，十分惹眼，虽略显俗了点儿，但毕竟活灵活现。他高高的个头儿，相貌堂堂，两撇翘起的小胡子仿佛长在唇上的青苔，小小瞳孔的蓝眼睛非常清亮，一头近棕褐色的金发自然卷曲，正中分缝儿，活像通俗小说中的反面人物。

正值夏夜，巴黎憋闷难耐，像蒸汽浴室一样燠热，在夜色中憋得人大汗淋漓。阴沟的花岗岩洞口喷出一股股臭气；设在地下室的厨房，也从低矮的窗户朝街上散发泔水和剩浇汁的腐臭味。

那些门房都穿着衬衫，骑在草垫椅上，在各自门洞里抽着烟斗。行人都光着头，

① 一百苏合五法郎。

帽子拿在手上,拖着沉重的脚步。

乔治·杜洛华走在林阴大道上,又停下脚步,心中犹豫不决,不知做什么好。现在,他想去香榭丽舍大街和布洛涅树林大街,好在树下呼吸点新鲜空气,但是还有一种欲望也在撩拨他,但愿有一次艳遇。

会有什么样的艳遇呢?他自己也说不清,反正他在等待,每天从早到晚,足足等了三个多月。不过,他仗着漂亮面孔和风流举止,有时说不上在哪儿也偷了点儿情,但是他总希望再多些,再有味些。

囊空如洗,又热血沸腾,在街头巷尾碰上浪荡的女人,他更是欲火中烧。那些女人柔声招呼:“漂亮的小伙子,跟我来好吗?”他哪敢跟着去呢,付不起钱啊。况且,他还在等待另一种际遇,另一种亲热,少几分庸俗的。

然而,他爱去妓女云集的场所,如她们出入的舞厅、咖啡馆,她们兜客的街道。他爱同她们接近,同她们交谈,随便以“你”称呼她们,闻她们身上郁烈的香水味,感受同她们在一起的滋味。她们毕竟也是女人,是专供性爱的女人,他绝不像出身高贵的那种男子,天生就鄙视她们。

他随着热得发昏的人流,拐上玛德莱娜教堂的方向。路两旁大咖啡馆客满为患,漫溢到了人行道。只见灯火辉煌,顾客面前的小方桌或圆桌上摆着玻璃杯,盛有红黄绿褐等各种颜色的饮料。大肚长颈瓶中,透明的粗冰柱亮晶晶的,冰镇着澄澈悦目的饮用水。

杜洛华不觉放慢脚步,嗓子干渴,真想喝点什么。

这种夏天的夜晚,又热又渴,实在难以忍受,他想象清凉饮料流进口中的那种快感。可是今天晚上,哪怕只喝两杯啤酒,第二天的那顿经济晚餐就泡汤了,而月底饥肠辘辘的滋味,他早已铭心刻骨了。

他心中暗道:“我一定得支持到十点钟,再去美洲人咖啡馆喝杯啤酒。真他妈的见鬼!怎么渴得这么厉害!”他又瞧瞧坐在那里饮用的那些人,所有那些人都能随心所欲地解渴畅饮。他经过一家家咖啡馆,摆出一副又放肆又快活的神态,打量每个顾客的外貌衣着,估摸他们身上能带多少钱。一股怒火袭上心头,他恼恨安安稳稳坐着的那些人。搜搜他们的腰包,准能掏出金币、银币和零钢镚儿。平均起来,每人至少能有两枚金路易,每家咖啡馆有百十来人,两枚金币乘以一百,就合四千法郎啊!他口里嘟嘟囔囔:“这些蠢猪!”同时大摇大摆,显出优雅的姿态。在街角暗处若能逮住那么一个,那就毫不客气,非扭断他脖子不可,就像从前大演习时捉农家的鸡鸭那样。

这时，他想起在非洲的那两年军旅生涯，想起在南部省[1]小哨所里如何勒索阿拉伯人。还有一次，他们到乌勒德-阿拉纳部落为非作歹，干掉了三个人，他和伙伴捞了二十只鸡、两只羊，以及黄金和半年的笑料，想到这里，他的嘴唇掠过一丝残忍而快意的微笑。

后来始终没有查出杀人凶手，其实也没有认真查，阿拉伯人算什么，简直就是当兵的天生的猎物。

在巴黎可就是另外一码事儿了，总不能挎刀持枪，明火执仗地抢掠，一点儿王法也没有。他感到内心还充满在被征服国为所欲为的下级军官的全部本能。自不待言，他十分怀念在沙漠中度过的那两年时光。多遗憾没有留在那里啊！原指望回国要比待在那里强。哪料现在！……嘿，是啊，现在，可有好瞧的啦！

他舌头在嘴里打卷儿，咂咂有声，仿佛验证口腔的确干得要命。

周围人潮涌动，显得衰竭而迟缓了，他头脑中充斥着这个念头："这帮畜生，这些蠢货，坎肩口袋里都装着钱。"他用口哨吹着欢快的小调，横着膀子冲撞行人。被撞的男人，有的回头骂骂咧咧，有的女人则嚷一声："简直是一头牲口！"

他经过滑稽歌剧院，在美洲人咖啡馆对面站住，心里合计要不要喝一杯啤酒，也实在焦渴难熬。他站在马路中间，在下决心之前，他望了望有光亮的大钟，才九点一刻。他深知自己，一满杯啤酒只要放到面前，他会一口气喝下去。过后呢，一直到十一点钟，他又该干什么呢？

他走过去了，心中暗道："我一直走到玛德莱娜教堂，然后再慢步折回来。"

他走到歌剧院广场边上，碰见一个胖胖的年轻人，那张面孔，模模糊糊在哪儿见过。

于是，他开始尾随那个人，边走边搜索记忆，口中念念有词："见鬼，这家伙，我是在哪儿认识的呢？"

他搜遍脑海，也想不起来；继而，猛然间——这也是记忆的一种怪现象，头脑里出现了同一个人，没有这么胖，但要年轻些，穿一身轻骑兵的军装。他高声叫道："嘿，弗雷吉埃！"他拉长脚步，赶上去拍那人的肩膀。那人回头瞧瞧他，问道："先生，您叫我有什么事儿？"

杜洛华笑起来："你认不出我来啦？"

"认不出来。"

"乔治·杜洛华呀，第六轻骑兵团的。"

---

[1] 法属殖民地象牙海岸（旧称）。

弗雷吉埃伸出双手:“哎呀! 老兄! 你好吗?”

“很好,你呢?”

“唔! 我嘛,不怎么样。想想看,现在我这肺,就跟纸浆一样。我返回巴黎那年,在布吉瓦尔①得了支气管炎,一年要咳嗽六个月,到现在有四个年头了。”

“哦! 看样子,你倒挺结实的。”

弗雷吉埃抓住老战友的胳膊,向他谈起自己的这个病,如何去治疗,大夫如何诊断,他身不由己,又如何难遵医嘱。医生要他去南方过冬。真的,他能去吗? 他结了婚,又当了记者,这一行干得正火呢。

“我在《法兰西生活报》主持政治栏,给《救国报》报道议院动态,还不时给《环球》文学专栏写文章。就这样,我这条路走出来了。”

杜洛华诧异地端详他,看他变多了,也成熟多了。现在,他一身庄重的打扮,一副自信的样子,还多了一个酒足饭饱的肚子,言谈举止,都有了一种派头。想当年,他又干又瘦,腿脚灵便,总好乱冲乱撞,滋事吵闹,似乎总有精神,一刻也不肯消停。只三年的时光,巴黎就让他变了个人。现在他身体肥胖,神情严肃,虽然不过二十七岁,两鬓已生出白发了。

弗雷吉埃问道:“你这是去哪儿?”

杜洛华回答:“随便转转,然后回去。”

“那好,陪我去《法兰西生活报》社好吗? 有几份校样要改,然后,我们一起去喝杯啤酒。”

“我跟你去。”

他们俩挽着胳膊走了,只有老同学或者老战友,才会留下这种亲热关系。

“你在巴黎干什么?”弗雷吉埃问道。

杜洛华耸耸肩膀:“照直说吧,我快饿死了。当时服役期一满,我就一心想回到这里,为了……为了发家致富,确切地说,在巴黎混个生活。现在,我在北方省铁路办事处当职员,干了有六个月了,年薪一千五百法郎,仅此而已。”

弗雷吉埃喃喃道:“天哪,油水可不大。”

“这话我信。可是,我怎么能混出头来呢? 我在这里单枪匹马,一个人也不认识,也没人推荐。要干一番事业,我有那个心,却没那个路子啊。”

老战友从头到脚打量他一遍,就像一个实干家审视一个对象,接着口气十分肯定地说:“喏,老弟呀,在这里,什么都取决于胆量。稍微机灵点的人,当部长比当办公室

① 巴黎郊区的小镇,19世纪是许多艺术家聚集的地方。

主任还容易。要让人承认你,而不是去求人。真见鬼,你就没有找到好一点儿的差事,去北方铁路当什么职员?”

杜洛华应声说:“到处找遍了,一无所获。不过,这阵子,我倒瞄上个差事。贝勒兰驯马场有意聘我当骑术教练。若是应聘上,最低我也能挣上三千。”

弗雷吉埃戛然站住:“别干那种蠢事,给一万法郎也不干。你一干上那个,前程就断送了。你在办公室里工作,至少还不抛头露面,谁也不认识你,等到有了本事,你就可以离开办公室,去闯自己的天下。然而,一旦当上骑术教练,那就完蛋了。就像到一家全巴黎人都去用餐的饭店当领班一样,你一旦给上流社会的人或子弟上了骑术课,他们就再也不会平等待你了。”

他住了口,思考几秒钟,然后问道:“你有高中毕业证书吗?”

“没有,两次会考都没通过。”

“没关系,反正你念完了高中课程。如果有人提到西塞罗①或者提比略②,你大概知道是怎么回事儿吧?”

“嗯,差不多。”

“好吧,会摆弄这些玩意儿的,也就那么二十来个书呆子,此外,谁也不见得知道多一些。喏,给人以强人的印象并不难,关键的关键,就是别露怯,让人当场看破你无知。要施展手段,避开难题,绕过障碍,借助字典把别人难倒。要知道,人还不是都那么愚蠢,都那么无知嘛。”

他侃侃而谈,俨然一个老于世故的人,微笑着注视纷纷走过的行人。不料,他突然咳起来,只好站住,让这阵咳劲过去,然后,他声调沮丧地说道:“这支气管炎,就是治不好,你说烦人不烦人。现在还是大夏天呢。唔!今年冬天,我要去芒通养病,管他呢,健康第一。”

二人走到鱼市大街一扇大玻璃门前,在里边正反两面贴了一份报纸,有三个人停在那儿看报。

由煤气灯光勾画出的几个火红大字,就像一条标语,排列在门的上方:《法兰西生活报》。闲逛的人经过这里,一走进几个大字投射的亮光中,就赫然显现,如临白昼那样一清二楚,继而又倏忽没入幽暗中。

弗雷吉埃推开这扇门,说了一声:“进去吧。”杜洛华便走了进去,登上外面整条街都看得见的又豪华又肮脏的楼梯,来到一间前厅,看见两名员工向他的老战友问

---

① 西塞罗(公元前106—前43):古罗马执政官,著名演说家。

② 提比略(公元前46—公元37):罗马帝国皇帝。

好，最后到了看似接待室的房间停下。这间屋子到处是灰尘，凌乱不堪，绿色的假丝绒椅子套污迹斑斑，还有破洞，好像老鼠咬的。

“先坐这儿，”弗雷吉埃说道，“过五分钟我就回来。”

这间屋子有三个门，他从一扇门出去了。

这里漂浮着一种奇异特殊的气味，难以描摹，正是编辑部的气味。杜洛华一动不动地待在那儿，有些拘束，尤其感到诧异。不时有人从一扇门跑进来，从他面前经过，又从另一扇门出去，根本来不及看清他们的面孔。

时而是年轻人，非常年轻，一副忙碌的样子，跑起来一阵风，手里拿的一张纸直飘动；时而是排字工，沾满黑渍的粗布工作服里露出雪白的衬衣领，以及类似上流社会人物穿的毛料裤。他们走路小心翼翼，手里捧着印了字的一叠叠纸，正是刚印出来而墨迹未干的校样。有时还走进来一位小个子先生，那身漂亮的打扮未免过分显眼，礼服紧紧箍住身子，裤子像模具似的裹着大腿，尖尖的皮鞋束缚着双脚，他就是报道夜晚社交新闻的记者。

还有别的人，神情严肃，极有派头，戴着平檐高筒礼帽，仿佛不如此不足以显得与众不同。

弗雷吉埃终于回来了，他挽着一个又高又瘦的男子。那人三四十岁，身穿黑礼服，上扎白领带，棕褐色头发，两撇小胡子尖尖地翘起来，一副放肆而踌躇满志的神态。

弗雷吉埃对他说：“再见，亲爱的大师。”

那人同他握手：“再见，亲爱的。”

说罢将手杖往腋下一夹，吹着口哨下楼去了。

杜洛华问道：“那人是谁？”

“他就是雅克·里瓦乐，你应当知道，大名鼎鼎的专栏作家，剑术决斗专著的作者。他来看自己的清样。他和加兰、蒙代尔极富才智，在巴黎社会新闻专栏作家中，占头三把交椅。他给本报每周写两篇文章，每年就挣三万法郎。”

他们正要走，又遇到个矮胖的先生。只见那人留着长发，浑身邋里邋遢，上楼跑得气喘吁吁。

弗雷吉埃向那人深鞠一躬，让过去之后，他就对杜洛华说：

“诺尔贝·德·瓦莱纳，诗人，是《死去的多少太阳》的作者，又是一个稿酬特别高的人，他向我们提供一个短篇就拿三百法郎，而每篇最长也不过三百行。走吧，去那不勒斯人咖啡馆，我渴得要命。”

他们到咖啡馆一落座，弗雷吉埃就嚷道：“来两杯啤酒！”他端起杯来，一口气就灌下去了,而杜洛华却一口一口慢慢喝,仔细品味,就好像品尝玉液琼浆。

他的同伴默不作声,若有所思,过了半晌,突然说道:“你干吗不试试记者这一行呢?”

杜洛华不免一惊,看了看同伴,迟疑地说道:

“可是……要知道……我从来没有写过什么东西啊。”

“嗳!试一试嘛,先干起来再说。我可以用你,派你去搜集材料,联系些事情,拜访些人。开头一段时间,每月你大约能挣上二百五十法郎,车马费另报。我去跟社长说说,你愿意不愿意?”

“我当然愿意啦!”

“那好,先做一件事儿:明天到我家来吃晚饭。我只邀请五六位客人,有老板华尔特先生和他夫人、雅克·里瓦乐和诺尔贝·德·瓦莱纳,这两个人,刚才你见过了,还有我太太的一位女友。就这么定了,好吗?”

杜洛华迟疑不决,一时面红耳赤,显得非常为难,他终于讷讷说道:

“要知道……我连像样的衣服都没有。”

弗雷吉埃不禁目瞪口呆:

“没有礼服?糟糕!这可是必不可少的。喏,在巴黎混,没有床睡觉可以,没有礼服可不行。”

接着,他突然搜搜自己坎肩的口袋,掏出一小把金币,捡出两枚金路易,放到老战友面前,口气特别亲热地说道:

“先用着,有了再还我。用分期付款方式或租或买都行!把需要的衣服置办齐。你自己置办吧,反正明天来我家吃晚饭,七点半,水泉街17号。”

杜洛华诚惶诚恐,收起钱,磕磕巴巴地说道:

“你真是太好了,我万分感激……请相信,我绝不会忘记……”

对方接口说道:“好啦,别说了。再来杯啤酒,好吗?”他随即喊了一声:“伙计,两杯啤酒!”

等喝完了酒,记者又问道:

“再去逛一逛,一个钟头,好吗?”

“当然了。”

于是,他们又朝玛德莱娜教堂走去。

“干什么好呢?”弗雷吉埃问道,“有人说,在巴黎,一个闲逛的人,也总是有营生可干的。其实不然。就拿我来讲,到了晚上,我想随便走走,就不知道去哪儿好。到布洛涅树林去兜一圈吧,那要有一个女人陪伴才有意思——可不是总有现成的,随手就能拉来一个。去音乐咖啡厅吧，给我那药店老板和他老婆开开心还行，打发我可不成。那么，干什么呢？无事可干。这里有座消夏公园就好了，就像蒙索公园①那样，夜晚也开放，可以坐在树下，一边喝清凉饮料，一边欣赏优美的音乐。不要搞成娱乐的场所，而是漫步的地方，门票很贵，以便吸引美丽的贵妇人。小径铺着细沙，有电灯照明，想散步就散步，想坐下就坐下，可以就近，也可以在远处欣赏音乐。从前穆萨尔游乐园就差不多，不过，那儿有点像低级舞场，尽演奏舞曲，地方不够宽敞，树阴不够多，也没有多少幽暗的角落。应当建一座非常美丽，非常大的花园。那多吸引人啊！真的，你想去哪儿？"

杜洛华一时难住，不知如何回答，最后狠了狠心，才说道：

"风流牧羊女游乐场我没见识过，很想去开开眼。"

老战友叫起来："风流牧羊女游乐场，天哪！我们还不跟进烤炉一样！好吧，行啊，总还有点玩头儿。"

于是，他们掉头朝蒙马特城关街走去。

游乐场门口灯火辉煌，照亮了汇聚在前面的四条街。一长排马车停在那里，都在等待散场。

弗雷吉埃径直往里走，却被杜洛华叫住："我们还没去窗口买票呢。"

对方拿腔拿调地说："跟我在一起，用不着付费。"

到了检票口，三名检票员都向他哈腰打招呼。中间那个还向他伸出手。记者问道："还有像样的包厢吗？"

"当然有了，弗雷吉埃先生。"

他接了递过来的包厢票，推开包了皮软垫的门扇，二人就到了大厅。

里面烟气缭绕，好似薄雾，笼罩了远一点的部位、舞台和剧场对面。那些人都在吸雪茄和香烟，冒出缕缕淡白色烟雾，不断上升，在宽阔的圆顶下聚拢，围住大吊灯，在二楼看台的观众头上，形成了烟云密布的天空。

入口通向环形休息厅的宽宽过道上有三张柜台，三个涂脂抹粉的半老徐娘，正忙着出售饮料和色相；一帮女子站在一张柜台前，正等待来客；一群打扮得花枝招展的妓女正在游荡，混迹在身着深色礼服的男人群里。

三名售货员身后有高大的镜子，映出她们的后背和过路人的面孔。

弗雷吉埃自信有权受人礼让，分开众人，快步朝前走去。

他走到一名女领座面前，问道："十七号包厢在哪儿？"

---

① 位于巴黎东城十七区。

“请走这边,先生。”

他们走进小小的木板包厢,门就关上了。包厢前面敞开,板壁镶了红壁毯,摆了四张同一颜色的坐椅,相互挨得很近,留的空隙难以过人。两个朋友坐下来,他们左右两侧都排列着相同的小包厢,构成长长的弧线,而两端则通到舞台。那些包厢也都坐了人,但只能看见脑袋和胸部。

舞台上三个穿紧身衣的年轻人,身材依次大个儿、中个儿和小个儿,正在轮流表演吊杠。

大个儿用小快步首先出列,他脸上挂着微笑,鞠躬时手掌一扬,仿佛向观众送去个飞吻。

他那胳膊和大腿的肌肉,明显由紧身衣突现出来。他挺起胸膛,尽量收回过分突起的腹部。他的头发正中精心开缝,等分梳向两边,模样儿就像理发店的小伙计。他姿势优美,纵身跃上吊杠,双手抓住,身子好似飞轮般旋转起来,然后伸展用力,身体挺直平卧,悬空一动不动,仅凭手腕的力量停在固定的杠上。

他飞身落地,在池座观众的掌声中,再次微笑着向全场鞠躬,然后退回靠在布景上,每一步都显示腿部的发达肌肉。

第二个身体矮些,但更壮实,他走上前,做了同样的动作。随后第三个也同样表演一番,赢得观众更为热烈的喝彩。

然而,杜洛华并不专心看演出,而是频频回顾,张望身后满是男人和妓女的休息大厅。

弗雷吉埃对他说:

“瞧瞧这池座,全是携带妻子儿女的中产阶级,来看热闹,一个个都蠢头蠢脑。包厢里则是经常逛林阴大道的人,也夹杂着几个艺术家、几个二流粉头儿。我们身后,可是巴黎最怪异的大杂烩。那些男人都是干什么的?你观察观察,干什么的都有,各行各业,三教九流,而占主体的是无耻的恶棍。那中间有银行、商店、政府各部的职员,有新闻记者、靠妓女混饭的权杆儿、换成便装的军官、穿上礼服的花花公子。有的在馆子里吃了晚饭来的,有的出了歌剧院,来这儿消遣一下,再去意大利剧院。还有一大帮男人形迹可疑,很难看出是混哪碗饭的。至于那些女人,全是一路货:在美洲人咖啡馆陪人吃夜宵,一两个路易金币陪一夜,窥伺能给五枚金币的生客,拉不到人时就通知自己的常客。有十年了,全是熟面孔,天天晚上见到她们,终年在同样的地点,除非去圣拉扎尔监狱或者卢尔西纳医院,进行一段时间的‘疗养’。”

杜洛华早已不听伙伴说话了。有一个女人把臂肘支在他们包厢上,正在凝视他。那是个褐发的胖女人,脸上涂了厚厚的脂粉,肌肤也涂白了,黑眼睛描得细长,覆盖着厚厚的假睫毛。那乳房过分丰满，撑起了深色丝绸衣裙，而那嘴唇涂得血红，犹如伤口。总之周身那种打扮给她增添几分野性、火热和放纵，却能煽动男人的欲火。

她扬头招呼从旁边经过的一个女友，跟那金发染成红色的同样肥胖的女友说话，故意提高声音，好让人听见："瞧哇，那个漂亮小伙儿，他若是肯出十路易金币要我，我是不会拒绝的。"

弗雷吉埃转过头来，微微一笑，又拍了一下杜洛华的大腿："这话可是说给你听的，你挺受女人的垂青，亲爱的，祝贺你呀。"

旧军官闹得满脸通红，手指不由自主地摸摸坎肩口袋里的两枚金币。

这时，幕已落下，乐队正演奏一首华尔兹舞曲。

杜洛华说道："咱们到休息厅里转转怎么样？"

"随你便。"

他们走出包厢，立刻裹进熙熙攘攘的人流中，拥挤推搡，随波冲荡，他们眼前是一片漂浮的帽子。那些粉头儿则两两一对，在这男人堆中穿行，轻盈地从臂肘、胸口和后背之间串来串去，仿佛在自家那样随便，在这男性波涛中弄潮如鱼得水。

杜洛华乐不可支，便随波逐流，简直有点儿醉醺醺了，他大口大口吸着烟草、人的气味和妓女的香水味相混杂的污浊空气。然而，弗雷吉埃却冒了汗，气喘吁吁，连声咳嗽。

"到园子里去吧。"他说道。

他们向左一拐，就走进一座带棚的花园，两眼不大美观的喷泉制造出一点儿清爽。在盆栽的紫杉和崖柏下面，男男女女围坐着锌皮桌子喝饮料。

"再来杯啤酒？"弗雷吉埃问道。

"嗯，好啊。"

他们坐下来，瞧着走过的观众。

游荡的女人，时而有个停下脚步，带着媚俗的微笑问道："先生，不想请我喝点什么吗？"弗雷吉埃总是回答："一杯喷泉清水。"那女人咕哝一句："去你的，没教养的家伙！"便走开了。

刚才在两名战友的包厢后壁的那个褐发胖女人，这时又出现了，她挽着那个金发胖女人，大摇大摆地走着。这两个女人天造地设，真是绝妙的一对。

她望见杜洛华，便会心一笑，就好像他俩刚才四目相对，已经交流许多体己的悄悄话了。她拉过一把椅子，泰然自若地坐在杜洛华对面，还让她女友坐下，然后用清脆的嗓音喊道："伙计，来两杯石榴汁！"弗雷吉埃深感意外，说了一句："你！也不觉得难为情？"

她回答:“是你这位朋友把我迷住了。他真是个漂亮的小伙子。我想,他会让我发疯的!”

杜洛华给吓住了,一句话也对答不上来,他只是捻着小胡子,一味傻乎乎地微笑。伙计端来果汁,两个女人一口气干下去,然后站起身,褐发女人略微一点头,算是友好的表示,又用扇子轻轻打了一下杜洛华的胳膊,对他说道:“谢谢,我的小猫咪,你的话不怎么灵便。”

接着,她们扭动着屁股走了。

弗雷吉埃哈哈笑起来:“嘿!老兄,知道吗,你还真讨女人喜欢?这一点可得好好利用,你可能借上大力。”

他又沉吟片刻,又像梦呓似的,高声讲出内心的想法:“还是通过她们上得最快。”

他见杜洛华一直微笑不语,便问道:“你还想待在这儿吗?我可待够了,这就回去了。”

杜洛华咕哝一声:“嗯,我再待一会儿,还不晚。”

弗雷吉埃站起身:“好吧,再见!明天见,没忘吧?水泉街17号,七点半。”

“一言为定,明天见,谢谢你。”

二人握了握手,记者走了。

等他战友一消失,杜洛华顿觉自由了,他又美滋滋地摸了摸口袋里的两枚金币,随即站起来,开始游荡,用目光搜索人群。

不一会儿,他就望见金发和褐发那两位女郎:她们在乱哄哄的男人堆中穿行,始终一副乞婆的高傲神态。

杜洛华径直朝她们走去,临近又胆怯了。

褐发女郎对他说:“你的舌头活动开了吗?”

他结结巴巴说了一声:“当然啦!”就再也说不出话来。

他们三人停下,伫立在那儿,阻碍了人群的流动,周围形成了一个漩涡。

这时,褐发女人突然问道:“你到我家去好吗?”

杜洛华眼馋得浑身一抖,就粗鲁地回答:“好哇,可我兜里只有一枚金币。”

女郎无所谓地笑了笑:“没关系。”

说罢她就抓住他的胳膊,表示这男人是她的了。

他们往外走时,杜洛华心里就合计:还剩下二十法郎,不难租一套礼服,好去参加第二天的晚宴。

# 第二章

“请问，弗雷吉埃先生住在哪层？”

“四层，左首那扇门。”

门房答话很热情，表明敬重这家房客。乔治·杜洛华上楼去了。

他感到有点拘束，胆怯，不大自在。有生以来，他这是头一回穿上礼服，这样一身打扮令他局促不安，总觉得处处有毛病：高帮皮鞋没有打油，不过式样相当精美，而他就爱卖弄双脚；衬衣是当天上午花四法郎五十生丁，在卢浮宫旁边买的，但是胸衬太薄，已经开裂了，而他平日穿的那些衬衣，都程度不同地破损了，就连最好的那件也穿不出去了。

他的裤子略嫌肥了点儿，显不出腿部的线条，仿佛缠在腿肚子上，皱皱巴巴，一看就知道买的是旧货。也难怪，穿上这种二手衣服，临时凑合，往往是这种效果。唯独上衣还不错，碰巧基本上合身。

他一级一级慢腾腾上楼，心里发慌，怦怦直跳，唯恐当众出丑。猛然，他看见迎面一位盛装打扮的先生在注视他，二人近在咫尺，杜洛华不由得后退一步，随即又目瞪口呆，愣在那里：那正是他本人，映在立于二楼楼梯口制造景深效果的一面大衣镜里。他一阵狂喜，乐得浑身乱颤，他看见自己的形象比原来想的帅多了。

他那住处只有一面刮胡子的小镜子，未能对镜观赏全身，而且，他在临时拼凑的这套行头上处处挑毛病，不禁夸大了缺陷，一想到自己这身打扮会显得土里土气，心里就惊恐万状。

不料，他猛然在镜子里瞧见自己，甚至没有认出来，还以为是另外一个人，一位社交人士，乍看上去显得很体面，很潇洒。

现在，他对着镜子仔细端详，不能不承认，从上到下这一身打扮，的确令人满意。

于是，他像演员练习角色那样研究起自己来，对着镜子微笑，伸出手，做各种姿势，表现各种情感，如惊奇、喜悦、赞同等，还研究微笑的不同程度，在女人跟前如何以目传情，让她们明白他所怀的爱慕和欲望。

楼道上有一扇房门开着，他这样忸怩作态，怕让人撞见，特别是让他朋友邀请来的哪位客人瞧见，于是又飞快上楼。

到了三楼，又碰见一面大镜子，他放慢脚步，要瞧瞧自己如何走过去。他觉得自己的姿态的确优美，走起路来很潇洒，顿时信心百倍。毫无疑问，他有了这副相貌和飞黄腾达的愿望，再加上早已暗下的决心和独立思考的精神，肯定能成功。最后一层楼梯，他真想飞跑腾跃上去。到了第三面镜子前，他又站住，以习惯的动作捻了捻小胡子，摘下帽子拢了拢头发，就像他常有的情况那样自言自语："这真是奇妙的发现。"然后伸手按门铃。

房门几乎立即打开，面前出现一名男仆，只见他身穿黑礼服，脸刮得白白净净，神态庄重，衣着打扮完美无缺。杜洛华一见又慌神了，闹不清这隐隐约约的紧张情绪从何而来，也许是他无意间比较了两个人的装束吧。穿着锃亮皮鞋的仆人，接过杜洛华怕露出脏点而搭在手臂上的大衣，问道："请问我如何通报？"

然后，他掀起门帘，朝着客厅报了名字。

这时，杜洛华突然又慌了，觉得自己简直要吓傻了，气都有点儿喘不上来。他要朝期待已久、梦寐以求的生活迈出第一步了。不过，他总算走过去了。一位金发少妇站在那儿等待他。这间又大又亮，像温室一样摆满花木的客厅，只有少妇一个人。

杜洛华戛然站住，他完全困惑不解。这位笑吟吟的妇人是谁呢？继而他想起，弗雷吉埃结了婚，这位衣着华丽的金发美女，大概就是他朋友的妻子，他一想到这一点，就更加慌乱了。

他结结巴巴地说："夫人，我是……"

女郎却向他伸出手："先生，我知道。昨天晚上你们相遇的情景，查理都对我说了。我很高兴他脑子来得快，请您今天前来同我们共进晚餐。"

杜洛华面红耳赤，再也不知道说什么才好，感到对方正从头到脚打量审视他，斟酌着如何评价。

他想表示歉意，编个理由来解释他为什么衣冠不整，可是什么也想不出来，也就不敢接触这个难题。

他坐到女主人指给他的扶手椅上，立刻感到在他身体的压力下，柔软而富有弹性的丝绒凹陷下去。他感到自己沉下去，同时又有了依托，被这温柔的椅子紧紧抱住，而镶了软垫的靠背和扶手则轻轻地托住他，他只觉得进入了美妙的新生活，拥有了无比甜美的东西，好像自己变成了个人物，从此脱离苦海。于是，他望了望一直凝视他的弗雷吉埃夫人。

她那身浅蓝色开司米连衣裙，充分显现她苗条的身段和丰满的乳房。短袖口和开得很低的领口镶有白色薄纱花边，袒露着手臂和胸口。头发束在头顶，脑后部分略微弯曲，颈上的金黄绒毛呈薄云状。

在她的注视下，杜洛华倒放下心来，不知为什么，这目光令他想起昨天在风流牧羊女游乐场碰到的那个妓女的目光。但她的眼珠是灰色的，灰中带蓝，从而有一种独特的神色。她的鼻子秀气，嘴唇却很厚，下巴颏儿有点胖，那张面孔不大匀称，但有魅力，饱含热情和慧黠。这类女人的面孔，每一根线条都透出一种特有的风韵，似乎都有一种寓意，每一种表情都好像要显露或掩饰什么。

她略一沉吟，又问道："您在巴黎很久了吗？"

杜洛华渐渐定下神来，回答说："只有几个月，夫人。我在铁路上供职，不过，弗雷吉埃愿意帮忙，有望把我拉进新闻界。"

她更为明显，也更为和善地笑了笑，压低声音说道："我知道。"

门铃又响了。仆人通报："德·玛海勒夫人到。"

德·玛海勒夫人是位矮个儿褐发女郎，即人称褐发小娘子的那类。

她步履轻盈地走进来，只见她穿一条式样简单的深色连衣裙，模具似的，从头到脚全身线条都勾勒出来了。

唯有插在黑发间的一朵玫瑰花，特别引人注目，仿佛是她相貌的标志，突显了她的特性，给她定下了应有的风风火火的基调。

她身后跟着一个身穿短衣裙的小姑娘。弗雷吉埃夫人急忙迎上去。

"你好，克洛蒂尔德！"

"你好，玛德莱娜！"

她们相互拥抱。小姑娘像大人一样沉稳，探过去额头，说道："你好，表姑！"

弗雷吉埃夫人亲了一下小女孩，随即介绍说："乔治·杜洛华先生，查理的一个好朋友。"

"德·玛海勒夫人，我的朋友，还沾点儿亲。"

她又补充一句："要知道，我们在这里不要拘礼，不要客气，大家随便一点儿。就这样说定了，好不好？"

杜洛华点了点头。

这时，房门又打开了，来了一个圆滚滚的矮个儿先生，挽着一位高个儿美妇，他们就是华尔特夫妇。华尔特先生是南方犹太人，当上了议员，是金融界和商界人士，又是《法兰西生活报》的老板。夫人比他高，比他年轻得多，举止高雅，神态十分庄重，娘家姓巴齐勒·拉瓦罗，父亲是个银行家。

继而，雅克·里瓦乐和诺尔贝·德·瓦莱纳脚前脚后来到，前者衣着十分漂亮，而后者衣领发亮，是披肩的长发给磨的，肩膀上还撒了一些白色头皮屑。

诺尔贝·德·瓦莱纳领带有点儿歪，似乎今天还不是他头一次外出。他虽然上了年纪,但仍然风度翩翩,上前拉起弗雷吉埃夫人的手,在手腕上亲了一口。他弯腰吻手时,长发像水一样洒到少妇裸露的胳膊上。

这时,弗雷吉埃也进来了,因回来晚了向大家道歉,说在报社脱不开身,正处理莫莱勒事件。莫莱勒先生是激进派议员,他就阿尔及利亚殖民要求贷款一事,刚刚向内阁提出了质疑。

男仆朗声报告:“夫人,可以用餐了!”

于是,大家走进餐室。

杜洛华的座位恰巧排在德·玛海勒夫人母女之间,他又感到拘束起来,唯恐在使用刀叉杯匙时违背了什么规矩。他面前有四只杯子,其中发蓝的一只,究竟是用来喝什么的呢?

先上来汤,大家喝时什么话也没有讲。后来,诺尔贝·德·瓦莱纳问道:

“你们看了报上登的戈蒂耶案件了吗?事情怪极啦!”

于是,大家开始议论这起因讹诈而变复杂了的通奸案,但并不像家庭内部的闲谈,而是像医生之间谈论一种疾病,或者菜农之间谈论一种蔬菜那样。他们对这类事既不气愤,也不大惊小怪,只是怀着职业性的兴趣,探究不为人知的深层原因,并不在乎罪行本身。大家力图弄清楚这些行为的缘起,确定产生悲剧的大脑中的所有现象,这正是特殊精神状态科学分析的结果。女士也都饶有兴趣,倾听这种探究和分析。近来发生的其余事件,大家也用新闻商人、分行出售人间喜剧的零售商那种务实眼光和看问题的方法,仔细研究,评论,审视每个方面,并衡量其价值,如同在商店里,仔细察看,反复掂量货物一样。

后来又谈到一起决斗事件,雅克·里瓦乐发言了。这是他的专题,谁也不能随便阐述。

杜洛华绝不敢插一言。他时而瞧瞧身边的女郎,深受那圆圆的丰乳所诱惑。一颗钻石由金丝系在耳下,犹如从肌肤滑下的一滴水珠。她不时发表一种看法,而每次嘴唇都泛起微笑。她的思维很奇特,持论既贴切,又出人意料,属于熟谙世事的那种顽皮女孩,对什么都满不在乎,略带怀疑精神,但是善意地评论事物。

杜洛华想称赞她几句,但是想不出词儿来,只能照顾她女儿,给她倒饮料,为她端盘添菜。女儿比母亲神态严肃,总是点头致意,用低沉的嗓音道谢:“先生,您真热情。”小小的人儿,却带着沉思的表情听大人谈话。

对晚餐的美味佳肴,大家都赞不绝口。华尔特先生大吃大嚼,几乎不讲话,他的目光从镜片下斜射下来,打量端给他的菜肴。诺尔贝·德·瓦莱纳似乎在同他较量,调味汁有时滴到衬衣的前襟上。

弗雷吉埃一本正经，微笑着照顾客人，不时同他妻子交换一下眼色，仿佛二人串通一气，正在顺利地干一件棘手的事。

一张张脸红起来，一个个嗓门儿也粗起来。仆人上酒，不时对客人耳语："考尔通，还是拉罗兹堡[①]？"

杜洛华觉得考尔通葡萄酒合口味，每次都让人给斟满。一种甜美的快感已经传遍周身，热乎乎的，从腹部上头冲到四肢，浸透全身。他感到通体舒坦，觉得生活、思想、躯体和灵魂无不舒坦。

他产生了欲望，要开口说话，要引人注意，要别人倾听并欣赏他，就像这些人一样，一字一句都令人咂摸滋味。

这工夫，聊天还持续不断，天南海北，各种想法相混杂，只要谁讲一句话，一句毫无意义的话，就从一个话题跳到另一个话题上。总之，当天的大事件都过了一遍，顺便又涉及到千百个问题，最后又兜回到莫莱勒先生就阿尔及利亚殖民化问题提出的重大质问。

在两道菜之间，华尔特先生也开了几个玩笑，表明他思想多疑而粗俗。弗雷吉埃介绍了他次日要发表的文章。雅克·里瓦乐主张在殖民地搞军人政府，将土地出让给在那里服役三十年以上的所有军官。

"用这种办法，就能建起一个强有力的社会，"他说道，"因为，他们早就熟悉并热爱那个地方，也懂得当地语言，通晓那里所有的重大问题，而换了新去的人，必然处处碰壁。"

诺尔贝·德·瓦莱纳打断他的话：

"不错……他们精通一切，就是不懂农业。他们会讲阿拉伯语，但是不知道如何栽甜菜，如何种小麦。他们甚至精通剑术，但是如何施肥却很外行。恰恰相反，这个新国家应当向所有人敞开大门。聪明人会在那里站住脚，其他人就得完蛋。这是社会发展的规律。"

他说完，便有点儿冷场。大家都微笑。

乔治·杜洛华开口说话了，可是他一发声，自己先吓了一跳，就好像从来没有听见过自己讲话似的：

"那里最缺乏的是良田。真正肥沃的土地非常昂贵，赶上法国本土了，而且全让非常富有的巴黎人作为投资买走了。真正的殖民，那些一贫如洗、因为饿肚皮而背井离乡的人，就全给扔到大沙漠里，那里没有水，寸草不生。"

---

① 法国两个地区产的葡萄酒。

所有人都注视他。他感到自己脸红了。华尔特先生问道:“先生,您了解阿尔及利亚?”

杜洛华回答:“是的,先生,我在那里待过两年零四个月,而且在三个省都住过。”

诺尔贝·德·瓦莱纳抛开了莫莱勒问题,突然向杜洛华问起他听一位军官讲过的一种风俗。那地方叫姆扎卜,是个阿拉伯小共和国,非常奇特,位于撒哈拉大沙漠的腹心,最酷热最干旱的地段。

杜洛华去姆扎卜游览过两次,于是,他谈起那里的奇风异俗:水同金子一样贵重,每个居民都必须承担各种公益服务,经商远比文明国家诚实。

杜洛华酒喝多了,谈兴大发,又一心要讨人欢心,便像吹牛一般夸夸其谈,讲述团队里的奇闻趣事、阿拉伯人的生活特点、战争历险等等。他甚至想到几个极富色彩的词儿,来形容那片黄沙漫漫、烈日炎炎、一望无际的荒凉国度。

女士的目光全投在他身上。华尔特夫人慢声细语地说道:“您回忆的这些事,可以写成一组迷人的文章。”这时,华尔特从眼镜上面射出目光,打量这个年轻人,仿佛这样才能看清对方的面孔。打量菜肴时,他则从镜片下面看去。

弗雷吉埃立即抓住这个时机:

“亲爱的老板,刚才我向您提起这位乔治·杜洛华先生,请求您聘用他帮我搞政治新闻栏。马朗波走了之后,要有紧急和机密的采访,我就一个人也派不出了,报纸因而也会受影响。”

华尔特老头儿开始认真对待了,他索性摘下眼镜,面对面端详,然后才说道:

“毫无疑问,杜洛华先生有独特的见解。明天下午三点钟,他要是肯来同我谈谈,这件事我们就安排一下。”

他停了停,身子完全转向了年轻人,又说道:

“不过,关于阿尔及利亚,您要马上写一小组妙文,就讲述您的回忆,也像刚才那样,将殖民化问题扯进来。这有现实意义,完全有现实意义,我敢肯定我们的读者会非常喜欢。可是您得抓紧。第一篇文章,明后天我就要,赶在议会辩论的时候,以便吊起公众的胃口。”

华尔特夫人也补充一句,她的一举一动,总摆出严肃优雅的姿态,一言一语,也总赋予垂青施惠的意味:

“您不是有了个好标题:《非洲猎奇记》,对不对,诺尔贝先生?”

老诗人大器晚成,自然藐视和畏惧后起之秀,他冷淡地答道:

“对,标题是很精彩,但是行文要切题,这是最大的难点;切题,在音乐上就叫合调。”

弗雷吉埃夫人微笑着，以保护者和行家的目光，看了杜洛华一眼，分明是说："你呀，肯定能成功。"德·玛海勒夫人已有好几次朝他转过身去，她那钻石耳坠不住地抖动，小水珠仿佛要脱落似的。

小女孩则表情严肃，老老实实待在那儿，头埋在餐盘里。

仆人拿着约翰内斯堡葡萄酒，围着餐桌转圈斟入蓝色杯中。弗雷吉埃举杯向华尔特先生祝酒："为《法兰西生活报》长盛不衰干杯！"

人人都向微笑的老板点头致敬。杜洛华踌躇满志，举杯一饮而尽。此时此刻看那劲头，就是一大桶酒，他也能喝光，再有一头牛，他也能吞下去，哪怕遇到一头狮子，他也能将它扼死。他感到周身有超人的力量，心中有战无不胜的决心和无限的希望。现在，他在这些人中间，就像在家里一样随便了。他在这里站住了脚，赢得了地位。他怀着新的自信，目光在每个人的脸上停留，而且第一次斗胆对邻座的女郎说话："夫人，我从未见过您这样美的耳坠。"

她转过身来，冲他微笑道："这是我自己的主意，把钻石这样吊下来，只用一根细线。特别像颗露珠，对不对？"

杜洛华忘乎所以，又低声说了一句："非常迷人……不过，耳朵也为这耳坠生辉呀。"

讲了一句蠢话，他这样大胆，真是又羞愧又心悸。然而，她却感激地瞥了他一眼，女人这种明亮的眼神能直透人的心扉。

杜洛华转过头的时候，又碰到弗雷吉埃夫人的目光，他从那始终和善的眼神中，看出一种更明显的喜悦、一种慧黠和鼓励。

现在，所有男士都同时讲话，一个个摇头晃脑，粗声大气，讨论建造地铁的庞大计划。每个人都有满腹牢骚要发，抱怨巴黎的交通如何缓慢，有轨电车如何不便，公共汽车如何讨厌，出租马车车夫如何粗鲁，等等，直到吃完餐后甜食，这个话题才算谈完。

大家离开餐室，又去喝咖啡。杜洛华开玩笑似的将胳膊递给小女孩。她却神情严肃，向他道谢，并踮起脚，将手插进这位邻座男士的肘弯里。

他走进客厅，再次产生进入花房的感觉，只见屋内四角摆着盆栽的高大棕榈树，华美的叶子展开，伸向天花棚，再扩散成喷泉状。

壁炉两侧的橡胶树，树干像圆柱一般，墨绿的长叶层层叠叠。钢琴上方有两株不知名的小灌木，树冠圆圆的，鲜花盛开，一株深粉，一株雪白，实在太美了，看上去不像真的，仿佛是假花。

空气清新，弥漫着一股淡淡的幽香，究竟是什么香味，说不清也道不明。

杜洛华心中安稳多了，便注意观察这套住房。屋子并不很大，除了木本植物，再也没有什么引人注目的陈设，也没有什么耀眼的鲜艳色彩。然而，人待在里面就觉得很自在，有一种宁静休憩之感，有一种温馨愉悦的氛围，周身都仿佛受到爱抚。

墙上镶的壁布是旧料子，呈淡紫色，缀满苍蝇大小的丝绒小黄花。

房门上垂挂的门帘，有的是蓝灰布，有的是军黄布，上面用红丝线绣了几株石竹花。坐椅大小不同，形状各异，随意摆放，有长椅、宽大的和小巧的扶手椅、软墩和小圆凳，全都包着路易十六时期的锦缎，或乌得勒支[①]丝绒，图案为奶油底色衬出的红石榴。

“杜洛华先生，您喝咖啡吗？”

弗雷吉埃夫人嘴唇始终挂着友好的微笑，递给他满满一杯。

“好的，夫人，谢谢。”

他接过杯子，又拿起银夹子，俯下身去，正极度紧张，要从小女孩捧着的糖罐夹方糖时，忽听这位少妇悄声对他说：“您要去恭维恭维华尔特夫人。”

未待他应声，少妇就走开了。

他怕将咖啡洒在地毯上，先喝下去，等神经放松了，才设法接近他那位新老板的夫人，找机会同她攀谈。

忽然，他发现华尔特夫人手中的杯子空了，而她离桌子又远，不知放在哪儿，于是，他就急忙冲过去：“劳驾，夫人，把杯子给我吧。”

“谢谢，先生。”

他拿起杯子，返身又回来：

“夫人，您大概不知道，我在那遥远的大沙漠里，《法兰西生活报》陪伴我度过了多少美好的时光。在法国本土之外，这的确是唯一能看到的报纸，因为，比起文学性、趣味性，它胜过所有报纸，还不那么单调，什么内容都有。”

华尔特夫人微笑着，虽不经意又善气迎人，她口气严肃地答道：“这种类型的报纸正迎合新的需要，华尔特先生费了很大周折，才创办起来。”

他们就这样聊了起来。杜洛华平常话来得快，声音很有魅力，目光饱含美意；小胡子更具有难以抗拒的诱惑力，在唇上舒展，短短地卷曲着，金黄色又沾点火红，翘起的两端色彩稍淡，煞是好看。

他们谈论巴黎城区、近郊，以及塞纳河两岸，谈论温泉城市、夏日的游乐，以及各种日常的事物，这类话题无休止地谈下去，也不会累着脑子。

---

① 荷兰地区名。

后来，诺尔贝·德·瓦莱纳先生端着一杯酒走过来，杜洛华便知趣地走开了。

德·玛海勒夫人刚跟弗雷吉埃夫人聊了一会儿，这时招呼他过去："怎么！先生，"她突然对他说道，"您想尝试尝试记者这一行啦?"

于是，他泛泛谈了他的计划，然后又开始他刚同华尔特夫人聊过的话题。不过，这回他掌握得更好，表现得也更为出色，把刚才听来的话当做自己的重复一遍，同时目不转睛地凝视对方的眼睛，似乎要赋予自己的话以深刻的含义。

德·玛海勒夫人也给他讲了些奇闻趣事，那样谈笑风生，表明她是个自知聪颖，又爱表现风趣的女人。她越谈越亲热，还把手放到杜洛华的胳膊上，讲些无足轻重的事儿却压低声音，赋予她的话以一种谈心的性质。杜洛华挨着这位关照他的少妇，内心激动起来，真想立刻为她献身，保卫她，显示他的价值。他应答时往往跟不上，恰恰表明他驰心旁骛。

这时，无缘无故，德·玛海勒夫人叫了一声："罗丽娜!"小姑娘便过来了。

"坐到这儿，孩子，待在窗口你会着凉的。"

杜洛华忽然产生一种强烈的欲望，要亲亲小姑娘，就好像这样亲一亲，会有什么东西传到她母亲身上似的。

他请求的口气，既含有父爱，又含有对女性的殷勤："您能允许我亲您一下吗，小姐?"

孩子抬起眼睛，一副吃惊的样子。德·玛海勒笑着说："你就回答，今天我愿意，先生，但是这不能成为惯例。"

杜洛华马上坐下，将罗丽娜抱到他的膝上，用嘴唇拂了拂女孩额头上波浪状的秀发。

母亲十分诧异："咦，她没有逃掉，这真叫人吃惊。平时，她只让女的亲一亲。您是不可抗拒的，杜洛华先生。"

他满脸通红，不好回答，只是轻轻地摇着坐在他膝上的小姑娘。

弗雷吉埃夫人走过来，惊讶地嚷了一句："咦！罗丽娜给驯服啦，简直是奇迹!"

雅克·里瓦乐叼着雪茄，也走了过来。杜洛华起身准备告辞，唯恐言语有失，前功尽弃，毁掉他开始的创业。

他躬身告辞，抓住女士伸过来的纤手轻轻握了握，然后用力摇晃男人的手。他注意到雅克·里瓦乐的手又干又热，并相应地同他热情紧握；诺尔贝·德·瓦莱纳的手又湿又凉，从手指间滑掉；华尔特老头儿的手又凉又绵软无力，毫无表示；弗雷吉埃的手胖乎乎，又温乎乎。这位好友悄声对他说："明天，三点钟，别忘了。"

告辞出来，又到了楼道，他心中乐极了，真想跑下去，于是一步跨两个台阶，往楼下冲，忽然在三楼的大镜子里，他瞥见一位先生大步流星迎面而来，便戛然止步，一时满面羞愧，就好像叫人抓住了过错。

继而，他对着镜子照了许久，认定自己确实是个美男子，心里简直乐开了花。接着，他得意地冲自己微笑，最后又恭恭敬敬深鞠一躬，就像对大人物施礼一样，向自己的形象告辞。

## 第三章

乔治·杜洛华回到街上，心中犹豫该干点儿什么。他呼吸着夜晚的温馨空气，想到自己的前途，就渴望奔跑，幻想，一直向前冲。然而，头脑还萦绕着一个念头：华尔特老头儿要的那组文章，于是，他只好决定立即回住所，着手工作。

他拉开大脚步往回走，沿环城大道一直走到布尔索街。他住在这条街的一幢七层高的楼里，同楼有二十家工人和市民住户。他拿点火用的蜡绳照亮上楼，只见楼梯特别脏，到处是纸片、烟头和垃圾，不禁一阵恶心，真想赶快搬走，住到干干净净，铺着地毯的那种有钱人的居所。这幢楼从上到下弥漫着一股刺鼻的油腻味，是饭菜、厕所和人的混杂气味，以及陈墙旧壁的霉味，这些气味停滞在这里，怎么通风也驱散不掉。

这个年轻人的房间在六层上，从窗口往下望如临深渊，正对着西部铁路的路基大沟，在巴底尼奥尔火车站旁边隧道出口的上方。杜洛华推开窗户，双肘倚在生锈的铁栏杆上。

下面黑黝黝的大沟里，有三盏红色信号灯，一动不动，宛如野兽的巨眼；往远看还有几盏，再往远看还有。悠长或短促的汽笛声不时划过夜空，有的临近，有的勉强听得见，是从阿尼埃尔方向传来的，那种抑扬顿挫，听来好似人声在呼唤。有一次，汽笛声越来越近，仿佛持续不断的哀怨，越来越大，不久出现一大团黄光，隆隆地飞驰而来，一长串车厢在杜洛华的目光下冲进隧道。

继而，他自言自语："好啦，干活儿吧！"他将灯放在桌子上，正要写的时候，忽然发现他只有一本信笺。

凑合吧，就用信笺，于是他翻开一页，拿起鹅毛管笔，蘸了点墨水，再抬头用他最漂亮的字体写上：

非洲猎奇记

接着，他考虑第一句话如何开头。

他的手捧着额头，眼睛注视着铺在面前的一张方形白纸。

他要说些什么呢？那会儿在餐桌上讲了那么多，现在连一个故事、一件事实都想不起来了。忽然，他有了个主意："我应当从出发写起。"于是他写道："那是一八七四年，大约五月十五日，法兰西经过灾难深重的可怕年代，已然精疲力竭，正在休养生息……"

他又猛地停住，不知如何连上以下内容：他怎样上船，旅途的情景，最初令他激动的事情。

考虑了十来分钟，他还是决定立刻描绘阿尔及尔，将开场白留待次日再写。

他随即在纸上写道："阿尔及尔是个一片雪白的城市……"就再也写不出别的东西来了。脑海又浮现出那座美丽而明亮的城市，那些平房犹如瀑布，从山顶泻向大海。然而，对他当初的所见所感，却再也想不出一个词儿来表述了。

他费了九牛二虎之力，才又加了一句："居民有一部分是阿拉伯人……"然后，他把笔往桌子上一扔，站起身来。

他的小铁床躺的位置已经陷下去，只见上面扔着自己平日穿的破衣裳，空荡荡、软塌塌、皱巴巴、脏兮兮，就像陈尸房中的破衣烂衫。一张草垫椅子上，放着他那绸面帽子，是他唯一的帽子，口儿朝上，仿佛要接受施舍。

墙上糊着蓝花灰壁纸，污迹斑斑，同花朵数目几乎相当了，而且都已年深日久，说不清是怎么弄脏的，也许是按死的虫子或油点儿，也许是沾上的指尖油膏或洗衣服时溅上的肥皂沫儿，无不呈现难以示人的穷困，即巴黎带家具出租的公寓房的寒酸相。想到自己生活如此贫穷，他不禁怒火中烧，心中暗道，无论如何要摆脱这种困境，从次日起，就要结束这种辛劳的生活。

想到这里，他突然又产生了一股工作热情，重又坐到桌前，寻词索句，要大肆描述一番阿尔及尔那奇异而迷人的市容，那是神秘而幽深的非洲的门户，描述那流浪的阿拉伯人和鲜为人知的黑人的非洲，尚未开发又吸引人的非洲，遍布珍禽异兽的非洲。那里有怪鸡似的鸵鸟、神羊似的羚羊、怪诞可笑的长颈鹿、神态严肃的骆驼、庞然大物般的河马、奇形怪状的犀牛，还有大猩猩——人类可怕的兄弟，这些鸟兽仿佛为童话故事而生，有时在公园里也能看到。

他隐约感到产生了不少想法，讲一讲也许还成，如果要诉诸文字写出来，可就无能为力了。于是他又开始急躁，站起身来，只觉双手出了汗，太阳穴怦怦直跳。

他的目光落到当晚门房送来的洗衣店账单上，顿时又陷入绝望，刹那间，他的快乐情绪，连同信心和对前途的信念，全都烟消云散了。完啦，全完啦！什么也干不了，成不了大器，他觉得自己又空虚，又无能，注定一事无成。

他转身凭窗，恰巧这时，一列火车冲出隧道，裹挟着猛烈的隆隆声响，驶向远方，要穿越田野和平原，驶往海滨。于是，杜洛华又想念起父母。

那列火车要从他们附近经过，离他们的住宅只有几里远。那座小房又浮现在眼前，它坐落在康特勒村口，地处高坡，俯瞰着鲁昂城和长长的塞纳河谷。

他父母经营一家小酒店，字号"美景"，每逢星期天，城郊的市民常去用午餐。父母想把他培养成一位绅士，就送他上中学。他念完高中，却没有拿到文凭，干脆去服兵役，打算当军官，再升为上校、将军。然而，他远未干满五年，便讨厌了军旅生涯，幻想到巴黎闯荡。

望子成龙已成泡影，父母倒希望将他留在身边；而他却不顾父母恳求，服役期刚满，就来到巴黎。这回是他主动想奔个前程，展望未来。他隐约看见自己借助时势飞黄腾达，至于什么时势，在他头脑里还很模糊，但他肯定能造出来并借助上。

他在军营的日子，深得女人的青睐，轻易就弄到手几个，甚至在地位高一点的圈子里，也有过艳遇。他引诱过一名收税官的女儿，弄得那女孩要放弃一切同他私奔；他还勾引过一位公证人的老婆，后来又把人家给甩了，弄得人家寻死觅活，差点儿投河自尽。

伙伴们给他这样的评语："他是个机灵鬼，是个滑头，遇到什么事儿都能应付。"

其实，他早就打定主意，要做个机灵鬼、滑头，能应付任何事情。

他那种诺曼底人的天生意识，经由军营生活的磨炼，又经在非洲抢掠、非法获利、广行骗术而膨胀，再由军中流行的荣誉观念、尚武精神、爱国情感，以及在下级军官中流传的壮举和职业的虚荣心所激励，终于变成了三层底的八宝盒，里面货色俱全了。

不过，其中飞黄腾达的欲望占了上风。

不知不觉间，他又像每天晚上那样，开始想入非非了，想象有一次美妙的艳遇，他便平步青云，希望变成现实：他在大街上，遇见银行家或大贵族的女儿，二人一见钟情，便结婚了。

汽笛猛然一声尖叫，把他从幻梦中惊醒，只见未挂车厢的一辆火车头，从隧道钻出来，仿佛从洞里跳出的一只大兔子，喷着白汽，尖叫着沿铁轨奔跑，驶向机修厂休息去了。

于是，一直萦绕在他头脑中的又快活又模糊的希冀，重又占据他的心，他朝夜空随意抛出一吻，是抛向他所期待的女子形象的爱情一吻，是抛向他所觊觎的红运的渴望一吻。然后，他关上窗户，开始脱衣服，同时自言自语："算了，明天早晨，我的精神状态会好些,今天晚上脑子太乱。也许是酒喝得有点儿过量了,这种状态出不了好活儿。”

他上床熄灯,随即就睡着了。

盼望好事或有愁事的日子就醒得早,杜洛华早早醒来,跳下床,走过去打开窗户,以便如他常说的那样,干他一大杯新鲜空气。

隔着铁路的宽沟,对面便是罗马大街。街上的房舍,在朝阳的光照中非常明亮,仿佛粉刷成白色。往右侧远眺,能望见阿让特伊山丘、萨诺瓦高地和大麦山的风车,上面罩着淡蓝色的薄雾,宛如扔在地平线上一小块飘浮的透明纱巾。

杜洛华伫立了几分钟,眺望那远方的田野,喃喃说道:“像这样的天气,到那边游玩一定很开心。”可是转念又一想,他必须做事,说干就干,先拿出十苏钱,打发门房的儿子去办事处给他请个病假。

他坐到桌前,拿起羽毛管笔,蘸了一下墨水,手捧额头想主意,可是徒然,什么也没有想出来。

然而,他并不气馁,心中暗道:

“嗳,我还没有这个习惯。干哪一行都得学,这行也不例外。头几次要有人拉一把。我去找找弗雷吉埃,他用十分钟,就能把这篇文章给我搞出来。”

他换上出门的衣服。

到了街上,他又觉得他的朋友一定睡得很晚,现在登门还为时太早。于是,他开始悠然散步,走在环城大道的树阴下。

还不到九点钟,他已走到蒙索公园,浇过的花草湿漉漉的,十分清新。

他捡一张长椅坐下,又幻想起来。一个小伙子打扮得十分漂亮,在他前面走来走去,显然在等待一个女子。

那女子出现了,她戴着面纱,脚步匆匆,同他略一握手,挽住他的手臂,二人便走开了。

一种情爱的需要,激荡着冲入杜洛华的心田,他需要高雅的、温馨的、细腻的情爱。他起身又往前走,不免想到弗雷吉埃。那家伙,还真够走运的!

他到了弗雷吉埃家的楼门口,正撞见他的朋友出来。

“你来啦!这么早!找我有什么事儿吗?”

正好撞上人家要出门,杜洛华一时慌了神,结结巴巴地说道:

“是这样……是这样……我那篇文章,写不出来,你知道,就是华尔特先生要我写阿尔及利亚的那篇文章。这没有什么奇怪的,我从来没有写过东西。这跟别的事儿一样,需要实践。我倒是确信,我很快就会熟悉。不过开始,我真是不知道该从哪儿下手。各种想法都有，可就是表达不出来。”

他颇为犹豫，便住了口。弗雷吉埃狡黠地微笑着：“这情况我知道。”

杜洛华接着说：

“开始阶段，大概人人都会碰到。这不，我来了……我来求你帮我一把……有十分钟，你就能把我领上道儿，指示我怎么走，给我好好上一堂作文课，没有你，我是闯不出来的。”

对方始终快活地微笑着，他拍了拍老战友的胳膊，说道：

“去找我妻子吧，她会给你解决问题，处理得跟我一样好。我训练过她干这种差事。今天早晨我没有时间，要不然我就给你干了。”

杜洛华突然吓住了，他非常犹豫，绝不敢这么贸然：

“可是，在这种时刻，我总不能跑去打扰她吧？……”

“嗳！完全可以。她已经起床了。你到我的书房，就会看见她正在为我整理笔记。”

杜洛华死活不肯上楼。

“不行……这怎么成……”

弗雷吉埃抓住他的肩膀，揪他转了半圈，再朝楼梯推去：“去吧，你这个大傻瓜，叫你去你就去！你总不至于逼我再爬上四楼介绍你，再说明你的情况吧。”

杜洛华这才下了决心：“谢谢，我去好了。我就对她说，是你逼我的，非逼我去找她不可。”

“行啊，放心吧，她吃不了你。千万别忘了，过一阵儿，三点钟。”

“唔！放心吧。”

弗雷吉埃急匆匆走了，杜洛华则一级一级慢腾腾上楼，心里嘀咕该怎么说，会受到什么样的接待。

仆人来开门，他扎着蓝围裙，手中拿着扫帚。

“先生出门了。”他不等发问就先说了。

杜洛华却坚持说：“请问问弗雷吉埃夫人能不能接待我。告诉她，刚才我在街上遇见她丈夫，是他让我上来的。”

然后，他就等着回话。仆人又返回来，打开右边一扇门，说道：“夫人等您呢，先生。”

她坐在办公椅上。屋子很小，四壁全被书籍遮住，所有的书都整齐地排列在黑木书架上，有红色、黄色、绿色、紫色和蓝色各式各样的精装本，为单调的排列增添了色彩和欢快。

她穿一件镶花边的白色便袍，总那么笑容可掬，这时转过身来，伸过手去，肥大的衣袖里便露出裸臂。

“这么早就光临？”她说道，随即又补充一句，“只是随便问问，毫无责备之意。”

杜洛华结结巴巴地答道：

“唉！夫人，我在下面碰见您丈夫，本不愿上来，可是他非要我上来见您不可。实在不好意思，我都不敢说明来意了。”

她指着一把椅子：“请坐下，说吧。”

她两根指头夹着鹅毛管笔，灵活地摆弄转动着，面前有一大张纸，已经写了半篇，因这位年轻人的来访而暂停了。

她坐在写字台前，就像在自己客厅里一样自如，就像在忙她的日常家务似的。便袍里飘逸出一股幽香，是刚梳洗后的清新之气。杜洛华极力揣测，觉得隔着便袍柔软的布料，能看出这少妇的肉体雪白而光亮、丰满而火热。

少妇见他不开口，又问了一遍：“您说呀，到底是什么事儿？”

杜洛华犹犹豫豫，嘴里咕哝道：

“是这样……实在是……不敢冒昧……只因昨天晚上我工作到很晚……今天早晨……又早早起来……要按华尔特先生的要求，写关于阿尔及利亚那篇文章……可是，一点儿像样的东西也没有写出来……我写的草稿全撕了……这种工作，我没有干过；于是来求弗雷吉埃帮忙……帮这一次……”

少妇受到恭维，心中好不得意，她开心地笑着，打断他的话：“他就让您来找我啦？……承情看得起……”

“不错，夫人。他对我说，您能帮我摆脱困境，比他做得还要好……可是我，实在不敢，也不愿打扰您。您理解吧？”

少妇站起身：

“这样合作，会很有意思的。我真赞赏您这主意。来，您就坐到我这位置上，因为报社里的人熟悉我的笔迹。我们一起来炮制您的文章，这回，可是一炮打响的文章。”

杜洛华坐下，拿起一支笔，在面前铺展一张纸，便等待对方指示。

弗雷吉埃夫人站在旁边，看他做好这些准备，然后，她从壁炉上拿了一支香烟，点着了：

“我干活儿不能不吸烟，”她说道，“喏，我们讲述点儿什么呢？”

杜洛华惊异地抬头望她：“我不知道哇，我就是为这个来求您的呀。”

少妇又说道：“对，这事儿我来安排。我做调料，可是还得有菜呀。”

杜洛华待在那里十分尴尬，犹豫再三，终于说道：“我想从头讲述我那趟旅行……”

这时，少妇在对面坐下，隔着大办公桌凝视他：“好吧，先讲给我听听，只讲给我一个人，明白吧，从从容容的，什么也不要漏掉，然后我再取舍。”

可是，她见年轻人还是不知从哪儿谈起，便开始提问，就像神父在忏悔室里那样，提一些非常具体的问题，帮他回忆起已然遗忘的细节、当时碰到的人物、只有一面之缘的形象。

她就这样，迫使他谈了一刻钟，然后突然打断他的话，说道：

“现在我们就开始写吧。首先，我们假设您是在向一位朋友谈您的印象，这样，您就可以信口开河，发表各种各样的看法，我们若是做得到的话，可以又自然又风趣。开始吧：

亲爱的亨利：

你想了解阿尔及利亚的情况，会如愿以偿的。我在栖身的干垒小屋里无事可干，就逐日逐时记录我的生活，现将近乎日记的东西寄给你。有些地方，可能写得太露骨了，无所谓，反正您也不必给您认识的女士看……

她停了停，重又点着熄灭的香烟。在纸上刷刷作响的羽毛管笔也停下了。

“我们接着往下写。”她说道。

阿尔及利亚是一个法属国家，面积很大，毗连鲜为人知的广袤地区，即所谓的大沙漠：撒哈拉、中非等等。

阿尔及尔是这块奇异大陆的门户，是雪白而美丽的门户。

不过，首先得前往，这种旅途，可不是人人都觉得美妙的。你了解，我曾为上校驯马，是个非常出色的骑手。然而，一名出色的骑手，很可能是个非常糟糕的水手。我就是这种情况。

你还记得军医辛普勒达，我们叫他伊贝卡博士的那个人吧？医务所是块福地，当时我们认为时机成熟，可以到那里休养二十四小时，就去找他看病。

他穿着红军裤，坐在椅子上，肥胖的大腿劈开，双手按着膝盖，臂肘悬空，手臂构成桥拱的形状，那对大眼珠滴溜溜转，用牙齿咬着自己的小白胡须。

大概你还记得他的处方：

“该士兵患了胃功能紊乱症，要按本处方服用三号催吐剂，休息十二小时，症状自会消失。”

这种催吐剂十分灵验，绝对无法抗拒。既然必须如此，那就吞服下去。既然遵照了伊贝卡博士的处方，那就可以心安理得地休息十二小时。

是的，亲爱的朋友，要抵达欧洲，那就必须在四十小时期间，遵照大西洋远洋轮船公司的处方，接受另外一种无法抗拒的催吐剂……

弗雷吉埃夫人搓着双手，十分得意自己的这一构思。

她站起身，又点燃一支香烟，开始踱步，一面继续口授，一面吞云吐雾，只见从她紧闭双唇的正中小圆洞里，一缕烟笔直喷出来，继而在空中扩展消散，化为缕缕灰线，仿佛透明的雾，又好似蛛网的蒸汽。有时，她一挥手掌，便抹掉这些经久不散的淡淡痕迹；有时，她则用食指果断地一切割，再一本正经地注视着被截为两段的，几乎看不见的烟气慢慢消逝。

杜洛华抬眼关注她的每个手势、每种姿态、身体的每个动作和面部的每个表情，只见她做这种不大明确的游戏，却丝毫也不妨碍思路。

现在，她想象旅途如何艰难曲折，并开始描绘她杜撰出来的旅伴的形象，还编造一段艳遇，那女子是去探亲的一名步兵上尉的妻子。

然后，她又坐下来，要杜洛华介绍阿尔及利亚的地理，对此她一无所知。只用了十分钟，她在这方面的知识就赶上杜洛华了。于是，她又写了一小章，专门讲解政治地理和殖民地理，以便让读者有个思想准备，去理解以后文章要提出的严肃问题。

接着，又写到去奥兰省旅行，这趟旅行完全是异想天开，主要介绍女人：摩尔女郎、犹太女郎、西班牙女郎。

“只有这个话题才能引起人的兴趣。”她说道。

文章结尾是到高原脚下的赛伊达小住，讲述一小段美妙的恋情：下级军官乔治·杜洛华爱上一名西班牙女工，她在艾因哈加尔手工做坊干活儿，二人在光秃秃的山中幽会，通宵听到豺狼、鬣狗和阿拉伯狗在岩石间狂吠嚎叫。

然后，她欢快地宣布：“明天待续！”她随即又站起身来：“文章就是这样写出来的，亲爱的先生。请署名吧。”

杜洛华还有些迟疑。

“您倒是签名啊！”

于是，杜洛华笑起来，他在手稿下方写上：“乔治·杜洛华”。

弗雷吉埃夫人边走边吸烟。杜洛华一直注视着她，却想不出一句话来表示感谢，只觉得在她身边很幸福，内心充满感激之情，以及这种亲密关系所带来的肉体快感，觉得周围的一切都是她的一部分，一切，包括书籍遮住的墙壁。坐椅、家具、漂浮着烟草味的空气，都有点特殊，都有点来自她身上的善良、温柔和可爱的气息。

她猛地问道："您觉得我的朋友德·玛海勒夫人怎么样？"

杜洛华不免一惊："哦……我觉得她……我觉得她很有魅力。"

"对不对？"

"对，当然了。"

他很想加上一句："但是比不上您。"可他根本没这个胆量。

她又说道：

"大概您还不知道，她有多风趣，有多独特，有多聪明啊！可以比作吉卜赛女郎，地地道道的吉卜赛女郎。她丈夫不怎么爱她，就是这个原因，眼睛只盯着她的缺点，根本不会欣赏她的长处。"

听说德·玛海勒夫人是有夫之妇，杜洛华不胜惊诧，殊不知这是极其自然的事。

他问道："哦……她有丈夫？她丈夫是干什么的？"

弗雷吉埃夫人微微耸了耸肩膀，又挑了挑眉毛，动作协调一致，意味深长，却又难以理解。

"唔！他是北方铁路的视察员，每个月回巴黎住一星期。他妻子称这是'义务'或者'一周苦役'，或者'受难周'。以后熟了，您就会看出，她的感情多么细腻，为人多么热情。等哪天，您要去瞧瞧她。"

杜洛华不想走了，仿佛他是在自己家里，可以这样一直待下去。

不料房门无声地打开了，根本没有通报，就走进来一位高个子先生。

那人瞧见屋里有个男人，便立刻站住。弗雷吉埃夫人一时显得有点尴尬，从肩膀到面颊略有点发红，不过，她声调还是很自然地说道："您倒是进来呀，亲爱的。介绍一下，这是查理的好友，未来的记者，乔治·杜洛华先生。"

然后，她又以无所谓的口气介绍："我们的最要好最亲密的朋友，德·沃德莱克伯爵。"

两个男人彼此见礼，四目对视凝注。杜洛华立即告辞。

女主人也没有挽留。他讷讷讲了两句感谢的话，握了握少妇伸过来的手，又向刚来的表情冷淡而严肃的社交人士鞠了一躬，便匆匆离去，一时心里慌乱极了，就仿佛自己干了一件蠢事。

他重又来到街上，觉得情绪低落，心里别扭，一股淡淡的忧伤挥之不去。他信步往前走，心中纳罕，何以突然产生这种愁绪，根本找不出原因来，而脑海里不断浮现德

·沃德莱克伯爵那副形象:那冷峻的面孔有点见老,头发花白了,表情稳重而傲慢,显然是个非常富有而又极为自信的人。

现在他意识到,正是这个陌生人的到来,打断了他已然习惯的一次美美的单独谈话,往他心中播下一种气馁绝望的情绪。须知这种情绪极易产生,往往听到一句话,看见一幅悲惨景象、一点微不足道的事情就能引发。

他还觉得,那人见他在那里颇不高兴,但又猜不出是何缘故。

下午三点之前他无事可干,现在还不到十二点。兜里还有六法郎五十生丁,先去杜瓦尔粥铺吃午饭,再沿着树阴大道游荡一阵,打三点钟的时候,他便登上《法兰西生活报》那条招摇的楼梯。

几名员工坐在长椅上,叉着手臂等待吩咐差事。一名收发员坐在类似讲桌的小桌后面,正在整理刚到的信件。这种场面的安排可谓十分高明,足令来访者肃然起敬。人人衣着规整,个个派头十足,精神抖擞,不愧是一家大报的前厅人员。

杜洛华问道:"请问,华尔特先生在吗?"

收发员答道:

"社长先生正在同人谈话。先生可以坐下稍候。"说着,他指了指已经满员的候见室。

候见室里有一些佩戴勋章、神态庄严的大人物,也有一些衣着不整的人:礼服一直扣到领口而看不见内衣,衣襟上的污迹好似地图上的陆地和海洋。男人堆里还混杂着三个女人,其中一个容貌很美,笑吟吟的,打扮得花枝招展,一副轻佻的样子;她旁边的那个则戴着悲剧人物的面具,脸上生了皱纹,同样打扮得花枝招展,但浑身透出一种凋残和做作的意味,如同离开舞台的女戏子,走了样的老来俏,变了味的爱情香水。

第三个女人身穿孝服,躲在角落里,一副寡妇的伤心相。杜洛华心想她是来讨施舍的。

二十多分钟过去了,没有叫一个人进去。

于是,杜洛华想出个主意,他又去找传达:"华尔特先生约我三点钟见面。"他说道,"不管怎样,您总可以看看,我的朋友弗雷吉埃先生在不在"。

对方便让他穿过长长的一条走廊,进入一间大厅,只见四位先生围坐在一张宽大的绿色桌子旁,正在写东西。

弗雷吉埃则站在壁炉前,叼根香烟,正玩棒接球游戏。他玩得很熟练,每次都能用木棒尖顶起黄杨木大球,同时数着:"二十二、二十三、二十四、二十五。"

杜洛华接口说了声:"二十六。"他的朋友抬眼瞧瞧,并未停止手臂规律性的动作。

“咦！你来啦！——昨天，我一连玩了五十七下。我们社里，只有圣保丹比我厉害。你见到老板了吗？要看大胖子诺尔贝玩这种游戏，简直能逗死人：他张着大嘴，就好像要把球吞下去似的。”

一名编辑扭过头来：

“唉，弗雷吉埃，这种玩具，我知道有一副要出手，棒极了，是用安的列斯群岛产的木头做的，据说当年是西班牙王后的玩具。要六十法郎，不算贵。”

弗雷吉埃问道：“在哪儿？”说话间，第三十七下接空了，他便打开一扇柜门，杜洛华瞧见柜里有二十几副棒接球，做工都很精细，排列得很规整，还编了号，仿佛收藏的古董。弗雷吉埃将玩的那副放回原处，又问了一遍：“那宝贝在哪儿？”

那编辑回答：“在滑稽歌剧院的一个售票商那里。你想看的话，明天我把东西给你带来。”

“好，一言为定。真那么好，我就要了。棒接球这玩意儿，总是多多益善。”

接着，他又转向杜洛华：“随我来吧，我带你去见老板，不然的话，你得一直泡到晚上七点。”

二人再次穿过候见室，还是原班人马待在那儿，还是原来的秩序。弗雷吉埃一露面，那个少妇和那个年老的“女戏子”便急忙站起身，朝他走来。

弗雷吉埃分别把她们带到窗口那边，尽管他们压低声音说话，杜洛华还是听出他以“你”称呼她们。

然后，弗雷吉埃和杜洛华推开包了软垫的两扇门，走进社长办公室。

持续了一个多小时的所谓谈话，不过是同杜洛华昨天见过的那几位戴平顶帽的先生打纸牌。

华尔特先生手里拿着牌，精神高度集中，出牌的动作十分诡秘；对家则像个老赌徒，摆弄着五颜六色的薄薄的纸牌，忽而压下，忽而抬起，一副灵活、乖觉和优美的姿态。诺尔贝·德·瓦莱纳坐在社长办公椅上，正在写文章，而雅克·里瓦乐则躺在长沙发上，闭眼抽着雪茄。

室内憋闷，一股家具皮革、陈旧烟草和印刷油墨的气味，这是编辑部的特有气味，记者无不熟悉。

在镶嵌铜饰的黑色木桌上，一大堆东西，简直令人难以相信，有信函、明信片、报纸、杂志、送货单，以及各种各样的印刷品。

弗雷吉埃同站在打牌者背后的赌客握手，一声不吭地观战，等华尔特老头儿一赢，便上前介绍：“我朋友杜洛华来了。”

社长猛地从镜片上面瞥了年轻人一眼，然后问道：“我要的文章带来了吗？今天正好赶上，和莫莱勒的辩论同时见报。”

杜洛华从兜里掏出折成四折的几张手稿：“带来了，先生。”

老板喜形于色，微笑道：“很好，很好。您挺有信用。我得审阅一下吧，弗雷吉埃？”

弗雷吉埃忙不迭地答道：

“不必了，华尔特先生，我同他一起编这个专栏，搞得很好。”

现在，是一位又高又瘦的先生，位于中间偏左的议员在发牌。社长接着牌，毫不在意地补充一句：“那就太好了。”

弗雷吉埃抢在这一局开始之前，俯身对着他的耳朵说道：

“您知道，您答应我聘用杜洛华，取代马朗波。我给他同样的待遇，您说好吗？”

“好，很好。”

这位记者抓起朋友的胳膊，把他拉走了，而华尔特先生又打起牌来。

诺尔贝·德·瓦莱纳头也不抬，他仿佛没有瞧见或者没有认出杜洛华来。雅克·里瓦乐则不然，同他握手时非常用力，显得很热情，就像个能靠得住的好伙伴。

他们再次穿过候见室。弗雷吉埃见所有人都投来目光，便对那位年轻女子，以所有人都听得见的声音说道：

“社长过一会儿就接见您，此刻他正同财政预算委员会的两名委员谈话。”

说着，他匆匆走过去，那样子就像有紧急的事要办，要立刻拟一份无比重要的电文似的。

他们一回到编辑室，弗雷吉埃马上又拿起棒接球玩起来，他一边数着次数，一边断断续续地说：

“就这样定了。每天下午三点钟，你到这儿来，我告诉你去跑什么事儿，要见什么人，当天下午、晚上，或者次日上午……一……我先给你开一封介绍信，把你介绍给警察局第一办公室主任……二……他会让你同他一名属下联系。警察局所有重要消息……三……当然，官方和半官方的全包括，你就同那人安排。具体问题你找圣保丹，他熟悉……四……等一会儿，或者明天，你见见他。最重要一点，你要善于从我派你去见的人嘴里套出话来……五……而且无论到哪儿，还要设法钻进那些关闭的门……六……干这些差事，你每月有二百法郎的固定收入。此外，你自己写得有趣新闻每行两苏钱……七……再加上约你写的各种题目的文章，也是每行两苏……八……”

接着，弗雷吉埃的注意力完全移到游戏上，继续慢慢地数着：“……九……十……十一……十二……十三……”第十四下球掉了，气得他骂道：

“他妈的，这个十三，总给我带来晦气。我也非得赶在十三号那天死不可！”

一名编辑活儿干完了，也从柜子里取出一副棒接球。那人个头儿矮小，虽有三十五岁了，还是长着一张娃娃脸。又进来好几名记者，他们也分别拿出各自的玩意儿。不大工夫，就有六个人并排背靠着墙，以相同的节奏和动作，向空中抛着红色、黄色或黑色的天然色彩的不同木质的球。他们展开了一场较量，两名还在写稿的编辑也站起来，充当裁判并计数。

弗雷吉埃赢了十一点，那个娃娃脸的小个子输了，他按铃叫来办事员，吩咐一声："九杯啤酒。"等饮料这工夫，他们又玩了起来。

杜洛华也拿起一杯啤酒，和他这些新同事一起喝了，然后问他朋友："要我干点什么？"

对方回答："今天，没有给你安排什么事儿。你可以自便了。"

"那么……我们的……我们那篇文章……今天晚上就发排吗？"

"对，不过，用不着你管了。校样我来改。你去把明天要的续篇写好，还像今天这样，下午三点钟来这儿。"

杜洛华便道别，握了所有人的手，却不知那些手的主人叫什么，然后满心欢喜，精神抖擞，走下那条华丽的楼梯。

## 第四章

乔治·杜洛华渴望瞧瞧他的文章印成铅字的样子，有点兴奋过头，一夜没有睡好，天刚刚亮就起了床，跑到街上去转悠，离送报人挨个儿给报亭送报的时间还早呢。

他完全清楚，《法兰西生活报》先送圣拉扎尔车站，然后才送到他住的那个区，于是他走到车站，可时间还是太早，只好在人行道上溜达。

他看见卖报的女人来了，打开玻璃亭子，继而又望见一个男子头顶一大摞对折的大版报纸，就急忙跑过去，却只有《费加罗报》、《吉尔·布拉斯报》、《高卢人报》、《时事报》，以及另外两三种晨报，还不见《法兰西生活报》。

他忽然担起心来：《非洲猎奇记》会不会推到次日再刊登，或者会不会在最后时刻，不巧华尔特老头儿又不喜欢了。

他返身又朝报亭走去，发现开始售《法兰西生活报》了，原来是他自己没有瞧见送报人。他急忙跑过去，扔下三苏钱，打开报纸，浏览第一版——根本没有——他的心怦怦跳起来，又翻到第二版，看到一个栏目的下方用大号字印着："乔治·杜洛华”，他激动不已。刊登啦！多叫人高兴啊！

他手里拿着报纸，帽子歪到一边，什么也不想，又信步走起来，真想拦住每个行人，对他们说：“买这份报！买这份报吧！上面刊登了我的一篇文章。”他也希望像晚上报贩在树阴大道上叫卖那样，放开嗓子呼喊：“请看《法兰西生活报》，请看乔治·杜洛华的文章《非洲猎奇记》！”他忽然产生一种强烈的欲望，要亲眼看看这篇文章，要在公共场所，在一家咖啡馆最显眼的地方看这篇文章。于是，他开始寻找已经有不少顾客的一家店铺。走了好长时间，最后看见一家酒店坐着好几位顾客，便坐到门前露天座，说了一声：“一杯朗姆酒！”却没有想这种时刻，本来应当喝苦艾酒。继而，他又叫道：“伙计，给我《法兰西生活报》看看。”

一个系白围裙的人跑过来：

“先生，我们没有那种报，这里只有《号召报》、《世纪报》、《明灯报》和《小巴黎人报》。”

杜洛华非常愤慨，怒冲冲地嚷道：“那边有报亭！去给我买一份来！”伙计赶紧跑去，把报纸买回来。杜洛华开始看他那篇文章，好几次高声赞叹：“很好，很好！”故意引起邻座的人注意，使他们渴望了解报上的内容。他把报纸丢在餐桌上就走了。老板发现了，便招呼他：“先生，先生，您的报纸忘在这儿了。”

杜洛华答道：

“我看过了，留给您。今天上面有一篇文章，还真有趣。”

他没有指出是哪篇文章。他离开时，果然看见邻座一位顾客操起他留在桌上的那份报。

他心中合计：“现在，我干点儿什么好呢？”于是，他决定去办公室领当月的工资，再提出辞职。他的上司和同事见他如此举动，那种惊讶的样子，他事先一想，就高兴得浑身打颤。再想到上司会大惊失色，他更是心花怒放。

他缓步走着，要拖至九点半之后到达，因为会计室十点钟才开门。

他的办公室空间很大，但是昏暗得很，冬季几乎整天要点着煤油灯。窗户朝着狭小的院子，对面是其他办公室。这间办公室里有八名职员，还有一位副科长，隔着一道屏风躲在角落里。

杜洛华先去领工资，总共一百一十八法郎二十五生丁，早已装进黄色信封里，放在负责发工资的那名职员的抽屉里。他领了工资，便以胜利者的姿态，走进他度过不少日子的宽大办公室。

他一进屋，副科长包代勒就叫他：“哦！是您吗，杜洛华先生？科长叫过您好几次了。您也知道，没有医生证明，连续请两天病假，他是不准许的。”

杜洛华挺立在办公室中央，准备制造效果，他朗声答道："哼！我才不管那一套呢！"

所有职员都惊呆了。包代勒的头从屏风上面探出来，一副惶恐的神色。

他特别容易感冒，受不了穿堂风，总是关在屏风里面，就像躲进箱子里一样，只是在屏风纸壁上挖两个洞，以便监视他的属下。

室内一片死寂，苍蝇飞的声音都听得见。副科长终于迟疑地问道："您说什么？"

"我说我不管那一套。我今天是来辞职的。我到《法兰西生活报》当编辑了，每月挣五百法郎，还不算按行计酬的文章。今天早晨，我已经开始到那里上班了。"

他心里本来打算多逗一会儿乐子，可是他按捺不住，一下子就和盘托出了。

不过，倒是完全达到了预期效果。办公室的人一个个都愣在那儿了。

于是，杜洛华又宣布："我去通知贝尔居易先生一声，回头再来同诸位告别。"

他出了办公室，去找科长。科长一望见他就厉声嚷道："咳！您来啦！您应当知道，我不愿意……"

杜洛华打断他的话："嚷嚷什么，别来这套……"

贝尔居易先生是个大胖子，面孔本来就红得像鸡冠子，这一惊非同小可，更是呆若木鸡了。

杜洛华又说道："您这破地方我待够了。今天上午，我已经开始记者生涯了，报社给我的待遇很高。在下向您致敬了。"

他掉头走了，这下子总算报了仇。

他果然又回去，跟老同事一一握手话别。大家怕惹来麻烦，几乎不敢同他说话，因为办公室门敞着，刚才他同科长的谈话，他们全听见了。

他兜里揣着工资，又来到大街上。他知道一家好餐馆，价钱便宜，到那里美美吃了一顿午饭，又买了一份《法兰西生活报》，走时留在餐桌上。他还走进好几家商店，买了一些小东西，只为让人送货上门，好把他的名字——杜洛华——告诉人家。每次他还要加上一句："我是《法兰西生活报》的编辑。"

然后，他又说明街道和门牌号，并且特意嘱咐一句："请放在门房那儿。"

还有点时间，他就走进一家印字店铺，那里印制名片立等可取，他叫人马上给他印制一百张，在他名字下面印上新头衔。

然后，他前往报馆。

弗雷吉埃摆出上司的架子，接待他就像接待一名属下。

"哦！你来了，很好。正好有几件事儿派你去干。请等我十分钟，让我把手头的事儿忙完。"

一封信已经开了头，他接着写下去。

一个矮个儿男人坐在大桌子另一端，正在写什么，因高度近视鼻子几乎贴在纸上，他身体相当胖，脸色十分苍白，秃脑壳雪白锃亮。

弗雷吉埃问道："喂，圣保丹，你几点钟去采访那个人？"

"四点。"

"你带着杜洛华，让他见识见识干这一行的诀窍。"

"好吧。"

弗雷吉埃转过身来，又对他的朋友说："关于阿尔及利亚的续篇，你带来了吗？今天早晨这个开篇非常成功。"

杜洛华一时怔住，结结巴巴地答道："没有……我原以为下午还有时间……有一大堆事情要处理……我还没能……"

对方颇不高兴，耸耸肩膀："你若是不再准时一点儿，还像这样的话，那非得断送自己的前途不可。华尔特老头儿本来还指望你的稿件呢。我去对他说你明天交稿。你若是以为什么事儿不干，白拿工资，那可就错了。"

他沉吟了一下，又加了一句："要趁热打铁呀，真见鬼！"

圣保丹站起身，说道："我准备好了。"

这时，弗雷吉埃身子往椅背上一仰，摆出一副郑重其事的架势，开始下达指示，然后又转向杜洛华：

"情况就是这样。中国将军李腾佛，到巴黎已经两天了，在大陆饭店下榻；印度公主塔波扎西布·拉马德拉奥·巴里，在布里斯托尔饭店下榻。你们去采访采访他们。"

他又转向圣保丹：

"千万记住我交代给你的要点，问问中国将军和印度公主，他们对英国在远东的所作所为有什么看法，对英国的殖民统治制度有什么看法，他们是不是希望欧洲，尤其是法国介入他们的事务。"

他停了一下，又泛泛地补充道：

"目前，公众舆论对这些问题特别感兴趣，读者若能同时了解中国和印度的态度，那就再好不过了。"

他又单独嘱咐一下杜洛华：

"瞧瞧圣保丹是怎么干的，他可是个非常出色的采访记者，学着点儿，掌握诀窍，五分钟就把对方的话掏干净。"

然后，他又郑重其事地写起来，那意图昭然若揭，就是要拉开距离，将他过去的老战友，现在的新同事放在应有的位置上。

二人一跨出门槛，圣保丹便哈哈大笑，对杜洛华说：

“瞧他那神气活现的样子！对我们也这样大吹大擂，简直就把我们当成他的读者了。”

二人来到树阴大道上，采访记者问道：“您要喝点儿什么吗？”

“好啊！天儿这么热。”

他们走进一家咖啡馆，叫了清凉饮料。圣保丹开口讲起来，谈论报社，谈论所有人，举出大量惊人的事例。

“老板吗？是个地地道道的犹太人！您知道犹太人，谁也改变不了他们的天性。那是什么种族啊！”他列举一些令人惊讶的吝啬的特点，那种吝啬是以色列的子孙所特有的：怎么费尽心机省下十生丁，怎么像厨娘那样讨价还价，怎么不顾脸面要求减价并总能得逞，怎么放高利贷、抵押借款等一整套手段。

“这还不算，这老家伙什么都不信，见人就骗。他办的报纸，就是传播小道消息的，什么天主教的观点、自由派的观点、共和派的观点、奥尔良派的观点，全都刊登，是个大杂烩，是个卖便宜货的流动百货摊，目的还是声援他的股票交易和各种各样的经营。他干这个手段可高明了，利用资本不到四个铜板的一些公司，一赚就赚上几百万……”

他口若悬河，还管杜洛华叫“我亲爱的朋友”。

“这个守财奴，讲出来的话都是巴尔扎克式的。想想看，有一天，我在他的办公室里，那里还有那个老古董诺尔贝，那个堂吉诃德式的人物里瓦乐，碰巧行政主任蒙特兰到了，腋下夹着巴黎无人不晓的那个摩洛哥羊皮包。华尔特扬起鼻子，问道：‘有什么新鲜事儿？’

“蒙特兰天真地回答：‘我刚付了我们欠纸店老板的钱，一万六千法郎。’

“老板腾地跳起来，真是惊人的一跳。

“‘你说什么？’

“‘我刚才向普立瓦先生付了我们的欠款。’

“‘啊，您疯啦！’

“‘怎么啦？’

“‘怎么啦……怎么啦……怎么啦……’

“他摘下眼镜，擦了擦，然后奇妙地微微一笑，这种微笑每次从他那大脸盘周围掠过，就表明他要讲什么鬼话或者粗话了。果然，他以冷嘲热讽而又坚信不移的口气说道：‘怎么啦？就因为我们在这笔款上，还能扣下他四五千法郎。’

“蒙特兰惊讶不已，又说道：‘可是，社长先生，那一笔笔账目都合乎规定，是由我核实，由您签署的……’

“老板一听，神态又严肃起来，郑重说道：‘您可真够天真的。要知道，蒙特兰先生，必须等欠债积累多了，结账时才好争取打折扣。’”

圣保丹行家似的点了点头，又加了一句：“嗯？这家伙，是不是巴尔扎克式的人物？”

杜洛华没有读过巴尔扎克的作品，但也深信不移地回答：“哦，当然啦。”

接着，采访记者又谈到华尔特夫人，说她是个十足的蠢货；谈到诺尔贝·德·瓦莱纳，说他是个一事无成的老笨蛋；谈到里瓦乐，说他是炒记者费尔瓦克冷饭的。然后，又回到弗雷吉埃：“至于这个人啊，他不过是有福气，娶了那样一个老婆。”

杜洛华问道：“他老婆到底是怎样一个人？”

圣保丹搓了搓手：

“唔！那可真是个机灵鬼，鬼机灵。她是那个老色鬼德·沃德莱克的情妇，德·沃德莱克伯爵给她置了嫁妆，把她嫁出去……”

杜洛华突然感到一阵透心凉，不禁怒火中烧，真想臭骂一顿，扇这饶舌的家伙几个耳光。不过，他只是接口问道：“圣保丹就是您的本姓吗？”

对方直截了当地回答：“不是，我叫托马。圣保丹是报社里给我起的绰号。”

杜洛华付了饮料钱，又说道：“我看时候不早了，我们该去采访那两位大人物了。”

圣保丹哈哈笑起来：

“您哪，还是太天真了。您以为我真的会跑到那儿去，问那个中国人和那个印度人怎么看英国吗？面对《法兰西生活报》的读者，他们应该怎么想，就好像我不比他们更清楚似的。这类中国人、波斯人、印度人、智利人、日本人，还有其他国家的人，我已经采访了不下五百个了。在我看来，他们的回答全是一个口径。我只要把我最后采访的那个人所写的文章拿出来，逐字逐句重抄一遍就成了。要改动的地方，无非是他们的长相、姓名、头衔、年龄，以及他们的随员。哦！在这方面，万万不能出错，否则，《费加罗报》或者《高卢人报》马上就会把我揪出来。至于要改动的情况，到布里斯托尔饭店和大陆饭店，问问门房，五分钟我就打听清楚了。我们抽着雪茄，一路步行去。总共能向报社要一百苏的车马费。喏，亲爱的，讲究实际的人，就是这么个干法。”

杜洛华问道：“若是这么着，当采访记者，进项一定可观吧？”

这位记者诡秘地答道：“是啊，不过，社会新闻的进项，哪方面也比不上，因为那是变相广告。”

二人站起身,沿树阴大道朝玛德莱娜教堂走去。突然,圣保丹对他同伴说:

“要知道,您有什么事儿,尽管去办好了。我这儿用不着您。”

杜洛华同他握手告别了。

他一想起晚上要写那篇文章,心里就烦得要命,但还是开始构思。他边走边考虑,往脑袋里储存一些念头、想法、见解和小故事,就这样一直走到香榭丽舍大街的尽头,只见行人寥寥,因为近日天气炎热,巴黎街头空荡荡的。

他到了星形广场的凯旋门,就近找了一家小酒店吃晚饭,然后沿着环城大道缓步走回住所,坐到桌前要写文章了。

然而,他一看到眼前这张大白纸,脑子里搜集的材料一下子就跑光了,就好像化作云烟消失了。他力图抓回一些片段的回忆,固定下来,可是抓回来又跑掉,要不然就是乱七八糟胡来一堆,不知道如何介绍修饰,也不知道从何谈起。

他费了一小时的劲儿,涂黑了五张纸,还是开头那几句话,根本写不下去。他心中暗道:“这行我还没练出来,应当再去上一课。”此念一生,他就激动得浑身战栗,心想又能同弗雷吉埃夫人一起工作一上午,可望在亲切、热诚而又十分温馨的气氛中,二人长时间单独相处了。他赶紧上床睡觉,现在反倒害怕再去伏案,会突然写成了。

次日起床比平时稍晚,他要把拜访的时间往后推一推,好事先品味那种快意。

十点钟敲过了,他才到朋友家按了门铃。

仆人来回答:“先生正在工作呢。”

杜洛华万万没有料到弗雷吉埃会在家。然而,他坚持要通报一声:“请告诉他是我来了,有一件急事。”

等了五分钟,仆人才把他让进书房:正是在这里,他度过一个多么美好的上午。

弗雷吉埃身穿便袍,脚上穿着拖鞋,头戴一顶英国式的窄边软帽,正坐在杜洛华上次坐过的位置上,在写什么东西。他妻子仍然裹着那件白色便袍,嘴上叼着香烟,臂肘支在壁炉台上,正在口授。

杜洛华在门口站住,讷讷说道:“打扰你们了,真对不起。”

他朋友扭过头来,一脸怒气,咕哝道:“你还想干什么?快点儿,我们正忙着呢。”

杜洛华愣在原地,结结巴巴地说道:“没……没……没什么,真对不起。”

弗雷吉埃恼火了:

“快点儿,活见鬼!别瞎耽误工夫,你闯进我家来,总不至于为一时高兴向我们问声好吧!”

杜洛华这时心慌意乱,但还是横下一条心:

“那倒不是……事情是这样……就是……我那篇文章还写不出来……上一次你

是……你们是……那么……那么……那么热心……因此我就希望……我就贸然前来……”

弗雷吉埃打断他的话：

“原来，你是拿人要着玩呀。你以为活儿我都替你干了，到月底你去领工资就成了。没门儿！那工资，得凭本事挣！”

少妇继续抽烟，她一言不发，但总是微笑着，那种难以捉摸的笑容，似乎是一副可爱的面具，用以掩饰内心的讥讽。

杜洛华闹个大红脸，他嗫嚅道：“对不起……我原以为……我本来想……”

继而，他的声音突然清亮了：“万分抱歉，夫人，我再次向您表示由衷的感激，感谢您昨天为我写了那么美妙的专栏文章。”

接着，他略一躬身，对弗雷吉埃说了一句：“三点钟我去报社。”说罢就走了。

他大步流星往回走，嘴里不住地嘟囔：“好吧，这篇文章，我回去写出来，独自完成，让他们瞧瞧吧……”

他回到住所，一气之下，便写起来。

那次艳遇，已经由弗雷吉埃夫人开了头，他就续写下去，将长篇连载小说的一些细节、出人意外的波折和夸张的描写，全都堆砌在一起，再加上中学生那种笨拙的文笔、下级军官的那种老套子。用了一小时，他就写完一篇专栏文章，凑了一大堆荒唐话，信心十足送交《法兰西生活报》。

他遇见的头一个人就是圣保丹。圣保丹同他心照不宣，用力握手，并问道：

“我采访那个中国人和那个印度人的谈话，你看过了吧，是不是挺有意思？让全巴黎人开了开心。可是，我连那两个人的鼻子尖也没有见到。”

杜洛华一行还没有看，他赶紧抓起报纸，浏览这篇题为《印度和中国》的长文，而这位采访记者在一旁，着重指给他看最有趣的一些段落。

弗雷吉埃突然来了，他脚步匆匆，气喘吁吁，俨然一副大忙人的样子：“哦，正好，我要用你们两个。”

他向他们发指示：必须弄到一系列政治新闻，当天晚上就要用。

杜洛华把文章递给他：“这是关于阿尔及利亚的续篇。”

“很好，给我吧，我去交给老板。”

多一句话也没有。

圣保丹拉着新同事走了，到了走廊，就问杜洛华：“您去财务室了吗？”

“没有。去干什么？”

“干什么？领工资啊。喏，总要预支一个月的，谁知道会发生什么情况呢……”

“真的……我当然求之不得。”

“走，我把您介绍给出纳。他绝不会刁难你。这里发钱很痛快。”

杜洛华去领了二百法郎，外加前一天刊登的那篇文章的稿酬二十八法郎，再算上他在铁路局领取的工资的剩余，他口袋里总共有三百四十法郎了。

他手头从来没有攥过这么多钱，以为自己永远会富下去。

圣保丹带他去四五家与他们相竞争的报社的办公室里聊天，希望人家已经弄到了他要采访的新闻，并凭他那张利嘴巧妙地侃大山，就能把新闻挖到自己手中。

到了晚上，杜洛华再也无事可做，就想再去逛逛风流牧羊女游乐场。他不买票，壮着胆子闯检票口：

“我叫乔治·杜洛华，是《法兰西生活报》的编辑。那天，弗雷吉埃先生同我一起来过，他答应给我申请免费入场，不知道这件事他是否想着办了。”

检票员查了一下名册，上面没有他的名字。然而，检票员非常和气，对他说道：“您先请进去吧，先生，直接向经理先生申请好了，他一定会妥善处理的。”

他走进游乐场，紧跟着就碰见了拉舍尔，就是第一天晚上他带走的那个女人。

拉舍尔走到他面前：“晚安，我的猫咪。你好吗？”

“很好，你呢？”

“我嘛，还不赖。你哪儿知道，那天之后，我梦见过你两次。”

杜洛华微微一笑，心里十分受用：“唔！唔！这能表明什么呢？”

“这表明你对我的心思，大傻瓜，这也表明你想的时候，我们就再来。”

“你若是愿意，今天就来。”

“行啊，我愿意。”

“好，不过，你听着……”他颇为迟疑，有点儿不好意思说出口，“要知道，这次，我一个铜子儿也没有，我刚从赌场来，全输光了。”

她身为妓女，早就习惯了男人的鬼把戏和讨价还价，凭自己的本能和经验，就嗅出了这是谎话。于是，她说道：“胡说！你心里明白，跟我来这套，也太不够意思了。”

杜洛华尴尬地笑了笑：“你若是愿意，十法郎，我只剩下这点儿了。”

拉舍尔像高等妓女那样，只因一时高兴不计钱财似的，喃喃说道：“随你便好了，宝贝儿，我只想要你。”

她抬起那魂牵梦萦的双眼，望了望年轻人的小胡子，挽起他的手臂，深情地偎依在上面。

“先去喝一杯石榴汁吧。然后，我们一起转一转。我还想去歌剧院，就像这样，带你去炫耀炫耀。然后，我们再早早回去，你看好吗？”

……

杜洛华在妓女家睡到很晚，离开时天已大亮了，立刻想到去买一份《法兰西生活报》。他的手激动得发抖，打开报纸一看，没有他的专栏文章。他伫立在人行道上，心急火燎，快速浏览报纸各栏，希望最后能找到。

他心头猛然一沉，仿佛压上什么重物，因为他温存了一整夜，已经疲惫不堪，又砸下来这件恼火的事儿，真是雪上加霜，大有灾难压顶之势。

他上楼回房间，和衣倒在床上，呼呼睡过去了。

过了几小时，他来到编辑部，进办公室见华尔特先生：

"先生，今天早晨我十分吃惊，在报上没有找到我的关于阿尔及利亚的第二篇文章。"

社长抬起头，冷淡地说道：

"那篇文章，我交给你的朋友弗雷吉埃了，请他看看，他认为还不够分量，必须给我重写。"

杜洛华一听就火了，一句话也不回答，扭头就走，冲进他伙伴的办公室：

"我的专栏文章，为什么你不让刊登在今天早晨的报上？"

这位记者正抽着香烟，仰身倒在扶手椅中，双腿跷在桌子上，鞋跟碰脏了刚开了头的一篇文章，他从容地、一板一眼地回答，那声音带着几分厌倦，听来十分遥远，仿佛从深洞里发出来的："老板认为这篇文章写得很糟，让我还给你重写。喏，就在这儿。"

他用手指了指压在镇纸下的几张摊开的稿纸。

杜洛华满面羞惭，一时哑口无言，只好把稿子放进口袋里。这时，弗雷吉埃又说道：

"今天，你先去警察局一趟……"

他指示杜洛华跑几趟事儿，采访一些新闻，杜洛华临走时，本想讲两句尖刻的话，却没有想出词儿来。

次日，他写好的文章又带来了，结果仍旧被退回来。他又写了第三稿，眼看着又没有采用，于是他明白了，自己未免操之过急，他在前进的道路上，唯独弗雷吉埃可能向他伸出援助之手。

从此，他再也不提《非洲猎奇记》了，暗暗打定主意，要学会灵活和狡猾，既然有此必要，先卖力气干好采访记者这一行，然后再寻求发展机会。

他跑熟了剧院后台和政界的后台、国家要员和议会的走廊及衣帽间，看熟了办公室随员那种眼高于顶的面孔、睡意蒙眬的执达员那种难看的脸色。

无论部长、门房、将军、警察、王公、权杆儿、窑姐儿、大使、主教、拉皮条的，还是来路不明的阔佬、社交人士、赌博的作弊者、出租马车车夫、咖啡馆的伙计，以及其他许多人，他都保持经常联系，成为所有这些人利害相关而又不问冷暖的朋友，每日每时都能见到他们，思想也无须来个过渡。同他们所有人谈的事情有个共同点，即同他的职业有关，他也一视同仁，用一个尺度去衡量他们，用同一种眼光去判断他们。他将自己比作一个品酒的人，依次喝下所有品牌的样酒，结果很快就难以分辨，马尔戈城堡葡萄酒和阿尔让特伊葡萄酒，还有什么差异呢。

时隔不久，他就成为了一名出色的采访记者，精明、快捷、洞察秋毫，善于把握自己所得到的消息，拿编辑里手华尔特老头儿的话来说，他是报社货真价实的干员。

然而，他的稿子每行只付十生丁，加上二百法郎的固定工资，这点收入要应付去树阴大道，出入咖啡馆和饭店那种生活的巨大花销。因此，他身上经常一文不名，心中经常为自己的穷困烦恼。

他看到一些同行出门，口袋里装满了金币，却怎么也弄不明白，他们使用什么秘密手段捞来这种阔气。他心里嘀咕，这种诀窍一定得弄到手。他又眼红又怀疑，这里面肯定有不为人知又不正当的手段，或许是帮了什么忙，或许是一系列默许的走私，等等。他必须识破这种秘密，打进那种默契的圈子里，在同事中争得一席之地，以便分好处不再把他排除在外。

晚上，他时常凭窗眺望一列列奔驰而过的火车，心中合计应采取什么对策。

## 第五章

两个月过去了，眼看到了九月份。杜洛华原指望很快飞黄腾达，却迟迟不能如愿。他感到特别不安的是，自己处于这种地位，士气不免低落，根本看不出要通过什么途径，才能平步青云，变得有钱有势，受人尊敬。

他觉得自身禁锢在外勤记者这种平庸的行业中，如同关在四堵高墙里出不去。别人固然看重他，但也是按照他的地位来评价他。他给弗雷吉埃干了那么多事儿，可是弗雷吉埃呢，虽然还把他当成朋友以“你”相称，但是却把他视为下级，再也没有邀请他共进晚餐了。

杜洛华不时抓住机会，登一小篇文章，主要写写社会新闻，从而文笔也渐渐练出来，灵活多了，也有了分寸感，这是他写关于阿尔及利亚的第二篇专栏文章时所缺乏的。现在他写新闻报道，再也没有一点退稿的危险了。尽管如此，他离随心所欲地写专栏文章，或者作为评论家去阐述政治问题，还有很大距离，就像行驶在布洛涅树林里的马车上的车夫和车主的距离那样。他特别感到耻辱的是，上流社会的大门始终向他关闭，没有平等相待的关系，也不能同那些夫人耳鬓厮磨。偶尔有几位有名的女演员亲切地接待他，但那也是出于利害关系的考虑。

况且，他从经验中明白，所有那些女人，无论是交际花还是蹩脚的戏子，见到他所感到的是一种奇特的冲动，一时的好感，没有一个是他能寄托前程的女子。他焦灼急迫的心情，就像被绊马索给绊住的一匹快马。

他总想去拜访弗雷吉埃夫人，但是回忆起最后那次见面的情景，便羞愧难当，也就打消了这种念头。不过，他还在等待她丈夫主动邀请他。于是，他又想起德·玛海勒夫人，还记得她说过欢迎他去做客。有一天下午无事可干，他便前去拜访了。

“下午三点以前，我总在家。”她这样说过。

两点半他去按门铃。

德·玛海勒夫人住在威尔讷伊街一幢楼的五楼上。

听到门铃响，一名女仆来开门。这是个矮小的女人，头发蓬乱，她边系帽带边回答：

“哦，夫人在家，但不知她起来了没有。”

说着，她推开客厅的门：客厅门并没上锁。

杜洛华走进去，只见房间挺大，家具不多，料理得不够精心。几把扶手椅陈旧褪色了，由女仆随手靠墙摆成一排，毫无一个爱家的女子所维持的那种美观。四幅可怜的油画，画面分别是河上一只木船、海上一艘航船、平野上一座磨坊风车和林中一名樵夫，都镶在镜框里，用长短不一的绳子挂在墙上，而且每一幅都挂歪了。可想而知，四幅画歪挂在那里已经很久了，看来女主人十分马虎，竟然视而不见。

杜洛华坐下来等待，而且等了许久。一扇房门终于打开了，德·玛海勒夫人一溜小跑进来。她身穿一件粉红丝绸的日本式便袍，只见便袍上绣有金黄色风景、蓝色花卉和白色鸟儿。她高声说道：

“您想想看，我还睡大觉呢。您真好，能来看我。我还真以为您早把我给忘了呢。”

她乐不可支，伸出双手，杜洛华马上抓住，像他看到的诺尔贝·德·瓦莱纳的那种做法，吻了一只手，因为，他见这家居并不起眼，心里倒自在起来。

女主人请他坐下，然后从上到下打量他：

“您的变化真大啊！神气多啦。巴黎对您还真有好处。好吧，有什么新闻，对我说说吧。”

二人马上聊起来，完全像老相识，彼此都觉得一见如故，觉得性格相仿，同气相求，五分钟就能成为好友，于是相互间产生一股信任、亲密而多情的激流。

少妇戛然住口，自己也深感诧异，竟然说出这样的话：

“真怪了，同您在一起，我就觉得认识您有十年之久了。不用说，我们会成为好朋友的。您愿意吗？”

杜洛华微微一笑，答道：“当然愿意啦！”而那微笑更加意味深长。

他觉得这位少妇即使身穿鲜亮而柔软的便袍，还是魅力十足，即或不如另一位身穿白色便袍显得那么苗条、那么娇媚而秀雅，但是更加撩人，更有刺激性。

弗雷吉埃夫人的那种微笑，既不动声色，又和蔼可亲，既吸引人，又把人拦住，一面似乎说：“您对我的心意”，一面又表明：“要当心”，究竟是什么含义，永远也猜不透。杜洛华在她身边时，心中的欲望只是匍匐在她的脚下，或者亲吻她胸衣上那精巧的花边，慢慢呼吸那从双乳之间飘逸出来的芳香的热气。然而，他在德·玛海勒夫人身边，就感到心中萌发一种更强烈，也更确切的欲念，对着轻纱衬出的形体，这种欲望就在他双手里颤动。

德·玛海勒夫人滔滔不绝，每句话都撒播出她习以为常的那种灵敏的神思，就像一名工匠玩一手好活儿，一举拿下一件公认的难活儿，令别人惊叹一样。杜洛华听她说话，心里就嘀咕：“这些话全记住该多好。听她聊聊每天的大事，就能写出优美的巴黎专栏文章。”

这时，有人极轻地敲了敲她刚才走出来的那扇门，她高声说：“你可以进来，小宝贝。”小姑娘出现了，她径直朝杜洛华走去，向他伸出手。

母亲大为惊奇，喃喃说道：“哟，还真给迷住啦！我简直认不出她了。”年轻人亲了亲女孩，让她坐到身边，一本正经地问一些体贴人的事儿，就是他们上次见面之后，她都做了些什么。女孩以笛子般的童音回答，表情却像大人一样严肃。

挂钟打了三下。记者站起身来。

“常来坐坐，”德·玛海勒夫人说道，“就像今天这样聊聊天，见到您，我总是非常高兴的。对了，在弗雷吉埃家，怎么不见您的面啦？”

杜洛华回答：

“唔！没什么。这段时间我很忙。希望近日我们能在他们那里再次相聚。”

他告辞出来，满怀希望，但又不清楚为什么。

他没有对弗雷吉埃提及这次拜访。

不过，拜访之后几天，他还念念不忘，岂止是记忆，简直就感到这个女人虚幻的身影始终在眼前晃动，就仿佛他带走了她的什么东西，眼中留下她那躯体的影像，心中也留下她那精神的情趣。她那音容笑貌，萦绕心间，挥之不去。这种感觉，在一个人身边度过迷人的几小时之后，有时就会产生，就好像莫名其妙中了魔，迷住心性，因为神秘莫测，只觉得又亲密又朦胧，又惶恐又美妙。

过了数日，他再次前去拜访。

女仆将他引入客厅，罗丽娜随即来了，她不再伸出小手，而是递过额头，说道：

“妈妈派我来请您稍候，她还未穿好衣裳，要过一刻钟才能出来。由我先陪您。”

小女孩这样郑重其事，杜洛华看着很开心，于是答道：

“太好了，小姐，能同您共度这一刻钟，我不胜欢欣；不过，我要事先告诉您，我这个人，可整天玩耍，一点正经事儿不干。我提议玩一场猫上房。”

小女孩一下子怔住了，然后笑了笑，就像一位成年妇女听到一个有点刺耳的想法，略感诧异那样。她低声说道：“房间里可不是做游戏的地方。”

杜洛华又说道：“这我不管，我呀，在哪儿都能玩。来呀，追我吧。”

他开始围着桌子转，引逗小女孩来追。小女孩跟在后面，始终微笑着，一副出于礼貌而迁就的样子，有时也伸出手去抓他，但还是没有放开脚步奔跑。

杜洛华忽而站住，忽而蹲下，等她小步迟疑地走近时，他就像关在匣子里的魔鬼，猛地蹿起来，一个箭步跳到客厅的另一端。小女孩觉得这动作挺滑稽，终于笑起来，并且来了兴趣，开始小跑在后面追，以为要抓住的时候，还胆怯地小声欢叫。杜洛华挪动椅子挡路，迫使她半天围着转。他扔下一把椅子，又抓起另一把。罗丽娜现在开始跑起来，完全投入了这种新游戏的快乐中。她脸色粉红，每当对手逃避，耍滑头，做假动作时，她就冲上去，显出孩子欣喜若狂的那种巨大劲头。

她以为要追上的时候，突然间，杜洛华张开手臂将她抓住，举上天花板，同时嚷道：“猫儿上房啦！”

小女孩喜出望外，开心地咯咯大笑，两条小腿乱蹬想挣脱。

德·玛海勒夫人走进来，惊得目瞪口呆：“啊！罗丽娜……罗丽娜做起游戏……先生，您真是个魔法师啊！”

杜洛华把小女孩放到地下，亲了她母亲的手。他们坐下来，想聊聊天，可是罗丽娜太兴奋了，坐在他们中间总说话，而平时她是那么沉默寡言，无奈德·玛海勒夫人只好打发她回房间。

她默默服从了，但是眼里滚动着泪花。

等屋里只剩下他们二人了，德·玛海勒夫人就压低声音说道：

“您还不知道，我有一个大计划，而且想到了您。是这样：我每周都应邀去弗雷吉埃夫妇家吃晚饭，不时也到餐馆回请他们。我呢，不喜欢在家里招待人，天生没有这种本事；再说了，家务事我一窍不通，根本不会做饭，什么也不会干。生活上，我就喜欢马马虎虎。因此隔三差五，我请他们下饭馆，可是就我们三个人，总不是那么快活，我的熟人又跟他们凑不到一块儿。我对您说这些，就是要向您说明，这种邀请没有准时间，现在您该明白了吧，星期六晚上七点半，我邀请您同我们一起到富豪咖啡馆吃饭。您认识那家咖啡馆吧？”

杜洛华愉快地接受了邀请。少妇又说道：

“我们总共只有四个人，正好一桌。这种小型聚会，我们这种女人还不习惯，因此一定非常有趣。”

她穿一件深栗色连衣裙，衬出她那身段、臀部、胸乳和胳膊，充分显示那撩人的风骚。杜洛华感到又迷惑又诧异，几乎有点不自在，但又不知是什么原因，只觉得这女人精心打扮得如此标致，而住宅又显然不注意美观，两者实在不协调。

凡是她身上的穿戴，凡是同她肉体直接密切相关的东西，无不精细优美，而周围的一切，她却毫不在乎。

这次分手之后还同上次一样，杜洛华始终感到她就在眼前，在他肉欲的幻觉中。于是，他心情越来越急迫，等待共进晚餐的那一天。

他的收入有限，还是无力购置一套晚礼服，便第二次租了一身黑礼服。他头一个到达，比约定时间提前了几分钟。

侍者引他上了三楼，走进单间雅座，只见墙上镶着红色壁毯，唯一的窗户正对着树阴大道。

一张方桌，四套餐具，台布雪白，仿佛上了漆似的油亮。酒杯、银餐具、暖炉，都快活地闪闪发光，辉映着两个枝形高烛台的十二支蜡烛。

向窗外望去，只见一大片淡绿色，那是被各雅间强光照亮的一棵树的影子。

杜洛华坐在矮矮的长沙发上，红色沙发罩同壁毯一样，弹簧松了，身子陷下去，给他一种掉进洞里的感觉。他听到这家大饭店的嘈杂声，这是所有大饭店所特有的声响，有餐具和银器的撞击声、走在过道地毯上而减弱了的侍者的快步声，以及某扇雅间门打开时传出的顾客的说笑声。弗雷吉埃走了进来，同杜洛华握手的那种亲热劲儿，是在《法兰西生活报》的办公室里从未对他流露过的。

“两位女士过一会儿一起来。”他说道，“这种晚餐特别有情趣！”

接着，他瞧了瞧餐桌，让人灭掉一盏煤气长明灯，又走过去关了半扇窗户，他怕穿堂风，挑了一个避风的座位，并且说明一句：“我要特别当心。有一个月还挺见好，可是近日又犯病了，估计是星期二那天，从剧院出来着了凉。”

有人打开门，两位少妇走进来，后面跟着一名餐厅领班。她们都戴着面纱，遮遮掩掩，小心翼翼，那种举止又神秘又可爱，是怕在这种人杂的地方，邻近或遇见不三不四的人。

在杜洛华向她问好时，弗雷吉埃夫人大肆责备他没有再去看她，还冲她女友微笑着加上一句："原来如此，比起我来，您更看重德·玛海勒夫人，总是有时间去陪她。"

大家入座，领班将酒单递给弗雷吉埃。德·玛海勒夫人高声说：

"两位先生想喝什么就上什么。至于我们，只要冰镇香槟，要最好的、柔和的香槟，别的一概不喝。"

等领班出去，她又兴奋地笑着说：

"今天晚上，我可要一醉方休。我们要开怀畅饮，真的尝一尝醉生梦死的滋味。"

弗雷吉埃只当没听见，问道："关上窗户，对你们没有什么妨害吧？这几天，我的肺部又有点儿毛病。"

"关上吧，没事儿。"

于是，他走过去关上另外半扇窗户，返身重又坐下，那张脸就坦然平静多了。

他妻子一言未发，似乎在想什么事儿，那双眼睛低垂，微笑着凝视桌上的酒杯，还是那种淡淡的微笑，仿佛总在许诺而又永不兑现。

奥斯坦德[1]牡蛎端上来了，又小巧又肥实，宛如纤小的耳朵包在壳里，一送进嘴就融化在舌头和上颚之间，就像带咸味的糖块。

肉菜汤上过之后，又端上一条鳟鱼，那粉红色的鱼肉，好似少女的肌肤。这时，餐桌上开始闲聊了。

首先谈起传遍大街小巷的一则新闻：一位上流社会的女士，同一位外国王公在饭店雅间吃晚饭，被她丈夫的一位朋友撞见了，结果闹得满城风雨。

弗雷吉埃大肆嘲笑这桩艳事，两位女士则认为，那个饶舌的冒失鬼，完全是个不懂人情世故的小人。杜洛华同意她们的见解，还大声宣布，一个男子汉，在这种事情上，无论是当事者还是知情者，或者只是个见证人，都有义务将秘密带入坟墓。接着，他又补充说：

"如果我们能指望彼此都绝对保密，那么生活中将会充满美妙的事情。经常阻挡，几乎总是阻挡女人的，就是惧怕的心理，唯恐隐私被人揭露。"

他又微笑着加了一句："喏，是不是这样呢？"

"女子为了一场短暂而轻率的欢乐，就怕造成不可挽回的丑闻，为此留下痛苦的

---

① 比利时一海滨城市。

眼泪,如果没有这种担心,会有多少人放纵,满足自己突发的欲望、一时强烈的感情冲动,或者一种异想天开的恋情啊!”

他口若悬河,带着富有感染力的信念,仿佛在为哪个人辩护,其实是在为他自己辩护,言外之意便是:“同我打交道,就不必担心冒这种风险。不信就试试看。”

两位女士凝望着他,用目光表示赞同,认为他讲得入情入理,而且友好地默认,她们这种巴黎女人灵活的道德观,在这样严守秘密的保证面前,恐怕支持不了多久。

弗雷吉埃怕弄脏礼服而把餐巾挂在胸前,他一条腿收回压在身上,几乎躺在靠背椅上,突然他嘿嘿一笑,以怀疑论者那种坚信不移的神气,朗声说道:

“活见鬼!是这码事儿,若是确信守得住秘密,谁还不想痛快痛快呢!哎呀呀!可怜的丈夫啊!”

于是,大家又谈起爱情。杜洛华虽不同意爱情永恒之说,但是认为可以持久,可以建立起一种联系,一种温情的友谊,一种彼此的信赖!感官的结合,不过是心灵结合的一种印记。然而,他特别憎恶那种纠缠不清的嫉妒,那种小题大做,那种吵闹,那种自寻烦恼,结果几乎总要导致关系破裂。

等他一住口,德·玛海勒夫人便发了一声感叹:

“是啊,这是生活中唯一的好事儿,但我们总是提出不可能达到的要求,坏了这种好事儿。”

弗雷吉埃夫人摆弄着餐刀,补充说道:“是啊……是啊……有人爱,就是好……”

她那遐想的神思似乎跑得更远,想到了一些绝不敢明言的事情。

第一道正菜还没有上,他们不时喝一口香槟酒,抠几块小圆面包皮嚼一嚼,爱的念头,缓慢地、渐渐地浸入他们的心田,令他们心醉神驰,如同清亮的酒一滴滴落入喉咙,令他们热血沸腾、精神恍惚了。

小羊排端上来了,入口鲜嫩而不腻,羊排下面垫着厚厚的小芦笋尖。

“嘿!好东西!”弗雷吉埃嚷道。于是,他们细嚼慢咽,品味着嫩肉和奶油一般滑腻的芦笋。

杜洛华又说道:“我呀,只要爱上一位女子,她周围的一切就全部消失了。”

他怀着深深的信念这样讲,在享受口福时,又想到享受爱情,心情也就特别激动。

弗雷吉埃夫人一副超然的神气,喃喃说道:“第一次用手爱抚的时候,一个问道:‘您爱我吗?’另一个回答:‘是的,我爱你。’这种幸福是无可比拟的。”

德·玛海勒夫人又举起高脚杯,将香槟酒一饮而尽,撂下杯子快活地说:

“我呀,可不大信奉柏拉图。”

每人都浪笑起来,发亮的眼神表示同意这句话。

弗雷吉埃躺在靠背椅上，这时张开手臂按住垫子，口气严肃地说道：

“您这样坦率，令人敬佩，这证明您是一位讲求实际的女子。不过，可否问一句，德·玛海勒先生对此有何看法？”

德·玛海勒夫人以悠长的、无比轻蔑的神态，耸了耸肩膀，接着明明白白地说道：

“在这方面，德·玛海勒先生没有任何想法。他只有……只有弃权。”

于是，谈话又从柔情的崇高理论降下来，进入雅致的猥亵之花盛开的花园。

现在是巧妙的暗示，是用词语揭开面纱，如同撩起衣裙一样，现在也是言语的狡猾，是机灵而变相的胆大妄为，是各种各样毫无羞耻的虚伪，现在说的话虽用隐语，却揭示出赤裸裸的影像，让一切难以启齿的事情，都在人的眼中和头脑中飞快闪过，并让上流社会的人尝到绝妙而神秘的情爱。这是通过联想来煽情，在思想上达到一种不洁的接触，联想那些隐秘的、羞口的、渴望交欢的种种情事。

一道烤肉端上来了，小竹鸡四周围了一圈鹌鹑，接着又上豌豆、肥鹅肝酱，配以生菜沙拉。那像绿色泡沫似的一大盆齿状生菜叶，以及其他菜肴，他们来不及细品，都胡乱吃了下去，只一心顾着说话，沉溺于情爱中。

现在，两位女士语近猥亵，不堪入耳了。德·玛海勒夫人天生胆大，仿佛有意挑逗；而弗雷吉埃夫人矜持中却别有魅力，那音容笑貌，整个举止都显出一种廉耻，嘴里说出来的话听似委婉，其实更加突出了放纵。

弗雷吉埃靠着软垫，完全躺下了，他不住口地又吃又喝，笑声不止，时而抛出一句话，大胆露骨到了极点，两位女士觉得说法上有点刺耳，装出有点难为情的样子，但也不过持续两三秒钟。他每次讲一句过分猥亵下流的话时，还加上一句：“孩子们，你们这样很好。照此下去，你们最后非干蠢事不可。”

餐后甜食上来了，然后又喝咖啡，喝助消化的烈酒。他们的神经异常兴奋，再喝下烈性酒，就更加火热，一片朦胧恍惚了。

德·玛海勒夫人，正如她入席时宣布的那样，真有点醉醺醺了。她自己也承认这一点，表现出女性话多的欢快情致，不仅让她的客人开心，也突显了毫不掺假的一点儿醉态。

也许为了谨慎起见，弗雷吉埃夫人现在沉默不语了。杜洛华已经感到自己太冲动，现在机灵地收敛锋芒，以免有损自己的名声。

有人点着香烟，弗雷吉埃突然咳嗽起来。

这一阵呛咳来势凶猛，似乎把他的喉咙都要撕裂了，咳得他满脸通红，额头出了汗，用手帕捂住嘴喘不上气来。等这阵咳嗽平缓下来，他怒形于色，愤然说道：“这种聚会，我看一点意思也没有，实在愚蠢。”他那好兴致烟消云散了，又恢复了对萦绕他头脑的病痛的恐惧。

“我们回去吧。”他说道。

德·玛海勒夫人摇铃叫侍者埋单。账单几乎立刻送来,她试图瞧瞧餐费,可是数字在眼前打转,她便把单子递给杜洛华。

“您看看,帮我付了。我醉得太厉害,看不清了。”

她说着,将钱袋扔到杜洛华的手中。

总共一百三十法郎。杜洛华检查核实了账单,给了两张钞票,收下找回的钱,又低声问道:“给侍者留下多少小费?”

“不知道,随您便吧。”

他拿了五法郎放在盘子上,把钱袋还给少妇,对她说道:“我送您到家门口好吗?”

“当然好了,我自己找不到家在哪儿了。”

杜洛华同弗雷吉埃夫妇握手告别,便和德·玛海勒夫人单独乘出租马车走了。

杜洛华感到她挨着他,靠得特别紧,同他单独关在这漆黑的车厢里,只有煤气路灯不时突然照亮一下。他隔着袖子能感到她肩头的温暖,可是找不出一句话对她讲,一个词儿也找不出来,他的头脑已经被强烈的欲望所统摄,一心想把她搂在怀里。“如果我胆敢这么做,她会有什么反应呢?”他心下暗道。他想起餐桌上窃窃私语讲的那些猥亵的话,胆子就壮了,但同时又怕造成丑闻,还不敢轻举妄动。

德·玛海勒夫人偎在车厢角落,一动不动,同样一声不吭。如果不是路灯的光每次射进来,照见她那双明亮的眼睛,他还真以为她睡着了呢。

“她想什么呢?”杜洛华明显感到,此时不宜说话,讲一句话,哪怕只讲一句话,他的机会就会不翼而飞;然而他又缺乏勇气,缺乏那种孟浪的、突然行动的勇气。

忽然,他觉出她的脚动了一下。她这样动了一下,是一种干脆的、神经质的动作,表示不耐烦,又也许是一声召唤。这一动作几乎难以觉察,却令他从头到脚,浑身肌肤一阵猛烈地战栗。他忽地转过身,扑过去,用双唇寻找她的嘴唇,双手则抚摩她裸露的肌肤。

德·玛海勒夫人叫了一声,只轻轻叫了一声,她想抬起身,挣扎了一下,似乎要推开他,然后便顺从了,仿佛力气用尽,抗拒不下去了。

时过不久,马车驶到她的住宅门前停下了。杜洛华吃了一惊,还没有考虑用什么激情的话向她表示感谢与祝福,向她表明自己怀有感激的爱。然而,她并未起身,还一动不动,像是让刚刚发生的事情弄昏了头。杜洛华怕车夫产生怀疑,就先下了车,再伸手去扶少妇。

她踉踉跄跄,终于下了马车,一句话也没有讲。杜洛华按了门铃,在门要打开的时候，他声音颤抖地问道："什么时候再见到您？"

少妇回答的声音极低，他只能勉强听见："明天来同我共进午餐吧。"说罢，她便消失在门厅的暗影里，并推上沉重的门扇，咚一声像放炮一样。

他付给车夫五法郎，然后信步走去，心中喜不自胜，脚步飞快而又得意。

他终于抓到了一个，一个有夫之妇！一位上流社会女子！真正的上流社会！巴黎的上流社会！原来这么容易，这么出乎意料！

在此之前，他一直以为，要接近并征服一位日思夜想的女子，必须无比殷勤，要无休无止地等待，还必须万分机灵，围着人家转，并且要总是表白爱情，总是叹气，总是送礼物。孰料碰到第一个女人，稍事进攻，一下子就归顺他了，进展如此迅速，简直令他惊愕。

"她是因为醉了，"他心中暗道，"明天，她的调门儿就会改变。我就得痛哭一场。"他这么一想，顿时不安起来，继而心中暗道："算了，管他呢。我既然把她弄到手，就有法子保住她。"

他希望飞黄腾达，希望出名、发财并赢得爱情，种种希望都迷失在朦胧的幻景中。忽然，他从幻景中望见一长列女子，好似在天宫走过的一串哑角。只见那些女子个个妩媚风流，有钱有势，笑盈盈地走过去，一个接着一个消失在他那梦幻的金色云雾中。

他的睡梦充满幻觉。

第二天，他去拜访德·玛海勒夫人，上楼时心情有点紧张。人家会怎样接待他呢？拒不接待又该怎么办呢？如果连她家门也不让进呢？如果她把事情讲了呢？……不可能。无论她怎么讲，别人总会猜测出全部真相。因此，他能掌握这种局面。

矮个儿女仆来开门，她的脸色同往常一样。于是，杜洛华放下心来，就好像他早有准备，会见到女仆一张惊慌失措的脸。

他问道："夫人可好？"

女仆回答："是的，先生，总是老样子。"

女仆将他让进客厅。

他径直朝壁炉走去，想检查一下自己的头发和穿戴，对着大镜子先正一正领带，忽见镜中映出少妇站在卧室门口正注视他。

他装作根本没有见到，于是，二人在镜中相互观察，窥视，相互打量了几秒钟，然后才面对面相见。

杜洛华转过身。她站在原地未动，似乎在等待。他冲过去，结结巴巴地说："我多么爱您！我多么爱您！"少妇张开手臂，扑到他胸前，然后抬起头，二人拥抱亲吻了许久。

杜洛华心中暗道:“真想不到这么容易。看来事情顺利得很。”二人的嘴唇分开之后,他一言不发,脸上挂着微笑,眼中极力显示无限的爱。

少妇也在微笑,而女人的这种微笑,正是主动表示欲望、同意,表示情愿委身。她喃喃说道:“只有我们俩。我把罗丽娜打发走了,让她到一个小伙伴家去吃午饭。”

杜洛华叹了口气,亲了亲她的手腕:“谢谢,我真崇拜您。”

这时,少妇挽住他的手臂,就像对待自己的丈夫似的,二人走到长沙发旁,并肩坐下。

杜洛华心想,谈话必须有个巧妙的、能抓住人的开场白,却没有想出可心的话,只好结结巴巴地说道:“这么说,您不太怪我啦?”

少妇伸一根指头按在他嘴上:“住口!”

二人默默无语,四目对视,滚烫的手指绞在一起。

“我多么渴望您啊!”

少妇又重复道:“住口!”

隔着墙壁,他们听见女仆在餐室摆餐具的声响。

杜洛华站起身:“我可不能挨您这么近,离这么近我会失去理智。”

这时房门打开了:“夫人请用餐。”

杜洛华一本正经,给手臂让女主人挽住。

他们面对面坐着吃饭,相互眉来眼去,总是对视微笑,完全沉浸在初生柔情的无比甜美的魅力中。他们还在用餐,却不知道吃下去的是什么。杜洛华感到一只脚、一只小脚在桌下游荡,他就用双脚捉住,紧紧夹住不放了。

女仆出出进进,不紧不慢地取走空盘,端上新菜,似乎没有注意到有什么情况。

他们吃完饭,又回到客厅,并排坐在长沙发原来的位置上。

杜洛华一点一点凑近,紧贴在一起,又想拥抱她。可是,少妇冷静地把他推开了:“当心点儿,会有人进来。”

杜洛华便低声问道:“什么时候能单独见您一个人,好对您说我是多么爱您呢?”

少妇俯过身去,对着他的耳朵悄声说:“近日我登门,去您家作一次小小的拜访。”

杜洛华感到自己脸红了:“这个么……到我家……我那儿……很简陋……”

少妇微微一笑:“没关系。我去是看您,而不是看房子。”

于是,杜洛华又催问,她什么时候去。她定了个比较远的日子,是在下周。杜洛华又恳求日子往前提,他说话结结巴巴,揉搓着她的双手,两眼放光,那张红红的脸烧得厉害,完全为欲火所吞噬,这种欲火,在孤男寡女单独用餐之后,往往来势凶猛。

少妇开心地看着他怀着这种强烈的欲望,苦苦地哀求,于是一点一点让步,一天一天往前提。然而，杜洛华一再重复："明天……说呀……明天。"

她终于答应了："好吧，明天就明天。五点钟。"

杜洛华欢喜地长出一口气。继而，他们开始安安静静地聊天，那种亲密样子好似相识有二十年了。

门铃突然响了，吓得他们一抖，两个人身子一蹿，便拉开了距离。

她咕哝一句："大概是罗丽娜。"

孩子进来了，开始一下子愣住，继而跑向杜洛华，看见他喜出望外，高兴得直拍手，嚷道："哈！帅哥儿！"

德·玛海勒夫人笑起来：

"咦！帅哥儿！罗丽娜给您命名啦！给您这个昵称多好，以后，我也叫您帅哥儿啦！"

他将小女孩抱在膝上，不得不同她一起玩他教给她的各种小游戏。

差二十分三点了，杜洛华起身要去报社。他来到楼道，还对着半开的房门悄悄说了一声："明天，五点。"

少妇微笑着回答"好"，便消失了。

杜洛华干完一天的活儿，便考虑如何布置房间，如何最大限度地遮掩住所的寒酸，以便接待他的情妇。他有了个主意，觉得可以把日本小玩意儿别在墙上，于是花五法郎买了一整套日本版画、小扇子、小隔热屏，就是用这些东西遮住壁纸上显眼的污迹。他还在窗玻璃上贴了透明的小画，有江中的行船、飞越红色天空的鸟儿、站在阳台上的五颜六色的仕女，以及在雪原上列队的小黑人。

居所的小小空间只够坐卧，这样一布置，很快就像彩纸灯笼的内侧了。这种效果他挺满意，还花了一个晚上的工夫，用剩下的彩纸剪下鸟儿贴在天棚上。

布置完了上床睡觉，火车的鸣笛声犹如催眠曲伴他进入梦乡。

次日，他买了一袋糕点、一瓶马德拉葡萄酒，早早回到家中。可是，他不得不再出去一趟，买两个盘子和两只酒杯。他腾开桌子，将脸盆、水罐和盥洗用品藏到桌下，用一块餐巾盖住肮脏的木头桌面，这才摆上点心。

他开始等待。

五点一刻她到了，立刻被色彩鲜亮的各种图案吸引住了，不禁喊道："嘿！您这家可真不错啊！只是楼道里人太多了。"

杜洛华一把将她搂在怀里，隔着面纱，激动地吻她前额和帽子之间的秀发。

一个半小时之后，杜洛华送她出来，一直送到出租马车车站，等她上车后，还低声对她说："星期二见，同一时间。"

她重复道："同一时间，星期二见。"由于夜幕已经降临，她便从车窗探出头来，同杜洛华亲吻。车夫朝牲口抽了一鞭子，她还喊了一声："再见，帅哥儿！"一匹白马拖着疲惫的步子，拉着破旧的街车走了。

每隔三两天，杜洛华就接待德·玛海勒夫人一次，有时上午，有时晚上，就这样持续了三周的光景。

有一天上午，他正等待着他的情妇到来，忽听楼道里一阵吵嚷，便到门口瞧瞧。一个孩子号啕大哭，一个男人大发雷霆："这家伙又怎么啦，大哭大叫的？"一个女人气急败坏、声音尖厉地回答："是到楼上记者家的那个臭婊子，在楼梯口把尼古拉给撞倒了！这些娼妓，上楼一点也不当心孩子，就好像谁都得让路似的！"

杜洛华听见长裙、脚步急促登上这层楼梯的声响，他不知所措，慌忙撤回屋里。

他刚把房门关上，便有人敲门，他打开一看，只见德·玛海勒夫人气喘吁吁、惊慌失措地冲进屋里，结结巴巴地问道："你听见了吗？"

杜洛华假装毫无所知。

"没有哇，什么事儿啊？"

"没听见他们怎么骂我？"

"他们，谁呀？"

"住在楼下的那帮穷鬼。"

"没听见啊，告诉我，到底怎么回事儿？"

她哭起来，哽咽得一句话也说不出来了。

杜洛华只好给她摘下帽子，解开胸衣带，扶她上床躺下，再拿湿毛巾拍打她的太阳穴；她还是喘不上来气儿。等到情绪稍微平静一点儿，她那满腔怒火便发作了。

她要杜洛华立刻下楼去，找那些人算账，把他们宰了。

他一再说："嗳！那是工人，是大老粗。想想看，这要闹到法庭上去，你就会被别人认出来，被收审，名誉就全完了。可不能跟这种人闹得身败名裂。"

她又另想主意："现在，我们怎么办？我呀，我是不能再来这儿了。"

杜洛华答道："这好办，我马上搬走。"

少妇咕哝道："行啊，可是这要拖很长时间。"忽然，她灵机一动，有了个主意，顿时放下心来："算了，听我说，我有办法了，这事儿让我来，你什么也不要管。明天早晨，我给你发来一张小蓝纸。"

她说的"小蓝纸"，就是巴黎发送的加封电报。

现在，她脸上有了笑容，想出这样的主意，心中美滋滋的，眼下还不愿透露，到时候为了爱情，她会做出许多荒唐事儿来。

然而，她下楼时心情十分紧张，只觉得双腿发软，整个身子的重量全压在她情夫的胳膊上。

这次他们倒没有碰见人。

次日他迟迟未起来，将近十一点钟还躺在床上，电报局邮差果然给他送来了小蓝纸。杜洛华拆开，读到下面电文：

> 五时在君士坦丁堡街127号见面。叫人为你打开杜洛华夫人租的套房。
>
> 克洛吻你

五时整，他来到一幢带家具出租的楼房，走进门房的屋子问道：

“请问，杜洛华夫人是在这儿租了一套房吗？”

“对，先生。”

“请您带我进去好吗？”

这种微妙的局面，门房显然见得多了，知道必须慎重对待，他注视来人的眼睛，然后在一长排钥匙中选了一把，同时问道：

“您就是杜洛华先生吗？”

“对，一点不差。”

门房打开一个两间屋的小套间，就在一楼门房小屋的对面。

客厅的壁纸还相当新，印有花枝图案，红木家具上，盖着黄色图案的淡绿色棱纹布罩，地面铺着极薄的织花地毯，双脚走在上面能感到底下的地板。

卧室极小，一张大床就占去四分之三的面积，摆在里侧，两头都顶着墙，上面挂着沉重的蓝色棱纹布幔帐，下端掖在红丝绸鸭绒被下面，只见被面上满是可疑的污痕。

杜洛华心神不定，又心中不满，思忖道：

“这套房间，又得让我花一大笔钱，看来我还得借债。这事儿她干得实在愚蠢。”

房门忽然打开了，克洛蒂尔德一阵风似的进来，连带衣裙发出的声响，她张开双臂，兴高采烈地说：

“还不错吧，嗯，还不错吧？不用爬楼梯了。就在楼下，又临大街！出入走窗户，连门房都看不到你。我们在这里相爱，可以尽情欢乐了！”

杜洛华冷冷地拥抱她，到了嘴边的问题却不敢提出来。

她带来一大包东西，放到屋中央的独脚小圆桌上，打开包，拿出一块香皂、一瓶鲁宾香水、一条毛巾、一盒发夹、一个扣纽钩①,以及一只小烫发钳子,每当前额的发卷乱了就用来烫一烫。

这架势简直要安家落户,她兴致勃勃,每样东西都找地方放好。

她拉开衣柜的抽屉,说道:

“我得带些内衣来,必要时好有换的,那就方便多了。我出门买东西,万一碰上下雨,就到这儿来晾晾衣裳。我们每人一把钥匙,门房那儿留一把,以防万一。我租了三个月,当然用你的名字,我的姓名可不能亮出去。”

于是,杜洛华问道:

“什么时候付房租,告诉我好吗?”

她无所谓地回答:

“亲爱的,已经付啦!”

杜洛华又说道:

“那么,我就是欠你的喽?”

“别这么说,我的小猫咪,这同你无关,是我要干这件小小的荒唐事儿。”

他装出生气的样子:

“嗳!不,这怎么成,我绝不允许。”

少妇就凑到面前哀求,将双手搭在他的肩膀上:

“求求你了,乔治,我们这小窝算我的,只属于我,这会让我多高兴,让我太高兴啦!这不会伤害你吧?伤害什么呢?我希望把这献给我们的爱情。说你愿意,我的小乔乔,说你愿意,好吗?……”她就这样用眼神,用嘴唇,用整个身子哀求。

人家怎么恳求,他也不答应,还摆出恼怒的样子,最后才让步,认为这种要求,其实是合情合理的。

等她走了之后,杜洛华搓着双手,喃喃说道:“不管怎么说,她心眼儿真不错。”但是他并没有探询一下内心,今天这种看法从何而来。

又过了几天,他又收到一张小蓝纸,通知他说:

我丈夫外出视察六周,今晚归来。我们暂停一周。多苦的差事,亲爱的!

你的克洛

① 过去方便扣鞋上和手套上纽扣的用具。

杜洛华呆若木鸡。老实说，他早就忘了她是有夫之妇了。他要看看那个男人是什么长相，只瞧一眼，见识一下。

这期间，他还是耐心地等待那丈夫离去，有两个晚上，他又去了风流牧羊女游乐场，最后总是去拉舍尔那儿过夜。

一天早晨，他又收到一封电报，仅有六个字：

即日，五时。——克洛

二人都提前赴约了。少妇满怀痴情，无比激动地投入他的怀抱，狂热地亲吻他的脸，然后对他说：

"等我们尽情交欢之后，你若是愿意的话，就带我去找个地方吃晚饭。今天我可自由了。"

正值月初，杜洛华的工资虽然早就预支出去了，仅靠各处弄点钱，过着有今天没明天的生活，但这回碰巧他身上有点钱，乐得有机会为她花上几个。

他回答说：

"行啊，亲爱的，你说上哪儿就上哪儿。"

约摸七点钟，他们出了门，走上环城大道。少妇紧紧偎着杜洛华，对着他耳朵说道：

"你不知道，我挽着你的胳膊出门，该有多高兴啊，同你紧紧挨在一起，这种感觉我多么喜欢啊！"

杜洛华问道：

"你愿意去拉居易勒老餐馆吗？"

她回答说："不去，那儿太讲究了。我要去一家有趣的大众饭馆，职员和女工去吃饭的地方。我特别喜欢郊区小咖啡馆那种热闹的聚会！嘿！我们若能去乡下该有多好啊！"

杜洛华对这个街区的这类小饭馆一无所知，只好沿着环城大道游荡，最后走进一家酒馆，里面单设一间餐厅。德·玛海勒夫人隔着窗户瞧见两个没戴帽子的女孩，坐在两名军人对面陪他们吃饭。

这间餐厅狭长，最里端有三位用餐的顾客，是出租马车的车夫。还有一个人，无法归到任何行业，他抽着烟斗，双腿伸到前边，两手掐着腰带，身子几乎躺在椅子上，脑袋从椅背横梁上仰向后面。他那夹克衫赛似污迹博物馆，口袋鼓鼓的像肚子，只见露出一个酒瓶的瓶口、一块面包、一个报纸包儿，以及耷拉着的一段绳头。他的头发很厚，天生短而弯曲，乱糟糟的，脏成了土灰色。他的帽子扔在椅子下面。

克洛蒂尔德一走进来，那身华丽的打扮引起轰动。两对青年中止窃窃私语，三名车夫也停止议论，就连那个抽烟斗的人，也将烟斗从嘴上移开，朝前方吐了一口痰，偏过头来打量。

德·玛海勒夫人低声说道："这儿真不错，我们一定会觉得很可心，下次再来，我就换上女工的服装。"她毫不拘束，坐到油乎乎的桌前也没有厌恶之感。木头餐桌积的油腻，仿佛涂了一层油漆，饮料洒得到处都是，伙计拿抹布抹上一把，就算收拾干净了。杜洛华倒有点不自在，感到有点丢脸，他想找一个挂衣钩挂他的高筒礼帽也找不到，只好放到一把椅子上。

他俩吃了一盘炖羊肉、一大片羊后腿和一份生菜。克洛蒂尔德一再说："我太喜欢吃这个啦。我是下等人的口味，我在这儿比在英国咖啡馆[①]还要开心。"接着她又说道："你若想让我玩个痛快，就带我去一家小歌舞酒吧。这附近就有一家，我了解，非常有趣，叫做'白雪王后'。"

杜洛华吃了一惊，问道：

"是谁带你去过那儿？"

杜洛华注视她，见她脸红了，神情有点慌乱，就好像突如其来这一问，唤起了她藏在心中的一段隐私。她迟疑了一下——女性的这种迟疑极为短促，一般很难看出来——便答道："是一个朋友……"她沉吟了一下，又加上一句："……他已经死了。"

说罢，她伤心地垂下眼睛，那伤心的神情倒十分自然。杜洛华第一次想到，这个女人过去的生活，有多少情况他不了解。毫无疑问，从前她有过几个情夫，都是什么样的人呢？属于什么阶层呢？心中隐隐产生一股醋劲，一阵敌意，敌视这个女人心中和生活中一切他不了解的事情，一切根本不属于他的东西。杜洛华注视她这颗漂亮而沉默的脑袋，因为里面隐藏的秘密而恼火，心想甚至在此刻，这颗脑袋带着几分遗憾，也许还在想念另一个情夫，想念其他那些情夫。他多想钻进她的记忆中瞧一瞧，搜索一遍，全部弄清，全部了解……

克洛蒂尔德还反复说：

"你愿意带我去'白雪王后'那儿吗？再去那儿，今天也就尽欢了。"

杜洛华心中暗道：

"算啦！从前的事儿又有什么关系呢？我真够傻的，还为这个自寻烦恼！"于是，

---

① 著名咖啡馆，位于意大利树阴大道，在富豪咖啡馆对面。

他微笑着答道：

“当然啦，亲爱的。”

等他们来到大街上，克洛蒂尔德便声调神秘，像诉说心里话那样低语道：

“我始终未敢向你提出这种要求。可是你想象不出，我多么喜欢去那种男孩子可以胡闹，而女人不去的地方。等狂欢节的时候，我就装扮成男学生。我一身男学生打扮，肯定特别好玩。”

他们走进舞厅时，克洛蒂尔德就紧紧靠住他，望着那些妓女和拉皮条的男人，目光充满欣喜若狂的神色。她瞥见一名严肃地站在原地不动的保安警察，就不时说道：“那警察看样子挺棒。”就好像这样才放下心来，不会有什么危险了。过了一刻钟，她看够了，杜洛华就送她回家。

一系列的冶游就这样开始了，到下层人消遣的不三不四的地方。杜洛华发现，他这情妇像大学生一样，对酒后闲逛兴趣特别浓厚。

她平时来赴约，就穿一件布衣裙，头戴一顶侍女便帽，是通俗喜剧中女仆戴的那种帽子。她在衣着上力求朴素淡雅，但仍旧戴着钻石戒指、手镯和耳环，每当杜洛华恳求她摘掉这些首饰时，她总拿出这条理由：“嗳！不用，他们会以为这不过是莱茵河里的碎石子。”

她自以为伪装得十分巧妙，其实就像鸵鸟那样，将头插进沙子里。她就打扮成这样，出入那些下流的小酒馆。

本来她还要杜洛华打扮成工人模样，但他执意不肯，仍是常逛树阴大道的那身绅士打扮，甚至不肯将高筒礼帽换成软呢帽。

不过，她觉得他这样固执也没什么，用这种推理来安慰自己：“别人还以为我是个交了好运的女仆，跟上了一位少爷呢。”她认为这出喜剧无比美妙。

他们俩就这样出入大众酒馆、咖啡馆，到烟熏火燎的简陋饭馆里面坐下，也不管椅子瘸了腿，木桌多么破旧。餐厅里弥漫着呛人的烟雾，还残留着晚餐炸鱼的味道。身穿劳动服的汉子一边用小杯喝着烧酒，一边大吼大叫。伙计送来两份樱桃泡烧酒，惊讶地打量这奇异的一对。

克洛蒂尔德心惊胆战，又喜出望外，开始小口抿着红红的果汁，闪闪发亮的目光不安地扫视周围。她每吃下去一个樱桃，就有一种罪过的感觉，每喝下去一滴辛辣的烧酒，都有一种强烈的快感，就像违犯天条，偷尝了禁果那样欢喜。

然后，她悄声说道：“我们走吧。”于是他们离去。她低着头，迈着碎步，像女演员下台时那样，快速地从餐桌之间溜出去。那些酒客臂肘撑着桌子，用怀疑而不满的目光注视她走过去。她一出门就长出了一口气，就好像逃脱了多么大的危险。

有几次，她战战兢兢地问杜洛华：

“在这种地方，若是有人骂我，你怎么办呢？”

他拿出硬充好汉的口气答道：

“这还用问，我当然保护你啦！”

她幸福地搂紧他的手臂，也许还隐约希望挨人臭骂好受到保护，希望看到男人为她动起拳脚，哪怕是酒馆这些男人同她心爱的人大打出手。

这种冶游，每周重复两三次，杜洛华开始厌倦了，况且每次车马费和餐饮费要半个金币，近来他也很难搞到了。

现在，他的生活无比艰难，比他在北方铁路局工作时还要拮据，只因他当上记者的头几个月，大把大把花钱，出手不计，总抱着希望次日就能赚到大钱，如今财源枯竭，搞钱之道全用尽了。

最简单的办法，就是向会计室借钱，可是，这个办法很快就不灵验了，他已经向报馆预支了四个月工资，还预支了他按行计酬的文章的稿费六百法郎。此外，他欠弗雷吉埃一百法郎，欠手头宽裕的雅克·里瓦乐三百法郎，还有令他不胜烦恼的无数小欠账，都说不出口，二十法郎或一百苏不等。

他向圣保丹求教，看还能想出什么办法弄到一百法郎。圣保丹虽然擅长发明创造，这次也无计可施了。杜洛华这样一文不名，心里恼火极了，现在要花钱的方面更多，因此比从前更难忍受这种穷困。他心头憋着一股火，看谁都不顺眼，火气越来越大，为了点鸡毛蒜皮的事儿，随时随地都可以发作。

有时他扪心自问，自己是怎么搞的，每月居然平均花出上千利弗尔，而且根本没有胡花，没有挥霍。不过仔细一算他就发现，在树阴大道随便哪家大咖啡馆，午餐要八法郎，晚餐要十二法郎，加起来就是一路易金币，零用钱总得十来法郎，也不知怎么就流出去了，这样总起来，每天就是三十法郎，到月底就是九百法郎。这还不算衣服、鞋袜、床单被罩，以及洗衣裳等各种花费。

因此，十二月十四日这天，他兜里一个铜子儿也没有了，绞尽脑汁也想不出法子弄到点钱。

他像从前常有的情况那样，干脆不吃午饭了，下午就在报社里工作，心里又憋火又不安。

将近四点钟，他收到情妇的一张小蓝纸，只见上面写道：“我们共进晚餐好吗？饭后再一道散步。”

他当即答复：“无法共进晚餐。”继而又一想，舍弃她将给自己带来的欢乐时光，未免太愚蠢了，于是又加了一笔：“不过，九时我在我们居所等你。”

为了节省电报费，他派一名伙计将短简送去，然后又想法弄顿晚饭。

到了七点钟，他已经饥肠辘辘了，一点儿着落还没有呢。万般无奈，他就破釜沉舟，使出最后一招了。他等同事一个一个走光，只剩下只身一人时，便使猛劲按铃。留下值班的老板的听差，闻声赶来了。

杜洛华站在那里，焦急地搜索自己的衣兜，气恼地说：

"你瞧，富卡尔，我钱包忘在家里了，我还得去卢森堡宫赴晚宴呢，借我五十苏付车钱吧。"

那人从坎肩口袋里掏出三法郎，问道：

"杜洛华先生不想多拿点儿吗？"

"不用，不用，这就够了。谢谢。"

杜洛华抓起白花花的钱币，跑下楼去，到一家大众小饭馆吃晚饭；每逢身无分文的时候，他就到那里去用餐。

九点钟，他在小客厅等待情妇，双脚放在炉火前取暖。

她到了，看那情绪异常兴奋，异常快活，大概是受街上冷风的激发。

"你若是愿意，"她说道，"我们就先出去兜一圈，十一点再回这儿来。这种天散步好极啦。"

杜洛华嘟嘟囔囔地答道：

"干吗出去呢？待在这儿不是挺好的嘛。"

克洛蒂尔德帽子也没有摘，又说道：

"你还不知道，外面月色美极了。今天晚上散步，肯定赏心悦目。"

"这有可能，可是，我并不想出去散步。"

他说这话的样子气急败坏，克洛蒂尔德不禁诧异，觉得伤了自尊心，便问道：

"你这是怎么啦？为什么这种态度？我不过是想出去兜一圈，不知道怎么就惹你生气了。"

杜洛华恼羞成怒，站起来说道：

"我不是生气，而是烦得慌。就是这码事儿！"

克洛蒂尔德这类女人，一逆着就恼火，一无礼就大发雷霆。

她轻蔑而冷淡地说道：

"我不习惯别人用这种口气对我说话。那好，我一个人去。再见！"

杜洛华明白问题严重了，急忙追上去，抓住她的手亲吻，结结巴巴地说：

"原谅我，亲爱的，原谅我吧。今天晚上，我心情非常烦躁，动不动就发火。要知道，我有不顺心的事儿，有些烦恼的事儿，全是工作上的。"

她心有点软了，但是情绪还未平静下来，说道：

“这同我没关系，你心情不好，往我身上撒气，我可不吃这一套。”

杜洛华把她搂在怀里，往长沙发拖去：

“听我说，我的小美人，我一点伤害你的意思都没有。我想都没想，话就出口了。”

他强按她坐下，自己则跪在她面前：

“你饶恕我了吗？对我说，你已经饶恕我了。”

她冷淡地低声说道：“好吧，但是下不为例。”

接着，她又站起来，补充说道：

“现在，我们去兜一圈吧。”

杜洛华还一直跪着，他用双臂搂住她的臀部，结结巴巴地哀求道：

“求求你了，我们就待在这儿吧。恳求你了，就答应这点请求吧。今天晚上，我多么渴望把你留在身边，就在这儿，守着炉火，只陪我一个人。你说‘好吧’，求求你了，就说一声‘好吧’。”

她却毫不容情，斩钉截铁地反驳道：

“不行。非出去不可。我可不能由着你的性子。”

杜洛华还在坚持：

“恳求你了，我是有原因的，一个非常重要的原因……”

她又说了一遍：

“不行。你不想同我一道出去，那我就走了。再见！”

她一扭身挣脱了，朝门口走去。杜洛华又追上去，一把将她抱住。

“听我说，克洛，我的小克洛，听我说，就答应我这点请求吧……”她不答话，只是摇头拒绝，躲避他的亲吻，极力想挣脱好走掉。

杜洛华还结结巴巴地说：

“克洛，我的小克洛，我这是有原因的。”

她停下来，面对面注视他：

“你说谎……什么原因？”

杜洛华满脸通红，不知道说什么好。克洛蒂尔德又气愤地说道：

“你瞧，就是说谎……真不是人……”

她眼含泪水，气愤至极，猛地挣脱了。

杜洛华再次抓住她的肩膀，万般无奈，他准备全部承认，以避免这场决裂，于是用绝望的声调明确说：

“原因就是，我分文没有了……就是这码事儿。”

克洛蒂尔德戛然停止，注视他眼睛的深处，想从中看出真相："你说什么？"

他的脸一直红到耳根："我说我分文没有了。你明白吗？就连二十苏、十苏也没有；我们随便进哪家咖啡馆，喝一杯黑茶子酒，我也付不起钱啊。你逼我讲出这种丢人的事儿。我实在不能陪你一道出去，假如我们坐下要两份饮料，我总不能心安理得地对你说，我付不起账吧……"

她一直面对面注视着杜洛华：

"这么说……真是这码事儿啦……嗯？"

一眨眼工夫，他把所有口袋都翻出来，裤子的、坎肩的、礼服的口袋全翻出来，低声说道：

"喏……现在……你满意了吧？"

她情绪非常激动，突然张开双臂，搂住杜洛华的脖子，断断续续地说：

"噢！我可怜的宝贝……我可怜的宝贝……这我哪儿知道啊！你怎么落到这一步呢？"

她让杜洛华坐下，自己则坐到他双膝上，搂着他脖子，不停地吻他，亲他小胡子，亲他嘴，亲他眼睛，逼他讲出来，他何以这样穷困。

他随口编造了一个令人感动的故事，说他不得不帮助陷入困境的父亲，不仅拿出了全部积蓄，而且还欠了一大笔债。

他还补充说：

"我的财源完全枯竭，至少六个月，我还得忍饥挨饿。无所谓。生活中，总有闹饥荒的时候。归根结底，为了金钱，不值得那么愁眉苦脸。"

克洛蒂尔德对着他的耳朵说：

"我借给你，好吗？"

他不失尊严地答道：

"你心肠真好，我的小宝贝。不过，求求你，别再说这个了。再说就会伤害我的自尊心了。"

她不讲了，只是紧紧搂住他，悄声说道：

"你永远也不会知道我多么爱你！"

这是他俩相爱的最美好的一个夜晚。

克洛蒂尔德要走的时候，又笑嘻嘻地说道：

"嘿！一个人在你这样处境，忽然发现忘在兜里的钱，一枚滑进衬里的硬币，那该多有意思啊！"

杜洛华也深信不疑地应道：

“唔！那当然啦。”

她借口月色极美，要步行回家，并且望着明月赞叹不已。

这是初冬的夜晚，清冷而宁静，已经结了晶莹的薄冰，马车跑得很快，行人脚步匆匆，鞋后跟踏着人行道，发出嘎嘎的声响。

分手时，她又问道：

“后天见面，你说好吗？”

“当然好了。”

“同一时间？”

“同一时间。”

“再见，亲爱的。”

他们又深情地拥抱。

杜洛华大步流星走回家，一路上心里总琢磨，第二天得想个什么法子摆脱困境。他要开门时，伸手摸坎肩的兜儿找火柴，却感到一枚硬币在手指间滚动，一时愣住了。

他点上灯，便抓出硬币，仔细一看，竟是面值二十法郎的一枚金币。

他觉得自己快要乐疯了。

他翻过来掉过去，端详这枚金币，思忖是什么奇迹在这里出现，总不会从天上掉进他口袋里的吧？

猛然间，他猜到了，一股怒火袭上心头。他情妇说过，钱币可能滑进衣服衬里的缝儿中，到穷困的时候发现了，果然如此。这种施舍，正是她干的。真叫人无地自容！

他狠狠地说：

“好吧！看我后天怎么接待她！叫她尝尝不好受的滋味！”

他上床睡觉时，心中还愤愤不已，感到受了极大的侮辱。

一觉醒来，已经很晚了，肚子开始饿起来，他想重新入睡，到下午两点钟再起床。继而又一想：“这样也不是办法，无论如何也得弄到钱。”于是，他起床出门，希望走在街上，会想出个好主意。

主意是没想出来，每经过一家餐馆，吃饭的欲望倒是更加强烈，直流口水。到了中午，他还是什么也没有想出来，就突然横下一条心：“管他呢！克洛蒂尔德这二十法郎，不妨先用来吃午饭再说，明天把钱还给她就是了。”

于是，他走进一家啤酒店吃午饭，花了两法郎五十生丁。到了报社，他又把三法郎还给听差：“喂，富卡尔，给你昨晚借给我的车钱。”

他一直工作到七点钟，出去吃晚饭，又从那笔钱里取出三法郎，再加上晚上喝的两杯啤酒，当天的花费就达到九法郎三十生丁了。

第二天这二十四小时里,他既不能再去赊账,也开不出新的财源,只好又从当晚要还给人家的二十法郎里,借出六法郎五十生丁,结果到赴约时,口袋里只剩下四法郎二十生丁了。

他脾气坏极了,就跟疯狗一样,决意要把事情立刻搞清楚。他要对情妇说:

“跟你说,那天你放进我兜里的二十法郎,我发现了,今天先不还给你,因为我还没有时间解决钱的问题,境况丝毫没有改善。不过,等下次见面时,我一定还给你。”

然而她来了,那么温柔体贴而又惴惴不安。猜想他对她会是什么态度呢?于是,她刻不容缓,一个劲地同他亲吻,以免一见面就得解释。

杜洛华心里也有打算:“等一会儿再谈这个问题也来得及。我要见机行事。”

可是“机”没见到,也就什么也没有说。这个话题很难启齿,每欲张口总是退缩了。

克洛蒂尔德也绝口不提出去遛弯儿了,而且千娇百媚,温柔可爱到了极点。

快到午夜他们才分手,约定下周星期三才能见面,因为,德·玛海勒夫人一连数日有饭局,要在外面进晚餐。

次日,杜洛华吃午饭,付钱时找那剩下的四枚硬币,又发现硬币变成五枚,其中一枚是金币。

起初他还以为,头一天人家找钱时粗心,错给了他一枚二十法郎的,继而又忽然醒悟,这又是施舍,感到屈辱,不禁一阵心跳。

悔不该当时什么也没有说。如果他慷慨陈词,大发一通,这事儿也就根本不会发生了。

他一连奔波了四天,费了九牛二虎之力,想弄到五枚路易金币,结果还是徒劳,又把克洛蒂尔德的第二枚金币吃下去了。

再次见面时,杜洛华气冲冲地对她说:“告诉你,那几个晚上的玩笑,不要再开下去了,我可真要生气了。”尽管如此,克洛蒂尔德还是设法往他裤兜里塞了二十法郎。

他发现时骂了一声:“他妈的!”却把钱移到坎肩口袋,以取用方便,因为碰巧他又身无分文了。

为了心安理得,他就这样考虑:

“以后一并还她,说到底,这不过是借钱而已。”

报社财务在他苦苦哀求下,终于同意每天支给他一百苏。吃饭还勉强够,要还克洛蒂尔德那六十法郎却不可能。

克洛蒂尔德又恢复老习惯,夜晚发疯似的逛巴黎所有那些不三不四的地方。这种颇为冒险的冶游之后,杜洛华在身上某个口袋里,总能摸出一枚黄灿灿的金币,有一天甚至在他的靴子里，还有一天甚至在他的怀表盒里，这样时间一长，他也就不感到特别气恼了。

杜洛华心想，既然她有这种强烈愿望，而眼下他又无力满足她，那么与其舍弃这种乐趣，还不如她自己出钱得到满足，这不是极其自然的吗？

再说，每收到钱他都记了账，以便有朝一日如数偿还。

有一天晚上，克洛蒂尔德对他说："你信不信？我还从未去逛过风流牧羊女游乐场呢！愿意带我去瞧瞧吗？"杜洛华颇犯踌躇，就怕撞见拉舍尔。随后他又想："嗳！反正我又没同她结婚。那女人若是看见我，就该明白怎么回事儿，也就不会同我说话了。再说，我们又坐在包厢里。"

他决定去还有一层原因：他乐得有此机会，一文不花就请德·玛海勒夫人进包厢观看演出。这也算是一种回报吧。

他让克洛蒂尔德先留在车里，自己去买票，好不让她看见这是游乐场的赠票。然后他再来接她，一同进去。检票员还向他们躬身致意。

散步的长廊里人很多，挤得水泄不通，男人和在那里转悠的粉头儿一片喧闹。杜洛华二人费了好大劲，才从人群中穿过去，终于到了自己的包厢，安顿下来。前面是一动不动的池座，后面则是人流如潮的长廊。

德·玛海勒夫人不大观看台上的演出，只顾瞧身后那些来来往往的妓女。她频频转身看她们，真想碰碰她们，摸摸她们的胸衣、脸蛋和头发，好弄明白那些人到底是什么样子的。

她忽然说道：

"那儿有个棕色头发的胖女人，一直盯着看我们，刚才她好像要同我们说话呢，你看到了吗？"

杜洛华答道：

"没有。你一定是看错了。"

其实，他早就瞧见了。那正是拉舍尔，在他们附近转悠，她两眼冒着怒火，嘴唇一张就要喷出激烈的话语。

刚才，杜洛华在人群里穿行的时候，同她擦身而过，她还小声对他说了一句"你好"，同时挤了挤眼睛，意思是说："我明白。"然而，杜洛华却没有回答这种好意，怕被他情妇看见，他扬起头，撇着嘴，一副冷冰冰的样子走过去。那女人不觉上来一股醋劲，便又折回来，再次从他身边擦过，提高点声音说道："你好，乔治。"

杜洛华还是没有搭理。那妓女越发不肯罢休，非让人家同她相认并问好才行，于是，她在他们包厢后面绕来绕去，等着有利时机。

她一发现德·玛海勒夫人在注视她，就赶紧上前来，用指尖捅了捅杜洛华的肩膀：

“你好！怎么样，还好吗？”

然而，杜洛华并不回头。

于是她又说道：

“怎么啦？打星期四之后，你就变成聋子了吗？”

杜洛华根本不理睬，他拿出一副鄙夷的神态，不屑于同这种女人说话，就好像说一句话也有损自己的名誉。

拉舍尔嘿嘿笑起来，那是狂怒的冷笑，她又问道：

“你哑巴啦？舌头大概让这位太太给咬掉了吧？”

杜洛华火冒三丈，猛地一挥手，扯着气急败坏的嗓门说：

“谁允许您这么讲话的？滚开，要不然，我叫人来把您抓走！”

这时，拉舍尔两眼冒火，胸脯气得鼓起来，不禁吼道：

“哼！跟我来这套！算了吧，没教养的家伙！跟一个女人睡过觉，见了面至少也该打声招呼。不能因为今天你跟另一个女人在一起，见面就装作不认识我了。刚才我从你身边经过时，哪怕你稍微向我点点头，我也不会来打扰你。可是，你却要摆臭架子，目中无人。好，等着瞧吧！让我来侍候侍候你！哼！碰见我连声好也不问……”

她还会这样叫嚷下去，这时，德·玛海勒夫人却推开包厢门往外走，穿过人群懵头懵脑寻找出口。

杜洛华也冲出去，跟在后面拼命追赶。

拉舍尔望着他们逃跑，得意地大喊大叫：

“截住那女人！截住那女人！她偷走了我的情人！”

他们身后一片哄笑。两位先生趁机取笑，抓住奔逃的女人的肩膀，要把她带走，还要搂住亲她。这时，杜洛华追上来，拼命将她拉开，一直拖到街上。

德·玛海勒夫人跳上一辆停在游乐场门前的空马车，杜洛华也跟着跳上去。车夫问道：“去哪儿，先生？”他便回答：“随便。”

出租马车开始缓慢行驶，随着路石颠簸摇晃。克洛蒂尔德大发神经，双手捂住脸，哽咽得喘不过气来。杜洛华手足无措，不知该说什么好。

他听见她在哭泣，便结结巴巴地说道：

“听我说，克洛，我的小克洛，容我向你解释一下！这不是我的过错……我认识那女人，那是从前……刚开始那时候……”

她的双手突然从脸上移开，露出一副狂怒的面孔——一位钟情而又受了骗的女子，这样狂怒起来，就要说话了，她气喘吁吁，语句断断续续，急促地说道：

"噢！……下流……下流……你干出什么勾当！……这怎么可能？……多丢人啊！……噢！上帝啊！……多丢人啊！……"

她的思绪越来越清晰，越来越有条理，火气也越来越大了：

"你拿我的钱去玩她，对不对？哼，我给你钱……却便宜那个妓女……噢！下流胚！"

有几秒工夫，她似乎要想个更厉害的词儿，可是没想出来。接着，她就像要吐痰那样，突然咯出这么一句话："哼！……蠢猪！……蠢猪！……蠢猪！……你拿我的钱去玩她……蠢猪！……蠢猪！……"

她再也想不出别的词儿，只好反复说："蠢猪！……蠢猪！……"

突然，她身子探到车外，抓住车夫的袖子说："停车！"然后打开车门，跳到马路上。

乔治想跟下去，但是她却大叫："不许你下车！"声音大极了，吸引了很多行人聚拢到她周围。杜洛华怕事情闹大，也就没有动地方。

德·玛海勒夫人从口袋里掏出钱包，借着车灯灯光翻零钱，取出两法郎五十生丁，交到车夫手中，以洪亮的声音说道："拿着……这是车钱……是我付的……给我把这个浑蛋拉回去，送到巴蒂尼奥勒附近的布尔索街……"

围观的人哄笑起来。一位先生嚷道："真棒啊，小姑娘！"还有一个小痞子站在车旁边，把头探进敞着的车窗，用尖厉的嗓门喊道："晚安，小宝贝！"

马车又启动了，追在车后的是一阵阵笑声。

## 第六章

第二天醒来，杜洛华心情沮丧。

他慢腾腾地穿上衣服，坐到窗前想心事。他感到浑身酸痛，就好像昨天挨了顿乱棍。

最后，必须弄到钱这一急务，才激起了他的精神。他首先去找弗雷吉埃。

他的朋友双脚烤着炉火，在书房里接待他。

"你起得这么早，有什么事儿啊？"

"一件非常严重的事，欠债，事关名誉。"

“是赌债?”

他犹豫了一下,随即承认:

“是赌债。”

“数额很大?”

“五百法郎!”

其实他只欠二百八十法郎。

弗雷吉埃不免怀疑,问道:

“是欠谁的?”

杜洛华没能立即答出来:

“是欠……欠……欠一个叫德·卡勒维尔先生的。”

“哦!那么,他住哪儿呢?”

“住……住在……”

弗雷吉埃笑起来:

“住在十四点寻午街,对不对?亲爱的,我认识那位先生。如果你想要二十法郎,这个数我还有,可以给你用,再多要可就没有了。”

杜洛华接受了这枚金币。

然后,他又挨家串,找他认识的所有人,约摸到了五点钟,最后凑到八十法郎。

还得弄来二百法郎,他毅然拿定主意,把筹来的钱留着,喃喃说道:

“算了吧,我才不为这个婊子烦恼呢,等我有钱了再还她好了。”

一连两周,他过着节俭、贞洁而又有规律的生活,头脑里充满了坚定不移的决心。继而,他心中又产生强烈的欲望,就好像有几年没搂过女人了,见到衣裙就浑身战栗,如同海员又望见陆地那样欣喜若狂。

一天晚上,他又去风流牧羊女游乐场,希望见到拉舍尔,果然一进门就望见她了,只因她很少离开这家游乐场。

杜洛华伸出手,笑呵呵地朝她走去。然而,拉舍尔却从头到脚打量他:

“您找我有何贵干?”

杜洛华试图大笑:

“算啦,别板着这副面孔了。”

她扭头就走,还甩了一句:

“我可不同杈杆儿交往。”

她有意想出最粗野的骂人话,杜洛华觉得热血涌上来,满脸羞红,赶紧独自回家。

弗雷吉埃病恹恹的,总是咳嗽,身体越来越虚弱,在报社里也不让杜洛华活得自在，仿佛绞尽脑汁派给他烦人的苦差事。且说有一天，弗雷吉埃正巧心情烦躁，向杜洛华要一份材料又没得到，他一阵长咳，喘不过气来，口里嘟囔着骂道："活见鬼，真没想到你这么笨！"

杜洛华听了，真想扇他耳光，不过，他还是忍住了，走开时自言自语道："小子，有我逮住你的那一天！"他的脑子忽然闪过一个念头，就又咕哝一句："老兄，我要让你当当王八。"他有了这一打算，心中乐不可支，便搓着双手走了。

第二天他就想付诸实践，去对弗雷吉埃夫人作一次侦察性的拜访。

他进去时，弗雷吉埃夫人正躺在长沙发上看书。

她向客人伸出手，身子未动，只是扭过头说道："你好，帅哥儿！"杜洛华仿佛挨了一记耳光："为什么您这样叫我？"

少妇笑吟吟答道：

"上周我见到德·玛海勒夫人，才知道她家如何给您起了新名。"

杜洛华见少妇善气迎人，也就放下心来。再说，他有什么可担心的呢？

女主人又说道：

"您可把她宠坏啦！至于我嘛，想起了就来看看我，要等到当月的三十六号，不这样也差不多吧？"

杜洛华坐到她身边，以新的好奇心注视她，就像喜欢收集小摆设的人那样好奇。她很迷人，那头浅色的金发热乎乎的，天生适于爱抚。杜洛华心中暗道："毫无疑问，她比那个强。"他毫不怀疑自己能成功，觉得伸手可取，如同摘果子似的把她弄到手。

他果断地说：

"我不来看您，是因为这样更好。"

她不明白这话，就问道：

"什么？这又为什么呢？"

"为什么？您还猜不出来？"

"不，一点也猜不出来。"

"因为我爱上您了……唔！有点儿，就那么一点点儿……而我又不愿意完全坠入情网……"

她那神态，既不诧异，也不反感，也没有领受恭维而喜形于色，仍然不经意地微笑着，平静地答道：

"嗳！您尽可以来嘛。谁爱我都不会长久。"

他听这语气比听这话更惊讶，于是问道：

"为什么呢？"

“因为这是徒劳的，我会立刻让对方明白这一点。您有这种担心，若是早点告诉我，我早就会给您排解了，反而还要鼓励您尽量多来。”

杜洛华感慨地高声说：

“能这样驾驭情感真不简单！”

少妇朝他转过身来：

“亲爱的朋友，在我看来，一个坠入情网的男人，他的名字就不会再出现在活人花名册上。他变成了白痴，不仅痴呆，而且危险。凡是真爱上我，或者自称爱上我的人，我就中断同他们的密切关系，一来是因为他们令我厌烦，二来我也觉得他们特别可疑，就像疯狗那样随时会发狂。我要把他们放进精神隔离所里，直到他们完全病愈。千万不要忘记这一点。我完全明白，对你们男人来说，爱情无非是一种欲望，而在我看来则相反，只是一种……一种……一种心灵的契合，这与你们男人的信仰毫不相干！你们只理解字面意思，而我则领会精神。嗳……您正面看着我……”

她不再微笑了，面孔既平静又冷漠，一板一眼地说道：

“您听清楚了，我永远，永远也不会当您的情妇。坚持这种渴望，对您来说，完全是徒劳无益的，甚至还是有害的……好了，做完了手术……现在，您愿意我们俩成为朋友，成为好朋友，成为毫无私心杂念的真正朋友吗？……”

杜洛华听明白了，这是最后的判决，再有任何企图都无济于事，他就立刻爽快地接受了，而且满心欢喜，在生活中能结成这样的同盟。他伸出双手，说道：

“夫人，我完全听从您的差遣。”

少妇从声音里听出他心口如一，也伸出了双手。

杜洛华接连吻了这两只手，抬起头来，坦率地说：

“真的，若是在从前，我遇到您这样一位女子，并娶她为妻，那该是我多大的造化啊！”

这话打动了她的心，听着特别舒坦，但凡女人听到这样的恭维，都会有这种反应。她飞快地瞥了他一眼，而女人这种充满感激之情的流盼，一下子就能将他收做奴隶。

继而，他想继续中断的谈话，又想不出过渡的话题。这时，少妇将一根指头按在他的手臂上，柔声地说道：

“我要马上开始尽朋友之责，亲爱的，您真够笨的……”

她迟疑了一下，又问道：

“我可以畅所欲言吗？”

“当然了。”

“毫无保留？”

“毫无保留。”

“那好！您去拜访一下华尔特夫人，要讨她喜欢，她非常赏识您。您去拜访，就有机会恭维了，尽管她人很正派，要听清楚了，她完全是个正派人。唔！在她跟前，搞偷偷摸摸那一套……别指望能得到什么。您要让人对您有个好的看法，才可能在那儿立足。我知道，您在报社的地位还很低。不过，这无须担心，他们以同样热情的态度接待所有编辑。去吧，相信我的话。”

杜洛华微笑着说：“谢谢，您是个天使……是个守护神。”随后，二人就闲聊起来。

杜洛华待了很长时间，以便表明他喜欢同她在一起，分手时他又问道：

“我们是朋友了，一言为定？”

“一言为定。”

他已经感到，刚才的恭维很有效果，于是又强调了一遍：

“万一您守了寡，我可先登记候补。”

说罢他赶紧逃开，根本不留给她发火的工夫。

去拜访华尔特夫人，杜洛华还颇为难，因为人家根本没有允许他登门拜访，而他又不想莽撞行事。老板对他倒是和蔼可亲，赏识他做的事，有什么难办的差事也优先派他去，何不利用这种好感，打进他们的府上呢？

有一天，他起了个大早，去中央菜市场赶集，花了十几法郎，买了二十来个优质梨，装进水果筐里，仔细捆扎好，好让人相信是从远地运来的。他将一筐梨连同他的名片，送到老板娘的门房那里。名片上“乔治·杜洛华”字样下写道：

今晨收到从诺曼底运来的这点水果，恭请华尔特夫人笑纳。

次日他去报社，在自己的信箱里看到一个信封，里面装有华尔特夫人的名片，并附有“十分感谢乔治·杜洛华先生；每星期六我均在家”的字样。

这周星期六，他登门拜访。

华尔特先生住在马勒泽尔博大街，他在那儿拥有一幢双宅楼房，租出一部分，这是务实者的经济做法。只有一个门房，守在两扇大门之间的小屋里，既为房主也为房客传达通报。门房身穿教堂侍卫的漂亮制服，上装有鲜红的翻领和金色纽扣，白色长袜箍着肥胖的腿肚子，他给两家大门增添了富翁公馆那样的气派。

客厅位于二楼，前厅墙上镶着壁毯，一色落地式门窗。两名仆人坐在椅子上打瞌睡。他们一个接过杜洛华的大衣，一个接过他的手杖，并打开一扇门，在前面走几步，然后闪身通报姓名，让客人走进一套无人的房间。

年轻人有点不知所措，他四下张望，忽见镜子里映出几个坐着的人，仿佛距离很远。他先是因镜子误导，弄错了方向，随即又穿过两间空着的客厅，走进一间小内客厅，只见墙壁镶着带金色花蕾的蓝丝绸，四位轻声说话的女士，围坐着一张放着茶杯的圆桌。

杜洛华自从到巴黎生活，尤其干上外勤记者这一行，时常同名人接触，也就有了自信心，尽管如此，他刚才经历进门那一场面，又穿过空荡无人的客厅，就不免觉得有点儿胆怯了。

他结结巴巴地说："夫人，我不揣冒昧……"同时游目寻找女主人。

他躬身握了华尔特夫人向他伸出的手。夫人对他说："先生，承蒙盛情光临舍下。"并指给他一个座位。杜洛华想稳稳坐下，不料一时坐空竟跌了下去，没想到坐椅比寻常的矮得多。

大家沉默了片刻。继而，一位女士又开口了，她说天气越发严寒，但是还不足以扼制伤寒的流行，也还滑不了冰。于是，每位女士都对巴黎进入冰冻严寒季节发表了看法，然后又说各自喜欢什么季节，不喜欢什么季节，摆出的理由全那么平平淡淡，全是堆积在脑子里的东西，如同房间里的灰尘一样。

杜洛华听见开门的轻微声响，扭过头去，从两面没有锡汞的镜子里，望见一位肥胖的女士走进来。她一到小客厅，女客中便有一位起身，同大家握手告辞。年轻人目送那女士穿过一间间客厅，注意到视她背后黑服饰上闪闪发亮的墨玉宝珠。

客人轮番引起的骚动平静下来，大家没用任何话题过渡，随口又谈起摩洛哥和东方战争问题，也谈到英国在非洲南端的尴尬局面。

几位女士谈论这类事情全凭记忆，就像排练一出社交界文明喜剧，反复背诵台词那样。

又进来一个人，是一位身材矮小的金发女郎。一见她进来，一位身材瘦高的女士便告辞了。

现在大家又谈到利奈先生有几分可能进法兰西学院。新来的这位女士坚定不移地认为，利奈先生要败在卡巴依·勒巴先生的手下。那位勒巴先生改编的法文诗剧《堂吉诃德》十分精彩。

"你们知道吗，今年冬天，奥德翁剧院就要上演这出戏啦？"

"哦，真的吗？这是极有文学价值的尝试，我一定会前去观赏。"

华尔特夫人这样优雅地回答道，她沉静而不动声色，见解成竹在胸，要讲什么话从不犹豫。

这时，她发觉暮色降临，便按铃要人送来灯，她一面倾听好似蛋白松糕汇成的溪流一般的涓涓谈话，一面心想忘了去刻字铺印下次晚餐的请帖了。

华尔特夫人身体偏胖，还很漂亮，但也到了容颜快要凋残的危险年龄，全靠小心护理，精心打扮，多讲卫生和多施脂粉来维持。在任何问题上，她似乎都很明智，既有分寸又讲道理，属于脑子像法国花园一样条理分明的那类女人。在这样一座花园里散步，不会有惊奇的发现，但还是能感到某种魅力。她很有理智，心思缜密，遇事谨慎而沉稳，从不异想天开，而且心地善良，乐于助人，平静中透出一种善意，对人对物都显得大度。

她注意到杜洛华一言未发，似乎有点拘谨，也没有人同他说话，看来这些女士谈兴正浓，喜欢这个话题，还要长时间在法兰西学院里逗留，于是她便问道：

"杜洛华先生，您大概比谁消息都灵通，那么，您偏向谁呢？"

杜洛华毫不犹豫地答道：

"夫人，在这个问题上，我从不考虑候选人有什么长处——无论什么长处，总有人提出异议——而只考虑他们的年龄和健康。我也绝不问他们有什么头衔，而只问他们有什么疾病。我根本不探究他们是否将洛普·德·维加[①]的作品译成韵文，而只探究他们的肝脏、心脏、肾脏和脊椎骨髓状况如何。依我看，得了严重的肥胖症、严重的尿蛋白症，尤其是初得的骨髓痨，比起柏柏尔人[②]诗歌中以祖国为题写的四十卷废话，要强百倍。"

一鸣惊人，满座都肃静了。

华尔特夫人微笑着又问道："为什么这样讲呢？"

杜洛华答道："因为我一向只追求一件事，就是什么能引起女士们的快乐。夫人，只有当一位院士死了的时候，你们才对法兰西学院真正感兴趣了。死得越多，你们大概越高兴。因此，要让他们快点死，就应当推举年老而生病的人[③]。"

他见大家还有些诧异，便又补充道：

"其实，我同诸位一样，就喜欢在巴黎社会新闻栏里，看到一位法兰西学士院院士的讣告，而且马上就会想：'是谁替代他呢？'于是，我列个名单。这是一种游戏，一种极好玩的小游戏，每逢一位不朽者死去，巴黎所有沙龙都玩这种游戏，它就叫做'死亡与四十老头儿的游戏'。"

这些女士虽还有点困惑不解，但是脸上开始有了笑容，觉得他的话一针见血。

---

① 洛普·德·维加(1562—1635)：西班牙作家，创作大量通俗剧和宗教剧，还创作了一些小说和诗歌。

② 柏柏尔人：泛指北非各伊斯兰教国家的居民。

③ 法兰西学院共有四十名院士，称"不朽者"，每死一个，则推选一名补上。

杜洛华站起身来，结束这段话：

“诸位女士，既然是你们推举院士，而你们推举出来只为了看到他们死去，那么，你们就应当挑选年老的，年纪很老的，越老越好，其余的事儿根本不予理睬。”

说罢，他风度翩翩地走了。

他一离去，一位女士便问道：

“那小伙子可真逗，他是谁呀？”

华尔特夫人答道：

“他是我们报社的一名编辑，眼下只干点儿杂活儿，但我毫不怀疑，他很快就会出人头地。”

杜洛华回到马勒泽尔博大街上，心中乐不可支，迈着舞蹈似的大步，他对自己的亮相十分满意，一路自言自语：“好开端。”

这天晚上，他同拉舍尔和解了。

下一周有两件大事：一是他被任命为社会新闻栏的主编，二是收到去华尔特夫人府上赴晚宴的邀请。他当即看出这两件事的内在联系。

《法兰西生活报》，首先是一份赚钱的报纸，而老板本身就是贪财的人，办报纸和当议员，全是为他所用的杠杆。和气生财就是他的一件武器，他总戴着老实人笑容可掬的面具，干各种各样的勾当。无论是什么差遣，他所使用的人，全是他摸透了的，考验过的，细品过的，是他认为老谋深算、胆大妄为而又能见机行事的人。他觉得杜洛华这个小伙子不可多得，便任命他为社会新闻栏的主编。

这个职务一直由编辑部秘书布瓦勒纳先生担任。他是个规规矩矩的老记者，做事守时而又细心，就跟职员一样。三十年来，他先后在十一家报社担任过编辑部秘书，丝毫也没有改变他办事和看问题的方法，从一个编辑部到另一个编辑部，就像人们换餐馆一样，几乎没有觉察菜肴并不完全是一个口味。他根本不问政治和宗教的见解，不管给哪家报社干事都忠心耿耿，做事内行，又有宝贵经验。他干起事来好似盲人，什么也看不见，还像个聋子，什么也听不见，也如同哑巴，一声也不吭。然而，他在职业上又太讲求光明正大，从他职业的特殊角度出发，绝不干他觉得不够正当、不够光明磊落、不合规矩的事情。

华尔特先生虽然也器重他，但是常常希望另外有一个人替他办社会新闻栏。华尔特先生强调说，社会新闻栏是报纸的精髓，要通过这个栏目抛出消息，散播传闻，对公众施加影响，也从而增加收益。要善于在报道两次社交界晚会之间，不动声色地塞进重要的事情，仅仅暗示而不明说。暗示，就是让人猜出你的言外之意，辟谣的方式，就是让谣言得到证实，或者证实一件事的方式，也就是让谁也不相信那件宣布的事情。每天的社会新闻栏，必须让每个读者至少看到一行感兴趣的东西，这样一来，人人就都看报了。什么都要想到，所有事和所有人、各个阶层和各个行业、巴黎和外省、军队和画家、教职人员和大学、法官和交际花，无一遗漏。

引导这一切并指挥外勤记者队伍的人，必须时刻保持清醒头脑，时时提防，处处警惕，要有预见性，要狡猾、机警而又灵活，善于要各种手腕，具有准确无误的嗅觉，一眼就能发现假消息，能判断出什么该说，什么该掩饰，也能推测出什么才会对公众产生影响；而且，他也应当善于运用评价的方式，取得事半功倍的效果。

布瓦勒纳先生固然有长期实践经验，但是他缺乏控制局面的魄力和心计，尤其缺乏与生俱来的那种狡狯，也就不能窥透老板每天的心思。

杜洛华接手，一定能把事情办得完美，编辑部这个班子也就齐全了，呱呱叫了。而编辑部驾驶这条船——这份报纸，拿诺尔贝・德・瓦莱纳的话来说，"航行在国家的深海区和政治的浅滩上"。

《法兰西生活报》的幕后操纵者，真正的编辑，是那六七名议员，他们在社长发动或支持的所有投机生意中有利可图。他们在议会中被人称作"华尔特帮"，而且惹人眼红，因为他们通过华尔特，并和他一道赚钱。

弗雷吉埃作为政治栏编辑，不过是那些商人的稻草人，执行他们暗示的意图。他的那些重头文章，都是那些人先给他吹的风，他再回家去写，说是家里安静。

为了给报纸增添文学趣味和巴黎特色，报社还聘用了不同体裁的两位著名作家：雅克・里瓦乐，时事专栏作者，以及诺尔贝・德・瓦莱纳，诗人和奇幻专栏作者，照新派的说法，就是短篇小说家。

还有，报社还廉价搜罗来一些艺术评论家，写写评论绘画、音乐和戏剧的文章，以及一名刑法编辑、一名赛马编辑。社交界的两位女士，化名为"粉红多米诺"和"白爪"，投来社交界的花边新闻，谈论时装、风雅生活、礼仪、人情世故等方面的文章，以及披露贵妇人的失慎行为。

《法兰西生活报》就由这些各不相同的水手驾驶，航行在国家的深海区和政治的浅滩上。

杜洛华接受任命，当上社会新闻栏主编，正暗自欢欣鼓舞，又收到刻印的硬卡请帖，只见上面写着："华尔特先生暨夫人于一月二十日，星期四在舍下设晚宴，敬请乔治・杜洛华先生光临。"

这真是宠上加宠了，他欣喜若狂，连连亲吻请帖，如同亲吻一封情书。继而，他去找财务，商量重大的经费问题。

一般来说，社会新闻栏的主管要有一笔预算，以便支付记者的采访费用和新闻的稿酬。当然,那些新闻也有好有坏,如同果农运送给鲜果店的水果一样。

开始阶段,每月批给杜洛华一千二百法郎,他满心打算大部分留给自己。

经过再三要求,财务终于预支给他四百法郎。起初他的意图非常明确,要把所欠的二百八十法郎还给德·玛海勒夫人,但随即又一转念,这样他手头就只剩下一百二十法郎了,这点钱根本不够让他的新公务正常运转,于是还钱的事儿又往后推了。

在属于整个编辑部的这个公共大间里,他继承了一张专用办公桌和一些信件格子,头两天就忙着安顿了。他占这个大间的一头,布瓦勒纳占另一头。布瓦勒纳总是伏案写稿,他虽然有了一把年纪,但头发还像乌木一般油黑发亮。

房间中央摆一张长桌,属于那些飞来飞去的编辑的,但往往被当长凳坐,双腿或从桌沿垂下去,或盘坐在桌子中央,有时上面蹲着五六人——那种古怪可笑的姿势好似中国瓷人,坚持不懈地玩棒接球游戏。

久而久之,杜洛华也喜欢上这一消遣,多亏圣保丹的指导,他逐渐成为强手了。

弗雷吉埃越来越受病痛的折磨,就把他上次买的那副漂亮的棒接球交给杜洛华了。这副用安的列斯群岛的优质木料制作的棒接球,弗雷吉埃刚买不久就觉得沉了些。杜洛华手臂强壮有力,操纵着系在绳端的大黑球,一面低声数着:“一——二——三——四——五——六。”

这天是他要去华尔特夫人府上赴晚宴的日子,正巧他耍棒接球第一次达到二十点,心中不禁暗道:“好日子,我一定万事亨通。须知在《法兰西生活报》的办公室里,棒接球玩得出神入化,的确给人高人一等的感觉。”

他早早离开编辑部,好有时间换衣服,正沿着伦敦街回家时,忽见前边一位矮个儿女子步履匆匆,那芳姿酷似德·玛海勒夫人,他顿时感到脸热心跳。他横过马路,想瞧瞧侧面。那女子也站住要过街。他发现认错了人,这才松了一口气。

杜洛华心中常想,万一对面碰见她,他应该以什么态度对待呢?该向她问好呢,还是假装没看见呢?

“也许碰不见她吧。”他这样想道。

天寒地冻,水沟结了一块块冰。人行道则干干的,让路灯照成了土灰色。

年轻人进门又想道:“要换个地方住住了,现在这里不够我用了。”他感到又亢奋又快活,真想蹿上房顶奔跑。他从床前走到窗口,高声地反复说:“交好运啦!交好运啦!我得写信告诉爸爸!”

他隔三差五给父亲写信,每封信都给诺曼底那家小酒馆带去极大的欢乐。那家小酒馆开在路边,坐落在大山坡上,在那里可以俯瞰鲁昂城和宽阔的塞纳河谷。

他也不时收到一个蓝信封,上面的地址字体粗大,显见写的时候手在颤抖。父亲的每封来信，开头几行总是一成不变的：

> 亲爱的儿子，写这封信是要对你说，我和你母亲都很好。家乡没有出什么新鲜事，不过，我还是要告诉你……

杜洛华一直关心村里的事情、邻里的消息、土地状况和收成。

此刻，他对着小镜子扎白领带，心里还反复念叨："明天我就给爸爸写信。今天晚上我去那家人家，老头子若是能看见，不定怎么惊讶呢！哼！待会儿这顿美餐，那就更没见过啦！"忽然，他恍若重睹空荡荡的咖啡馆里面那黑洞洞的厨房：靠墙一排炒锅投下黄色的光亮；猫鼻子冲火蹲在灶旁，那姿势就像神话中狮头羊身龙尾的火怪；木桌用得年头多了，满是酒迹油污，总那么黏乎乎的，上面摆了一个热气腾腾的大汤盆，两份餐具之间点着一支蜡烛。他还看见他们，那一男一女，父亲和母亲，两个乡下人，动作十分迟缓，小口小口喝着汤。那两张老脸上每一条极细小的皱纹，他们手臂和脑袋每一个细微的动作，他全都十分熟悉，就连他们面对面吃晚饭时讲什么话，他也一清二楚。

他又想道："等以后，无论如何我也得去瞧瞧他们。"这时他穿戴好了，便吹灭了灯，下楼去了。

他走在环城大道上，碰到上前搭讪的妓女，就一摆手臂推开，回答道："别来烦我！"那动作粗暴，口气轻蔑，就好像她们侮辱并小看了他……她们把他当成什么人啦？这些婊子，居然一点儿也不会区分男人？他穿上黑礼服，前往非常富有，非常著名，非常重要的人家赴宴，就感觉自己成为一个新人，仿佛自己变了一个人，变成了上流社会人物，名副其实的上流社会人物。

他胸有成竹，走进由两个高大的枝形铜烛台照亮的前厅，动作极其自然地将手杖和大衣交给迎上来的两名仆人。

每间客厅都灯火通明。华尔特夫人在最大的第二间客厅接待客人，带着迷人的微笑欢迎他。他又同先到的两位先生握手。那两位，费尔曼先生和拉罗什-马提厄先生，都是议员，也是《法兰西生活报》的匿名撰稿人。拉罗什-马提厄先生在议会中极有影响，在报社也就享有特殊的威信。谁也不会怀疑，有朝一日，他能当上部长。

继而，弗雷吉埃夫妇到了，夫人身穿玫瑰色衣裙，显得光艳照人。她同两位国家要人十分亲密，还同拉罗什-马提厄先生在壁炉角上小声交谈了五分钟，杜洛华看在眼里，心下深感诧异。查理·弗雷吉埃看样子疲惫不堪，这一个多月他明显消瘦。他不断咳嗽，每次都重复道："我得下决心，到南方去过冬了。"

诺尔贝·德·瓦莱纳和雅克·里瓦乐同时到达。接着,住宅里端的一扇房门打开了,华尔特先生带着两个女儿走进来。两个姑娘约摸十六岁到十八岁,高高的个头儿,相貌一个丑一个俊。

杜洛华知道老板有孩子,但是亲眼见到还是大吃一惊。他倒是想过社长的女儿,不过一向认为那是永远也见不到的遥远国度。再说,在他的想象中,她们都还很小,不料亲眼一见,却已长成了亭亭女子,变化如此突然,他就不免有点心慌意乱。

经过引见,两位姑娘先后向他伸出手,然后坐到显然是专给她们用的小桌旁,开始翻弄上面一个柳条筐里的丝线轴。

还在等什么人,大家都沉默不语,气氛有点拘谨。这情况也很自然:大家都各自忙碌了一天,现在聚在一起要共进晚餐,也就不是处于同样的精神状态。

杜洛华闲着无事,抬眼望望墙壁。华尔特先生老远同他说话,显然是想炫耀一下自己的财富:"您在看我的画吗?"

"我的"两个字说得特别响亮。"我来指给您看吧。"他端起一盏灯,好让客人看清楚画的细部。

"这里挂的都是风景画。"他说道。

在护壁中央,赫然挂着一大幅基耶迈[1]的油画,景物是暴风雨中的诺曼底海滩。下面一幅是阿尔皮尼[2]的树林。接着是吉约曼[3]创作的阿尔及利亚平原,只见远处地平线上站着一匹高大的骆驼,长长的腿,好似一座怪异的建筑物。

华尔特先生又移到另一面墙,像司仪那样郑重宣布:"大手笔。"共有四幅画:热尔维克斯[4]的《探视病人》、巴斯蒂安—勒帕日[5]的《收割的农妇》、布格罗[6]的《寡妇》和让-保罗·洛朗斯[7]的《行刑》。最后这幅画描绘的是旺代地区一名神父靠在他教堂的墙上,被一队蓝军[8]枪杀的情景。

老板那严肃的面孔掠过一丝微笑,他指着下一块护墙板,说道:"这是奇幻派作品。"首先看到的是一小幅[9]的油画,题为《上与下》,画面上正在行驶的双层有轨电车里,有一位巴黎女郎正登着扶梯上去,脑袋已经出现在上层,坐在长椅上那些先生既

---

① 基耶迈(1842—1918):法国风景画家。
② 阿尔皮尼(1819—1916):法国风景画家。
③ 吉约曼(1841—1927):法国风景画家。
④ 热尔维克斯(1852—1929):法国画家。
⑤ 巴斯蒂安—勒帕日(1848—1889):法国画家。
⑥ 布格罗(1825—1905):法国画家。
⑦ 让-保罗·洛朗斯(1838—1921):法国画家。
⑧ 法国大革命时期,共和派军队穿蓝色军装,故称"蓝军"。
⑨ 让·贝罗让·贝罗(1849—1935):法国画家。

满足又贪婪的目光，注视着探过来的那张焕发青春的脸蛋儿，而站在下层的那些男人表情不一，或气恼或艳羡地凝望着那少妇的双腿。

华尔特先生伸直胳膊举着灯，淫笑着重复道："嗯？有意思吧？有意思吧？"

接着他又宣布："这幅是朗贝尔①的《营救》。"

画面上一张已撤下杯盘的餐桌中央，坐着一只小猫，正惊奇而困惑地看着水杯里要淹死的一只苍蝇。它举起一只爪子，准备猛一下捞起苍蝇，但是尚未决定，还在犹豫。它会怎么做呢？

然后，老板又指给他德塔伊②的一幅作品：《上课》，画的是一名士兵在军营里，正在教一只哈巴狗击鼓。老板宣称："这才叫风趣呢！"

杜洛华赞同地笑着，还连声赞叹：

"真有趣，真有趣，真有……"

他戛然住口，只因听见身后刚进来的德·玛海勒夫人的声音。

老板还继续举灯照亮，一幅画一幅画讲解。

现在，他指给杜洛华看莫里斯·勒卢瓦尔③的水彩画《障碍》。只见一顶轿子停住，街道让打架的两个大汉给堵住了；轿子的窗口探出一位漂亮女人的面孔，她瞧着……瞧着……既不着急也不害怕，甚至颇为赞赏地观看两个莽汉的搏斗。

华尔特先生不住嘴地介绍：

"另外几间屋还有别的画，但是那些画家还没有多大名气，作品档次低一点儿。这儿是我的展览厅。现在，我买一些年轻人的画，非常年轻的人的作品，收藏在内室里，等他们出了名之后再拿出来。"接着，他又压低声音："现在可是买画的好时机。那些画家都吃不上饭，他们身无分文，身无分文……"

然而，杜洛华已经视而不见，也听不进去了。德·玛海勒夫人就在旁边，就在他身后。他该怎么办呢？如果向她问好，她会不会转身不理睬，或者对他讲两句无理的话呢？如果他不上前问好，别人又会怎么想呢？

杜洛华思忖道："能拖一会儿是一会儿。"他心情十分紧张，有一阵甚至打算假装身体突然不适，告别离去。

观赏几面墙壁陈列的绘画结束了。老板将灯放回原处，过去向后来的女客问好。这工夫，杜洛华独自一人，又从头观赏那些绘画，好像百看不厌似的。

---

① 朗贝尔(1825—1900)：法国画家。

② 德塔伊(1842—1912)：法国画家。

③ 莫里斯·勒卢瓦尔(1843—1884)：法国画家。

他现在六神无主。该怎么办呢？他听得见别人的声音，也听得见他们的谈话。弗雷吉埃夫人忽然叫他："您来说说，杜洛华先生。"他赶紧跑过去。她是要把一位女友推荐给他。那位女士要举办一次欢庆会，希望《法兰西生活报》在社会新闻栏里登一条消息。

杜洛华结结巴巴地答道："这没问题，夫人，没问题……"

德·玛海勒夫人此刻就在旁边，他根本不敢转身走开。

突然，他以为自己疯了，竟然听见德·玛海勒夫人高声说：

"您好，帅哥儿。怎么，您认不出我来啦？"

杜洛华急速一转身，只见德·玛海勒夫人就站在面前，笑容可掬，眼神洋溢着喜悦和深情。她还向他伸出手。

杜洛华战战兢兢，握住这只手，唯恐这里面有什么花招和戏弄。而对方却泰然地又问道：

"您到底怎么啦？连您面也见不到了。"

杜洛华说话结结巴巴，怎么也镇定不下来：

"我非常忙，夫人，非常忙。华尔特先生交给我一个新差事，占去我大量时间。"

德·玛海勒夫人一直正面注视他，目光善气迎人，杜洛华没有发现她有别的意图。她又回答道：

"这我知道，但总归不是忘记朋友的理由。"

这时，一位肥胖的妇人走进客厅，将他们分开了，只见她袒胸露臂，手臂和面颊都红通通的，那身打扮简直不可一世，而步履那么沉重，让人一见她走动，就能觉出她那两条大腿有多么粗大和沉重。

看样子大家对她都特别恭敬，杜洛华便问弗雷吉埃夫人：

"那位是何许人？"

"德·佩什穆尔子爵夫人，正是署名'白爪'的那位。"

他诧为奇事，真想大笑：

"'白爪'！'白爪'！我还以为像您这样一位年轻女子！'白爪'就是这副模样？哈！这爪子可真棒！这爪子可真棒！"

一名仆人来到门口，禀报：

"夫人请入席。"

这顿晚餐饭菜平常，但是气氛欢快。在这类晚宴上，大家无所不谈，又等于什么也没说。杜洛华一边挨着老板的大女儿萝丝小姐，即相貌丑的那个，另一边挨着德·玛海勒夫人。德·玛海勒夫人轻松自然，谈话还像往常那样风趣。尽管如此，杜洛华还是有点不自在，开头不免拘谨，犹豫不决，心里七上八下的，就像一名乐师找不准曲调了。不过，他渐渐镇定下来，二人的目光不断相遇，相互探询，亲热地眉来眼去，几乎还像从前那样传情送意了。

突然，他觉得餐桌下有什么东西轻轻碰了他的脚，于是他的腿轻轻往前探了探，碰上邻座的腿，而那条腿并不后撤。此刻，他们俩没有交谈，而是转向各自的邻座。

杜洛华的心怦怦直跳，他又往前推了推膝盖，得到的回答是轻轻的一挤。于是他明白了，他们又旧情重续了。

此后他们讲了些什么话呢？没讲什么要紧话；不过，他们每次四目相对，嘴唇就微微颤动。

席间，杜洛华还要对老板的女儿表现热情一些，不时同她说句话。她的言谈同她母亲一样，该讲什么话从不犹豫。

德·佩什穆尔子爵夫人坐在华尔特先生的右首，摆出一副公主王妃的派头。杜洛华一看她就觉得开心，低声问德·玛海勒夫人：

"另外一个您认识吗，那个署名'粉红多米诺'的？"

"认识，非常熟悉，就是德·利瓦尔男爵夫人。"

"也是一路货色吗？"

"不完全一样，但是也很滑稽。那一位又高又瘦，六十来岁，戴一头假发，镶一口英国式牙齿，始终是复辟时期[①]的头脑，复辟时期的装束。"

"这些文坛活宝，他们是从哪儿挖掘出来的？"

"贵族的残渣余孽！资产阶级暴发户一向当做宝贝罗致。"

"没有别的原因？"

"没有任何别的原因。"

继而，一场政治辩论，在老板、两位议员、诺尔贝·德·瓦莱纳与雅克·里瓦乐之间展开，一直持续到上餐后甜食的时候。

宾主回到客厅之后，杜洛华再次凑到德·玛海勒夫人跟前，直视她的眼睛：

"今天晚上，我送您回家，您看好吗？"

"不必费心。"

"为什么？"

"因为拉罗什-马提厄先生是我的邻居，我每次在这里用晚餐，都由他捎脚送到我门口。"

---

① 法国历史上指1814年至1830年波旁王朝复辟时期。

“那么,我什么时候同您见面?”

“明天来同我一起吃午饭吧。”

二人就此分手,再也没有说什么。

杜洛华觉得这个晚会单调乏味,不想久留,便下楼追上刚刚出来的诺尔贝·德·瓦莱纳。老诗人挽住他的胳膊。他们作为同事,在报社里各干一摊,不会成为对手,彼此用不着戒惧了。因此,诺尔贝·德·瓦莱纳对这个年轻人,现在表现出一种长辈的关切。

“怎么样,您送我一段路吧?”他说道。

杜洛华答道:“非常乐意,亲爱的大师。”

他们上了路,缓步顺坡走在马勒泽尔博大街上。

这天夜晚,巴黎街头几乎空荡荡的。这样的寒夜,看来更加辽阔,星空显得更加高远,寒冷的气流似乎送来比星际还要遥远的东西。

开头,两个人谁也没有说话。后来,杜洛华没话找话,便随口说了一句:

“那位拉罗什-马提厄先生,看样子学识渊博,聪明过人。”

老诗人咕哝一句:“您这样看?”

年轻人深感意外,不免迟疑了:

“哦,是啊。况且,他在议会中,好像是最能干的人之一。”

“这倒有可能。在盲人国里,独眼就称王。要知道,所有那些人,全是庸碌之辈,就因为他们的思想夹在两堵墙,即金钱和政治之间。亲爱的,他们是迂腐的人,我们跟他们谈不到一起,和他们没法儿谈我们喜欢的东西。他们的智慧就在污泥里,再确切点说,就在粪池底下,如同流到阿尼埃尔[①]的塞纳河水。

“啊!思想境界开阔,给人的感觉,就像站在海边呼吸的大洋上吹来的风,但是很难找到这种思想境界的人了。我倒认识几个,可惜都已去世了。”

诺尔贝·德·瓦莱纳娓娓议论,声音清亮,但有节制,如果放开嗓门,在这寂静的夜里,一定会响彻云霄。他显得极度兴奋,又很忧伤,而这种忧伤有时降落到心灵上,就会使之震颤,犹如冰雪下面的大地。

他又说道:

“聪明才智,多一点或者少一点,又有什么关系呢,反正到时候全都玩完!”

老诗人住了口。杜洛华这天晚上心情很快活,他笑呵呵地说道:

“亲爱的大师,今天您够消沉的。”

---

① 阿尼埃尔:位于塞纳河附近,是个镇子,工业废水污染了塞纳河。

老诗人答道：

“我的孩子，我始终如此，再过几年，您也会同我一样。生活是一道山坡。望着山顶往上爬时，觉得欢欣鼓舞，但是一到达山顶，就猛然望见了下坡和尽头——死亡。往上爬速度缓慢，下坡却快得很。在您这年龄，人总是欢欢喜喜，满怀希望，尽管永远也得不到所希望的东西。可是到了我这年纪，再也没有什么可期待的……唯有死亡了。”

杜洛华哈哈大笑：

“活见鬼，说得我脊背都发凉了。”

诺尔贝·德·瓦莱纳接着说道：

“不错，此刻我对您说的这番话，您今天理解不了，以后会想起来的。

“要知道，迟早有一天，而且对许多人来说，这一天会早早到来，就像常说的那样，再也笑不出声了，因为在注视的那一切后面，隐约看见了死亡。

“唔！死亡这个词儿，您哪，现在甚至还理解不了。在您这年龄，这个词儿毫无意义。可是在我这年纪，这个词儿就非常可怕。

“是啊，猛然间就领悟了，不知道为什么，也不知道通过什么事就领悟了，于是，生活中一切都变了样。十五年来，我就感到它在收拾我，仿佛有个啮齿动物附在我身上。我感到它是一点一点，一个月一个月，一小时一小时地毁伤我，好比一座房屋逐渐倒坍。它弄得我面目全非，连我自己都认不出来了。三十岁的时候，我精神饱满，容光焕发，是个身强力壮的男子汉；我身上的那一切，如今全没了。我看见它把我的黑发染成白发，而那种缓慢的速度多么巧妙，又多么恶毒！它夺走了我结实的皮肤、我的肌肉、我的牙齿，夺走了我从前的整个身躯，只给我留下一颗绝望的灵魂，而不久连这颗灵魂也要摄去了。

“不错，这个恶婆，它把我碾成齑粉，它一秒一秒地，轻轻而可怕地完成了长期以来对我的毁损。现在，我无论干什么都感到自己正在死去。我每走一步都在接近它，每个动作、每次呼吸，都在要加速它这可恶的运作。呼吸，睡觉，喝水，吃饭，工作，幻想，我们所做的一切，就是在死去。归根结底，活着，就是在死去！

“唔！将来您会明白这一点！只要思考一刻钟，您就会看到它了。

“您还期待什么呢？爱情吗？再接几次吻，您就不顶用了。

“还期待什么呢？金钱吗？干什么用呢？玩女人吗？好美的艳福！大吃大喝吗？得了肥胖症，因患痛风而整夜整夜呻吟吗？

“还能期待什么呢？荣誉和名利吗？如果荣誉和名利再也不能以爱的形式出现，那么采摘了又有什么用呢？

“然后，还有什么呢？还不总是由死亡来收场。

“现在，我看见死亡近在咫尺，常常想伸出手臂推开它。它覆盖大地，弥漫空间，我到处都能发现。路上被碾死的昆虫、落下的树叶、朋友胡子间的一根银须，无不摧残我的心，并且对我断喝：‘它就在这里！’

“我所做的一切，我看见的一切，我吃的食物、喝的饮料，我喜爱的一切事物，诸如明媚的月光、东升的旭日、浩瀚的大海、秀丽的江河，以及呼吸起来十分温馨的夏日的晚风，所有这些，全让它给我毁啦！”

他步履缓慢，呼吸有点急促，睁着眼睛说梦话，忘记了身旁还有人在聆听。

他又接着说道：

“人死了绝不会复生，永远也不会……雕像的模具、能复制同样物品的印模，都可以保留；然而，我的肉体、我的面孔、我的思想、我的欲望，都永远不会再现了。几百万、几千万人还要出世，他们每张几平方厘米的脸上，也会像我这样，长出一个鼻子、两只眼睛、一个额头、左右脸蛋和一张嘴，也像我这样有一颗灵魂，然而，我却永远也不会复生，即使在这些看似相近、实则千差万别的无数世人身上，也绝不会再现我身上的某种可以辨认的东西。

“还能抓住什么呢？向谁发出惨叫呢？我们能相信什么呢？

“所有宗教都是愚蠢的，愚蠢透顶，不但教理幼稚可笑，而且许诺也极端自私。

“唯独死亡是确凿无疑的。”

老诗人停下脚步，揪住杜洛华大衣领的两端，声调缓慢地说：

“年轻人啊，想想这一切吧，您若是能想上几天、几个月、几年时间，那就会以另一种方式看待人生了。因此，要尽量从禁锢中解脱出来，作出超凡的努力，活着从您的躯体和利害关系中走出来，从您的思绪和全人类中走出来，往别处瞧瞧，您就会明白，浪漫主义和自然主义之争，关于财政预算的辩论，该是多么微不足道。”

他又朝前走去，脚步加快了。

“不过，您也一样，将来会体验到绝望者的惨痛。将来，您也会像将要淹死的人那样，拼命在无所适从中挣扎，向四面八方呼叫：‘救命啊！’但是得不到一个人的回应。您伸出手臂，高声呼救，渴望人来支援，来爱，来安慰和救助您！然而，谁也不会来。

“我们为什么要受这份罪呢？只因我们来到世上，无疑是为了多贪物质，少动脑筋。然而，我们若是经常思索，才智就会增加，于是，同一成不变的生活条件之间，比例关系就失调了。

“看看那些芸芸众生吧。只要没有大灾大难降临到头上，他们就会心满意足，绝不会为人类共同的不幸感到痛苦。同样，动物也没有这种痛苦感。”

他又站住了，沉吟了几秒钟，然后，那张脸呈现出一种厌倦而无可奈何的神情，又说道：

"我这个人啊，算是交代了。我没有父母，没有兄弟姊妹，没有妻子儿女，也没有上帝。"

他沉吟了一下，又加上一句："我只有诗韵。"

他仰头瞻望一轮苍白的满月辉映的天宇，吟哦道：

我寻找这个奥秘问题的答案，
探问那幽幽飘着淡月的皇天。

他们来到和谐大桥，默默地走过去，又沿着波旁宫往前走。诺尔贝·德·瓦莱纳重又讲起来：

"我的朋友，结婚吧。您实在不知道，人到我这年纪，独身生活是什么滋味。如今，孤寂使我的心充满可怕的惶恐。夜晚在住宅里，独自面对炉火的寂寞，就觉得大地上只有我一个人，孤单极了，周围埋伏着模糊不清的危险、陌生而可怕的事物。同邻居一墙之隔却互不认识，就仿佛遥隔万里，如同我在窗口望见的星体。我浑身发烧，发着痛苦和恐惧的高烧。沉默的四壁也令我惊恐万状，独身生活的房间的沉寂，多么幽深，又多么凄惨。那种沉寂，不仅包围你的肉体，还包围你的灵魂。在这种死寂的住宅里，谁都不会期待听见任何响动，家具如果咔的响一声，就会把人吓得胆战心寒。"

他再次住口，沉默片刻又补充一句：

"人上了年纪，有孩子在身边毕竟好哇！"

他们已经走到勃艮第大街的中段，老诗人在一幢高大的房舍前站住，按了铃，同杜洛华握手，对他说道：

"年轻人，把老年人里嗦的这一套，全置之脑后，还是按照您自己的年龄生活吧，再见！"

说罢，他就隐没在黑暗的楼道里。

杜洛华重又上路，他心里一阵难过，就好像刚有人指给他看了一个白骨坑，而他也终有一天必然掉进去。他自言自语：

"见鬼，住在他这里恐怕快活不了了。给我安排一个楼座，去观看他这套想法的表演，那他妈的我也不干！"

杜洛华见一位女子下了马车要进家门，就停下脚步让她过去，同时贪婪地猛吸一口散发在空中的马鞭草和鸢尾的香味,肺部和心脏忽然因希望和快乐而颤动起来,对明天又要见面的德·玛海勒夫人的思念,一时从头到脚侵占了他的周身。

一切都冲他微笑,生活多么温柔地迎接他。希望变成现实,这有多么美好啊!

他怀着陶醉的心情进入梦乡,早早醒来,准备到布洛涅树林大街兜一圈,然后再去赴约。

昨夜变风,天气转暖,这天上午十分温煦,四月的阳光明媚。布洛涅树林大街的常客,都经不住晴朗天空的召唤,纷纷出门了。

杜洛华脚步舒缓,吮吸着清新的空气,好比吃春天美果一般甜美。他走过星形广场的凯旋门,踏上布洛涅树林大街,走在遛马道的对面。他看着那些骑马的男女,有的小步慢跑,有的策马飞驰,他们全是上流社会的富人,但是现在,他却不怎么羡慕他们了。他几乎全能叫上他们的名字来,了解他们财产的数量,也了解他们生活的隐私。因职务之便,他已经成为巴黎名流和丑闻的一部历书。

女骑手过来了,她们穿着深色紧身骑马服,一个个体态婀娜,带着大多骑马女子所特有的那种目无下尘、不可近亵的神态。杜洛华却拿她们开心,像在教堂背诵祈祷文那样,低声列出那些女人有过的,或据说有过的情夫的姓名、头衔和身份。有时,他不说:

德·唐克莱男爵、
拉杜尔·安盖朗亲王;

而是低声讲:同性恋者方面。

滑稽歌舞剧院的路易丝-米肖、
歌剧院的萝丝·马克丹。

这种游戏,他玩得十分开心,就好像他透过那些人道貌岸然的外表,看到了人的深层的卑劣,从而感到惬意、兴奋而又欣慰。

接着,他高声说了一句:“一帮虚伪的家伙!”然后,他又用目光搜寻那些传闻中最为臭名昭著的骑手。

他看见不少在赌博中有作弊嫌疑的家伙。不管怎么说,赌场是那些人的重大财源,唯一的财源,当然也是不义的财源。

还有一些家伙名气很大,但是仅仅靠自己老婆的年金过活,这是尽人皆知的事;

另一些人则靠情妇供养,这也有案可查。许多人还清了债务(可敬之举),然而谁也推测不出所需之钱从何而来(十分可疑的奥秘)。他看见一些金融家,知道他们的万贯家财是窃取来的,可是他们到处受款待,出入最高贵的府邸。他还看到一些极受尊敬的人物,小市民见到他们,都纷纷脱帽致敬,然而,他们厚颜无耻,在国家大企业中营私舞弊,这对于稍微知道点儿上流社会底细的人,已不是什么秘密了。

那些人无不趾高气扬,嘴角一副不屑的神态,眼神肆无忌惮,他们有的蓄留连鬓须髯,有的只留髭胡。

杜洛华大笑不止,反复说道:"好干净啊!一帮恶棍,一伙强盗!"

这时,一辆华丽的敞篷矮座马车驶来,两匹个头不大的白马跑得飞快,鬃毛和马尾都飘了起来。驾车的那位金发娇娃是个名妓,她身后坐着两名青年车夫。杜洛夫停下脚步,真想向这个色相暴发户致敬喝彩,她居然在这权贵伪君子冶游的时刻,也来出游逛,大胆地展示从床上挣来的奢华!也许他隐约感到,他和这名青楼女子有共通之处,有一种天然的联系,二人同属一个种族,同处一种心态,而他要飞黄腾达,就要采取类似的大胆手法。

他返回时步履更加从容,心里热乎乎的,有一种满足感,到了他旧日情妇的家门口,时间还提前了一点儿。

德·玛海勒夫人伸出嘴唇迎接他,就好像他们从未中断过关系似的。有一阵她甚至忘了,她在家里总主张谨慎理智一些,二人不能过分亲昵。继而,她边吻着他卷曲的小胡子边说:

"亲爱的,你还不知道我的烦心事儿吧?原指望痛痛快快过上一个蜜月,不料我丈夫回来了,得纠缠我六个星期:他请了假。然而,我可不愿意六个星期见不到你,尤其是我们刚刚发生过小小的争吵,因此,我作了这样安排:星期一,我请你来吃晚饭。我已经向他提起过你,到时候我就把你介绍给他。"

杜洛华不免犹豫,有点为难,他还从未面对过他占了人家妻子的一个男人,唯恐泄露了真情。无论发生什么,一点拘谨的神态、一个眼色等,都有这种可能。他结结巴巴地说:"不行,我最好还是不同你丈夫见面。"德·玛海勒夫人非常惊讶,站在他对面,瞪大天真的眼睛,坚持道:"这是为什么?还有这种怪事儿?这情况,天天都发生啊!真没想到,你还这么傻呀!"

杜洛华伤了自尊心,便说道:

"那好吧,星期一我来吃晚饭。"

她又补充一句:

"为了显得自然些,我也请弗雷吉埃夫妇。不过,在家里请客,我实在觉得不好玩。”

直到星期一，杜洛华都没怎么把这次见面放在心上，可是，他上楼去德·玛海勒夫人家时，就特别感到心慌，他倒不是讨厌同那位丈夫握手，讨厌喝人家的酒，吃人家的面包，而是害怕出事儿，怕出什么事儿，他也说不清。

他由仆人引入客厅，还像往常那样等待。卧室的门打开了，走出一个高身材的男子，只见那人胡须已白，衣着整洁，佩戴着勋章，神态严肃，彬彬有礼地朝他走来。

“我妻子常对我提起您，先生，能认识您，我非常高兴。”

杜洛华迎上去，脸上极力露出诚挚的表情，用力握住主人伸过来的手，可是坐下之后，他却找不出一句话来。

德·玛海勒先生往壁炉中添了一块劈柴，问道：

“您从事记者这行有很久了吗？”

杜洛华答道：

“只有几个月。”

“哦！您晋升得很快呀。”

“对，相当快。”接着，他就随便说了，也不大考虑说什么话，不外乎不熟识的人之间讲的那种套话。现在，他心里踏实了，开始觉得这种局面很有趣。他看着德·玛海勒先生那张严肃可敬的面孔，真想笑出声来，心中暗道：“你这个老家伙呀，我可让你当王八了，我可让你当王八了。”他心里充满了暗中干坏事的一种满意，这是一种偷窃得手而又未引起怀疑的窃贼的喜悦，骗了人的甜美的喜悦。他忽然萌生一种愿望，要成为这个人的朋友，要赢得他的信任，让他讲讲他生活中不为人知的事情。

德·玛海勒夫人突然走进来，她朝两个人扫视一眼，一副笑吟吟而又高深莫测的神色，随即走向杜洛华。当着她丈夫的面，杜洛华根本不敢像往常那样吻她的手。

她却又坦然又快活，似乎对什么都习以为常，认为这种会面既自然又简单，表现出她毫不掩饰的天生的狡狯。罗丽娜也来了，她比平时要乖些，将额头伸给乔治，因父亲在场而显得有点羞怯。母亲对她说：“咦！今天你怎么不叫他帅哥儿啦？”小姑娘脸红了，就好像别人太多嘴，泄露了不该讲的一件事，揭出她内心深处有点负罪感的一种秘密。

弗雷吉埃夫妇到了。查理的状态真吓人，这一周他又瘦多了，脸色苍白得厉害，咳嗽不止。不过，他这次明确说，遵照正式的医嘱，这星期四他们就动身去戛纳。

他们早早就撤了。杜洛华摇着头说道：

“看来，他的情况不妙啊，活不到老喽。”

德·玛海勒夫人神色泰然，肯定地说：

“唉！他算有交代啦！他也是个走运的男人，讨了一个那样的老婆。”

杜洛华不禁问道：

“他妻子对他帮助很大吗？”

“这么说吧，她什么都干，她什么事都了解，什么人都认识，但表面上又不见什么人。她想要什么东西，总能按照她的要求和时间得到。嘿！她那人特别精明，机敏，心计过人。对于一个要出人头地的男人，她真是一件宝啊！”

乔治又问道：

“不用说，她很快就会再婚啦？”

德·玛海勒夫人答道：

“对，若说她心目中早就有了人……一名议员……我也不会感到奇怪……除非……除非人家不愿意……因为……因为……可能有重大障碍……道德方面的……反正，就是那么回事儿。其实，我什么也不知道。”

德·玛海勒夫人慢吞吞地、不耐烦地咕哝道：

“你总是让我臆测一大堆我不喜欢的事儿。我们永远也不要掺和别人的事情，凭我们自己的良心办事就够了。这条准则，我看对谁都适用。”

杜洛华告辞出来，一路心神不定，满脑子都是各种模糊不清的打算。

次日，他前去拜访弗雷吉埃夫妇。他们已经打好行装，查理躺在长沙发上，呼吸是挺费劲的，但也夸大了几分，他反反复复地说：“一个月前，我就应该走了。”报社的事儿，他也给杜洛华一系列叮嘱，尽管他同华尔特先生商量过，早都安排好了。

乔治告别时，用力握住伙伴的手：“嘿！老兄，不久见！”可是，当弗雷吉埃夫人送他到门口时，他却急切地说：“您没有忘记我们的盟约吧？我们是朋友，也是盟友，对不对？因此，有用得着我的地方，也不管什么事，您千万不要犹豫。拍一份电报，或者发一封信，我一定照办。”

她低声答道：“谢谢，我不会忘记的。”她那目光也对他说：“谢谢！”而且更温柔，意味更深长。

杜洛华下楼时，遇见缓步上楼的德·沃雷德克先生，两个人在她家曾见过一面。伯爵神色忧伤——也许是因为这次离别吧？

这位记者想表明自己已跻身上流社会，就热情地同对方打招呼。

对方客气地还礼，态度还是颇为倨傲。

星期四晚上，弗雷吉埃夫妇上路了。

# 第七章

查理一走，在《法兰西生活报》编辑部里，杜洛华就更成为举足轻重的人物了。他发表了几篇重头文章，同时还签署自己撰写的社会新闻，因为老板要求文责自负。他也卷入几次论争，但每次都机智地摆脱了。他同国家要人经常来往，这是循序渐进的准备，将来他也能成为精明而又有见地的政治编辑。

整个前途光明，他只看到一个黑点。那是一份对立的小报给涂的：那小报不断攻击他，确切点说，通过他旨在攻击《法兰西生活报》社会新闻栏的头儿，就像那份叫《鹅毛笔》报纸的匿名编辑所说的，华尔特先生的社会喉舌的头儿。每天都刊载各种各样的恶毒文章、辛辣的诋毁、含沙射影的攻击。

有一天，雅克·里瓦乐对杜洛华说："您可真沉得住气。"

杜洛华却讷讷说道："有什么办法呢，又不是直接攻击。"

然而，有一天下午，他刚走进编辑部，布瓦勒纳就把当天的《鹅毛笔》报递给他：

"喏，又是找您麻烦的一篇小文章。"

"哦！关于什么事？"

"什么也没有，就是讲一个叫奥贝尔的女人，被社会风化警察抓过。"

杜洛华接过报纸，只见上面有一篇小文，题为：《杜洛华寻开心》，文章这样写道：

> 我们报道过奥贝尔女士被社会风化警察逮捕一事。《法兰西生活报》的顶尖记者今天却告诉我们，这个女人纯属我们的虚构。然而，这个当事人就住在蒙马特区松鼠街18号。其实，华尔特银行的办事人员支持警察局的办案人员，而警察局也对他们的生意采取宽容态度，这内中有什么利害关系，又有哪些好处，我们再清楚不过了。至于我们提到的这位记者，他若能向我们提供一两条轰动性新闻就更好了，因为他掌握这类新闻的秘密：头一天说人死了，第二天再辟谣；报道根本没有发生的战役的消息；宣布哪国君主讲了重要的话，其实什么也没有讲，总而言之，这些全是构成"华尔特利润"的新闻。要不然，他也可以稍微透露一点"成功"女性的晚会，或者某些产品的优质，而这些正是我们的一些同行的巨大"财源"。

年轻人看了目瞪口呆，他何止气恼，心下也完全明白，文中暗含对他极不利的意思。

布瓦勒纳又问道：

“这条新闻，是谁给您的？”

杜洛华搜寻记忆，怎么也想不起来。继而，他忽然记起来了：

“哦！对了，是圣保丹。”

接着，他将《鹅毛笔》的这段文字又看了一遍，顿时脸气得通红，居然指责他受贿！

他叫起来：

“什么，他们竟敢说我收了钱，才……”

布瓦勒纳接口说道：

“哼！不错。这事儿对您很麻烦。在这种事上，老板盯得很紧。在社会新闻采访中，这种情况屡见不鲜……”

恰巧这时，圣保丹走进来。杜洛华立刻迎上去。

“您看《鹅毛笔》上的这则启事了吗？”

“看了，我刚从奥贝尔家那里来。倒是确有其人，然而她并没有被捕。这种谣言毫无根据。”

于是，杜洛华跑去见老板。华尔特先生态度有点冷淡，目光含有猜疑的神色，他听了汇报之后，便答道：

“您亲自去一趟嘛，见见那位女士，彻底辟个谣，叫人再也写不出这种针对您的东西。我是指后半段，这无论对报纸，对我还是对您，都是讨厌得很。一名记者，也得像恺撒的妻子那样，绝不能惹人怀疑[①]。”

杜洛华让圣保丹带路，乘出租马车前往。他冲车夫喊道：“蒙马特区，松鼠街18号。”

这是一幢大楼，要爬六层楼梯。一位身穿短呢子上衣的老太婆来给他们打开门：“您怎么又来啦？还有什么事？”她一见是圣保丹，就这样说道。

圣保丹回答：

“我带来的这位先生，是警察局的督监，他想了解一下您的事情。”

于是，老太婆把他们让进屋，嘴里嘀嘀咕咕：

“您走了之后，又来了两个人，说是报社的，我也不知道是哪家报社的。”然后，她又转身问杜洛华：“这么说，是先生您想了解情况啦？”

---

① 法文谚语：恺撒之妻，不容怀疑。

“对。您被一名社会风气警察抓起来过吗?”

老太婆举起双臂:

“这辈子也没有过呀,我的好先生,这辈子也没有啊!事情是这样的。我常去买肉的那家肉店,老板态度不错,可是称肉缺斤短两,我经常发现,也没有说什么。可是那天,我女儿女婿要来,让他给我称两斤排骨肉,可我发现他给我称的全是骨头渣子。是排骨骨头,这倒是真的,但不是我要的排骨肉。拿回去可以当排骨炖,这也是真的。可是,我想买的是排骨肉,不是捡别人剩下的碎渣子。我当然不要了,他就说我老抠门儿,我就说他老滑头,就这样话儿赶话儿,我们越吵越厉害。店铺前围了一百多人,他们都笑个不停,结果招来个警察,他叫我们俩去警察局说说清楚。我们去了,随后又让人家打发出来,也没断谁有理谁没理。打那以后,我就去别处买肉,甚至不走他门前,免得再争吵起来。”

老太婆住口了。杜洛华问道:

“就这些吗?”

“这就是全部事实,我亲爱的先生。”

老太婆还倒了一杯黑茶子酒,请杜洛华喝,杜洛华谢绝了。老太婆特别强调,报告里一定要写上肉店老板缺斤短两的事。

回到报社,杜洛华写了一篇回敬文章:

> 《鹅毛笔》的一个匿名的无聊文客,从自己身上拔下一根羽毛,利用一位老妇人的事大做文章,向我发难。他声称那老妇人被风化警察逮捕,此事我断然否认。我亲自走访了那位奥贝尔女士,看她至少有六十岁了。她详细向我讲述了因买排骨缺斤短两的事,同一家肉店老板发生争吵,结果闹到派出所去说理的经过。
>
> 这就是事情的全部真相。
>
> 至于《鹅毛笔》编者其他含沙射影的文字,我不屑一顾。况且,戴着假面具写出这种东西,也不值得回答。
>
> 杜洛华

华尔特先生和雅克·里瓦乐正巧刚到,他们认为这一则小启事就足够了,决定刊登在当天的社会新闻栏末尾。

杜洛华早早回家,心情还有点激动,也有点不安。对方又要怎么回击呢?那人是谁呢?为什么这样粗暴地攻击自己呢?照记者的火气,这种蠢事可能要走得很远,走得非常远。他一夜没有睡好。

第二天，他在报上再看到这则启事时，觉得印成铅字比手写稿更加咄咄逼人，心想有些还可以说得和缓些。

这一整天，他像发烧似的躁动不安，晚上又没有睡好，天一亮他就起床，去买了一份《鹅毛笔》，上面应当会刊登对他反驳的答复。

天气又变冷了，结了坚实的冰。阴沟排水时被冻住了，两条冰带沿着人行道延伸。

报纸还没有发到零售点，杜洛华又想起他的第一篇文章《非洲猎奇记》见报那天的情景。他的双手双脚逐渐冻僵了，感到生疼，尤其是手指尖和脚指头。于是，他开始围着玻璃报亭跑圈儿。售报的女人在报亭里挨着小脚炉取暖。从小窗口往里瞧，只能看见她露出呢子风帽的通红的鼻子和面颊。

发报的人终于来了，将他正等待的报捆从玻璃窗口递进去。老太婆将摊开的《鹅毛笔》报递给杜洛华。他扫视了一眼，没有找见他的名字，刚松了一口气，忽在两个破折号之间见到了：

> 《法兰西生活报》的杜洛华先生著文，揭穿我们的谎言，可是就在揭穿我们谎言的同时，他还在说谎。不过，他承认了确实有个叫奥贝尔的女人，承认她被一名警察带到公安局。只要在“警察”前面，加上“社会风化”两个词儿，也就完全清楚了。
>
> 然而，某些记者的良心和他们的才华，的确处于同一水平。
>
> 这次我署上名字：路易·朗格勒蒙

杜洛华看罢，心开始剧烈跳动起来，他赶回家换衣服，却不大清楚自己在干什么。看来，有人污辱了他，而且明目张胆，他再也不能有丝毫犹豫了。为什么呢？不为什么。只因一个老太婆同肉店老板吵了架。

他很快穿好衣服，刚刚八点钟，他就赶往华尔特先生家了。

华尔特先生已经起床，正在看《鹅毛笔》报。他见杜洛华来了，就一脸严肃地说道：

“怎么样，您再也不能后退了吧？”

年轻人一句话未答。社长又说道：

“马上去找里瓦乐，让他负责维护您的利益。”

杜洛华含糊其辞，讷讷讲了几句，便出来去找那位专栏作家。里瓦乐先生还在睡

觉,听到门铃响才从床上跳下来,他看了这条社会新闻,说道:

“真见鬼,非得走一趟了。另一个证人,您看找谁好?”

“这……我也不知道。”

“布瓦勒纳呢?您看怎么样?”

“好吧,就找布瓦勒纳吧。”

“您的剑术精不精?”

“根本不行。”

“唔!活见鬼!用手枪呢?”

“手枪还马马虎虎。”

“好,您去练练,一切都由我来安排。请稍候。”

他去盥洗室,洗了脸,刮了胡子,很快就穿好衣裳出来了。

“跟我来吧。”他说道。

他住在一幢小公寓的楼下,让杜洛华跟他到地下室。地下室很大,改成击剑房和射击房,临街的窗户全堵死了。

里瓦乐点亮一溜儿煤气灯,一直走到第二间小地下室。那里站着一个涂成红蓝两色的铁人。他将后上膛的两支新式手枪放到桌子上,开始下命令,那短促的声音,就好像真在战场上似的。

“准备好啦?”

“一、二、三——放!”

杜洛华神情沮丧,但还是服从了,他抬起手臂,瞄准,开火。他往往击中靶人的腹部,因为少年时,他常用父亲的一支老式弓形手枪在院子里打鸟。雅克·里瓦乐相当满意,郑重说道:

“好……很好……很好……您一定能射得准……一定能射得准。”

临走时,他还对杜洛华说:

“就像这样,一直练到中午。这是子弹,别担心打光了。我来接您吃午饭,把消息给您带来。”

说完他就走了。

杜洛华独自留下来,他又打了几枪,继而坐下,开始思前想后。

说起来,这些事该有多愚蠢!能证明什么呢?一个骗子,决斗之后就不是骗子了吗?一个正派人蒙受侮辱,冒着生命危险去同一个恶棍决斗,又能得到什么呢?他的神思在漆黑的空间游荡,又想起诺尔贝·德·瓦莱纳所讲的话:人的头脑多么贫乏,人的思想和忧虑的事多么平庸,人的道德观念又是多么幼稚可笑!

他高声叹道："见鬼！他的话太有道理啦！"

继而，他感到口渴，听见身后有滴水声，走过去一看，是淋浴设备，他就对着喷嘴喝了几口水，随后又继续思考。这间地下室阴森森的，就像在墓穴里。远处隐约传来的车辆的声响，犹如滚滚远去的雷鸣。究竟几点钟了呢？在这里恐怕就像在大牢里一样，时间一点点流逝，却一点标示也没有，只有送饭的狱卒定时前来。杜洛华等了很久、很久。

后来，他突然听见走路和说话的声音。雅克·里瓦乐回来了，并带来布瓦勒纳。里瓦乐一见杜洛华，便嚷道："全办妥当啦！"

杜洛华还以为通过道歉信的方式，事情了结了呢，心里一阵高兴，结结巴巴说了一句："哦！……谢谢。"然而，专栏作家又说道：

"那个朗格勒蒙还真痛快，全部接受我们提出的条件。距离二十五步，一颗子弹，听口令举枪射击。往上举臂要比往下放臂更准。喏，布瓦勒纳，瞧瞧照我说的这么做。"

他拿起枪，示范射击时，抬臂如何更好地保持直线。

示范完了，他说道：

"十二点过了，现在，我们去吃午饭吧。"

他们到旁边一家餐馆用餐。杜洛华不怎么讲话，还照样吃东西，以免露出害怕的神色。饭后他陪布瓦勒纳去报社，心不在焉而又机械地把活儿干了。大家都认为他是有种的。

晚半晌，雅克·里瓦乐来同他握手，商定次日早晨七点钟，他的证人乘双篷四轮马车去接他，一同前往决斗的地点维济奈树林。

这一切都大大出人意料，他既没有参与，也没有讲一句话，根本没有表示意见，也没有表示接受或拒绝，而且事态发展如此神速，他一直惊愕而惶恐，不大明白究竟发生了什么事儿。

布瓦勒纳非常尽心，陪了他一整天，并且一道吃了晚饭。直到晚上九点左右，杜洛华才回家。

一旦身边没人了，他就在房间里大步走了几分钟，简直心乱如麻，没法考虑任何事儿，头脑里只有一个念头："明天决斗！"而这个念头并没有在他心中唤起什么，只感到一种莫名的强烈的激动。他当兵那时候，朝阿拉伯人开过枪，那对他本人没有多大危险，有点像射猎野猪。

总的说来，他做了该做的事，做出了应有的表现。事后大家会谈论他，会赞成他，也会祝贺他。转念至此，他就像情绪特别激动的人那样，高声嚷了一句：

“那人真是个畜生!”

他坐下来,又开始思考了。对手有张名片,让他随手扔在小桌上,那是里瓦乐要他保留地址交给他的,白天不知看过多少遍,现在他又拿起来看看:“路易·朗格勒蒙,蒙马特街176号。”就这几个字,再也没有什么了。

他仔细端详拼在一起的这些字,觉得非常神秘,充满令人不安的含义。“路易·朗格勒蒙”,此人是谁?多大年龄?多高身材?什么长相?一个陌生人,一个素昧平生的人,无缘无故,纯粹为寻开心,借口一个老太婆同肉店老板吵了架,就这样突然来扰乱你的生活,这难道不令人愤慨吗?

他又重复嚷了一声:“真是畜生!”

他这样想着,身子待在那一动不动,目光始终盯着这张名片。一股怒火由心中升起,一股仇视这名片的怒火,但又夹杂着一种莫名其妙的不安。这件事太愚蠢啦!他从旁边拿起一把指甲剪,一下子扎进这铅印名字的正中,就像用匕首刺中人心似的。

他要去决斗了,还用手枪决斗?他怎么没有选择击剑呢?用剑大不了胳膊或手上扎个洞,而用手枪,后果就不堪设想了。

他说道:“好吧,要当个有种的。”

他让自己的声调吓了一跳,不禁环顾周围。他开始感到神经特别紧张,喝了一杯水就睡下了。

他一上床就熄了灯,闭上双眼。

屋里虽然很冷,他在被窝里却感到很热,难以入眠,总是辗转反侧,仰卧五分钟,又换成侧卧,从左侧再翻到右侧。

他又口渴了,于是从床上爬起来喝水,接着,心头忽然一阵不安:“到时候我会害怕吗?”

听到屋里每一种熟悉的声响,他的心为什么就要狂跳?每当挂钟里的杜鹃鸣叫打点,弹簧咯吱一声轻响,就让他惊跳一下,这时,他感到胸闷极了,必须张口呼吸几秒钟。

他开始从哲学的角度,推断这件事的可能性:“我会害怕吗?”

不,当然不会害怕了,既然他已决心奉陪到底,既然此意已决:决斗时绝不发抖。可是,他心情紧张得要命,不禁反躬自问:“人可能会不由自主地害怕吧?”这种疑虑,这种不安,这种惶恐,忽然占据了他的心。假如有一种占主导而不可抗拒的力量,比他的意志更强大,并且控制了他,那么会发生什么情况呢?是的,可能发生什么情况呢?

毫无疑问,他既然想去,就一定会去决斗场地。然而,他万一发抖呢?他万一失去知觉呢？于是，他联想到自己的地位、名声和前程。

真是莫名其妙，他忽然渴望起床照照镜子。于是，他又点着蜡烛。他从光亮的镜子里看见自己的脸庞，几乎认不出了，就仿佛从未见过，只觉得眼睛大得出奇，脸色苍白，脸色当然很苍白，非常苍白。

猛然间，一个念头像子弹一样穿透他的心："明天这时候，也许我已经死了。"此念一生，他的心又狂跳起来。

他转向床铺，竟然清清楚楚地看见自己仰卧在刚离开的被子里，面孔像死人那样丑陋，毫无血色的手再也不会动弹了。

他怕见自己的床铺，便去打开窗户看外面。

冰冷的空气寒彻周身的肌肤，他倒抽一口气，赶紧退回来。

他又产生一个念头，要把炉火拨旺。他头也不回，慢慢拨弄炉火，可是有点神经质，手触碰什么都微微颤抖。他头昏脑涨，思绪乱纷纷的，而且断断续续，变得捉摸不定而又痛苦不堪，头脑醉醺醺的，就好像喝了酒。

他不断地反躬自问："我怎么办呢？我会怎么样呢？"

他又开始来回走动，不断机械地重复道："我一定要坚强，要非常坚强。"

继而，他又想道：

"我得给爸爸妈妈写封信，以防万一。"

他又坐下来，拿出一本信纸，写道："亲爱的爸爸、亲爱的妈妈……"

他又觉得在如此严重的关头，这样称呼未免过于随便，于是把第一页撕掉，重又写道："亲爱的父亲、亲爱的母亲：天一亮我就要去决斗，有可能会……"

他不敢写下去，腾地一下又站起来。

现在，这种想法压得他透不过气来：他要去决斗了。这事儿他躲不掉。他心中是怎么想的呢？他愿意决斗，这种打算和决心是坚定不移的。他的意志虽然尽了全力，但他还是觉得，自己甚至保存不了足够的力量走到决斗地点。

他的上下牙齿不时打战，发出清脆的声响。他心中暗道：

"我的对手决斗过吗？他经常练习射击吗？他有名气吗？他有地位吗？"这个名字他从未听人提过。然而，这个人若不是个出色的射手，他绝不可能毫不犹豫，二话不说就接受用这样危险的武器决斗。

于是，杜洛华又想象决斗的情景：他自己态度如何，对手又是怎样的举止。他绞尽脑汁，想象决斗的所有细节。他突然看见一个黑黑的、深深的枪口对准自己，要射出一颗子弹。

突然，一阵可怕的绝望发作了，他全身颤抖，一阵阵抽动。他咬紧牙齿以免叫出声来,简直控制不住自己,就想倒在地下打滚,要撕烂什么东西,要咬人。这时,他瞧见壁炉上放着一只玻璃杯,就想起柜橱里有一升烧酒,几乎还满着,因为他一直保持军人的习惯,每天早晨漱口"杀死寄生虫"。

他抓起酒瓶,对着瓶嘴咕嘟咕嘟贪婪地喝起来,直到喘不上来气儿才放下。瓶里的酒下去了三分之一。

他的胃很快就火烧火燎,这种灼热扩散到四肢,在麻醉他心灵的同时,也使其坚强了。

他自言自语:"我找到办法了。"现在他感到肌肤滚烫,就又过去打开窗户。

快要破晓了,外面宁静而冰冷。在发亮的天幕深处,那些星辰似乎要逝去;而在铁道的深沟里,绿色、红色和白色的信号灯,颜色也都变淡了。

第一批火车头从车库里开出来,鸣着汽笛去接早班列车。远处还有火车头反复尖声呼叫,就像公鸡在田间打鸣似的。

杜洛华想道:"这一切,也许我再也看不到了。"他感到又要自怜自惜,就立即作出强烈反应:"算了,在决斗之前什么也不想,这是无所畏惧的唯一办法。"

他开始洗漱,刮胡子时又想道,也许这是最后一次端详自己的面孔了,脑子又是忽悠一下。

于是,他又喝了一口烧酒,这才穿好衣服。

下面的时间很难打发,他就在屋里来回踱步,极力想稳住神儿。忽听有人敲门,他差点儿没仰面摔倒,震撼实在太强烈了。是他的证人来了。已经到时间啦!

他们全裹着皮袄。里瓦乐同他的当事人握了手,明确说道:

"天气像西伯利亚一样寒冷。"

紧接着,他又问道:

"状态好吗?"

"嗯,很好。"

"人还镇定吧?"

"非常镇定。"

"那好,事情会很顺利。您喝点儿或者吃点儿什么了吗?"

"对,我什么也不需要。"

布瓦勒纳为了这个场合,还特意佩戴上一枚黄绿两色的外国勋章,杜洛华从未见他戴过。

他们下楼去。一位先生在马车上等候。里瓦乐介绍说:"勒布鲁芒医生。"杜洛华同他握手,还讷讷讲了一句:"非常感谢。"然后想在前排落座,不料一屁股坐到一个硬邦邦的东西上，腾地又站起来，就好像被弹簧给弹了起来。原来是手枪盒子。

里瓦乐让了好几遍："别！坐后座，斗士和大夫坐后座！"杜洛华最后总算听明白，挨着医生又一屁股坐下。

两位证人也上了车，马车就启动了，车夫知道要去什么地点。

手枪盒子妨害所有人，尤其杜洛华不愿意看见它。他们起初试着放在背后，可是硌腰；再立着放在里瓦乐和布瓦勒纳中间，又总是翻倒，最后干脆放在脚底下。

虽然医生讲些趣闻轶事，可是谈话却难以为继，只有里瓦乐应答几句。杜洛华倒想表现一下自己的风趣，但又怕说着说着断了思路，反而暴露自己内心的慌乱。他唯恐自己发抖，一直受这种担心的折磨。

不久，马车就行驶在田野上了。这时大约九点钟了。正是严冬最寒冷的一个早晨，整个大自然变成水晶世界，万物晶莹发亮，坚硬而又易碎。树木披着霜花，仿佛是渗出来的冰霜。大地在脚下发出清脆的声响，空气干燥，能把细微的声响传到很远。天空碧蓝，宛如亮晶晶的镜子，而阳光穿越空间，却明亮而清冷，照在冰冻的物体上，丝毫也起不到温暖的作用了。

里瓦乐对杜洛华说：

"我是去卡丝蒂娜·勒奈特武器店买的手枪。老板亲自上的子弹，盒子贴了封条。不过，究竟用我们的还是对方的手枪，那就要看抽签的结果了。"

杜洛华机械地答道：

"非常感谢。"

这时，里瓦乐又千叮咛万嘱咐，叫他当时千万别出差错，每一点都强调好几遍："等人家问你们：'先生们，准备好了吗？'您回答声音一定要洪亮：'准备好啦！'

"等人家要下令开火的时候，您就赶快抬起手臂，在他喊出'三'之前就射击。"

杜洛华反复默念："人家下令开火，我就抬手臂——等人家下令开火，我就抬手臂。"

他像孩子学习功课一样，不厌其烦地反复念叨，以便刻在脑子里："等人家下令开火，我就抬手臂。"

马车驶进一片树林，拐上右边一条路，然后再往右拐。里瓦乐猛地打开车门，冲车夫喊道："这边，走这条小路。"于是，马车又进入一条有辙沟的路，行驶在灌木林之间，只见镶着冰霜花边的枯叶在抖瑟。

杜洛华还一直默念："等人家下令开火，我就抬起手臂。"

可是他却想到，马车若是出个事故，那么问题就全解决了。哈！若是翻了车，那该多有运气！他若是摔断一条腿就好啦！……

然而,他望见一辆马车停在林间空地上,四位先生正跺着脚取暖。他顿时喘不上气来了,只好张开嘴呼吸。

两位证人先下车,医生和决斗的人也跟着下来。里瓦乐拿了手枪盒子,和布瓦勒纳一起走出来。那四位先生中有两人迎上来。杜洛华望见他们客气地相互施礼,然后在林间空地上走来走去,忽而看看地面,忽而瞧瞧树木,仿佛在寻找掉在地上或飞走了的东西。接着,他们又数步,费了好大劲,才把两根手杖插进冻土里。然后,他们围成一圈,像小孩游戏似的掷硬币猜正反面。

勒布鲁芒大夫问杜洛华:

“您自我感觉好吗?您不需要什么吗?”

“不需要,谢谢,什么也不需要。”

他倒觉得自己发了疯,恍若在睡觉,恍若在做梦,被发生的超自然事情包围了。

他害怕了吗?也许吧?然而他也说不清。他周围的一切全变了。

雅克·里瓦乐回来了,非常满意地低声通知他:

“全部准备就绪。手枪问题还是我们运气好。”

可是这件事,在杜洛华看来是无所谓的。

他任凭别人摆布:给他脱下大衣,摸摸他礼服的口袋,以便确保没有任何证件或皮夹护着身体。

他还像祈祷似的默念:

“等人家下令开火,我就抬手臂。”

有人把他一直带到插在地上的一根手杖那儿,交给他手枪。这时,他看见对面离得很近的地方,站着一个人。那人矮个儿,大腹便便,秃头,戴副眼镜。那正是他的对手。

他看得真真切切,然而,他心里只有一个念头:“等人家下令开火,我就抬手臂,射击。”

在这一片寂静中,忽然响起一个声音,好像从远处传来,问道:

“两位先生,准备好了吗?”

乔治高喊:“准备好啦!”

同一个声音又命令道:“开火……”

他什么也不听了,什么也觉察不出,什么也意识不到了,只感到自己抬起手臂,用尽全力扣动扳机。

他什么也没有听见。

不过,他当即看见他的枪口冒了一小股青烟。对面那人一直站着,也是同样姿势，头顶也飘起一股白烟。

他们双方都射击了。决斗结束。

杜洛华的证人和医生摸一摸，拍一拍他，还解开他的衣扣，焦急不安地问道：

“您伤着了没有？”

他随口答道：

“我想没有。”

朗格勒蒙同他的敌手一样，也安然无恙。雅克·里瓦乐不悦地咕哝道：

“用这种该死的手枪，总是这种结果，不是全打飞，就是全打死。什么破玩意儿！”

杜洛华又惊又喜，愣在原地，一动也不动：“结束啦！”他手里一直紧紧握着手枪，别人不得不给他拿下去。现在他觉得是同整个宇宙较量过了。结束了。多高兴啊！他突然感到，自己有勇气向任何人挑战。

双方证人交谈了几分钟，约好当天见面起草决斗记录。然后，大家又登上马车。车夫在座位上直发笑，打一个响鞭赶车走了。

他们四人在树阴大道一家餐馆吃午饭，在餐桌上谈论这一事件。杜洛华谈了他的感受。

“我一点儿也不在乎，根本不在乎。你们也一定看到了吧？”

里瓦乐回答：

“对，您的表现的确很出色。”

决斗记录起草好了之后，便交给杜洛华，他要插在社会新闻中发出去。他见文中说他和路易·朗格勒蒙先生互射了两颗子弹，感到很奇怪，便有点不安地问里瓦乐：

“可是，我们只打了一颗子弹啊！”

里瓦乐笑了：

“不错，是一颗子弹……一人一颗子弹……加起来就是两颗呀。”

杜洛华觉得这种解释也还令人满意，就不再坚持了。华尔特老头儿拥抱了他，称赞道：

“真棒，真棒，您捍卫了《法兰西生活报》的旗帜，太棒啦！”

当天晚上，杜洛华在主要几家大报馆露面，还出入树阴大道的主要几家大咖啡馆。他那个对手也在到处炫耀，他们有两次相遇。

他们相遇彼此不打招呼。假如双方有一方受了伤，那么他们就会握手言和。两个人都拍着胸脯发誓说，听见对方射来的子弹呼啸而过。

第二天上午将近十一点钟，杜洛华收到一张“小蓝纸”：“上帝啊，可把我吓坏啦！立刻来君士坦丁堡街，让我拥抱你，我的爱。你多勇敢啊！——我崇拜你，克洛。”

他赶快赴约。德·玛海勒夫人投进他怀里,连连吻他。

"噢!我的心肝儿,你还不知道,今天早晨我一看报,简直吓坏了。噢!讲给我听听,全告诉我。我什么都想了解。"

杜洛华只好详详细细讲了事情的经过。她又问道:

"决斗前那个夜晚,你一定没有睡好觉吧?"

"嗳!不对,我睡得很好。"

"换了我,恐怕我一夜不会合眼。对我说说,决斗场上的情况怎么样。"

杜洛华就像说戏一样:

"我们面对面站住,相距二十步,只有这个房间长度的四倍。雅克问我们是否准备好了,然后下令:'开火。'我立刻抬起手臂,伸得直直的,但是不该一心想瞄准他的脑袋。本来我使惯了灵巧的手枪,可这次手枪特别难使,扳机太紧,扣动时一用力就打高了。就是这样,也差不了多远。那个无赖,打得也够准的,子弹擦着我的太阳穴飞过去,我感到了一阵风。"

她坐在他的膝上,紧紧搂着他,就好像要分担他的危险。她结结巴巴地说道:

"噢!我可怜的宝贝儿,我可怜的宝贝儿……"

等他讲完了,她又对他说:

"你还不知道,我再也离不开你啦!一定得同你见面,但是有我丈夫在巴黎,这事儿很不方便。早晨,在你没起床的时候,我常常有点工夫,可以去拥抱你;可是,我不愿意进你讨厌的楼房。怎么办呢?"

杜洛华灵机一动,忽然有了个主意,他问道:

"这里房费多少?"

"每月一百法郎。"

"那好,房费我来交,我干脆搬过来住。我有了新职务,那间屋就不够用了。"

她考虑了片刻,回答说:

"不,我不愿意。"

杜洛华不免奇怪:

"为什么呢?"

"不为什么……"

"这不成其为理由。这套房子非常合适,我既然来了,就可以留下来。"

他哈哈笑起来:

"再说了,这也是以我的名字租的。"

然而,她始终不松口:

“不行，不行，我不愿意……”

“到底为什么呀？”

于是，她柔声细语地说道：

“因为，你要带别的女人来，我不愿意。”

杜洛华急了：

“怎么这样，绝没那种事儿，我向你保证。”

“不对，你一搬过来，马上就会带女人来。”

“我向你发誓。”

“真的？”

“真的呀，我以名誉担保。这是我们的家，这儿呀，只属于我们俩。”

少妇这才深情激动地紧紧拥抱他：

“我的宝贝儿，若是这样，我就愿意了。我可告诉你，你若是骗我一次，哪怕只一次，我们就一刀两断，永远断绝关系。”

杜洛华又是抗议，又是赌咒发誓，二人商议好，当天他就搬来，以便她每次从门前经过都能见面。

继而，少妇又对他说：

“无论如何，星期天到我家去吃晚饭。我丈夫觉得你人很好。”

杜洛华听了，不禁飘飘然：“哦！是真的吗？……”

“对，你赢得了他的欢心。还有，听我说，你向我提过，你是在乡村一座城堡里长大的，对不对？”

“对啊，问这个干吗？”

“那么，你也懂得农活儿啦？”

“对。”

“那好，你就跟他谈园艺和庄稼吧，他非常喜欢这个话题。”

“好吧，我不会忘记的。”

这场决斗激发她无限柔情，她没完没了地拥抱他，然后才分手。

杜洛华去报社的路上，心里还一直想这事儿：

“世上还有这么怪的人！多么轻率啊！谁能摸得准她想要什么，爱什么吗？这对夫妻，简直太奇特啦！是谁异想天开，把这个老头儿和这个没头脑的人配成一对？这个督监是怎么考虑的，竟然决定娶了这名女学生呢？奥妙无穷！谁知道呢？也许是爱情吧？”

想到后来，他得出结论：

"归根结底,她是个体贴人的好情妇;我若是抛掉她,那可真傻到家了。"

## 第八章

这场决斗之后,杜洛华一举跻身《法兰西生活报》的头等专栏作家之列;然而,他想有些创意,却比登天还难,无奈就专写世风日下,品性堕落,爱国精神泯灭,以及法兰西荣誉贫血症等,借题发挥,可以高谈阔论。(他用上"贫血症"一词,心中万分得意。)

德·玛海勒夫人的头脑充满戏谑、怀疑和轻信,即所谓的巴黎精神,她一嘲笑杜洛华,用一句挖苦话戳破了他的长篇大论,他就笑着回答:

"嗳!我靠这个,将来就能打出名气。"

他将手提箱、刷子、刮胡刀和肥皂带来,就算搬了家,现在住到君士坦丁堡街。每周总有两三次,这位少妇在他起床之前来访,霎时间宽衣解带,钻进被窝,身子还带着户外的寒气而瑟瑟发抖。

杜洛华也有回访,每星期四去同这对夫妇共进晚餐。为博得她丈夫的欢心,他就大谈特谈农艺;况且他也喜欢田里的事儿,两个人一聊起来就兴趣盎然,有时甚至把他们的女人完全置于脑后,任由她坐在长沙发上打瞌睡。

罗丽娜不是坐在父亲的膝上,就是坐在帅哥儿的膝上,也往往睡着了。

每次等记者走了,德·玛海勒先生必然称道一句:"这个年轻人的确讨人喜欢,他的学识很渊博。"而且他讲什么都是这种教训人的口吻。

二月行将结束。清晨走在街头,碰到鲜花贩子拉的板车,就能闻到紫罗兰的香味。

杜洛华的生活万里晴空。

一天夜晚,他回到家,发现从门底缝塞进的一封信,一瞧邮戳有"戛纳"字样,拆开信读道:

亲爱的先生与朋友:

您对我说过,我有什么事都可以找您,对不对?那好,现在我就请您做件痛心的事,就是前来协助我,不要让我在查理要离开人世的最后时刻孤身一人。尽管他还能起床,但是医生已经让我做好准备:他也许活不过这一周。

没日没夜地看着这弥留的场面，我已精疲力竭，没有勇气了，一想到最后时刻临近便惊恐万分。碰上这种事，我只能求您，因为我丈夫在世上没有亲人了，而您过去和他是战友，他又为您打开了报社的大门。来一趟吧，我恳求您。我无人可求了。

请相信我是您永远忠诚的伙伴。

玛德莱娜·弗雷吉埃

于戛纳秀丽别墅

一种奇异的感觉，犹如一股清风，吹入乔治的心田。他感到一种解脱，感到面前展现广阔的天地。他自言自语："我当然去了。这个可怜的查理！这毕竟是我们的事！"

杜洛华拿着这位少妇的信，让老板过目，老板勉强准了假，他还一再说：

"千万快点回来，我们少不了您。"

乔治·杜洛华拍了电报通知德·玛海勒夫妇，乘坐次日早晨七点钟的快车前往戛纳。

动身的次日下午四点左右到站。

一名运送行李的工人带他去秀丽别墅。这座别墅坐落在半山腰的杉林中，杉林布满白色房舍，从加奈一直延伸到茹昂湾。

这座矮小的别墅建在路边，是意大利风格的。上山这条路在林木间绕来绕去，但是每拐个弯都别有一番景色。

仆人打开房门，高声说道：

"啊！先生，夫人特别着急，正等您哪。"

杜洛华问道：

"你的主人病况如何？"

"噢！不大好，先生。他活不久了。"

年轻人走进客厅，只见墙上镶着蓝花图案的粉红波斯绸壁布，窗户高大，对着市区和大海。

杜洛华不禁咕哝道：

"好家伙，这别墅可真高级，他们是从什么鬼地方搞来这么多钱？"

一阵衣裙的声响引他转过身去。

弗雷吉埃夫人向他伸出双手："您这么热心肠，说来就来了，真是太好啦！"突然，她拥抱了他。然后,二人相互端详。

她脸色苍白了些,身体也消瘦了些,但始终那么精神,也许态度添了几分柔和而显得更美了。她低声说道:

"要知道,他脾气坏透了。他明白自己没救了,就残忍地折磨我。我对他说了您要来。可是,您的行李在哪儿?"

杜洛华答道:

"寄存在车站了,我还不知道您要建议我住哪家旅馆,离这儿好近些。"

她犹豫了一下,才说道:

"您就住在这儿,在这别墅下榻。他随时都可能死去,如果是夜间,我就得一个人了。我派人去取您的行李。"

杜洛华颔首同意:

"那就从命了。"

"现在,我们上楼去吧。"她说道。

她走在前面,登上二楼,打开一扇门,杜洛华看见一扇窗户旁好像有具死尸,坐在扶手椅上望着他,那身子裹着毛毯,在落日的红光中脸色显得惨白。他几乎认不出了,只能猜测出那是他的朋友。

一进房间就闻到燥热、汤药、碘酒、柏油的气味,这正是肺痨患者所在房间的难以名状的浓重气味。

弗雷吉埃抬起手,动作吃力而缓慢,他说道:

"你来了,是来看着我死去。谢谢你。"

杜洛华强颜笑了笑:

"看着你死去!这可不是叫人开心的场面,我也绝不会抓这种机会来游览戛纳。我来向你问个好,也休息一下。"

弗雷吉埃咕哝一声:"坐下吧。"然后就垂下头,仿佛陷入痛苦绝望的沉思。

他喘着气,呼吸急促,时而发出一种近似呻吟的声音,就好像要提醒别人注意他病得多重。

他妻子见他不再讲话了,就过去俯在窗口,摆摆头示意远方,说道:"瞧瞧这景色!很美吧?"

在他们面前,别墅星罗棋布的山坡向下铺展,直达市区。市区呈半环形,沿海岸而卧,头冲右边,朝向有耸立着老钟楼的老城俯瞰的防波堤,脚冲左边,朝向勒兰群岛对面的克鲁瓦塞特岬角。在碧蓝的大海中,那小岛就像两个绿点,从高坡上望着是平的,也可以说是漂浮的两大片绿叶。

目光越过防波堤和钟楼,远眺海湾另一侧的地平线,只见一长串青山,在明亮的天空上勾画出一条怪异而迷人的线条,那些山峰有的浑圆,有的尖利,还有的呈钩形,而最后那座高山呈金字塔形,山脚则踏进大海里。

弗雷吉埃夫人指着那座山说:“那就是埃斯泰雷勒山。”

幽暗的山峰后面,天空红通通的,那是金黄掺血的红色,辉光耀眼。

目睹这晚霞的壮丽景象,杜洛华不禁为之动容。

他想不出颇具形象的词语来赞美,只是喃喃说道:

“啊!对,真是美极啦!”

弗雷吉埃朝他妻子抬起头,要求道:

“让我呼吸点儿新鲜空气。”

他妻子答道:

“可得当心,天晚了,太阳快落了,弄不好你又该着凉了,你也知道自己身体这状况,再着凉可不是好玩的。”

他焦躁不安,无力地挥了挥右手,仿佛要打谁一拳,同时一脸怒相,那是垂死的人突现薄嘴唇、枯瘦的面颊和每一块骨头棱角的怪相,他咕哝道:

“跟你说我憋闷。再说,反正我也没救了,早一天还是晚一天死,对你又有什么关系……”

他妻子完全打开窗户。

微风吹进来,三个人都突然感到一阵轻风拂面。这是一股轻柔温煦的和风,是饱吸这山坡灌木芬芳和醉人花香的春天的微风,人们可以清晰地闻出浓浓的松脂味和桉树的苦味。

弗雷吉埃气息短促,焦灼地吮吸着。可是,他手指甲却痉挛地抠住椅子扶手,用低沉、嘶哑而狂怒的声音说道:

“关上窗户,真叫我受罪。我宁愿死在地窖里。”

他妻子慢悠悠地关上窗户,然后额头贴在玻璃上,凝望着远方。

杜洛华颇为尴尬,很想同病人聊聊,安慰几句。

然而,一句劝慰的话也想不出来。

他结结巴巴地问道:

“这么看来,你到这儿之后,还不见好转?”

对方疲惫而不耐烦地耸耸肩膀:“你这不是看到了嘛。”说罢,他又垂下头。

杜洛华又说道:

“真见鬼,这里天气好极啦,巴黎那边不行,现在还是大冬天,还在下雪,下雹子,下雨，下午三点钟就黑乎乎的，不得不点灯。”

弗雷吉埃问道：

“报社里有什么新情况吗？”

“什么新情况也没有。用了小个子拉克兰替你，是从《伏尔泰报》出来的，还嫩了点儿。你也该回去啦！”

病人讷讷说道：

“我？现在，我要到地下六尺的地方去写专栏文章了。”

他每想一件事，每说一句话，这个固定的念头总是再现，就像动不动就敲警钟一样。

大家长时间沉默，这是创痛巨深的沉默。落日的霞光慢慢收敛，红色天空暗淡下去，山峦也变成黑色了。一种着了色彩的暗影，还保留点熄灭的火霞的薄暮，进入房间，似乎给家具、墙壁、帷幔和每个角落涂上墨黑和暗红的混杂色调。壁炉上的镜子映现远处天空的景象，看上去就像一摊鲜血。

弗雷吉埃夫人脸贴着玻璃，背对着房间，站在那里始终没有动弹。

弗雷吉埃又开口说话了，但是气喘吁吁，声音又断断续续，听着真叫人肝肠寸断：

“这落日，我还能看见几次呢？……八次……十次……十五次或二十次……也许三十次……不会再多了……你们呀，你们来日方长……我呢，这算完了……然而，这景象还会继续……有我没我一个样儿……”

他沉默了几分钟，然后又说道：

“我看到的一切无不提示我，再过几天我就见不到了……真可怕……什么也见不到了……世上的一切……手里把玩的小东西……玻璃杯……盘子……躺着特别舒服的床铺……马车……再也见不到了。傍晚，乘坐马车游玩多美呀……这一切，我曾多么喜爱啊！”

他双手的手指头神经质地微微动弹，就好像在扶手上弹钢琴似的。他每次沉默比说话还令人难受，因为让人明显感到，他一定在想恐怖的事情。

杜洛华猛然记起几周前诺尔贝·德·瓦莱纳对他说的话：

“现在，我看见死亡近在咫尺，常常想伸出手臂推开它……我到处都能发现。路上被碾死的昆虫、落下的树叶、朋友胡子间的一根银须，无不摧残我的心，并且对我断喝：‘它就在这里！’”

这些话，那天他根本不理解，现在看着弗雷吉埃就明白了。一种从未领略过的惶恐袭上心头，他感到死亡就在近旁，就在这个喘息的人坐着的椅子上，伸手就能触到。他真想站起身，走掉，逃开，立刻返回巴黎！唉！早知如此，说什么他也不会来。

现在，夜色弥漫整个房间，好似裹尸布匆忙盖在这垂死的人身上。只有窗户还看得见，那亮一点的方框绘出少妇的身影。

弗雷吉埃怒冲冲地问道：

“怎么的，今天不让人送灯来啦？哼，就是这样护理病人的。”

玻璃窗上的身影消失了，只听一阵电铃声在房中回响。

很快就进来一名男仆，将一盏灯放在壁炉上。弗雷吉埃夫人问她丈夫：

“你是想上床休息，还是下楼吃晚饭？”

他咕哝一声：

“我要下楼。”

又得等吃饭，三个人一动不动待了将近一小时，只是偶尔说句话，随便说句什么，一句毫无意义的废话，以便打破沉默，就好像让这沉默持续太久，让这有死亡徘徊的房间沉闷太久，让这空气凝滞太久，就会有什么危险，有一种神秘莫测的危险。

总算开饭了，杜洛华觉得这顿晚饭永无休止。他们不讲话，无声无息地吃着，继而，就用手指揪面包。仆人侍候上菜，来来回回，走路没有一点儿声响，因为，查理听见鞋底擦地的声音就烦躁，仆人只好换上拖鞋。唯有木制挂钟机械地走动，发出均匀的滴答声，才打破这四壁的宁静。

晚饭一吃完，杜洛华便借口旅途劳顿，告便回到给他安排的卧室，凭窗眺望中天的一轮皓月。那月亮宛如巨大的球灯，将冷漠而朦胧的光投射在那些别墅的白墙上，往海面撒下轻柔的粼粼波光。他想编个理由尽快走，想点儿鬼点子，就说收到电报，华尔特先生召他回巴黎。

次日醒来，他又觉得逃走的打算很难实施。弗雷吉埃夫人绝不会上当，况且他忠心耿耿所能得到的好处，一旦临阵逃跑就要全部丧失。于是，他心中暗想：“算啦！事儿是烦人，但也得认了，生活中总有不愉快的阶段。再说，也许这个阶段不会太长。”

天空湛蓝，南方这种蓝天能使人心中充满快乐。杜洛华心想有一天时间，这会儿去看弗雷吉埃还早了点儿，便下山一直走到海边。

等他回来吃午饭时，仆人对他说：

“我家先生问过两三回，要请先生上楼去看我家先生。”

他上楼一看，弗雷吉埃好像在扶手椅中睡着了，他妻子则躺在长沙发上看书。

病人抬起头。杜洛华问道：

“喂，你怎么样啦？看样子，你今天上午挺精神的。”

对方咕哝道：

“对，是好些了，身上有了点儿劲，快去跟玛德莱娜吃午饭，然后我们乘马车去兜一圈。”

一等到只有两个人了，少妇便对杜洛华说：

“事情是这样的。今天，他以为命能保住了，早晨起来就订各种计划。等一会儿我们去茹昂湾，为我们巴黎的住宅买些陶器。他非要出去不可，但是我担心得要命，怕路上出事儿。他受不了道路的颠簸。”

双篷四轮马车到了，弗雷吉埃由仆人搀扶着一步步下楼；他一看见马车，就让人放下车篷。

他妻子坚持不让：

“你要着凉的，这不是胡闹吗！”

他也固执己见：

“不会，我好多了。我有这种明显的感觉。”

开始，马车行驶在花园夹护的绿阴路上，而正是这一座座小花园，把戛纳打扮成一座英国式的大花园。然后，马车驶上沿海岸的昂莱布大道。

弗雷吉埃介绍当地的景点。他先指出哪座是巴黎伯爵①的别墅，接着又说出其他别墅的主人姓名。他显得很快活，却是那种判了死刑的人有意装出来的脆弱的快活。他连抬起手臂的力气都没有，只能伸出手臂来指点。

“瞧，那是圣玛格丽特岛和古堡，巴赞②就是从那古堡越狱逃走的。就是因为这个事件，就说古堡有保存价值了。”

继而，他又回忆起部队的生活，说出令他们想起往事的一些军官的名字。这时，马车拐了一段弯道，整个茹昂湾就赫然展现，只见海湾里侧是它那白色村庄，外侧连接昂蒂布岬角。

弗雷吉埃突然像孩子一样快活起来，结结巴巴地说道：

“哈！舰队，一会儿你就能看到舰队啦！”

果然望见六七艘巨大的舰只，停在辽阔的海湾中部，恍若披着绿叶青枝的礁岩。那些舰只形状怪异，体大无比，带有突体、塔楼和舰首冲角，停在水中，仿佛要在海底扎根。

那些舰只，看上去多么沉重，而且与海底相连，真不明白它们怎么还能移动，还能行驶。那是漂浮的炮台，圆圆的，高高的，形体好似瞭望楼，类似建在礁石上的灯塔。

---

① 法国国王路易·菲利浦一世(1830—1848 年在位)的嫡传，封为巴黎伯爵，至今仍有传人。

② 阿齐尔·巴赞(1811—1888)：法国元帅，1870 年普法战争时率洛林军团，在麦茨被围投降，1873 年被判死刑后，改判无期徒刑，囚于戛纳附近的圣玛格丽特岛，不久越狱逃往马德里。

一只巨大的三桅帆船从他们附近经过，要驶向外海，只见它张起了所有风帆，一片雪白显得那么欢快。比起那些战争魔怪，钢铁魔怪，蹲在水中的丑八怪，这只三桅帆船多么优美而绰约多姿。

弗雷吉埃极力辨识那些战舰，指出那艘是“科尔贝尔①号”，那艘是“叙弗朗②号”，那艘是“杜佩雷海军上将号”，那艘是“凶猛号”，那艘是“扫荡号”。接着，他又更正说：“不对，我弄错了，那艘才是‘扫荡号’。”

他们到达一幢大楼前面，只见一块牌子上写着：“茹昂湾艺术彩陶”，马车绕过一块草坪，停在门前。

弗雷吉埃要买两只陶罐，好摆在他的书橱上。由于他下车困难，人家就把样品一件一件拿给他看。他挑选了好久，不时征求他妻子和杜洛华的意见：

“要知道，我要摆在书房里侧的那个书橱上，我在座位上一抬头就能瞧见。一定要挑古色古香的，要希腊式的。”

他审视样品，让人拿来别的，再比较刚开始看的那几件，终于决定下来，付了款，要求人家立刻发货。

“过几天我就要回巴黎。”他说道。

他们又乘车返回，不料，一股凉风沿着海湾窜进小山谷，突然吹到他们身上，病人当即咳嗽起来。

开头关系还不大，只是一阵轻咳，可是越咳越厉害，结果大咳不止，咳得岔了气。

弗雷吉埃感到窒息，他每次要喘气，就咳嗽得要撕破喉咙。这咳嗽发自胸膛深处，怎么也压不下去，怎么也止不住。到了住处，不得不把他从马车抬到房间；杜洛华抬他的双脚，每当弗雷吉埃肺部一阵痉挛，就感到他的脚也随之震颤。

暖和的床铺也毫无作用，他一直咳到半夜。最后，麻醉剂总算麻痹住咳嗽时那种致人死命的痉挛。病人坐在床上，瞪着双眼一直待到天亮。

他说的头一句话是要人叫理发匠来，因为，他坚持每天早晨刮胡子。为此他起床洗漱，可是又不得不让人扶着躺下，他的呼吸变得十分短促，十分吃力，弗雷吉埃夫人不禁惊慌失措，让人把刚睡下的杜洛华叫起来，要他去请医生。

工夫不长，杜洛华就把卡沃大夫请来了。大夫开了一副汤药，又嘱咐了几点。记者送大夫走时，还问了他的看法。

“这已经是弥留状态，”大夫说道，“明天早晨他就会咽气。您要让这位可怜的少

---

① 科尔贝尔（1619—1683）：路易十四心腹大臣，曾任财政总监。

② 叙弗朗（1729—1788）：法国海军副统帅。

妇有个思想准备，还得派人请个神父来。我呢，这里没有我什么事了。不过，有事我随叫随到。”

杜洛华让人把弗雷吉埃夫人叫下来，对她说道：

“他要死了，大夫建议请个神父来，您看怎么办呢？”

她犹豫半晌，全盘衡量过之后，才慢声细语说道：

“对，这么办要好些……从许多方面来说……我要让他有个思想准备，对他说本堂神父渴望见他……不知道该怎么说，反正是这样。这事还得劳您驾，去请位神父来，要挑选一位，挑一位不那么装腔作势的，要让他明白只做做忏悔就行了，不要管我们其余的事儿。”

年轻人带来一位态度蔼然，适于这种场合的老教士。老教士一走进弥留者的房间，弗雷吉埃夫人就出来，同杜洛华一起坐在隔壁。

“他一听就慌神儿了，”她说道，“他听我提起请个神父，脸上立刻露出惊恐的表情……就好像他感到了……感到了……这口气儿……您也知道……总之，他明白这回算完了，熬不过几小时了……”

她的脸色极为苍白。她接着又说道：

“我永远也不会忘记他脸上的那种表情。毫无疑问，当时他看见了死亡。他看见死亡了……”

教士耳朵有点背，说话声音偏高，只听他说道：

“不对，不对，您还没有到这种地步。您病是病了，但是绝无生命危险，我以朋友，以邻居的身份来看您，这就是明证。”

他们分辨不出弗雷吉埃回答了什么，只听老教士又说道：

“不，我不会让您领圣体。等您病情好转了，我们再谈这个。不过，您若是利用我来访的机会，比方说，做做忏悔，那我是求之不得的。我是牧师，总想抓住各种时机领回我的羔羊。”

接着是长时间的寂寞，大概是弗雷吉埃在说话，他气喘吁吁，声音很低。

继而，教士突然改换了口气，就像在祭坛上的主祭那样说道：

“上帝的慈悲无边无际，背诵《悔罪经》吧，我的孩子，也许您已经忘记了，让我来帮助您。请跟着我说：‘我向万能的主忏悔……向永远贞洁的玛利亚忏悔’[①]……”

教士不时顿一下，好让弥留者跟上。接着，他又说道：

“现在，您忏悔吧……”

① 原文为拉丁文。

少妇和杜洛华一动不动，他们心里异常慌乱，紧张而焦虑不安地等待着。

病人喃喃说了些什么，教士重复道：

“您曾经谄媚而有罪……是什么性质的呢，我的孩子？”

少妇站起来，干脆地说：

“我们下楼到花园里待一会儿，不应当偷听他的隐私。”

于是，二人走到门外，坐到一株盛开的蔷薇下的长椅上，面对一丛散发温馨浓郁的芳香的石竹花。

沉默了几分钟之后，杜洛华开口说道：

“您要耽误很久才能回巴黎吗？”

她答道：

“哦，不！事情一办完，我就回去。”

“再有十来天？”

“对，多说十来天。”

他又问道：

“这么说，他一个亲属也没有？”

“没有，只有些姑表远亲。他年龄很小就父母双亡。”

二人注视一只在石竹花上采花粉的蝴蝶，只见它翅膀飞快地扇动着，从一朵花飞到另一朵花上，停在花上之后，翅膀还在缓缓扇动。就这样，他们长时间默默无语。

仆人来禀报：“神父先生已经结束。”于是，他们又一同回到楼上。

看样子，弗雷吉埃比昨天又瘦了一圈。

教士拉着他的手，说道：

“再见，我的孩子，明天早晨我还来。”

说罢他就走了。

教士刚出去，垂死的人就气喘吁吁，企图向他妻子伸出双手，结结巴巴地哀求：

“救救我……救救我吧……亲爱的……我不愿意死……我不愿意死……噢！救救我吧……说吧，该怎么办，去请大夫来……给我什么药我都吃……我不愿意……我不愿意……”

他痛哭流涕，大颗大颗泪珠从双眼涌出，流到瘦削的面颊上，干瘪的嘴角皱起来，就像小孩子有了伤心事那样。

他的双手又跌落到床上，开始不停地动来动去，一下一下缓慢而有规律，仿佛要在床单上拾什么东西。

他妻子也哭起来，讷讷说道：

“不会的，一点事儿也没有。这是病发作一次，明天就会好转，你是昨天出去那趟累的。”

弗雷吉埃喘息更加急促，比奔跑刚停下来的狗还要快，急促得无法计数，而且还十分微弱，几乎听不见。

他还不住嘴地重复：

“我不愿意死！噢！上帝呀……我的上帝……我的上帝……我又会发生什么情况？我再也看不见什么了……看不见什么了……永远……噢！我的上帝！”

他注视面前别人看不见的什么东西，什么丑恶的东西，那凝注的双眼显现出恐惧。他的双手还做着那种可怕而吃力的动作。

突然，他一阵颤抖，从头传到脚，浑身一阵颤抖，嘴里结结巴巴地咕哝：

“墓地……我……我的上帝啊！……”

继而，他不说话了，只是气喘吁吁，眼睛直勾勾的，待在那儿一动不动。

时间缓缓过去，附近一座修道院的钟开始报时，已是正午了。杜洛华离开病房去吃饭，一小时后就回来了。弗雷吉埃夫人不肯吃东西。病人也一动未动，他那枯瘦的手指总在床单上滑动，仿佛要把床单往脸上拉。

少妇坐在床边的一把椅子上，杜洛华坐到她旁边的一把椅子上，两人开始默默地等待。

刚才医生派来了女看护，她坐在窗口打盹儿。

杜洛华也昏昏欲睡，忽然他感到发生了什么事情，睁开眼睛一看，恰好瞧见弗雷吉埃合上双眼，如同两点光亮熄灭了。弥留者喉咙轻轻咯了一下，嘴角流下两条血丝，流到衬衣上，双手也停止了那种惨不忍睹的移动。他咽气了。

他妻子明白了，叫了一声，便跪在地下，脸埋在被单里号啕大哭。乔治又惊讶又恐惧，机械地画了个十字。女看护也醒来，走到床前，说了一声：“行了。”乔治又定下神来，心里感到解脱了，长出一口气，喃喃说了一句：“没想到来得这么快。”

二人开头洒了一通眼泪，惊慌了一阵，然后就开始料理丧事，办理各种手续。杜洛华一直奔波到深夜。

办事回来，他饥肠辘辘。弗雷吉埃夫人也跟着吃了点东西。然后，二人就到死者的房间来守灵。

床头柜上点着两支蜡烛，旁边一只碟子里放了点水，找不到黄杨枝，就弄来一枝金合欢泡在水里。

只有他们二人，这个年轻男子和这个少妇，守在已经逝去的人旁边，他们怀着心事，待在那儿不说话，眼睛注视着死者。

在昏暗的屋里守着尸体，乔治有点儿六神无主，可又偏偏总盯着死者。这张瘦削的面孔，在摇曳的烛光下显得更加凹陷，却吸引他的目光迷惑他的神思，令其凝注不动。这就是他的朋友查理·弗雷吉埃，昨天还同他说话来着！一个生命就这样完全结束了，这是件多么奇异而可怕的事情啊！噢！现在他又记起诺尔贝·德·瓦莱纳因恐惧死亡而讲的那番话："人死了绝不能复生。"还会有千百万、亿万人出生，长相差不多，也长两只眼睛，长鼻子，也有嘴，有额头，额头里有思想，然而，躺在这张床上的这个人，永远也不会再现了。

多少年来，这个人同所有人一样，活在世上，也吃饭，欢笑，也有过爱情和希望。可是，这一切都结束了，对他来说永远结束了。一个生命！只几天工夫，就化为乌有！出生，长大，活得幸福，有所期待，然后就死去。永别了，男的或女的，你绝不会再回到人世上来！然而，每个人生下来，都对不能实现的长生不死怀有强烈渴望，每个人在这宇宙都自成天地，而每个人在萌生新芽的粪土中，很快就完全毁灭。花草树木、飞禽走兽、芸芸众生、星体、各个世界，无不生机勃勃，然后消亡而转化了。但是，一个生物体，无论是昆虫，还是人或星球，都绝不能复生！

一种难以描摹的、巨大而无法承受的恐惧，压在杜洛华的心头，恐惧这种无边无际的、不可回避的虚无，这种无限期毁掉所有极为短暂而可怜的生物的虚无。他受其威胁，已经垂下额头，想到仅仅存活几小时的蚊蝇，仅仅存活几天的虫豸，也想到能存活若干年的人，能存活若干世纪的星体。这些生命体之间，彼此又有什么不同呢？无非多见到几次黎明罢了。

他移开目光，不再注视这尸体了。

弗雷吉埃夫人垂着头，似乎也在想些痛苦的事情，那张悲伤的面孔上的金发美极了，年轻人的心中不觉掠过如同触到希望的一种温馨之感。他还能活那么多年，为什么要徒自伤悲呢？

于是，杜洛华开始凝视她。少妇完全沉浸在冥想中，一点儿也没有发觉。他心中暗道："不过，一生唯一美好的事情，便是爱情！将心爱的女人搂在怀中，这便是一个人幸福的极限！"

这个死者多有造化，竟能遇见这样聪慧而迷人的伴侣！他们是怎么相识的呢？她又怎么会同意嫁给这个又平庸又贫穷的小伙子呢？她又怎么最终将他造就成一个人物呢？

于是，他又想到生活中所掩饰的秘密，忽然想起人们私下里议论的话：据说是德·沃德莱克伯爵置嫁妆将她嫁出去的。

现在，她该怎么办呢？以后会嫁给什么人呢？能像德·玛海勒夫人认为的那样，嫁给一位议员呢，还是嫁给一个有前途的小伙子，一个胜过弗雷吉埃的人呢？她是否有了打算，有了计划，有了准主意呢？他多么渴望了解这些啊！不过，他为什么如此关切她以后怎么办呢？他这样扪心自问，发觉这种不安的情绪发自一种朦胧而隐秘的念头，一种向自己隐瞒、只有挖掘灵魂深处才能发现的念头。

不错，他自己何不一试，去征服她呢？他若能同她联手，那会变得多么强大，多么令人畏惧！他会有十足的把握，一飞冲天，鹏程万里。

况且，他怎么就不能成功呢？他明显感到对方喜欢他，对他的感情超过了好感。这是一种亲近的情感，产生于天性类似的两个人之间，既像彼此的吸引，又类似一种默契。她知道他这人聪明、果断而坚忍，是可以信赖的。

在这种重大关头，她不是把他招来了吗？为什么偏偏招他来呢？他不是应当把这视为一种选择、一种默认、一种指定吗？她就在要成为孀妇的时候想到他，也许正是想到他这个人可以成为她的新伴侣、新盟友吧？

杜洛华急不可待地想要了解她的意图。他不能再单独同这少妇住在这所房子里了，后天他就要离开了。因此，他必须加速进行，在动身返回巴黎之前，必须见机行事，巧妙地套出她的打算，并要她答应下来，绝不让她反悔，不让她向另一个可能的追求者让步。

房间一片沉寂，只听见壁炉上的钟摆均匀地发出金属的滴答声。

杜洛华讷讷说道：

“您大概很累了吧？”

她答道：

“累是累，不过，主要还是太伤心。”

在这阴森的房间里，他们说话的声音响得出奇，他们自己听了都很诧异，于是立刻瞧了瞧死者的脸，就好像能见他活动起来，听到他说话，如同几小时之前那样。

杜洛华又说道：

“唔！这对您是个沉重的打击，完全改变了您的生活，确实搅乱了您的心和整个生活。”

少妇长叹一声，没有回答。

他继续说道：

“您要孤身一人了，这种处境，真叫一位年轻女子不堪忍受。”

他闭了口，见对方还是一言不发，便又讷讷说道：

“不管怎么说，您知道我们之间所订的盟约。您可以随时支配我。我是属于您的。”

少妇将手伸给他，同时瞥了他一眼，这忧伤而温柔的一瞥，足能搅动我们的五脏六腑。

“谢谢，您这人真好，心地这么善良。如果我冒昧一点，如果能帮您做点什么，我也会这样说：请您相信我好了。”

杜洛华接住伸过来的手，紧紧握住不放，特别渴望吻一吻，他终于下了决心，慢慢将这只手移到嘴边，将这发热发烫而又芳香的细皮嫩肉，久久地贴在自己的唇上。

他一感到这种好友的爱抚持续再久就失当了，便知趣地放下这只手。少妇有气无力地将手收回到膝上，神态严肃地说道：

“不错，我要孤身一人了，但是，我也要尽力勇敢地面对。”

杜洛华不知道如何才能让她领会，如果能娶她为妻，他会感到幸福，感到非常幸福的。不过，此时此地，在这遗体前，他自然不能明讲，但总觉得能想出一句适当的话，既模棱两可又语意双关，以精心斟酌的含蓄表露全部心声。

可是，这遗体妨碍他，这僵直的遗体躺在面前，给他的感觉就像横在他们之间。再说，这房间憋闷，他早就觉得气味不对，闻出一股腐烂的气味，那是从开始分解的尸体胸部发出来的。这种腐尸的第一股气味，正是躺在床上的可怜死者投向守灵的亲人的，而他们很快就使这种可怕的气息充满他们的空棺椁。

杜洛华问道：

“不能把窗户打开一点儿吗？我觉得空气很糟。”

少妇回答：

“是啊，我也发觉了。”

于是，他走过去打开窗户。夜晚弥漫芳香的清新空气一拥而入，吹得床头的烛光摇曳起来。还像前天晚上那样，月光满天，清辉洒在别墅雪白的墙壁和波光粼粼的海面上。杜洛华一连几次深呼吸，突然感到希望纷至沓来，身子飘飘然，就好像福运临近了。

他转过身来，说道：

“过来清爽清爽，天气好极了。”

少妇从容地走过去，挨着他俯到窗口。

这时，他低声娓娓说道：

“请听我说，一定要把我的意思听明白。也千万不要生气，别怪我在这种时刻对您谈这样一个问题，因为我后天就要离开您，等您回到巴黎再谈，也许就太晚了。事情是这样……我不过是个可怜的家伙，无钱无势，您也知道，地位也有待争取。然而，我有毅力，自信还有几分才智，我已经上路了，而且走得很顺。跟一个功成名就的男子，能知道他手中握着什么；跟一个刚开始创业的男子，就不知道他会走到哪一步，也许糟得很，也许好得很。总而言之，有一天我在您家对您说过，我最珍视的梦想，就是娶一位像您这样的妻子。今天，我向您重申这种渴望。您不要回答我，让我讲下去。我这绝不是在向您求婚。此时此地，这样做就太丑恶了。我只是坚持一点，要让您知道，您一句话就能使我幸福，您可以按照自己的心意，或者让我成为您兄弟般的朋友，或者让我成为您的丈夫，反正我这颗心和我这个人是属于您的。我并不要您现在就答复，我再也不愿意在这里谈这件事。等我们在巴黎再见面时，您再告诉我做了什么决定。此前，一个字也不要再提及了，好吗？”

杜洛华没有看她，一口气讲完了这番话，就好像把这些话撒播在面前的黑夜中了。少妇仿佛根本没有听见，她待在那儿一动不动，目光失神而凝注，也望着前面大自然的朦胧月景。

二人并排凭窗，默然想着心事。

后来，少妇喃喃说道：“天气有点凉。”说着转身回到床边。杜洛华也跟了过去。

这次他靠近前，确认弗雷吉埃的遗体真的有气味了，长时间闻这种腐臭气他也受不了，于是把扶手椅移开一点儿，说道：

“早晨就应当给他入殓。”

少妇回答：

“是啊，是啊，安排好了，木工八点钟就来。”

杜洛华叹道：“可怜的小伙子！”她也沉痛而无奈地长叹一声。

他们终于习惯了人已死去这个念头，开始从精神上接受了，因此不像原先那样总望着死者，也不像刚才那样，因为自身也是终有一死的世人，就对这种消逝愤愤不已。

他们不再说话，也不睡觉，继续像个守灵的样子。不过，将近午夜时分，杜洛华头一个打起盹儿来，中间醒来，瞧见弗雷吉埃夫人也打起瞌睡，于是他换了个更舒服的姿势，重又合上眼睛，嘴里还咕哝一句：“见鬼！还是躺在被窝里舒服啊！”

突然一声响动，把他吓了一跳。原来是女看护走进来。天已大亮了。坐在对面椅子上的少妇，似乎跟他一样惊醒了。她坐了一个通宵，脸色略显苍白，但是仍然那么美丽，那么鲜艳而婉丽。

这时，杜洛华瞥了一眼遗体，不禁浑身一抖，嚷道：“啊！他的胡子！”那胡子在开始腐烂的肉体上，几小时工夫就长了出来，就像一个活人几天没刮胡子那样。他们都吓坏了，面对这死人身上还在继续的生命，如同面对令人恐怖的奇迹，面对诈尸的超自然威胁，面对打乱神智的一种超常而可怕的现象。

他们二人都去略事休息，到了十一点钟就将查理入殓了，他们心头也立刻感到轻松而平静了。既然了结了死者的后事,他们面对面吃午饭时,回到生活的欲望便苏醒了,想谈一些快活一点儿的事情。

春天的温暖气息,从敞开的窗户吹进来,送来门前圆形花坛中盛开的石竹花的芳香。

弗雷吉埃夫人向杜洛华提议,下去到花园里转一转。他们围着小草坪漫步,畅快地呼吸充满杉树和桉树气味的温馨空气。

忽然,少妇对他说话了,但并不扭头看他,就像深夜在楼上他讲那番话时那样。她声音低沉而庄重,一字一字吐得很慢:

"听我说,亲爱的朋友,我认真考虑了……已经考虑了……您向我提出的建议。我不愿意连一句话也不答复就放您走了。不过,我不会对您说同意还是不同意。我们再等一等,再看一看,我们彼此再深入了解一下。您那方面,也要考虑充分了,不要轻易听从一时的冲动。我之所以在可怜的查理入葬之前向您谈这事,就是因为您对我讲了那番话之后,您务必要知道我究竟是个什么样的人,如果您的……性情……理解不了,也容忍不了我,那就及早决断,不要长期抱着对我表示的想法不放了。

"您要好好理解我的意思。对我来说,婚姻并不是一条锁链,而是一种伙伴关系。我要保持自由,无论我的行为、活动,还是出入,要始终保持完全的自由。对于我的行为,我不能容忍别人监视和嫉妒,或者提出异议。当然,我也要作出承诺,绝不辱没我所嫁的男子的姓氏,绝不让这姓氏变得可恶或者可笑。同样,这个男子也要作出承诺,要把我视为平等的人,视为朋友,而不是当做下属,也不是当做百依百顺的妻子。我也知道,我这种想法与众不同,但是我丝毫也不会改变。这就是我要讲的话。

"再补充一句:您不要回答我,现在回答既无益,也不妥当。以后我们还会见面,到那时我们也许还要谈起这些。——现在,您去转一圈,我回到他身边。晚上见。"

杜洛华拉起她的手,吻了很长时间,一句话未讲就走开了。

晚上,他们也只是在餐桌上见了面。二人都疲惫不堪,吃罢饭便上楼,各自回房间休息了。

第二天,葬礼非常简单,查理·弗雷吉埃就葬在戛纳公墓了。乔治·杜洛华想乘坐一点半钟途经这里的快车返回巴黎。

弗雷吉埃夫人来送行,他们平静地在站台上散步,随便聊天,等待动身的时刻。

火车到了,这一列很短,只有五节车厢,是名副其实的快车。

记者选定了座位,又下车同她聊了一会儿,这时,他猛然一阵忧伤,一阵惆怅,觉得同她难分难舍,就好像要永远失去她似的。

列车员高喊:"马赛、里昂、巴黎,请上车!"杜洛华登上车,又俯在窗口同她说几句话。汽笛长鸣,列车徐徐启动了。

年轻人身子探到车外,望着在站台上一动不动目送他的少妇,在快要望不见的时候,他双手突然放到唇边,向她投去一个飞吻。

少妇也还给他一个飞吻,但是动作更为审慎,颇为犹豫,只是做了一下样子。

# 第二卷

## 第一章

乔治·杜洛华又恢复了他的全部老习惯。

现在，他就把家安在君士坦丁堡街楼下那个小套房里，规规矩矩地过日子，像个准备过新生活的男子。他同德·玛海勒夫人的关系，甚至也走上了夫妻生活的轨道，仿佛先操练一下，好迎接即将到来的大事件似的。他们的结合又平静又有节制，他的情妇往往感到诧异，一再当做笑谈："你比我丈夫还喜欢守着家，早知这样，就没有必要换人了。"

弗雷吉埃夫人还没有返回，仍滞留在戛纳，只给他写了一封信，说是四月中旬才能回来，只字未提他们离别时的情景。杜洛华等待着。她似乎还犹豫不决，而杜洛华现在却下定决心，千方百计地要娶她为妻。而且，他充满信心，相信自己能飞黄腾达，相信他自身所具有的诱惑力——对所有女人都起作用的模糊而不可抗拒的力量。

一封短简使他意识到，关键的时刻即将来临。

> 我回到巴黎。请来晤面。
>
> 玛德莱娜·弗雷吉埃

多一个字也没有。上午九点钟邮差送来这封短简，下午三时他就登门了。弗雷吉埃夫人笑吟吟地向他伸出双手，还是那副美丽而可爱的笑容。他们相互注视了几秒钟，似乎要看透对方的内心。

接着，少妇低声说道：

"您的心肠太好了，能在那种可怕的情况下去那里。"

杜洛华答道：

"您吩咐什么事我都会照办。"

他们坐下来。她打听些情况，问起华尔特夫妇、报社和所有同事。她经常惦念报社。

"我很想念这些，"她说道，"非常想念。我从心灵上早已成为记者了，有什么办法呢，我就是喜爱这行。"

她不讲了。杜洛华觉得自己领会了，觉得她的微笑、她的声调，乃至她的话语，都

含有一种邀约。他虽然决意避免操之过急,这次还是讷讷说道:

“那么……为什么……为什么您不再……拾起……这一行……换上……杜洛华的名义呢?”

她神情突然严肃起来,将手按在他的胳膊上,低声说道:

“先不要说这事儿。”

然而,杜洛华看出她接受了,于是双膝跪下,开始狂热地亲吻她的双手,同时结结巴巴地反复说:

“谢谢,谢谢,我是多么爱您啊!”

少妇站起身。杜洛华也跟着站起来,他发觉她脸色十分苍白,从而明白了她喜欢他,说不定早就喜欢上他了。这时,他们恰好面对面,他就紧紧抱住她,接着亲吻她的额头,是一个用心而深情的长吻。

她从他胸前往下一滑,挣脱出去,口气严肃地又说道:

“听我说,我的朋友,我还没有作出任何决定,但是很可能会说声‘好吧’。不过,您要向我保证这事绝对保密,直到我解除您的承诺。”

杜洛华发了誓,乐不可支地走了。

此后,他每次去拜访都非常慎重,从不要求她作出更加明确的答复,其实,她总谈未来,说“以后”如何如何,订出种种计划,为两个人一起生活作好打算,这种谈话方式就等于不断地答复,比正式接受还要好,还要体贴入微。

杜洛华工作很卖力,尽量少花钱,节省下来,以免到结婚时一文钱也拿不出来。他走两个极端,从前挥霍,现在吝啬了。

夏去秋来,谁也没有产生一丝怀疑,只因他们很少见面,见面也显得极为正常。

一天晚上,玛德莱娜凝视他的眼睛,对他说道:

“我们的打算,您还没有告诉德·玛海勒夫人吗?”

“没有,我的朋友。我既然答应保密,就不会向任何人透露口风。”

“那好,现在该通知她了。我呢,负责通知华尔特夫妇。这星期就把这事儿办了,好吗?”

杜洛华脸红了:

“好吧,明天就办。”

她轻轻移开目光,仿佛故意不看他慌乱的神情,又说道:

“如果您愿意,我们就五月初结婚。这样安排最合适了。”

“一切我都乐于听从您的安排。”

“五月十日那天,是个星期六,又是我的生日,因此我非常喜欢。”

"那就定在五月十日吧。"

"您父母住在鲁昂附近,对不对? 至少您是这么对我说的。"

"对,鲁昂附近,住在康特勒。"

"他们是做什么的?"

"他们是……他们是吃小笔年金的人。"

"啊! 我特别渴望认识他们。"

他迟疑了,一时窘得要命:

"可是……要知道,他们是……"

接着,他拿出真正男子汉的气魄,决定快言快语:

"我亲爱的朋友,他们是乡下人,开个小酒馆,全部心血都用来供我读书。我呢,并不为他们感到脸红,但是他们……很单纯……很土气……很可能叫您难堪。"

她粲然一笑,脸上洋溢出温柔善良的神采。

"嗳,我会非常爱他们的。我们一道去看望他们。我有这种愿望。这事以后我再跟您说。其实,我也是小户人家的女儿……可是,我早已失去了父母。在这世上,我再也没有一个亲人……"她向他伸出手,又补充道:"……只有您了。"

他听了这话铭感五中,不禁动容,一颗心立刻被征服,这是他同任何女人打交道以来未曾有过的情况。

"我还想到一件事儿,"玛德莱娜说道,"不过,挺难说清楚。"

杜洛华问道:

"究竟是什么事啊?"

"亲爱的,是这样,我同所有女人一样,也有我的……弱点,我的世俗的一面,我爱闪光的东西、响亮的东西。我特别向往冠以贵族的姓氏。在我们结婚之际,您能不能……将姓名贵族化一点儿呢?"

她脸也红了,就好像向他提议做一件不光彩的事似的。

杜洛华干脆地回答:

"我也常想这事儿,觉得不容易。"

"为什么呢?"

杜洛华笑起来:

"因为我怕出丑。"

少妇耸耸肩膀:

"绝不会,绝不会。人人都这么做,谁也没有嘲笑。把您的姓名分成两部分:'杜洛华',这就很好嘛。"

他以懂行的口气立即回答：

“不，这不好。这种办法太简单，太平常，用得太滥了。我曾想过用上我家乡的名称，先当做笔名，慢慢加到我的姓氏上，过一阵，再像您建议的那样，将我的姓分成两部分。”

她问道：

“您的家乡，就是康特勒吗？”

“对。”

她犹豫起来：

“不行，我不喜欢结尾这个音。喏，康特勒这个词儿，能不能稍微改变一下。”

她从桌上拿起一支笔，在纸上潦草地写出几个名字，琢磨其音形。突然，她高声说道：

“有了，有了，您瞧。”

她递给他一张纸，只见上面写着：“杜洛华·德·康泰尔夫人”。

杜洛华考虑了几秒钟，然后郑重声明：

“对，这样非常好。”

她欢欣雀跃，连声重复：

“杜洛华·德·康泰尔，杜洛华·德·康泰尔，杜洛华·德·康泰尔夫人。好极啦，好极啦！”

她又坚信不疑地补充道：

“等着瞧吧，多么容易就会让所有人接受。但是，必须抓住时机，放过了再抓就晚了。从明天开始，您的专栏文章就署名D·德·康泰尔，而社会新闻稿还只署杜洛华。您在报上天天这样署名，见你用个笔名，谁也不会感到惊奇。等我们结婚时，再变动一下，我们就对朋友说，您放弃‘杜’字，是出于谦虚，也鉴于您的地位，或者什么也不说。您父亲叫什么名呢？”

“亚历山大。”

她接连念叨两三遍：“亚历山大，亚历山大——”倾听音节的响亮程度，然后在一张白纸上写道：

亚历山大·杜洛华·德·康泰尔先生暨夫人敬告：他们的儿子乔治·杜洛华·德·康泰尔，同玛德莱娜·弗雷吉埃夫人结为夫妇了。

她稍微移远一点儿，瞧瞧自己的笔迹，对效果十分满意，便说道：

"稍微想点办法,想干什么都能成功。"

告辞出来,他走在大街上,就决心从此叫杜洛华,甚至叫杜洛华·德·康泰尔了,觉得自己又有了新的身份。他走路也像个贵绅,更加昂首挺胸,小胡子翘得高高的,心里还萌生一种欲望,想快活地告诉行人:

"我叫杜洛华·德·康泰尔。"

然而,刚回到家中,就想起德·玛海勒夫人,他又不安起来,立即给她写了封信,约她次日见面。

"这事儿难办,"他心中合计,"我非得遭一场八级风暴不可。"

继而,他就硬着头皮等待了,他这人天生对什么都满不在乎,生活中碰到不愉快的事,往往置于脑后。于是,他着手写一篇奇文,建议设立新的税收项目,以确保财政预算平衡。文中说,有贵族姓氏标记的"德"和"杜",每年征税一百法郎,有贵族头衔的,从男爵一直到王公,分别征收五百到一千法郎。

然后,他署上名字:D·德·康泰尔。

次日,他收到情妇的一张小蓝纸,说是一点钟到。

他等她到来,虽然有点焦躁不安,但已决心从速解决,一见面就把事情和盘托出,等第一阵冲动过后,再心平气和地讲道理,向她说明他不能无止境地打光棍,而德·玛海勒先生还活得很顽强,他指望不上她,总得考虑另找个女人结为合法伴侣。

想是这么想,但还是感到不安,他一听到门铃声,心就怦怦跳起来。

少妇扑到他的怀里:"你好,帅哥儿!"忽然发觉他不那么亲热,便审视他,问道:

"你怎么啦?"

"坐下吧,"他答道,"我们得严肃地谈一谈。"

她没有摘下帽子,只是把面纱撩到头上,坐下来等他说话。

杜洛华垂下眼睛,准备开场白,他声调缓慢地开始说道:

"我亲爱的朋友,你看到了,我多么心慌,多么忧伤,多么为难,不得不向你承认一件事。我非常爱你,真心爱你,因此,我要告诉你这条消息本来就伤心,怕惹你难过就更伤心了。"

她的脸失去血色,只觉得身子发抖,结结巴巴地说道:

"出什么事儿啦?快说呀!"

他就像要宣布让人高兴的不幸消息那样,装出一副沮丧的样子,用悲伤但又坚决的口气说道:

"是这样,我要结婚了。"

少妇叹了一口气,这是女人要失去知觉,从内心深处发出来的痛苦的叹息。接着她呼吸困难，说不出话来，喘息得特别厉害。

杜洛华见她一句话不说，便又说道：

“你想象不出，我下此决心有多痛苦。但话又说回来，我既没有金钱，又没有地位，孤身一人，埋没在巴黎。我身边需要有个人，尤其要有个能当参谋，能安慰和支持我的人。我寻找一个合伙人，一个同盟者，终于找到了！”

他住了口，希望她回答，料想她会大发雷霆，大吵大闹，大声责骂。

少妇一只手按住胸口，好像要控制心跳，她气喘吁吁，乳房猛烈地起伏，连带脑袋都晃动起来。

他抓起她搭在椅子扶手上的那只手，但她猛地抽回去。继而，她像痴呆了似的，嘴里咕哝着：

“噢！……我的上帝啊……”

杜洛华跪到她面前，但是不敢碰她。这种沉默比大发雷霆更触动内心，他结结巴巴地说：

“克洛，我的小克洛，要理解我的处境，也要理解我现在的状况。唔！若能娶你为妻，我该多么幸福啊！然而，你已经结了婚。我又能怎么办呢？考虑一下，嗯，考虑考虑！我必须在社会上立足，而我没有家室就不可能做到。你哪儿知道啊！……有时，我真想杀了你丈夫……”

他说话的声音温柔、委婉而又诱人，就像音乐一样悦耳动听。

他看见他情妇失神的眼中，慢慢聚积两颗泪珠，积大了便流到面颊，同时挨着眼皮又聚了两颗。

杜洛华低声劝道：

“嗳！别哭，克洛，别哭呀，我求求你啦。你这样，让我心都碎了。”

这时，她勉强忍住，竭力保持尊严和高傲的神态，但是说话的声调却发颤，正像女人要痛哭之前那样，她问道：

“这人是谁？”

杜洛华略微迟疑一下，随即明白早晚也得说：

“玛德莱娜·弗雷吉埃。”

德·玛海勒夫人浑身一抖，随即又缄默了，她完全陷入了沉思，仿佛忘记了他还跪在她脚下。

一颗颗晶莹的泪珠在她眼里不断聚成，滚落，再聚成，再滚落……

她站起身来。杜洛华猜想她会一句话不讲，既不责备也不原谅地离去，他深深感到受了伤害和侮辱，想挽留她，双臂紧紧搂住她的衣裙，隔着衣裙能感到她那滚圆的双腿因抗拒而绷紧。

他哀求道：

“求求你了，别这么就走哇。”

他情妇看看他，那湿润的双眼从里面投下绝望的目光，十分迷人又十分忧伤，显出女人一颗心的全部痛苦。她断断续续，语不成句地说：

“我没有……我没有什么话可说……我也没有……我也没有什么办法……你……你做得对……你……你……选中了你所需要的人……”

她往后一退，便挣脱走了，杜洛华也没有试图再拉住她。

剩下他一个人了，他站起来，只觉得昏头昏脑，仿佛挨了一闷棍；继而，他把心一横，喃喃说道：“真糟糕，或者好极了。这就妥了……没有大吵大闹。这也正合我的心意。”他心上一块石头落了地，顿时感到自由了，解脱了，可以开始新生活了，于是按捺不住，连连向墙壁打去重拳，那种陶醉于成功和力量的劲头，就好像同命运搏斗过了。

弗雷吉埃夫人问他：

“您通知德·玛海勒夫人了吗？”

杜洛华平静地回答：

“通知了……”

她那明亮的目光探测他。

“她听了没有非常冲动吗？”

“没有，一点儿也没有。正相反，她认为这样非常好。”

这消息很快传开。有人惊讶，有人则声称早有预料，还有人淡然一笑，暗示他们根本不感到意外。

这位年轻人现在写专栏文章署名D·德·康泰尔，刊登社会新闻署名杜洛华，不时写的政治性文章，则署名杜洛华。他有一半日子在未婚妻家中度过。未婚妻待他亲如手足，但亲热中隐含着一种真正的温情，一种如弱点似的掩饰起来的欲望。她决定婚礼完全秘密举行，只有证婚人在场，当天晚上他们就动身去鲁昂，第二天去拥抱记者年迈的双亲，在那里住几天。

不过，杜洛华还力劝她放弃这个计划，但是白费唇舌，最后只好依从。

五月十日终于到了，新婚夫妇没有邀请任何人，也就认为没有必要到教堂举行婚礼，只是匆匆去了区政府一趟，便回家合上箱子，直奔拉扎尔火车站，乘坐晚上六点钟的火车，前往诺曼底。

他们直到单独坐在车厢隔间里，彼此还没有说上二十句话。他们一感到上了路，便四目相对，频频发笑，以便掩饰某种拘束，绝不能让对方看出来。

列车缓缓通过巴蒂尼奥勒长长的车站，又穿越从旧城墙遗址到塞纳河之间布满疮疤的平野。

杜洛华和妻子不时闲聊几句，再扭头观赏窗外的景色。

等火车通过阿尼埃尔桥，他们望见布满船只、渔舟和游艇的河流，立刻喜形于色。太阳，五月的骄阳投下斜晖，洒在船只和平静的河面上。河段既无急流，也无漩涡，在夕照的炎热和辉光中，仿佛凝固不动了。河中央一只帆船，两侧各张开一面雪白的大三角帆，连一丝半点的微风都被借去，那样子就像一只鼓翅欲飞的巨鸟。

杜洛华喃喃说道：

“我特别喜欢巴黎的郊区，我还记得吃过的炸鱼，是我这一生吃过的最好的。”

她答道：

“瞧那些划艇！日落时分，在水上划行该有多好！”

他们又住口了，仿佛不敢进一步畅叙他们过去的生活；他们默默无语，也许已经在品味缅怀的诗意。

杜洛华坐在妻子对面，这时拉起她的手，慢慢地吻着。

“等我们回来之后，”他说道，“我们要去沙渡吃晚饭。”

她也喃喃说道：

“要做的事情太多了！”那口气分明意味着：“总得牺牲美观，讲求实用。”

杜洛华一直握着她的手，心里不安地琢磨，怎样才能过渡到爱抚。如果面对一个无知的少女，他绝不会这样心慌意乱；可是，他感到玛德莱娜聪颖过人，又老于此道，自己反而不知所措，怕失于胆怯或失于粗暴，过于缓慢或过于急促，让她觉得幼稚可笑。

他一下一下，轻轻捏这只手，却没有得到她的回应。他说道：

“您成为我妻子这事儿，我还觉得很怪。”

她流露惊讶之色：

“这是为什么？”

“我也不知道，只是觉得怪。我想吻您吧，可又奇怪自己有了这种权利。”

她平静地递过面颊，他吻了一下，就好像吻一个姊妹的脸蛋。

他又说道：

“我初次见您——您也清楚，那是弗雷吉埃邀请我吃晚饭——那时我就想：‘好家伙，我若是能发现这样一位女子就好了。’果然！这事儿成了。我拥有了这个女子。”

她喃喃说道：

“谢谢。”与此同时，她那始终含笑的目光直视他，别有一种隽妙。

杜洛华心想：“我太冷淡了。真愚蠢，我应当加快点速度。”于是，他问道：

“您是怎么认识弗雷吉埃的呢？”

她带着一种挑逗的狡黠回答：

“我们去鲁昂，难道就是为了谈他吗？”

他脸红了：

“我真傻，让您给吓住了。”

她听了心花怒放：

“我！不可能吧？怎么会有这种感觉。”

杜洛华已经坐到她身边，挨得很近。她突然嚷道：

“嘿！一只鹿！”

列车正穿越圣日耳曼森林，她望见一只狍子惊跑，一纵身跃过一条小路。

趁她从敞开的车窗向外观望，杜洛华俯下身去，吻她脖颈上的秀发，这是情郎的一个长吻。

她一动不动待了一会儿，继而抬起头来：

“您弄得我这么痒，行了，行了。”

但他还是不肯移开，用他那卷曲的小胡子，在她那雪白细嫩的肌肤上拂来拂去，长时间这样撩拨和爱抚。

她晃了晃：

“行了，行了。”

他又把右手探到她的颈后，将她的头扭向他，然后扑向她的嘴，犹如鹰隼扑向猎物。

她用力挣扎，要推开他，要挣脱出来。她终于摆脱了，反复说道：

“行了，行了，有完没完。”

他不听那一套了，紧紧搂住她，颤抖的嘴唇贪婪地吻她，极力要把她按倒在座席上。

她奋力挣脱，霍地站起身来：

“嗳！瞧您，乔治，行了。我们又不是小孩子，完全可以等到鲁昂嘛。”

杜洛华闹得满脸通红，只好老老实实坐到那儿，让这种合情合理的话给镇住了。继而，他稍微冷静了一点儿，又高兴地说道：

“好吧，我就等着。不过，整个这一路，就别指望我说上二十句话。想一想，我们刚过普瓦西。”

“那我说话好了。”她说道。

她又在他身边轻轻坐下。

她十分明确地讲，他们回来之后应该做些什么。他们应当保留她与前夫住的那套房间，杜洛华在法兰西生活报社，也要接替弗雷吉埃的职位和待遇。

此外，在他们结合之前，她就详细规定了夫妻间的金钱问题，而且十分确当，不亚于经纪人。

他们是合伙关系，实行财产分理制，一切可能发生的情况，包括死亡、离婚、生一个或几个孩子，事先都已考虑周全。年轻人带来四千法郎，其中含有一千五百法郎的借款，其余的是他在一年当中为结婚积攒的。少妇带来四万法郎，据她说是弗雷吉埃留给她的。

她又重提弗雷吉埃，是要赞扬这个榜样：

“这个小伙子非常节俭，非常规矩，又非常勤恳。他若是不死，不用多久就能发财。”

杜洛华驰心旁骛，已不听她讲了。

有时她停下来，以便追随内心的一个念头，然后又说道：

“从现在起，三四年内，您每年完全可能赚到三四万法郎。查理若是活着，准有这个数。”

乔治开始感到，这一课拖得太长了，便回敬道：

“我觉得我们去鲁昂，总归不是为了谈他吧。”

她轻轻拍了一下他的脸：

“真的，是我的不对。”她咯咯笑起来。

杜洛华故意学乖孩子的样子，双手放在膝上。

“您这样可像个傻瓜了。”她说道。

他反驳说：

“这就是我的角色嘛，刚才您还提醒我来着，我再也不会脱离这个角色了。”

少妇问道：

“为什么？”

“因为，是您掌管这个家，甚至掌管我这个人。这的确是您这做寡妇的事儿。”

她非常诧异：

“您到底想说什么呀？”

“我想说您有经验，能消除我的无知，您还有结婚的实践，能启发我这光棍汉的幼稚。就是这意思，喏！”

她叫起来：

“这话可太过分啦！”

杜洛华回答：

“情况就是这样嘛。我呢，我没见识过女人——喏——您呢，您可见识过男人，既然您是寡妇——喏——那您就得向我传授……今天晚上传授——喏——您若是愿意的话，马上就可以开始——喏。”

她给逗得兴致大发，高声说道：

“嗬！真的吗，这种事您也指望我！……”

他学中学生磕磕巴巴念书的声调，说道：

“那当然了——喏——我就得指望您，甚至还指望您教我，扎扎实实给我上……二十课……十课教基础……阅读和语法……十课提高，教修辞……我嘛，什么也不会——喏。”

她开心极了，又高声说道：

“你可真是个小傻瓜！”

杜洛华接过话头：

“好了，你开始用‘你’来称呼我，我也得马上学你的样子。亲爱的，我要告诉你，我对你的爱，一分一秒都在增加，简直觉得鲁昂太远啦！”

现在，他拿出演员的腔调说话，脸上又带着生动喜人的表情，真让这位少妇开心，而她一向在放荡文人的圈子里，只习惯于那种装腔作势和戏谑笑话，哪里见识过这一套。

她从侧面端详他，觉得他的确迷人，此时她心中萌生欲望，想要啃树上的果子，但理智又劝人等到晚餐按时吃才好。

这类想法袭上心头，她不觉脸色绯红，说道：

“我的小小的学生，请相信我的经验，相信我的丰富经验。在车厢里接吻毫无价值，只能吊人胃口。”

她的脸越发红了，喃喃说道：

“绝不要收割还青的麦子。”

杜洛华还连声傻笑，他听了从这美丽的小嘴里溜出来的暗示，就更来劲了，一边画十字，一边嚅动着嘴唇，就像祈祷似的，然后郑重宣布：

“我已经置身于圣徒安东尼的庇护下了，有了这位抵制诱惑的保护神，现在我已经金身正果了。”

夜幕缓缓降临，用轻纱一般透明的暮色罩住列车右侧延展的田野。列车正沿着塞纳河边行驶，这对年轻夫妇开始观赏河景，只见宽宽的河面好似光滑的金属带，挨着铁道伸展，映着红光——那是从落日用朱红和火焰点染的天空掉下来的片片云霞。霞光渐渐熄灭，颜色越来越深，变得黯然神伤了。田野淹没在黑暗中，不停地战栗，而这种恐惧死亡的战栗，正是每天暮晚传给大地的。

夜晚的这种惆怅，从敞开的车窗进来，袭扰着这对夫妇的心灵。他们刚才还欢声笑语，现在却默默不语了。

二人靠得更近了，一同观赏这暮色，这五月明媚一天的暮色。

到了芒特站，车厢里点上了小油灯，昏黄摇曳的光亮洒在软席的灰布椅罩上。

杜洛华拦腰抱住妻子，紧紧搂在怀里。他刚才的强烈欲望，已然化作脉脉温情，化作要施予百般安慰爱抚的淡淡愿望，如同哄孩子时那样的爱抚。

他喃喃说道：

“我的小玛德，我一定会好好爱你。”

听了这温柔的声调，少妇动了情，只觉急速的震颤传遍周身的肌肤，她俯身送上自己的嘴，送给脸已贴在她暖乎乎胸脯上的年轻人。

悠长的一吻，无言却更深沉，继而身子一纵，突然发疯般紧紧拥抱，气喘吁吁经过短暂的搏斗，终于狂暴而笨拙地交合了。事毕他们俩还搂在一起，虽有点失望，但仍然无限缱绻，直到报站的汽笛长鸣。

少妇用指尖拢拢散落在鬓角的秀发，声明一句：

“太傻了，我们就像调皮的孩子。”

可是，乔治还轮流吻她的双手，移动的速度快极了，他回答说：

“我的小玛德，我真崇拜你。”

他们一直到鲁昂都脸贴着脸，坐在那儿几乎一动不动，眼睛注视着窗外的夜景，有时看见一些人家的灯光闪过，神思陷入遐想中，为彼此贴得这么近而感到非常高兴，也越来越急迫地等待更亲热更自由的拥抱。

他们下榻一家窗户朝着码头的旅馆，少许吃点夜宵，便上床了。

次日早晨八点钟刚过，女佣人就来收拾房间，把他们叫醒了。

他们喝了放在床头柜上的茶，杜洛华看了看妻子，猛然将她抱在怀里，就像一个幸运的男人得了珍宝那样冲动，喃喃说道：

“我的小玛德，我感到我非常爱你……非常……非常……”

她洋溢着信赖而满意的微笑，边还以亲吻边低声说：

“也许……我也一样。”

不过，去拜访父母，他还有点担心。他已经多次提过，告诫他妻子，让她有个思想准备,觉得现在最好再说一遍。

“你也知道,他们是乡下人,是住在农村的乡下人,而不是喜歌剧中的农民。”

他妻子笑道:

“我知道啊,你对我说过多少遍了。喂,你起来吧,好让我也起床。”

他跳下床,边穿袜子边说:

“老家那里条件很差,非常差。我的房间只有一张铺床垫的旧床。康特勒那里没见过弹簧床。”

他妻子似乎喜出望外:

“那就再好不过了。在你……在你身边……睡不好觉,让鸡鸣给吵醒,那也一定很美。”

她披上一件便袍,这肥大的白色法兰绒便袍,杜洛华立刻认出来了,心中便感到不快。为什么呢?他完全清楚,这种便袍,他妻子有十几件。难道她就不能把原来的行头全毁了,再置一套新的吗?算了,他至少希望二人的床上用品,睡觉的用品,做爱的用品,不是原来那人用过的。他总觉得这件便袍柔软暖和的面料上,还留有弗雷吉埃触摸过的痕迹。

他朝窗户走去,点燃一支香烟。

码头的河面宽阔,布满了轻桅船、大型汽船,运转的机器正往码头上卸货。杜洛华早已熟悉这码头的景象,但是现在重睹,仍不免怦然心动。他高声叹道:

“天哪,多美呀!”

玛德莱娜跑过去,双手搭在丈夫的一边肩上,随意地偎在丈夫身上,她又欣赏又激动,反复说道:

“啊!真美呀!真美呀!这么多船,真没想到!”

一小时之后他们就动身了,几天前就已经通知了两位老人,说好他们到家吃午饭。他们乘坐一辆生了锈的敞篷出租马车,一路听它发出制锅作坊传出的那种声响。马车先是穿过一条相当难看的长街,驶过有溪流的一片片牧场,然后就开始爬坡了。

玛德莱娜累了,便靠里仰在这辆旧马车的座位上打盹儿,暖洋洋晒着太阳,十分惬意,就像沐浴在田野的温暖阳光和清风之中,恬然入睡一样。

她丈夫将她叫醒。

“瞧啊。”乔治说道。

马车爬坡到了三分之二的地方便停下,这是著名的景点,游客都会被带到这里来观赏。

在这里可以俯瞰又长又宽的大河谷,只见清澈的河流蜿蜒流过,再溯流远眺,能望见星罗棋布的河岛，又见大河画了个弧形，才从鲁昂城穿过去。市区则出现在河右岸，还有晨雾笼罩，但屋顶和千百个轻盈的钟楼阳光普照。那些钟楼或尖细，或粗矮，犹如精致的巨型首饰，楼体或方或圆，顶部突檐有纹章雕饰，还有小钟楼、小尖塔，以及一群哥特式教堂的屋顶。而鲁昂大教堂则如鹤立鸡群，那尖顶高高耸立，那铜尖顶令人吃惊，又丑陋又奇特，也高得出奇，恐怕是世界上最高的。

河对岸是大片城郊圣塞维尔工厂区，细长的烟囱伸向半空，好似顶端突出的圆柱。

烟囱比钟楼兄弟的数量还多，有的挺立在远远的田野上，那些砖砌的高高的圆柱，向蓝天喷出黑色的煤烟。

烟囱中最高的，是"霹雳"蒸汽机的大火泵，与人工建造的第二高峰凯奥波斯金字塔[①]齐高，几乎同那骄傲的姊妹鲁昂大教堂的尖顶不相上下。正如大教堂和尖顶是神圣建筑尖顶群的王后，这大烟囱似乎就是冒烟劳作的工厂群的王后。

在工人城远处，铺展着一大片杉木林。塞纳河穿越这两个城区，又沿着曲折的河岸继续自己的行程。两岸有时山峦起伏，上面覆盖着树木，有的地段岩石如赤露的白骨。接着，河流画了一个长长的弧形，便隐没在远方了。河面上船只往来，那些大汽轮拖船喷着浓烟，远远望去却像苍蝇一般大小。河岛在水面上陈列，有些首尾衔接排成一行，有些彼此之间空隙很大，好似颗粒之间距离不等的绿色念珠。

车夫要等游人赞叹完了再启程，他已有经验，熟知各类游客赞赏的时间。

马车又启程了，杜洛华忽然望见前边几百米处，有两个老人走过来，他跳下车，高喊：

"他们来了，我认出来了。"

那是两个农民，一男一女，走路摇摇晃晃，步伐不均匀，二人肩膀有时还相撞。男的身体矮粗，肚子有点儿发福，红红的脸膛，虽有了一把年纪，但体格却很健壮。女的瘦高个儿，驼背，一副愁苦的神情，是地地道道的劳动妇女，从小就下地干活儿，一生从未笑过，而她丈夫却常同顾客一起饮酒谈笑。

玛德莱娜也下了车，她望着两个可怜的人走过来，感到一阵揪心，一阵悲哀，绝没有料到会是这样。两个老人根本认不出来，这位漂亮的先生会是他们的儿子，他们也无法猜测出，这位身穿亮丽衣裙的美丽妇人，会是他们的儿媳。

他们一声不吭，匆匆去迎接他们等待已久的孩子，并没注意有马车跟着的这些城

---

① 当时还没有艾菲尔铁塔，因此建筑物的第一高峰是160米高的科隆大教堂，第二高峰是140米高的凯奥波斯金字塔。巨型蒸汽机"霹雳"的烟囱高136米。

里人。

他们就要走过去了，乔治笑起来，喊道：

“你好哇，杜洛华老爸。”

两个人猛地站住，先是愕然，接着又惊呆了。老太婆头一个反应过来，再也不往前走了，讷讷说道：

“是你吗，我们的小子？”

年轻人回答：

“对呀，是我，杜洛华老妈！”

他走过去，亲了她的脸，那是儿子重重的亲吻，然后，他又用鬓角擦了擦父亲的鬓角。父亲已经摘下帽子：那是一顶鲁昂式的黑缎子帽，类似牛贩子的高筒帽。

乔治介绍说：“这是我妻子。”两个老人注视玛德莱娜，就像看一个怪物那样，流露出不安和恐惧的神色。不过，父亲的表情又带有几分满意的赞同，而母亲的表情中则夹杂一点嫉妒的敌意。

老头子却天生一种快乐的性情，又浸透了烧酒和甜苹果酒的陶醉，他大着胆子，眼角挤着一丝狡狯，问道：

“我觉得总可以亲亲她吧？”

儿子答道：“当然啦。”可是，玛德莱娜却不大自在，递过去面颊，老农“叭叭”吻了两下，声音很响，随即又用手背擦了擦嘴。

轮到老太婆了，她怀着敌意，有保留地吻了吻儿媳。不对呀，这哪儿是她梦寐以求的儿媳；她的理想儿媳应当是高大的庄户姑娘，鲜艳的脸蛋像红苹果，滚圆的腰身像传种的骒马，而这位妇人，打扮得这样妖艳，搽了麝香，一看就不像好货。要知道，对老太婆来说，凡是香水都是麝香。

马车拉着新婚夫妇的行李走在前边，他们四个人则跟在车后。

老头子拉住儿子的胳膊，留在后面，他关切地问道：

“喂，怎么样，顺吗，你的事儿？”

“顺，非常顺。”

“好，这就够了，好极啦！告诉我，你媳妇，有钱吗？”

乔治答道：

“有四万法郎。”

父亲十分赞赏，不由得轻轻吹了一声口哨，还咕哝一句：“好家伙！”这数目简直叫他太激动了。他又严肃而坚信不移地补充一句：“活见鬼，她可真是个漂亮女人。”他觉得这女人对他的口味，而当年，他是这方面公认的行家。

玛德莱娜和母亲并排走着，谁也不讲一句话。两个男人赶了上去。

村子到了。这是坐落在大路边的小村庄，路两侧各有十来所房子，有乡镇式的老房，也有破烂农舍，有砖砌的，也有泥垒的，有石板瓦顶的，也有茅草顶的。杜洛华老爹的"美景"咖啡馆，在村口左侧一座简陋的小房子中，由楼下和阁楼组成。照古老的习俗，门上挂了一根松枝，表明口渴的人可以进去。

咖啡厅里，两张桌子对接，蒙上两块大餐巾，摆好了餐具。一位邻居老太太请来帮忙，她看见进来这么漂亮的一位妇人，便深鞠一躬，接着又认出乔治，就嚷起来："主耶稣啊，是你吗，小嘎子?"

乔治快活地答应：

"对呀，是我！布鲁兰大妈！"

他立刻拥抱她，就像拥抱父母双亲那样。

他转身对妻子说：

"走，到我们房间，你可以摘下帽子。"

他带妻子走右边的一道门，进入一间清冷的屋子，只见屋内一片雪白：地下铺了方砖，墙壁刷了石灰，床铺挂着布幔帐，仅有的装饰物，就是圣水缸上面的耶稣受难像，以及两组彩瓷，一组是蓝色棕榈树下的保尔和薇吉妮，一组是骑着黄骠马的拿破仑一世，房间倒是很洁净，但是令人伤感。

一旦两人单独在一起，乔治就搂住玛德莱娜：

"你好，玛德。我又见到二老很高兴。在巴黎时还不怎么想他们，一见了面，还真叫人欢喜。"

忽然，父亲用拳头敲着壁板，喊道：

"来吧，来吧，汤好啦！"

该上桌吃饭了。

这是农家的一顿午餐，时间拖得很长，许多道菜，却又胡乱搭配：烤羊腿之后又上香肠，香肠之后再上煎蛋。杜洛华老爹几杯苹果酒和葡萄酒下肚，便兴奋起来，打开他的水龙头，放出他为盛大节日保留的精彩笑话，全是放荡淫秽的故事，据他说全发生在他朋友身上。乔治早听熟了，但他还是开怀大笑。他也沉醉了，沉醉在故乡的空气中，一颗心又被天生的爱所占据，爱这家园，爱童年熟悉的地方，又领会从前的种种感受，又忆起种种往事，又重睹了旧日的东西：门上一道刀痕、一把令人想起的一件小事的瘸腿椅、泥土的气味、附近森林送来的松脂和树木的浓烈气息，以及房舍、小溪和粪堆的气味……

杜洛华老太太总板着面孔，闷闷不乐，一句话也不讲，她怀着又从心中醒来的仇恨,拿眼睛窥视她儿媳妇。这是干了一辈子重活儿、手指磨粗而四肢变了形的乡下老太婆,对这个城里女人的仇恨。她看到这个城里女人,就产生反感和憎恶的情绪,认为她肯定是一个遭诅咒的不洁的人,生来就懒惰和犯罪。老太太不时起身去端菜,倒酒,将大肚瓶中的黄色酸饮料,或者酒瓶装的橙红色冒气的甜苹果酒倒进玻璃杯中。苹果酒开启时,就跟开汽水瓶一样,瓶塞蹦得老高。

玛德莱娜没怎么吃东西,也没怎么开口,她心中抑郁,寻常的微笑虽然还凝固在嘴唇上,但那已是沮丧而勉强的笑容了。她又失望又难过。为什么呢?是她自己要来的,她也不是不知道,是到农民家,到小庄户人家来。平常她这个人不好幻想,而这次来之前,她把他们幻想成什么样子了呢?

这情况她知道吗?难道女人不总是期望与现实不同的东西吗?起初相隔遥远,难道她看他们更富诗意吗?不是。不过,也许更有文学意味,更高尚,更亲热,更有观赏价值。然而,她也绝没有希望他们像小说中的农民那样杰出。既然如此,她还怎么处处看不惯呢?看不惯种种难以觉察的事情,种种难以捕捉的粗鲁举动,甚至看不惯他们这种乡下人的天性,他们的言谈举止,以及他们的喜悦呢?

她忆起从未向任何人提过的母亲:她母亲是个小学教师,在圣德尼长大,不慎失身,在玛德莱娜十二岁时,在贫困和忧伤中死去。一个陌生人安排将小姑娘养大。那人,恐怕就是她父亲吧?他是什么人呢?玛德莱娜虽然隐隐约约看出来一些,但是确切情况,她却不得而知。

午饭没完没了。现在,来了几位顾客,他们同杜洛华老爹握手,看到他儿子都啧啧称赞,又乜斜着少妇,狡狯地挤挤眼睛,那神色分明表示:“嘿!乔治·杜洛华这老婆,多白嫩,可没让虫给咬过!”

还有些顾客,关系没有这么密切,他们坐到木桌前,嚷道:“来一升!——来一大杯!——两杯白兰地!——一杯拉斯帕伊①!”他们又玩起多米诺骨牌,拿着黑白两色的小方骨牌,拍得桌子噼啪山响。

杜洛华老妈来来往往,一刻也不消停,哭丧着脸照顾客人,收了钱,再用蓝围裙角擦擦桌子。

土烟斗和一苏钱一支的廉价雪茄喷出的烟雾,弥漫了咖啡厅。玛德莱娜呛得咳嗽起来,她问道:“我们出去走走怎么样?我受不了啦。”

午饭还没有吃完。杜洛华老头儿不高兴了。玛德莱娜只好独自起来,走到门口,坐在路边的一把椅子上,等待她公公和丈夫喝完咖啡和小杯烧酒。

---

① 一种以野生植物为主要原料酿制的烧酒。

不大工夫，乔治出来同她会合，问道：

“您愿意走下去，一直到塞纳河吗？”

她高兴地接受了：

“哈！愿意，走吧！”

他们下了山，在克鲁瓦塞租了一条小船，下午晚半晌就在一个河岛边度过。正值春日温煦，二人在柳阴下，由河水细浪轻摇，不禁睡意蒙眬。

他们上山回家，已是夜幕降临的时分。

在一支烛光下用晚餐，玛德莱娜觉得比午饭还难熬。杜洛华老爹已经半醉，不再说话了。母亲还是那副怏怏不快的神情。

烛光微弱，把人影投在灰色墙壁上，鼻子大得出奇，手势大得没边。有时，哪个人侧过身子，由昏黄而颤动的烛火投出侧影，只见一只巨手，举起农用似的大叉子，送进魔鬼一般张开的血盆大口里。

晚餐一结束，玛德莱娜就拉着丈夫到外面，不想留在昏暗的厅里，不想闻那老烟斗和洒落的饮料始终不散的刺鼻气味。

他们一到了外面，乔治就问道：

“你已经待烦啦！”

玛德莱娜还想否认，却被他打住话头：

“算了，我早就看出来了。你若是愿意的话，我们明天就离开。”

她低声应道：

“好吧，我愿意。”

二人信步缓缓走去。朦胧的夜色宜人而深邃，仿佛充满轻微的声响，充满沙沙的摩擦声和习习的气息声。他们走进一条狭窄的小径，头上树木参天，两边的灌木丛黑黝黝的，深不可测。

玛德莱娜问道：

“我们这是在哪儿？”

乔治答道：

“在森林里。”

“这片森林大吗？”

“很大，是法国面积最大的森林之一。”

一股泥土、树木和苔藓的气味，密林的这种又新鲜又陈旧的芬芳，是由叶芽汁液的气味和树丛间霉烂的枯草味混杂而成的，仿佛在这小径上栖息。玛德莱娜仰头一望，透过树梢隐约看见星光。虽然没有一丝微风摇动树枝，她却感到周围枝叶的海洋在隐隐悸动。

一阵莫名的战栗掠过她的心头，传遍她的肌肤。一阵隐隐的惶恐袭上心头。为什么？她不明白，但是感到自己迷失了，陷入危险的包围之中，被所有人抛弃了，孤身一人，孤单单在这世界上，在这顶端抖瑟的有生命的穹隆之下。

她讷讷说道：

“我有点害怕，想回去了。”

“好吧，我们就回去吧。”

“唉……我们明天动身回巴黎吗？”

“对，明天走。”

“明天早晨。”

“你若是愿意，就明天早晨走。”

他们回去时，两位老人已经睡下了。玛德莱娜睡不安稳，乡下各种声音在她听来都是新鲜的：猫头鹰的叫声，关在墙根圈里的一头猪的哼哼声，一只公鸡半夜的鸣叫，不时将她惊醒。

刚一出现曙光，她就起床，准备走了。

当乔治对父母说要返回时，他们俩都惊呆了，随即明白这是谁的意愿。

父亲只是问了一句：

“不用多久，我还能见到你吧？”

“当然了，不出这个夏天。”

“哦，那就太好了。”

老太太咕哝一句：

“你做的事，但愿你可别后悔。”

乔治送给他们二百法郎，好平息他们的不满情绪。一个男孩跑去给他们叫出租马车，将近十点钟，马车一来，新婚夫妇便拥抱了两位老农，上车走了。

马车正沿着下坡路行驶，杜洛华哈哈笑起来。

“觉得怎么样，”他说道，“我有话在先，我就不应该让你结识杜洛华·德·康泰尔父母大人。”

玛德莱娜也笑起来，反驳道：

“现在我特别高兴。他们都是厚道人，我开始喜欢上他们了。我要从巴黎给他们寄些小礼物。”

继而，她又低声说：

“杜洛华·德·康泰尔……瞧着吧，谁接到我们的结婚通知也不会感到惊讶。我们要对他们说，我们在你父母的庄园过了一周。”

她靠近前，用亲吻拂弄他的胡子梢儿：“你好哇，乔！”

他答道：“你好哇，玛德。”同时，他一手探到她的后腰。

远远望去，只见在上午的阳光照耀下，大河在谷底好似银带伸展，工厂区的所有烟囱都向天空喷吐着煤烟，老城区的所有尖顶钟楼都高高耸立。

## 第二章

杜洛华夫妇返回巴黎已有两天，这位记者又重操旧业，只等离开社会新闻部，以便最终占据弗雷吉埃留下的职位，全身投入政治。

这天晚上，他欢欢喜喜，要回到他前任的住宅吃晚饭，一想到就要拥抱自己的妻子，心中就燃起了欲望：妻子肉体的魅力，现在正强烈地影响，并且正不知不觉地控制着他。他经过洛雷特圣母院街街尾一家花店时，忽然灵机一动，要给玛德莱娜买一束鲜花。他买了一大束刚刚开放的玫瑰，一大包芬芳馥郁的花蕾。

到了新居，每上一层楼梯，他都得意地照照镜子，每照一次，便想起他第一次走进这座楼房的情景。

他忘了带钥匙，便按了门铃，还是原来的仆人来给他开门。他接受妻子的建议，留用了这名仆人。

乔治问道：

“夫人回来了吗？”

“回来了，先生。”

他穿过餐厅时，看见摆了三份餐具，深感诧异，又掀起客厅的门帘，只见玛德莱娜正往壁炉上的一只花瓶里插花，那束玫瑰花同他手中拿的一模一样，心中顿时不快，就好像有人窃取了他的想法、关怀，以及他所期待的全部乐趣。

他走进客厅，问道：

“你邀请了人啦？”

玛德莱娜继续插花，头也不回地答道：

“算请也不算请。是我的老朋友德·沃德莱克伯爵，每星期一，他都照例到这里来用晚餐，今天还像往常一样。”

乔治咕哝一句：

“哦！很好。”

他手里拿着花，一直站在她身后，真想把这束花藏起来，扔掉。然而，他还是说道：

“瞧，我给你带来了玫瑰花！”

她猛地转过身，满面笑容，高声说道：

“啊！你真好，想到这个了！”

她随即伸出双臂，递上嘴唇，那种激动而欢快的样子十分真挚，令他感到欣慰了。

玛德莱娜接过花，闻了闻，像兴高采烈的孩子那样，急忙将花插进对面那个空花瓶里。她又瞧了瞧效果，喃喃说道：

“我真高兴！喏，现在，我的壁炉装点好了。”

她那神情坚定不移，几乎立即加了一句：

“你知道，沃德莱克，他人很可爱，你跟他很快就会熟的。”

门铃响了一声，表明伯爵到了。他坦然地走进来，就像到自己家里一样随便。他殷勤地吻了少妇的手指，又转身向她丈夫热情地伸出手，问道：

“您好吗，我亲爱的杜洛华？”

原先他那种刻板的、一本正经的神态不见了，代之以充分显示今非昔比的一种和蔼可亲的态度。这位记者深感意外，也就尽量表现得热情一些，回答人家的友好态度。五分钟之后，他们就好像相识并相互钦佩有十年了。

玛德莱娜见此情景，高兴得眉飞色舞，对他们说：

“你们单独聊聊吧，失陪了，我得到厨房去瞧一眼。”

说罢，她在两个男人的目送下，一阵风似的走了。

回来时她发现，他们围绕一出新剧正谈论戏剧，而且两人见解完全一致。他们一发现彼此不谋而合，眼中便闪烁一见如故的神色。

晚餐十分惬意，气氛又亲切又热烈。这天晚上，伯爵待到深夜，他觉得在这房子里，在这美好的新婚夫妇的房间里畅快得很。

等伯爵一走，玛德莱娜就对丈夫说：

“他真是完美无缺，对不对？一了解他，对他就没说的。喏，他是位好朋友，靠得住，又热心，又忠诚。唔！假如没有他……”

她的想法没有讲完，乔治却答道：

“对，我觉得他特别讨人喜欢，我想我们一定会非常投合。”

可是，她又接口说道：

“你还不知道，今天晚上睡觉之前，我们还要干活儿呢。晚饭前还没等我对你说，沃德莱克就来了。那会儿有人给我送来有关摩洛哥的消息,事态非常严重。这些消息,是拉罗什-马提厄向我提供的,就是那位议员,未来的部长。我们得写一篇大文章,一篇有轰动性的文章,我这儿有事实,还有数字。立刻动手,走,端着灯。”

乔治端起灯,二人一同进了书房。

书橱上还排列着原来那些书籍,上边现在摆着三个彩陶瓶,正是弗雷吉埃临死的前一天在茹昂湾买的。死者的皮毛里子的暖脚套,在桌下等待着杜洛华的双脚。杜洛华坐下之后操起的象牙笔,那笔杆头已被另一个人的牙齿咬得半秃了。

玛德莱娜靠着壁炉,点了一支香烟,先讲述了她得到的消息,接着摆出她的观点,以及她所考虑的文章提纲。

乔治听得很专注,同时飞快地做些笔记。等妻子说完,他又提出些看法,重新审视这个问题,扩大开来,进一步发挥,所谈就不再是一篇文章的提纲,而是针对现内阁的一个作战方案。这次进攻仅仅是开端。妻子不吸烟了,她的兴趣倍增,顺着乔治的思路,看得更宽更远了。

她不时低声赞道:

“对……对……这非常好……非常精彩……”

等他也讲完了,玛德莱娜就说道:

“现在,动手写吧。”

然而,他开头总是很难下笔,费劲地想词儿。于是,玛德莱娜轻轻地走过来,俯在他肩头上,对着他耳朵,悄悄给他提供一些词儿。

她不时犹豫一下,问道:

“这合乎你要说的意思吗?”

乔治答道:

“嗯,完全合乎。”

她那些词语很尖刻,是女人常用的恶毒话语,必能刺伤内阁总理,而且既嘲笑他的政治,又嘲笑他的相貌,两者结合得十分奇妙,令人忍俊不禁,也令人赞叹其观察的准确性。

杜洛华有时添写几行,以增加攻击的深度和力度。此外,他也掌握恶毒暗示的艺术,学会此道就是要把社会新闻搞得更加犀利。每次得到一个情况,玛德莱娜认为确凿无疑,而他觉得尚有可疑之处,或者容易牵连进去,他便采取巧妙的影射,让人猜测出来,用这种办法强加给读者的思想,要比他直截了当的断言更有力。

他们写完文章,乔治又高声朗诵一遍,两人一致认为非常精彩,不禁又惊又喜,相视而笑,就好像他们刚刚向对方展示了自己的才华。他们相互凝视,眼神中洋溢着赞赏和柔情,接着,他们激动地搂抱在一起,从精神传到肉体的那种爱情的炽烈一览无余。

杜洛华又端起灯,说道:"现在,睡觉!"他那目光在燃烧。

"请走在前面,我的主人,照亮道路的是您。"

于是,他在前边带路,她紧随其后,向卧室走去。她催乔治走快点儿,就用手指尖搔他领子和头发之间的脖颈,知道他这部位最怕痒。

这篇文章署名乔治·杜洛华·德·康泰尔,刊登出来引起轰动,也大大震动了议会。华尔特老头儿向本文作者表示祝贺,并委派他负责《法兰西生活报》的政治栏编辑工作。社会新闻栏重新交给布瓦勒纳。

于是,这份报纸掀起一场运动,既巧妙又激烈地攻击掌权的内阁。抨击始终非常机智,以大量事实为依据,时而讽刺挖苦,时而严肃郑重,时而令人捧腹,时而锐不可当,那么把握十足,又持续不断地击中要害,真叫所有人都惊讶不已。其他报纸都不断引用《法兰西生活报》的这篇文章,而且整段整段地引用。台上那些人物便到处打听情况,想知道哪个警察局有办法,制服这个名不见经传的勇猛敌手。

杜洛华在政治团体里打出了名气。他从别人同他握手时用力的程度,向他脱帽致意的姿势上,就能感觉到他的影响越来越大。不过,他妻子才思那么机敏,消息那么灵通,熟人那么众多,也着实令他惊诧不已,佩服得五体投地。

他什么时候回家,都能在客厅里碰见一位参议员、众议员、法官或者将军。这些人都把玛德莱娜当做老朋友,对她态度又严肃又亲热。她是在哪儿认识这些人的呢?在社交界,她如是说。然而她又是如何赢得他们的信赖和感情的呢?杜洛华弄不明白。

"她可以成为一个精明强干的外交官。"他心中常这样想。

玛德莱娜时常过了吃饭时间才赶到家,她满面通红,气喘吁吁,还未摘下面纱,就说道:

"今天,我又有好菜了。想想看,司法部长刚刚任命了两名法官,原先都是混合委员会的。我们来敲打一下司法部长,叫他总记着点儿。"

对这位部长,今天敲打一下,次日再敲打一下,第三天又敲打第三下。继德·沃德莱克伯爵每星期一来用晚餐之后,议员拉罗什-马提厄则每星期二来水泉街共进晚餐了,他用力同这对夫妇握手,一副喜不自胜的样子,反反复复地说道:

"好家伙,这场攻势!这样打下来,我们还能不成功吗?"

他当然盼望成功了,他觊觎已久,早就想拿下外交部了。

这个拉罗什-马提厄,是个八面玲珑的政客,没有信念,没有本事,没有胆识,也没有靠得住的朋友，只不过是外省的律师，省城的衣冠禽兽，一只老狐狸，在各极端的党派之间保持平衡，是自称共和派的耶稣会会士，是性质不明的自由派毒菌，而这类毒菌，在全民选举制的民众粪土上，会长出许多许多。

他这种乡下人的不择手段，在他的同事当中，在所有被选为议员的那些小人物和早产儿当中，还被当成是干练。他相当注意外表，穿戴相当体面，对人的态度也相当和蔼可亲，因此能够爬上去。他在社交界，在当权人物的粗野混杂的圈子里，还颇为春风得意。

到处都有人这样说他："拉罗什肯定能当上部长。"而他本人更加坚定地认为：拉罗什肯定能当上部长。

他是华尔特老头儿报社的主要股东之一，在许多金融生意上，还是华尔特的同仁和合伙人。

杜洛华放心大胆地支持他，但对日后也抱着模糊的希望。他无非是继续弗雷吉埃开始的事业。拉罗什-马提厄早已向弗雷吉埃许诺，一旦胜利便授予他十字勋章。只不过，这枚勋章要挂到玛德莱娜新任丈夫的胸前了。总而言之，事情毫无变化。

同行们也都十分明显地感到毫无变化，就总跟杜洛华开这种玩笑，弄得他也开始恼火了。

别人只管他叫弗雷吉埃了。

他一到报社，就有人喊一嗓子："喂，弗雷吉埃。"

他佯装没听见，到自己的信格去取信。那副嗓门喊得更响："嘿！弗雷吉埃！"接着传来几个人"吃吃"的窃笑声。

杜洛华不理睬，往社长办公室走去，却被刚才叫他的那个人拦住：

"哦，对不起，我是要跟你说话。真糊涂，我总把你和可怜的查理弄混了。这也是有原因的，你写的文章同他的文章简直像极了，谁都会看错。"

杜洛华根本不应声，他心头火起，开始暗暗憎恨起死者了。

新老政治栏编辑所写的专栏文章，无论从文笔还是立意上看，都如出一辙，就在大家感到奇怪而议论纷纷的时候，华尔特老头儿也说了这样的话：

"不错，这是弗雷吉埃的风格，但是比弗雷吉埃更充实，更有力，更有阳刚之气。"

还有一次，杜洛华偶尔打开棒接球的柜子，发现他前任的那几副，小棒上都系着黑纱，而他自己的那副，就是他在圣保丹指导下练习使用的那副小棒上，则系着一条粉红绸缎。所有棒接球都按大小排列在同一横板上，还像博物馆里一样立着一小块木牌，只见上面写道：

"原弗雷吉埃公司收藏品，由弗雷吉埃·杜洛华继承，有政府不予以担保的证书；

耐用物品,可在任何场合,甚至在旅途中使用。"

他平静地关上柜门,声音提到足以让人听见的高度说道:

"到处都有蠢货和眼红的人。"

的确,他的自尊心受到伤害,虚荣心也受到伤害。而作者这种多疑的虚荣心和自尊心,无论在采访记者还是在天才诗人的身上,都会产生时刻警觉的敏感。

"弗雷吉埃"这几个字,他听着特别刺耳,就怕听到,而且一听到就觉得脸红了。

对他来说,这个名字是一种辛辣的嘲讽,岂止嘲讽,简直就是一种侮辱。这个名字就是冲他喊:"是你老婆替你干的活儿,就像从前她替另一个人干那样。没有她,你一钱不值。"

没有玛德莱娜,弗雷吉埃就一钱不值,这他完全同意,可是说到他,哼,算了吧!

他回到家中,这个念头仍纠缠不放。现在是整个住宅,每件家具、每个小摆设、他触摸的每件东西,无不令他想起死者。起初他还不在意,可是同事总跟他开这个玩笑,就给他的思想造成创伤,一直不注意的种种小事,现在都会让这伤口化脓。

他只要拿起一样东西,就好像立刻看到查理的手放在上面。他注视的和摆弄的每件物品,无不是查理用过的,无不是查理所购买,所喜欢,所拥有的。乔治想到他朋友和他妻子从前的关系,甚至也开始气恼了。

他自己有时都感到奇怪,不明白为什么心中这样恼恨,他常常纳闷:

"见鬼!这是怎么搞的?我并不嫉妒玛德莱娜的朋友,也从不担心她所做的事。她出门回家随她便,可是,每次想起查理那畜生,我就火冒三丈!"

他在心里又补充道:

"归根结底,他不过是头蠢猪,恐怕是这一点刺伤了我。我气就气在,玛德莱娜当初居然嫁给这样一个蠢货。"

他心里反复叨咕这句话:

"怎么搞的,这个女人竟然一时走眼,会看上这样一头牲口呢?"

他憎恶的情绪与日俱增,每天都有无数鸡毛蒜皮的事情像针一样来刺他,或者玛德莱娜,或者男仆,或者贴身女佣讲的一句话,都不断地让他想起那个人。

杜洛华喜欢吃甜食,一天晚上他问道:

"我们怎么没有甜点心呢?你从来没让人上过甜点心。"

少妇快活地答道:

"真的,我没想着,就因为查理特别讨厌甜点心……"

杜洛华控制不住自己,不耐烦地打断她的话:

"嘿!要知道,查理开始让我烦了。总是查理这个,查理那个,查理喜欢这样,查理喜欢那样。查理已经死了,就让他安静点儿吧。"

玛德莱娜目瞪口呆,直愣愣地望着丈夫,不明白他为什么发火。不过,她毕竟是个精明的女子,很快就猜出他的心事:对死者的嫉妒在缓缓起作用,并且越来越强烈,使他事事都想起那一个。

也许她认为,这有点孩子气,但她心里很受用,也就一声未吭。

乔治也后悔自己不该发火,未能掩饰住心中的怒气。晚饭后,他们又要为第二天写一篇文章,乔治的脚在暖脚套里怎么也不舒服,想把里子翻出来也办不到,就一脚把它踢开,笑着问道:

"查理总是蹄子冷,对不对?"

玛德莱娜也笑了,答道:

"唔!他的肺容易出毛病,总提心吊胆怕得感冒。"

杜洛华残忍地接口道:

"这一点,他倒是充分证明了。"

接着,他又殷勤地补充一句:

"这便是便宜了我。"说着,又亲了亲妻子的手。

临睡觉时,那个念头还在作祟,他又问道:

"查理是不是戴棉布睡帽,以免穿堂风灌进耳朵里?"

玛德莱娜已经适应了这种玩笑,答道:

"哦,不,只是在脑门上系一条马德拉斯头巾。"

乔治耸了耸肩膀,以上等人的轻蔑口气说了一句:

"愚蠢透顶!"

此后,查理成为他挂在口头的话题,动不动就提起来,只称为"这个可怜的查理",装出一副无限怜悯的表情。

他在报社听人叫他两三遍弗雷吉埃,回到家便拿死者撒气,他那仇恨的讥讽追击到坟墓里。他总翻老账,提起查理的缺点、可笑的事儿、卑劣的行为,一一列举出来,还加以发挥和夸大,就好像他要把可怕对手的影响从妻子的心里清除掉。

他不厌其烦地重复:

"对了,玛德,还记得吧,弗雷吉埃那个笨蛋,有一天硬要向我们证明,胖人比瘦人强壮,你还记得吧?"

他还想了解死者的私生活的大量细节,少妇觉得碍口,不肯对他讲。可是,他一再坚持,总是不肯罢休。

"嗳!瞧你,跟我讲讲嘛,他在那种时候,一定很可笑吧?"

她讷讷答道：

“行了，还是让他安静点儿吧。”

乔治又说道：

“亲爱的，告诉我呀！这个畜生，在床上一定笨手笨脚，真的吧？”

每次他总得出这种结论：

“这家伙，真是个畜生！”

六月底的一天晚上，他站在窗口吸烟，觉得晚上还这么热，就想出去散步。

他问道：

“我说小玛德，到布洛涅树林去走走，好吗？”

“好哇，当然好了。”

他们叫了一辆敞篷出租马车，行驶到香榭丽舍大街，再驶上布洛涅树林大街。这是无风的夜晚，像蒸笼一般闷热。巴黎城的灼热空气，冲进人的肺里，好似烤炉的蒸汽。树下车水马龙，出租马车一辆跟着一辆，拉来大批情侣。

乔治和玛德莱娜开心地观赏，只见驶过的马车里一对对男女搂抱在一起，女的都穿着艳丽的裙衫，男的都一身深色礼服。这是情侣汇成的长河，在灼热的星空下滚滚流向布洛涅树林。什么也听不见了，满耳唯有隆隆的车轮声响。一辆辆车就这样驶过去，驶过去，每辆车里有两个人，躺在座椅垫上，默默地搂在一起，沉浸在肉欲的幻觉中，浑身战栗，等待着即将到来的尽情交欢的时刻。燠热的昏暗中似乎充满了亲吻。柔情飘荡、兽欲横流的浓浓感觉，使空气更加浊重，更加沉闷了。所有这些成双成对的人，全沉醉在同样的念头、同样的激情里。所有这些满载情爱的马车，上面飞舞着爱抚，一路撒下肉欲的、微妙而迷人心性的气息。

乔治和玛德莱娜感到自身受了这种脉脉温情的传染，也缱绻地拉起手，一句话不讲，感到气氛的沉重和袭上心头的激情，有点喘不上气来。

他们到了顺着旧城墙遗址的弯路时，也拥抱在一起。玛德莱娜有点不好意思地嗫嚅道：

“我们还像去鲁昂时那样，孩子气十足。”

长长的车队进入矮树林便分流了。这对年轻人沿湖滨路走去，只见马车稀少了，但是林间夜色浓重，空气因树叶和枝丫下潺潺溪流散发的湿气而格外清新。这是星光下一片夜凉的空间，驱车的情侣在这里亲吻，就具有一种更加迷人的魅力。

乔治轻声说道：“啊！我的小玛德。”便将她紧紧搂在怀里。

玛德莱娜对他说：

“还记得你家乡的森林吧？那里真阴森可怕，给我的感觉无边无际，尽是凶猛的野兽。可是这里多么迷人啊！在风中能感到爱抚，我也完全清楚树林的那边毗连塞夫尔。”

乔治则说道：

“嗳！我家乡的森林里，其实没有别的，只有鹿呀，狐狸呀，狍子和野猪，隔一段距离还有一间看林人小屋。”

看林人说的“弗雷吉埃”，恰巧与他念念不忘的死者姓氏相同，突然从他嘴里冒出来，使他吃了一惊，就好像听见密林中有人向他喊。他戛然住口，重又感到那种摆脱不掉的莫名的不安，那种近来侵蚀并破坏他生活的无法克服的嫉妒和气恼。

过了一分钟，他才问道：

“从前，你有时也在晚上和查理来这儿吗？”

玛德莱娜答道：

“对呀，常来。”

突然，乔治想回家了，这种强烈的欲望一下子占据了他的心。真的，弗雷吉埃的形象已经深入他的脑海，占有了他，并且逼迫他。现在，他一思考就只能想弗雷吉埃，一开口就只能谈论弗雷吉埃了。

他以恶毒的声调问道：

“唉，玛德？”

“什么事儿，我的朋友？”

“这个可怜的查理，你有没有让他当过王八？”

她不屑地低声说道：

“你总嘀咕这事儿，脑袋都变蠢了。”

然而，他总丢不下自己的念头：

“瞧你，我的小玛德，要坦率点儿嘛，你承认吗？你让他当了王八，是吧？你承认让他当过王八吗？”

玛德莱娜缄口不语，她同所有女人一样，听见这个词儿就反感。

他固执地又说道：

“真见鬼，若说谁长了王八脑袋，那没跑，准是他！哦！对，哦！对。我若是知道弗雷吉埃当过王八，那才开心呢！嘿！真是上当受骗的一副好嘴脸！”

他感到她在窃笑，大概想起了往事，于是又追问道：

“瞧你，说吧。这有什么关系呢？恰恰相反，你向我承认欺骗了他，向我承认这事儿，那是很有趣的呀！”

他的确有些激动，希望并渴望查理，可恶的查理，可恶的死鬼，可恨的死鬼，落下这个令人耻笑的名声。然而……然而，另外一种激动，更为模糊的激动，又在刺激他的渴望：一定要知道。

他一再重复：

"玛德，我的小玛德，告诉我，求求你了。他这人可绝不会盗名。你若是不给他安上这个头衔，那就大错特错了。瞧你，玛德，承认吧。"

现在，玛德莱娜咯咯笑了，笑声短促而断断续续，也许她觉得他这样一味坚持挺有趣吧。

乔治把嘴唇凑到妻子的耳畔：

"瞧你……瞧你……承认吗？……"

玛德莱娜猛一闪躲，直通通地说道：

"你可真够蠢的。问这种事儿，能回答吗？"

她讲这句话的声调怪极了，她丈夫听了，不由得浑身打了个寒战，他一下子惊呆了，有点喘不上气来，就好像他的精神重重挨了一击。

现在，马车沿着湖边行驶。天上的繁星仿佛撒落在水上，两只影影绰绰的天鹅，极为缓慢地在湖中游动。

乔治向车夫喊了一声："返回！"

于是马车调头往回走，迎面碰到缓缓驶来的车辆，只见车上挂的大灯笼闪闪发亮，好似树林黑夜中的眼睛。

她说这句话的声调太怪啦！杜洛华心中暗道："这是不是供认了呢？"现在几乎可以肯定她欺骗过第一个丈夫，可是这样他又气得发疯，真想狠揍她一顿，掐她的脖子，揪她的头发！

唉！假如她这样回答："嗳，亲爱的，如果真有必要欺骗他，那也一定是跟你干这种事！"那他会怎样亲她，拥抱她，爱她呀！

他叉着双臂，眼望星空，坐在车上一动不动，一时心乱如麻，还无法静下来思索，他像所有男人面对女性的淫荡那样，只觉得心中也萌发了那种憎恨，也激发了那种怒火。他头一次感受到有了疑心的丈夫的那种隐忧。总而言之，他嫉妒了，为那死者嫉妒，替弗雷吉埃嫉妒！这种没来由的嫉妒又令人心碎，忽然掺杂进了对玛德莱娜的仇恨。既然她欺骗过另一个，那么他乔治凭什么，怎么就能信得过她呢？

继而，他头脑渐渐恢复平静，因平静而硬气起来，也就顶住了烦恼。他心中暗道：

"女人全是娼妇，应当利用她们，但绝不要给她们半点真心。"

他心中这种尖酸升到嘴边，化作鄙夷而憎恶的话语。不过，他绝不让这种话语倾泻出来，只是在心中反复念叨：

“世界属于强者。一定要做个强者,一定要凌驾在一切之上。”

马车行驶快起来,过了老城墙遗址。杜洛华望着前方天空的红光,看似巨型的炼炉的光亮,同时他也隐隐听见巨大而持续不断的喧嚣,那种低沉的喧嚣由无数不同的声音汇聚而成,有的近在咫尺,有的十分遥远,那是巨大而模糊的生命在悸动,是夏夜里一个疲惫不堪的巨人般的巴黎在喘息。

乔治心中暗道:

“我若是自寻烦恼,就太愚蠢了。人人为己。胜利属于胆大包天的人。一切都从自私自利出发。抱着野心和发财目的的利己主义,总要胜过为女人和爱情的利己主义。”

星形广场上的凯旋门赫然出现,那两条魔怪般的巨腿挺立在城门口,好似畸形的巨人准备起步,要冲向在面前展开的宽阔的大街。

乔治和玛德莱娜又加入回程的车水马龙,就觉得从身边溜过的是陶醉在欢乐幸福之中的全人类:那永世不断的一对对,都默默地搂在一起,急于回到寓所,回到渴望的床上。

少妇早已感到她丈夫有了什么心事,便用温柔的声音问道:

“想什么呢,我的朋友?有半小时你一句话也没讲了。”

他嘿嘿冷笑,答道:

“我想到所有这些卿怜我爱的蠢货,于是我心里说,在生活中,的确还有别的事情可做。”

玛德莱娜喃喃说道:

“这倒是……不过,卿怜我爱有时也很好。”

“很好……很好……只要没有更好的事儿可做。”

乔治一直在深入考虑,逐渐剥掉生活的诗意外衣,怀着一种恶毒的恼怒想道:

“我干嘛这么傻,近来总跟自己过不去,剥夺自己,干嘛总无事自扰,自我折磨,伤自己的心呢!”

这时,弗雷吉埃的形象再次掠过他的脑海,却没有激起一点儿火气,就好像他们刚好和解,重又成为朋友了,他也真冲弗雷吉埃喊了一声:“晚上好,老兄!”

这样默默无语,玛德莱娜倒有点不自在,她问道:

“回家之前,我们去托尔托尼冷饮店,吃杯冰淇淋怎么样?”

乔治乜斜她一眼。正巧到了一家歌舞咖啡厅,一长串煤气灯的强光照见她那秀丽金发的倩影。

他心想:“她很美。哈!这再好不过了。强中自有强中手啊,我的伙伴。再想让我为你来折磨我自己，那就等北极也热起来吧。”他随即答道：“当然了，亲爱的！”

说着，乔治还吻了她一口，免得她猜出什么来。

少妇感到她丈夫的嘴唇冰凉。

然而，他还像往常那样笑容可掬，伸手搀扶他妻子在咖啡馆门前下车。

## 第三章

第二天，杜洛华一到报社，就去找布瓦勒纳。

“我亲爱的朋友，”他说道，“我求你办件事儿。这一阵子，有人觉得好玩，叫我弗雷吉埃。我呢，现在开始觉得这不像话了。请你费神悄悄关照同事们，谁再胆敢开这种玩笑，我就扇他耳光，让他们考虑考虑，为这一记耳光，值不值得挨一剑。这事儿我找你，就因为你是个平和的人，也因为上次决斗是你给我当的证人。”

布瓦勒纳答应去办这件事。

杜洛华又外出去办事，一小时之后回来，果然再也没有一个人叫他弗雷吉埃了。

他回到家，听见客厅里有女客说话的声音，便问道：“谁来啦？”

男仆回答：“是华尔特夫人和德·玛海勒夫人。”

他心头猛一跳，接着暗自想道：“嘿，瞧瞧看吧。”他打开客厅的门。

克洛蒂尔德站在壁炉一角，沐浴在从窗户射进来的阳光里。乔治觉得她一瞧见他，脸就失去了血色。他见华尔特夫人和两名哨兵似的坐在母亲左右的女儿，便先向她们施礼问好，然后转向他从前的情妇，抓住对方伸过来的手，有意紧紧一握，暗示说：“我一直爱您。”对方也回应了这一紧握的暗示。

乔治问道：

“上次见面至今，真是恍若隔世，贵体一向可安好？”

克洛蒂尔德泰然地答道：

“很好，您呢，帅哥儿？”

她转身又对玛德莱娜说了一句：

“你允许我这样叫他帅哥儿吗？”

“当然啦，亲爱的，你想干什么我都允许。”

这话里似乎隐含一丝讥讽。

华尔特夫人正谈到一次聚会，那是雅克·里瓦乐在他单身汉住宅举办的一次击剑大赛，邀请许多上流社会妇女前往观看。

“那一定很好看，可惜那段时间，我丈夫正巧不在，没有人陪我们前去。”

杜洛华立刻自告奋勇。华尔特夫人接受了：“我和我女儿会非常感谢您的。”

杜洛华瞧着华尔特二小姐，心中暗道：“这个小苏珊娜，模样儿倒蛮不错的，蛮不错嘛。”这姑娘就像个纤巧的金发布娃娃，个子不高，但是小巧玲珑，腰身纤细，臀部和胸乳已开始显现，只是小头小脸，那对珐琅似的眼睛呈灰蓝色，就好像是细密派和奇幻派画家调成的色调画出来的。那肌肤太白了，太光滑了，毫无痣点和红斑；那卷曲的头发蓬蓬松松，宛若婆娑的树丛，又像曼妙的浮云，酷似高级布娃娃精致的头发，而那种高级布娃娃，人们常见抱在比布娃娃还矮的小姑娘怀里。

姐姐叫萝丝，长相丑陋，身材平平板板，毫无姿色，正属于人们视而不见、当面不说话、过后也不评论的那类姑娘。

母亲站起来，转向乔治：

“我就指望您了，星期四，下午两点钟。”

乔治答道：

“这事儿包在我身上，夫人。”

华尔特夫人刚走，德·玛海勒夫人也站起身来。

“再见，帅哥儿。”

这次是她用力长时间握住乔治的手了，这无言的供认令乔治感动。对这个放浪而快活的小妇人，他又突然钟情起来，没准儿她是真心爱他呢。

“明天我去看她。”他心中暗道。

等到只剩下他们夫妇二人了，玛德莱娜对面凝视他，同时爽朗而快活地咯咯笑起来：

“告诉你说吧，你激发起华尔特夫人那么大的热情。”

乔治不信，问道：

“真的吗？”

“当然是真的了，我可以向你保证。她对我谈起你时，简直崇拜得要命。她这样真是异乎寻常！她想找两个像你这样的女婿！……幸亏和她，这些事无足轻重。”

他不明白这话是什么意思：“什么，无足轻重？”

她回答的口气坚信不疑，就像女人对自己的判断有十分把握那样：

“唔！华尔特夫人这种女子，从未惹人窃窃私议，你知道是说哪方面，从未有过，从未有过。无论从哪方面来看，她都是无可指责的。她丈夫那人，你和我一样都特别了解。然而她，那可完全不同。她因为嫁给了一个犹太人，这辈子够苦的了，但她一直忠于丈夫。她是个正派的女人。”

杜洛华深感意外：

“我还以为她也是犹太人呢。”

“她？根本不是。她是玛德莱娜教堂所有慈善事业的女施主。她结婚时，甚至还在教堂里举行了婚礼。究竟是老板搞了个假洗礼证，还是教会闭上了眼睛，我就不得而知了。”

乔治喃喃说道：

“哦！……这么说……她……还挺高看我的？……”

“一点儿不假，完全如此。你若不是结了婚，那我会劝你去向……苏珊娜……求婚，而不是向萝丝求婚，对不对？”

他捻着小胡子，答道：

“哦！这位母亲还没有让虫咬过。”

玛德莱娜真有点儿不耐烦了：

“要知道，亲爱的，要说这母亲嘛，我倒希望你追她，但是我不怕。到了她这种年龄的女人，绝不会才想起放荡一下。要干早就干了。”

乔治想道：“假如我真的得手，娶了苏珊娜呢？……”

他随即耸耸肩膀：“算啦！……简直是异想天开！……那位做父亲的，难道会接受我吗？”

不过，他心下还是决定，今后要更加细心观察华尔特夫人对他的态度，且不管能不能捞到好处。

整个晚上，他心里总回想起他和克洛蒂尔德的恋情，这是既温存又充满肉欲的回忆。他想起她那些逗乐的举止，她的柔情蜜意，他们的游逛。他心里反复念叨：“她确实非常好。对，明天我一定要去看她。”

第二天一吃完午饭，他果然去了维尔纳伊街。还是原来那个女佣人来给他开门，她像小市民家中的佣人那样，随随便便问一句：

“好吗，先生？”

他答道：

“挺好的，我的孩子。”

他走进客厅，听见笨拙的手在钢琴上弹音阶练习的声音。那是罗丽娜。他以为小姑娘一定会跳起来，搂住他的脖子，不料她一本正经地站起身，像大人一样客气地施礼，不卑不亢地退出客厅。

她那种神态，真像一位受了侮辱的女子，大大出乎他的意料。她母亲进来了。乔治拉起她的双手亲吻。

“您可真把我想坏啦!”他说道。

“我也一样。”她说道。

二人坐下来,四目对视而笑,非常渴望接吻。

“我亲爱的小克洛,我真爱您。”

“我也爱您。”

“这么说……这么说……您不太怪罪我了?”

“也是也不是……你叫我好伤心,后来我明白了你讲的道理,心里就想:‘算啦!迟早有一天,他会回到我身边。’”

“我不敢回来呀,心里总嘀咕,人家会怎样接待我。对了,你说,罗丽娜怎么了,她只向我问声好,就气哼哼地走了。”

“不知道。自从你结了婚,谁都不能在她面前提起你了。我还真觉得她嫉妒了。”

“算了吧。”

“真的呀,亲爱的。她不再叫你帅哥儿了,而是称你弗雷吉埃先生。”

杜洛华的脸刷地红了,他随即凑近少妇:

“让我亲亲你的嘴。”

她就把嘴递过去。

“我们能在哪儿见面呢?”

“在……君士坦丁堡街呀。”

“啊!……那套房子还没有租出去?”

“没有……我留着呢!”

“你留着呢?”

“对,我想你还要回到那里的。”

他的心胸立刻充斥一股自豪的快感。看来,这个女人爱他,真心爱他,对他一往情深。

他喃喃说道:“我多么爱你。”接着他又问道:“你丈夫好吗?”

“嗯,非常好。他刚刚回来过了一个月,前天走的。”

杜洛华忍不住笑了:

“碰得这么巧!”

她天真地答道:

“哦,对,碰得真巧。不过,他即使在家也不碍事。这你知道吧?”

“这倒是真的。况且,他这个人挺可爱的。”

“你呢，”少妇问道，“你那新生活过得怎么样？”

“不好也不坏。我妻子是一个伙伴，一个合伙人。”

“只是这种关系？”

“只是这种关系……至于感情上……”

“我完全理解。其实，她那人很好。”

“对，但是，她不能让我心慌意乱。”

他又凑近克洛蒂尔德，低声问道：

“我们什么时候再见面呢？”

“那就……明天吧……你说呢？”

“好。明天，两点钟？”

“两点钟。”

乔治起身要走了，他又有点儿不好意思地讷讷说道：

“要知道，君士坦丁堡街那套房间，我打算独自租下来。我要这样做。现在看来，就只差由我付房租了。”

这次是她一阵冲动，怀着深情吻了乔治的双手，并喃喃说道：

“随你怎么办吧，只要留着便于我们见面，我就心满意足了。”

杜洛华满心欢喜地走了。

他经过一家照相馆的橱窗，瞧见一位高个子大眼睛女子的半身像，便联想到华尔特夫人，心中暗道：“没关系，恐怕她还不赖。怎么搞的，我还从来没有注意她。我真想瞧瞧，星期四见到她是一副什么模样。”

他心里喜滋滋的，边走边搓手。这是春风得意的喜悦，既有精明的男子事业有成所产生的那种窃喜，又有女人的温情满足他的虚荣心和肉欲时的销魂。

到了星期四，他对玛德莱娜说道：

“你不去里瓦乐那里看击剑大赛吗？”

“嗳！不去。我兴趣不大，而且，我还得去议会。”

天气特别好，他乘坐敞篷马车，去接华尔特夫人。

他一见面便大吃一惊，觉得她那么漂亮，那么年轻。她穿一身浅色衣裙，胸衣微微裂开，露出金黄色花边，令人想象那隆起的丰乳。他从未见她肌肤如此鲜艳，真觉得她秀色可餐。不过，她一副沉静的神态，是稳重的母亲所应有的一种举止神态，不愿引起男人那种殷勤目光的注意。再者，她只谈熟悉的、妥当的、平和的事情，她的思想精神，条分缕析，井然有序，不走任何极端。

她女儿苏珊娜，整个人儿粉红色，酷似华托[1]刚画完的一幅肖像。而她姐姐却像专门陪这小美妞儿的女教师。

里瓦乐家的门前，排了一长趟马车。杜洛华让华尔特夫人挽着手臂，一同走进去。

这是击剑义赛，为募捐救济巴黎第六区的孤儿，赞助者均是同《法兰西生活报》有关系的参议员、众议员的夫人。

华尔特夫人允诺带领女儿，但拒绝了赞助者的头衔，因为，她用自己的名义，只赞助教士所从事的慈善事业。这倒不是说她十分虔诚，而是她嫁给了一个犹太人，就认为自己不得不在宗教方面采取某种姿态。然而，这位记者组织的这项募捐活动具有共和色彩，就可能有反教会的意味了。

三周以来，在各种倾向的报纸上，都能看到这样的消息：

> 我们杰出的同仁雅克·里瓦乐有一个既高明又慷慨的主意，在他单身住宅毗邻的漂亮击剑房中，组织一场击剑大赛，以便募捐救济巴黎第六区的孤儿。
>
> 共同发出请柬的人有参议员拉罗瓦涅、勒蒙代尔和里索尔的各位夫人，以及众议员拉罗什-马提厄、佩斯罗尔和费明的各位夫人。只在击剑表演赛中间休息时募捐，所得款额悉数交给第六区区长或其代表。

这是精明记者的一个怪招儿，为捞好处而设计出来的广告。

雅克·里瓦乐在寓所门口接待来宾，里面已经摆好了冷餐，花费自应从募捐的款中扣除。

然后，他又热情地指路，让客人从小楼梯下去，到设有击剑房和射击房的地下室。他连声说道："到下面去，各位女士，到下面去。击剑表演赛在地下室举行。"

他见老板的夫人来了，就趋前迎接，然后又同杜洛华握手：

"你好，帅哥儿。"

杜洛华深感意外：

"是谁告诉您……"

里瓦乐接口答道：

"是到场的华尔特夫人，她觉得这绰号很可爱……"

---

① 华托（1684—1721）：法国画家。

华尔特夫人脸红了：

“不错，我要承认，我若是同您再熟悉些，也会像小罗丽娜那样叫你帅哥儿了。您这名字非常合适。”

杜洛华笑道：

“夫人，不必客气，就请您这样叫吧。”

她垂下眼睛：

“不行，我们的关系还不够密切。”

杜洛华悄声说道：

“您愿意让我抱着这种希望：我们的关系会密切起来吗？”

“这个嘛，以后看情况再说吧。”她说道。

到了狭窄的楼梯口，他闪身让路给华尔特夫人。这楼梯有一盏煤气灯照亮，从明亮的地方猛地进入这灯光昏黄的环境，不免有点阴森可怕。地下室的气味沿着旋梯升上来，能闻到热烘烘的潮气、为这次活动刚擦了的墙壁的霉味、令人想起宗教仪式的安息香味，以及女士们身上散发的马鞭草、鸢尾、紫罗兰等各种香水味。

只听这地洞里人头攒动，喧声鼎沸。

许多煤气串灯和威尼斯式折纸彩灯，挂在遮饰石壁的枝叶间，照亮整个地下室大厅。满眼所见，唯有青枝绿叶：天棚上缀着蕨类，地面上铺着树叶和鲜花。

大家觉得这种布置构思巧妙，十分迷人。在最里侧的小厅室，搭起了击剑手的赛台，两侧排列着裁判椅子。

地下室大厅左右两侧，各排列十张长椅，约能坐二百人。请柬共发了四百张。

赛台前聚了一些身穿击剑服的年轻人，一个个身材瘦溜，四肢修长，胸脯挺拔，两撇小胡子翘起来，在观众面前已经摆好姿势。观众对他们指名道姓，说出哪些是职业剑师，哪些是业余爱好者，但全是击剑名手。还有些身穿礼服的老少男子，围着身穿击剑服的选手聊天，好像一家人似的。他们是身着便服的击剑泰斗和专家，也都极力惹人注目，好让人认出并说出他们的名字来。

长椅上的座位，几乎全让妇女占了，她们挪动衣裙汇成的交响乐，窃窃私语化为一片翁鸣。她们就像在剧院那样扇着扇子，只因这挂满枝叶的洞穴里，已经热得赛似蒸笼了。一个爱开玩笑的人不时叫喊：“杏仁露！汽水！啤酒！”

华尔特夫人和女儿到了为她们保留的头排座。杜洛华安排她们坐下，便要离去，低声说道：

“只好失陪了，这些椅子，男人是不能占用的。”

华尔特夫人颇为迟疑地说道：

“尽管如此，我还是非常想把您留下，让您告诉我们那些赛手的名字。喏，您就待在这椅子旁边，也不会妨碍别人。”

她那温柔的大眼睛望着他，坚持说道：

“怎么样，留下陪我们吧……先生……帅哥儿先生。我们需要您啊。”

杜洛华应道：

“我遵命……夫人，我乐意遵命。”

只听各处都异口同声地赞叹：“这地下厅真别致，气氛布置得这样浓。”

这个拱顶大厅，乔治简直太熟悉啦！记得决斗的前一天，他在这里度过一上午，独自面对一个白色硬纸板的人像靶：那靶子真像一只可怕的巨眼，从地下室第二间小屋里头望着他。

雅克·里瓦乐的朗朗声音，从楼梯传过来：

“女士们，表演赛就要开场啦。”

六位先生登上赛台，坐在裁判席上，他们的外衣都紧箍在身上，以便突出他们的胸脯。

他们的名字立即传遍大厅：矮个儿大胡子裁判长德·雷纳尔迪将军、高个儿秃顶长胡子画家约瑟分·鲁代、三个英俊青年马提奥·德·于雅尔、西蒙·拉蒙瑟尔和皮埃尔·德·卡尔文，以及剑术师加斯帕尔·麦尔勒隆。

地下厅里间两侧各挂出一块牌子，右面牌子写着：克莱沃戈尔先生；左面牌子写着：波吕莫先生。

他们是剑术师，优秀的二级剑术师，两个人出场了，身子全那么干瘪，穿着白皮帆布的击剑服，一副军人姿态，动作有点僵硬，就像木偶似的举剑致敬，然后开始进攻，活像两个新兵在打闹。

不时听见“击中”这个词儿，裁判的六位先生都内行地点头同意。观众却看不出一点儿名堂，只见两个活木偶伸出手臂跳来跳去。他们根本不明白怎么回事，但是看着挺高兴。不过，他们觉得那两个家伙姿势并不怎么优美，未免有点儿可笑，不禁联想到元旦时在树阴大道上卖的木雕的斗士。

第一对赛手下去，换上来布朗东先生和加拉班先生，两位剑术师一民一军。布朗东先生个头儿很小，加拉班先生身体肥胖，简直可以断言，使用花剑一击，准能戳破这个像用肠衣做的大象似的圆球。大家看着直笑。布朗东先生像猴子一样蹿跳，而加拉班先生只活动手臂，身体其他部位胖得动不了。每五分钟他就发起一次攻击，向前攻击的冲力极重，就好像这是他一生最大的决心。攻击之后，他要费很大气力才能重新站稳身子。

行家评论他击剑动作极为有力，也极为紧凑。观众相信行家的话，都很赞赏他。

接着上场的是鲍里荣先生和拉帕尔姆先生，职业剑术师对业余爱好者。二人一交手，便展开激烈的技击，一个疯狂地冲向另一个，逼使裁判急忙搬着椅子躲开。两个对手总是一个前进，一个后退，从赛台这头跑到那头，再从那头跑到这头，蹿跳凶猛而又滑稽。他们时而小步跳跃着向后退，惹得女士们咯咯大笑，时而大步向前冲，又颇为牵动观众的心。这种小跑式的搏击，不是斗剑而像体操表演，不知哪个淘气鬼喊了一嗓子，一语道破："二位别累着，这是计时的吧？"观众则发出"嘘"声，表示对这种低级趣味的不满。专家们的评论也传开了：两名击剑手攻防很有气势，但有时不够随机应变。

上半时最后一场比赛，是雅克·里瓦乐对著名的比利时剑术师勒贝格，这是一场相当精彩的技击。里瓦乐深得女士的青睐。他的确是个英俊的男子，生得一表人才，体态轻灵，动作敏捷，那风采要超过前边上场的所有人。无论防守还是进攻，他都显得非常潇洒，讨人喜欢，那种上流社会的风度，同对手气势汹汹而仪态平平的样子形成鲜明对照。有人就说："感觉得出来，他是个极有教养的人。"

他取得了决赛权。大家为他鼓掌。

然而，从上面传来一种奇特的声响，持续已有好几分钟，引起观众的不安。那是用力跺脚的声音和哄笑的声音，大概是应邀前来的那二百人未能下去观赏，就以自己的方式取乐了。小旋梯上挤了五十来人。地下室热得要命，有人嚷道："通通风吧！""给点儿喝的！"还是那个爱开玩笑的人，用压过嗡嗡的谈话声的尖嗓门喊道：

"杏仁露！汽水！啤酒！"

里瓦乐来了，他满面通红，还穿着击剑服，说道：

"我马上让人送清凉饮料来。"

他朝楼梯跑去，可是上一楼的通道完全堵死了，要穿过挤在楼梯上的人墙，恐怕比凿穿顶棚还难。

里瓦乐高喊："请把冰镇饮料给女士们传过来。"

五十副嗓门重复着："冰镇饮料！"一个托盘终于出现了，但是只有空杯子了，饮料在途中就让人喝光了。

一副大嗓门吼道：

"这里边太闷，快点儿赛完，我们好走。"

另一个声音嚷道："募捐！"观众都气喘吁吁，但还是情绪高涨，跟着重复："募捐……募捐……募捐……"

六位夫人开始在长椅之间走动，只听银币落进钱袋里发出轻微的声响。

杜洛华向华尔特夫人历数到场的名流。那是些社会新闻栏的记者，是傲视《法兰西生活报》的那些大报、老报的记者，他们是出于经验而怀着几分保留态度前来的。他们见过的多了，像《法兰西生活报》这种政治—金融性质的报章，犹如暧昧结合的产儿，一届内阁一倒台就给砸死了。来宾中也有画家、雕塑家，这些人一般都喜欢运动，还有一位当了法兰西学院院士的诗人，引起人们指点议论，此外，还有两位音乐家和许多外国贵族。杜洛华给那些外国贵族姓名冠以“Rast”（意味“来路不明的外国阔佬”），他说这是模仿英国人，他们在自己的名片上都加上“Esq”[①]的字样。

有人冲他喊了一声：“您好，亲爱的朋友。”原来是德·沃德莱克伯爵叫他。杜洛华向几位女士说声对不起，便过去同伯爵握手。

他回来时，郑重其事地说道：“沃德莱克那人非常可爱，能让人明显感到他出身高贵。”

华尔特夫人一句话也不应答。她有点倦怠，每喘口气，胸脯都吃力地起伏，这引起杜洛华的注意。他不时与“老板娘”的目光相遇，发现她眼神慌乱，游移不定，刚落到他身上，又随即溜走。杜洛华不禁心中暗道：“咦……咦……咦……难道这一位，也让我勾引上手了吗？”

募捐的几位女士走了一圈，她们的钱袋里装满了金币和银币。赛台上又挂出牌子：“惊惊惊精彩表演”。几位裁判重又各就各位。大家等待开场。

两位女士上场，各执花剑，身穿比赛服：深色紧身衣，只遮住半截大腿的短裙；护胸高高隆起，使她们不得不扬起头。两位又年轻又漂亮，笑吟吟地向观众施礼，赢得观众长时间的欢呼。

在一片向女性献殷勤的喧闹和开玩笑的私议声中，她们摆好了姿势。

裁判对技击表示赞赏，低声叫好，蔼然的微笑久驻在他们的嘴唇上。

两位女赛手的这场较量，观众显然特别欣赏。她们在男士的心中点燃了欲火，在女士的心中则唤起巴黎观众天生的那种鉴赏趣味。须知巴黎观众在咖啡馆听歌女唱歌，到剧院看轻歌剧，欣赏的正是带几分风骚的情致，正是虚假的美丽和虚假的优雅。

每当一位女剑手进攻时，全场观众都喜得颤动起来。背向大厅的那位，那丰满的背部叫人张大了嘴，睁大了眼睛。大家主要不是看她手腕的技巧了。

观众狂热地为她们鼓掌。

接下来一场是刀术比赛，但是没人观看了，全体注意力都让上面发生的情况吸引过去了。上面闹腾了好几分钟，家具搬动和在地板上拖拉发出巨大声响。继而，突然

① 英语“先生”的缩写。

弹起钢琴，琴声透过顶棚传下来，还清晰地听见脚步有节奏的跳动。原来上面的人没有看到击剑比赛，就自动组织舞会来补偿。

击剑房的观众先是哄堂大笑，接着，女士们跃跃欲试，也想跳舞了，她们再也不管台上的赛事，开始高声谈起话来。

大家都觉得，迟到的人组织舞会这主意太妙了，看来他们不会寂寞了。下面的人还真希望也到上面去。

这时，又有两名赛手上场，先相互施礼，他们摆出的架势极富权威，又把所有目光吸引过来观看他们的动作了。

他们进击，重又挺立，动作具有造型美，而且力度把握适当，招式特别简洁，姿势非常准确，技击的分寸掌握得极好，就连外行观众也诧为奇事，看得着了迷。

他们迅疾而沉稳，灵活而审慎，快速的动作经过精心设计，看上去倒显得缓慢了。他们仅仅以完美的技艺吸引并攫住了观众的目光。观众感到他们在观看难得一见的精彩表演，两位艺术大师技术精湛，他们拿出了绝活儿，以显示他们的灵巧和机敏，显示他们纯熟的功夫和矫捷的身躯。

再也没人说话了，大家都看呆了。等他们完成最后一击，相互握手时，全场爆发出欢呼和喝彩声。有人又是跺脚，又是叫喊。他们的名字无人不晓，正是谢尔让和拉维尼亚克。

大家的情绪被激起来，就想找茬儿打架了。男人瞪着旁边的人，就想争执起来，看到别人微笑一下也认为是挑衅。从未操过花剑的人，现在拿起手杖比划攻击和招架。

这工夫，大家三三两两又从小楼梯上去，总算能喝点什么了。不料上去一看，简直气坏了，跳舞的人早已将冷餐食品一扫而光，扬长而去，临走还扬言，让二百人白折腾一趟真够缺德的。

一块糕点、一滴香槟酒、一点果汁或啤酒底儿也没有剩下，连一块糖果、一个水果也没有剩下，光光的，全光了。他们洗劫一空，全部吞噬，一扫而光了。

大家让侍者讲述详细情况。侍者们心里大笑，但装出愁眉苦脸的样子："那些女士比男人还厉害。"他们肯定地说："她们放开肚子大吃大喝，都能撑出毛病来。"听这口气，真像劫后余生的人讲述蛮族入侵期间，洗劫一座城市的情况。

不想走也得走了。有些先生后悔捐了二十法郎，想想就义愤填膺：上面的人一文钱未花，却大吃大喝了一顿。

几位主持赞助的夫人募捐共得三千多法郎，支付各种开销之后，给第六区的孤儿余下二百二十法郎。

杜洛华等待那辆四轮马车,好送华尔特夫人母女回去。

他坐在华尔特夫人的对面,在返回的路上,再次遇见她那脉脉含情而又躲躲闪闪、显得有点慌乱的目光,不禁心中暗道:"好家伙,想必她上钩了。"他微笑起来,认为自己在女人方面确实运气好,因为德·玛海勒夫人和他重叙旧情之后,爱他简直到了神魂颠倒的程度。

他步履欢快地回到家中。

玛德莱娜正在客厅里等他呢。

"我得到新消息了,"她说道,"摩洛哥事件复杂了。过几个月,法国很可能派去远征军。不管怎样,也要抓住这个时机推翻现在的内阁,拉罗什也要趁机拿下外交部。"

杜洛华想逗逗妻子,装出根本不相信的样子。他们总不至于那么糊涂,还重蹈突尼斯的覆辙吧。

玛德莱娜不耐烦地耸了耸肩膀:

"告诉你没错儿!告诉你没错儿!你还不明白,这对他们来说是金钱的大问题。亲爱的,如今的政治勾当,不应当说'讨老婆',而应当说'找事儿'。"

乔治就想激她,不屑地咕哝一声:"算了吧!"

她果然急了:

"哦,你和弗雷吉埃一样天真。"

玛德莱娜想刺伤他,以为他要恼火,不料他却微微一笑,答道:

"和那个当了王八的弗雷吉埃一样?"

她目瞪口呆,继而才讷讷说道:

"噢!乔治!"

乔治摆出一副放肆而嘲弄的样子,又说道:

"嗳!这有什么?那天晚上,你不是向我承认,让弗雷吉埃当了王八吗?"

他随即又加了一句:"可怜的家伙!"口气流露出深深的同情。

玛德莱娜不屑于回答,便转过身去。沉默了一会儿,她又说道:

"星期二我们有客人,拉罗什-马提厄夫人和德·佩什穆尔子爵夫人前来共进晚餐。你能把里瓦乐和诺尔贝·德·瓦莱纳邀请来吗?明天,我去邀请华尔特夫人和德·玛海勒夫人。里索兰夫人也可能来。"

近来,她利用丈夫的政治影响,拉了一些关系,想把需要得到《法兰西生活报》支持的那些参议员、众议员的妻子邀请或强拉到她家来。

杜洛华答应:

“很好。我负责邀请里瓦乐和诺尔贝。”

他搓着双手，心中好不高兴，终于找到一把好锯，既可以烦烦他妻子，又能解解心头的暗恨。从他们去布洛涅树林散步那天起，他心中就萌生了这种莫名的尖刻的妒意。从那以后，只要一提起弗雷吉埃，他就称作王八。他明显地感到，玛德莱娜到头来准会恼羞成怒。这天晚上，他不下十次设法找到机会，以天真调笑的口吻说“弗雷吉埃这个王八”。

他不再记恨死者，而是替他报仇了。

他妻子装作没听见，坐在他对面，始终笑吟吟的满不在意。

次日，玛德莱娜要去邀请华尔特夫人，乔治要抢在她前头，好单独见见老板娘，看她是否真的对他有意。这事儿他又开心又得意。再说……有何不可……假如可能的话。

刚刚下午两点钟，他就到了玛勒泽尔博大街，登门求见，随即被人引进客厅等待。

华尔特夫人来了，她非常高兴，急忙伸过手去。

“是什么好风把您给吹来啦？”

“不是什么好风，只是渴望见见您。有一股力量把我推到您这儿来，我也不知道怎么回事，根本没有什么话要同您谈。我就这么来啦！我这么早来拜访，来意又说得这样坦率，您能原谅我吗？”

他讲这话时，嘴唇泛着微笑，是一种献殷勤的打趣口气，而声调却又一本正经。

华尔特夫人一副惊讶的样子，脸色绯红，讷讷说道：

“可是……真的……我不明白……您真叫我感到意外……”

杜洛华补充说道：

“这是用快活的调子所作的表白，以免吓着您。”

他们并排坐下。她就把这话当做开玩笑。

“这么说，这种表白……郑重其事喽？”

“当然啦！我早就想对您表白了，已经有很久很久了。然而我就是不敢，听人说您非常严厉，非常古板……”

这工夫，她已经镇定下来，回答道：

“您为什么选择今天呢？”

“不知道。”他又压低声音说道，“这么说吧，就因为从昨天起，我心里只想您了。”

她脸色刷地白了，结结巴巴地说道：

“瞧您，孩子话说得够多了，我们谈点别的事吧。”

可是他已经跪下了，突如其来，把她吓了一跳。她想从座位上站起身，却被他用双臂拦腰抱住，只听他声音无比激动地重复道：

“不错，我真的爱您，爱得发狂，已经很久了。您不要回答我。有什么办法呢，我简直疯啦！我爱您……唉！您哪儿知道，我多么爱您啊！”

华尔特夫人感到窒息，气喘吁吁，想说话却一个字也说不出来。她用两只手推他，抓住他头发，以便阻止朝她嘴逼过来的那张嘴，她的头也左右飞快地摆动，同时闭上眼睛不再看他了。

他隔着衣裙触摸她，又是抓挠又是抚摩。她在这种粗暴有力的爱抚下，浑身酥软了。杜洛华猛地站起来，想紧紧地搂住她，不料就在松手的一刹那，她向后一仰就摆脱了，立刻从一张椅子逃向另一张椅子。

杜洛华认为这样追逐未免可笑，便一屁股坐到一张椅子上，双手掩面，做出抽噎哭泣状。

继而，他又站起来，高声说：“永别啦，永别啦！”随即败阵而逃。

他到了衣帽间，平静地拿了手杖，走在大街上，心里还琢磨：“妈的，我看成啦！”他到电报局给克洛蒂尔德发了一张“小蓝纸”，约她次日幽会。

他按时回到家中，问他妻子：

“怎么样，晚餐的客人，你全请齐了吗？”

妻子答道：

“齐了，只有华尔特夫人是否有空还难说。她还在犹豫。也不知道她对我讲了些什么，许诺呀，良心呀，莫名其妙。总之，我觉得她那样子特别怪。没关系，但愿她还是能来。”

乔治耸了耸肩膀：

“哦，当然了，她准能来。”

话虽如此，他也没有把握，心里七上八下，一直到请客那天。

那天早晨，玛德莱娜收到老板娘一封短简：“我费了很大周折才抽出空来，去同你们相聚。但是我丈夫却不能陪我前往。”

杜洛华心想：“我没有再去，做得太对了。她已经平静下来了。小心点儿。”

他等待老板娘进门时，心里还忐忑不安。她到了，神态非常平静，有点冷淡和高傲。杜洛华则变得非常谦卑，非常审慎，一副低首下心的样子。

拉罗什-马提厄夫人和里索兰夫人，分别陪丈夫前来。德·佩什穆尔子爵夫人大肆谈论上流社会。德·玛海勒夫人打扮得十分奇特，一身西班牙式黑黄两色服装，紧紧裹住她那曼妙的腰身、丰腴的胸乳和胖乎乎的手臂，使她那小鸟一般的头特别精神。

杜洛华将华尔特夫人安排在他右首，席间只对她谈正经事，恭敬的态度有点儿过分。他不时瞧瞧德·玛海勒夫人，心中暗道："真的，她更美，更艳丽了。"继而，他目光又移回到妻子身上，觉得她也不错，不过心里对她一直怀有一股阴毒的怒火。

还是老板娘最能激发他的情绪，这有两条原因：一是难以征服，二是男人喜新厌旧。

华尔特夫人要早点回去。

"我送您。"杜洛华说道。

她谢绝了。杜洛华还执意要送：

"为什么您不愿意呢？您这样会严重伤害我。不要让我以为您还根本没有宽恕我。您看我多么平静。"

华尔特夫人回答：

"您总不能丢下您的客人啊。"

杜洛华微微一笑：

"嗳！我也就离开二十分钟嘛，他们甚至都觉察不出来。您若是拒绝了我，可就伤透了我的心。"

华尔特夫人低声说道：

"那好，我接受。"

可是一到车上，杜洛华就抓住她的手，狂热地吻起来：

"我爱您，我爱您，让我对您说吧。我不会碰您的。我只想反复对您讲：我爱您。"

华尔特夫人嗫嚅道：

"嗳！……您不是向我保证了吗……这样可不好……这样可不好……"

杜洛华仿佛极力克制了一下自己，接着才以抑制的声音说道：

"喏，您瞧见了，我是多么努力控制自己。然而……您总得让我对您说：'我爱您'，并让我每天向您重复这句话……对，让我每天去您家，在您的脚下跪五分钟，冲着我崇拜的面容讲这三个字。"

华尔特夫人任由他拉着手，气喘吁吁地说道：

"不行，我不能，也不愿意。想想别人会怎么说，想想我那些仆人、我两个女儿。不，不，这不可能……"

杜洛华又说道：

"见不到您的面我就活不下去了。无论在您家还是别处，我一定得见您一面，每天哪怕一分钟，让我摸摸您的手，让我呼吸您衣裙掀起时的空气，让我欣赏您这身体的线条、您这让我神魂颠倒的美丽大眼睛。"

华尔特夫人倾听这庸俗的爱情音乐，激动得浑身颤抖，结结巴巴地说道：

“不行……不行……这不可能。您住口！”

杜洛华明白，对付这个女人，对付这个头脑简单的女人，必须循序渐进，先促使她下决心同他约会，由她安排地点，然后再由他指定地方，因此，他对着她耳朵，悄声说道：

“听我说……有这个必要……我要同您见面……我就在您家门口等待……就像个穷人那样……您若是不下来，我就上去找您……无论如何我得见您……同您见面……就在明天。”

华尔特夫人重复道：

“不行，不行，不要来。我根本不接待。想想我有女儿啊。”

“那么告诉我，我能在什么地方遇到您……在大街上……随便哪里……随便由您指定时间……只要能见到您的面……我上前向您问好……我还要对您说：‘我爱您’，然后就走开。”

华尔特夫人六神无主，犹豫不决。马车已经驶进公馆的大门，她才小声飞快地说：

“好吧，明天三点半，我进三圣教堂。”

她下了车，对车夫高声说：

“再把杜洛华先生送回去。”

他回到家，妻子便问他：

“您去哪儿啦？”

他低声答道：

“我一直走到电报局，发了一份急电。”

德·玛海勒夫人走过来：

“您送我回家好吗，帅哥儿？您知道，只因有这样的条件，我才大老远跑来吃晚饭的！”

她随即又转身对玛德莱娜说：

“您不会吃醋吧？”

杜洛华夫人慢声细语地答道：

“不，不会太吃醋。”

客人要走了。拉罗什-罗提厄夫人的样子，活脱儿一个外省的小女佣，她是个小公证人的女儿，同拉罗什结婚时，拉罗什不过是个平庸的律师。里索兰夫人又年老又自命不凡，一看就像早年的产婆，恐怕是在阅览室里受的教育。至于德·佩什穆尔子爵夫人，则眼高于顶，傲视她们，她那“白爪”也厌恶接触这些普通的手掌。

克洛蒂尔德裹在衣饰的花边里，迈步出门到楼梯时，对玛德莱娜说道：

“你的晚餐会非常完满。过不了多久，你这儿就成为巴黎第一号政治沙龙了。”

她一上车同乔治单独在一起，就紧紧搂住他：

“哈！我心爱的帅哥儿，我一天比一天爱你了。”

马车行驶，他们就觉得像在船上。

“这儿绝对比不上我们的房间。”她说道。

乔治回答：“嗯！比不上。”可是他心里想的却是华尔特夫人。

## 第四章

七月烈日炎炎，三圣教堂广场几乎空荡荡的。沉闷的热气压垮巴黎，就好像天上的空气燃烧而加重了，跌落到这座城市上，稠稠的灼热空气令胸膛难受。

教堂前水池的喷水软塌塌地落下来，似乎流累了，变得绵软无力了。池中水有点发绿，稠乎乎的，上面漂着树叶和纸屑。

一条狗纵身跳过砌石池边沿，在这不大洁净的池水中洗澡，这畜生引起坐在教堂门前环形小花园石椅上的几个人的艳羡。

杜洛华掏出怀表一看，才三点钟，他早到了三十分钟。

他想到要在这里约会，就不禁笑起来。“对她来说，教堂能派各种用场，”他心中暗道，“教堂能安慰她嫁了一个犹太人，能在政界赋予她一种反对派的姿态，教堂还是她在上流社会中举止高雅的象征，同时也为她偷情幽会提供掩护所。这样惯于利用宗教，就像总带着一把多用伞一样，晴天当手杖，出太阳当阳伞，下雨当雨伞，不出门就扔在前厅。这类女人成百上千，她们根本不拿仁慈的上帝当一回事儿，需要时就拉来当媒婆，还不许别人讲上帝的坏话。如果有人向她们提进旅馆开房间，她们就会认为那样很下流；然而，在祭坛脚下谈情说爱，她们倒觉得十分自然了。”

杜洛华沿着池边慢慢踱步，望望钟楼上的时间：那大钟比他的怀表快两分钟，时针正指着三点五分。

他想进教堂也许好受点儿，便走了进去。

他当即感到，就像进入地窖一样凉爽，便欢畅地吸了一口气，然后绕大殿走一圈，好熟悉这个地点。

他的脚步在高高的拱顶下回响；不过，在这宏伟建筑的里侧，他听见还有一个人的均匀的脚步声，时断时续，同他的脚步相呼应，便萌发好奇心，想瞧瞧那位散步者。于是，他循声找去，只见漫步的是一位帽子拿在背后、鼻子朝天的秃顶胖先生。

零星还能见到双手掩面跪着祈祷的老妪。

一种孤独、荒凉的宁静感袭上心头。阳光透过彩绘玻璃，看着特别柔和。

杜洛华觉得教堂里“舒服透了”。

他又回到门口，看看怀表，才三点一刻。他靠中央通道的入口坐下，十分遗憾不能抽支香烟。那位胖先生一直在后殿祭坛附近走动，听得见那缓慢的脚步声。

有一个人进来。乔治急忙转过身去。原来是一个普通的穷女子，穿一条呢裙，她一进来，就挨着第一把椅子跪下，十指交叉，一动不动地两眼望天，心灵在祈祷中飞升了。

杜洛华颇感兴趣地注视她，揣测是什么忧伤，是什么痛苦，或是什么绝望的事，会把这颗柔弱的心撕碎。她穷得活不下去，这是显而易见的。或者她还有个丈夫，动不动打她个半死，或许她还有个孩子，正奄奄一息。

他在心中叹道：“可怜的人啊，还真有不少在受苦受难！”他不由得心头火起，怪这无情的大自然。继而他又想，这些穷人至少相信上天会照顾他们，上天已给他们登记户籍，算清了他们的债务和财产。“上天……到底在哪儿？”

教堂里这样寂静，杜洛华不禁浮想联翩，他一个念头就给天地万物定了性，嘴唇轻轻一嚅动，说了一声：“这一切都愚蠢透顶。”

忽听衣裙声，他浑身一抖。她来了。

他站起来，急忙迎上去。她没有向他伸出手，只是低声说道：

“我只有一小会儿工夫，还得赶回家。您就跪在我身边，免得惹人注意。”

她沿大殿朝前走，就像一个女人熟悉自己的住宅那样，要找一个合适而安全的角落。她的脸被厚厚的面纱遮住，脚步极轻，几乎没有一点儿声响。

她走到后殿祭坛附近，又转过身，以教堂里的人一贯保持的那种神秘口气，咕哝一句：

“侧殿更好些。这里太显眼。”

她低头深深拜了主祭坛的圣体龛，同时还微微行了个屈膝礼，然后朝右拐，往大门口折回几步，这才打定主意，抓住一张祈祷凳，跪了下去。

乔治就势跪到旁边的一张祈祷凳上，等二人摆好姿势不动了，他便说道：

“谢谢，谢谢。我真崇拜您。我多想总这么对您讲，向您叙述我是怎样开始爱上您的，初次见面就怎样被您迷住了……等哪天，您能允许我倾诉衷肠，向您表达这一切吗？”

她一副专心默祷的姿势，听他讲话，又好像什么也没有听见。她从手指缝里回答：

“我真荒唐，让您这样对我说话，我真荒唐到这里来，真荒唐做出这种事，让您以为这……这……这种私会能有结果。忘掉这些吧，必须如此，您永远也不要再向我提这件事了。”

她等待回答。杜洛华还在考虑如何回答，要想出有决定性的充满激情的话语，但是他不能以动作配合这种话，整个行动也就陷于瘫痪了。

他又说道：

“我什么也不期待……什么也不盼望了。我爱您。不管您怎样，我都要以极大的毅力和热情，经常不断地向您重复这句话，终有一天会让您明白的。我要让我的柔情渗入您的躯体，洒到您的心田，一字一句，就像琼浆玉液一点一滴，每日每时，不断浸润您，使您变软，变柔和，将来会迫使您这样回答我：‘我也同样爱您。’”

杜洛华突然感到，她的肩膀挨着他发抖，她的胸脯一起一伏，又听见她飞快地咕哝一句：

“我也同样爱您。”

他惊得一跳，就好像头上重重挨了一棒，随即又长出了一口气：

“唔！我的上帝啊！”

她又气喘吁吁地说道：

“这种话，难道我应该对您说吗？我……我有两个女儿……我感到自己有了罪，是可鄙的……然而我控制不住……我控制不住……简直不能相信……绝没有想到……我身不由己……身不由己啊。听我说……听我说……除了您……我还从未爱过任何人……这我可以向您发誓。其实，我爱您已有一年了，偷偷地，在我心中偷偷爱您。噢！我忍受过痛苦，算了，我也抗争过，我顶不住了，我爱您……”

她在啜泣，十指交叉捂住脸，身子因强烈的激动而颤抖。

乔治低声说道：

“把您的手给我，让我摸一摸，让我握一握……”

她的手慢慢从脸上移开。乔治看见她满面泪痕，睫毛还挂着一滴泪，摇摇欲坠。

他抓住递过来的手，紧紧握住：

“唔！我多想饮下您的泪水。”

华尔特夫人像呻吟似的，声音低沉而嘶哑，说道：

“别糟蹋我了……我算完啦！”

乔治忍不住想笑。在这种地方，他有心糟蹋，又怎么可能呢？他将拉住的这只手按在胸口，问道："您感到这颗心在跳动吗？"他用这一招儿，只因充满激情的话用尽了。

这工夫，那个走动的人均匀的脚步声靠近了，他转遍了各个祭坛，至少又第二次转到右侧偏殿来。华尔特夫人听见那人走近她躲在后面的大柱，便猛地抽回乔治紧握的手，重又捂住脸。

二人跪在那里一动不动，仿佛一同热切地祈求上天。那位胖先生从旁边走过，漫不经心地瞥了他们一眼，又朝教堂的外侧走去，他一直倒背手拿着帽子。

杜洛华不想再来三圣教堂，要在别处定一次幽会，便低声问道：

"明天能在什么地方见到您？"

她不应声，好像没了气息，已经化作祈祷女神雕像了。

乔治又问道：

"明天吧，在蒙索公园见面，您看行吗？"

她转向他，又露出她的脸，却是一张因极度痛苦而抽搐的惨白的脸，她断断续续地说道：

"让我独自待一会儿……现在，让我独自待一会儿……您先走开……您走开……只要五分钟……有您在身边我太痛苦了……我要祈祷……可是不行……您先走开……让我祈祷……独自祈祷……五分钟……这样不行……让我哀求上帝……请求上帝宽恕我……请上帝救我……让我独自待一会儿……只五分钟……"

她那张脸完全失态了，一副痛心疾首的表情，乔治见了，只好默默地站起来，犹豫了一下才问道：

"我过一会儿回来吧？"

她点了点头，那意思表示："对，过一会儿。"于是，他又朝里端祭坛走去。

华尔特夫人试图祈祷，做出超人的努力呼唤上帝，她身体颤抖，灵魂迷失，向天呼号："发发慈悲吧！"

她恼怒已极，合上双眼，再也不要看到刚走开的这个人！她要把他从头脑里赶走，与之搏斗。然而在她这创痛巨深的心中，出现的不是她所企盼的神灵，而总是那年轻人卷曲的小胡子。

这一年来，她就是这样天天抗争，夜夜抗争，可是这驱不走的念头却日益扩大，这影像惊扰她的睡梦，骚扰她的肉体，侵扰她的夜晚。她感到自己好似一头母兽落网，被捆住四肢，扔到这头雄兽的怀中，而这头雄兽只凭唇上的小胡子和眼珠的颜色，就把她战胜并征服了。

此刻，就在这教堂里，在上帝旁边，她却感到比在家还软弱无力，还孤立无援，还六神无主。她再也不能静下心来祈祷，一心只想他了。他刚离开，她就已经感到难受了。然而，她还绝望地挣扎，拼力自卫，用灵魂的全副力量呼救，她可是从未失过妇道啊，现在宁愿死掉也不肯堕落下去。她就这样哀告，嘴里念叨这些没头没脑的话，同时倾听乔治的脚步声越来越弱，在远处的拱顶下回响。

她心下明白这回算完了，再抗争也无济于事！可是，她还不甘心就这样束手就范，一时神经高度紧张，就要发作了，而女人但凡发作起来，就会大喊大叫，全身抽搐，在地下打滚。她四肢抖得厉害，心里清楚自己就要跌倒，就要发出尖叫，在椅子中间打滚了。

她听见有人快步走来，扭头一看，见是一位神父，便起身跑过去，双手抱在一起，结结巴巴地说："噢！救救我吧！救救我吧！"

神父吃了一惊，停下脚步：

"您有什么事儿，夫人？"

"我求您救救我。可怜可怜我吧。您若是不能来救助，我就完了。"

神父注视她，心想她莫不是疯了。他又问道：

"我能为您做什么呢？"

这神父还年轻，个头儿很高，身体偏胖，圆滚的两腮垂下来，精心刮过的胡子显露青茬儿，总之，他仪表堂堂，是富人区的本堂助理司铎，已经习惯接待忏悔的富家女子。

"请您接受我的忏悔，"她说道，"请您给我出主意，支持我，告诉我应当怎么办！"

神父答道：

"我每星期六，从三点到六点听人忏悔。"

她抓住神父的手臂，拉住不放，重复说道：

"不行！不行！不行！立刻！立刻！有这个必要！他就在这儿！就在这教堂里！他还在等我！"

神父问道：

"谁在等您？"

"一个男人……他要毁了我……如果您不救我，他就会把我抓走……我逃不出他的手心儿了……我太懦弱……太懦弱了……懦弱到极点……懦弱到极点啦！"

她扑到神父的膝下，失声痛哭：

"噢！可怜可怜我吧，神父！救救我吧，以上帝的名义，救救我吧！"

她紧紧揪住神父的黑教袍，神父难以脱身，便不安地四面张望，深恐这个女人跪在他脚下，让不怀好意的或虔诚的目光瞧见。

他终于明白，自己跑不掉了，便说道：

“起来吧，正巧我身上带着忏悔室的钥匙。”

他搜索口袋，掏出一串钥匙，挑选出一把，快步朝小木屋走去。那些小木屋正是灵魂的垃圾箱，是信徒们将所犯的罪过全倾倒进去的地方。

神父从正中的门进去，回身将门锁上；与此同时，华尔特夫人冲进旁边的小间里，她怀着宗教的虔诚，怀着希望的巨大激情，结结巴巴地说：

“为我祈福吧，神父，我有了罪过。”

……

杜洛华在后殿祭坛转了一圈，下到左侧殿，走到中段，又遇见那位秃头胖先生，见他一直悠闲地漫步，心中不禁纳罕：

“这个人，在这里转悠干什么呢？”

那人也放慢脚步，望着杜洛华，显然想同他攀谈，等走近了，就点头问好，很有礼貌地问道：

“对不起，先生，打扰了，您能不能告诉我，这座教堂是什么时代建造的？”

杜洛华答道：

“真的，我也根本不知道，想必是二十年前，或者二十五年前。再说，我这也是头一回进来。”

“我也一样，从没有来过。”

这时，记者倒有了兴趣，又说道：

“您似乎看得很仔细，每个局部都研究。”

那人无可奈何地说道：

“先生，我并不是参观这教堂，而是等我妻子；她约我在这儿见面，可是迟迟不来。”

他沉默了片刻，又说道：

“外面热得真叫人受不了。”

杜洛华打量此人，觉得他挺和善，忽然又想象他类似弗雷吉埃。

“您是外地人吧？”杜洛华问道。

“对，我是雷恩①人。您呢，先生，您是由于好奇，才走进这座教堂的吗？”

“不是，我在等一位女士。”

---

① 法国西部布列塔尼地区的首府。

记者冲他点了点头，嘴角泛起微笑，便走开了。

他走近大门口，又看见那个穷苦女人在跪着祈祷，心中暗道："好家伙！不显灵她是不罢休啊！"他不再动心，也不再可怜那女人了。

他走过去，放轻脚步，又从右侧殿往里走，去找华尔特夫人。

他远远窥见他丢下她的地点，奇怪没有望见她，还以为弄错了柱子，就一直走到最后一根，随即又折回来。难道她走啦！他又惊愕又恼怒。继而又想象她可能去找他了，于是他又在教堂转了一圈，还是不见人影，只好回来，坐到她跪过的椅子上，开始等待，希望她会来这里找他。

不大工夫，一阵窃窃私语声引起他的注意。他在教堂这个角落没有看见人，这絮语从何而来呢？他起身寻找，发现旁边小礼拜堂有一排忏悔室的门，而一角长裙从一扇门里拖在外面地上。他走过去察看，认出是华尔特夫人。她正在那里忏悔！……

他顿时有一种强烈的愿望，要揪住她的肩膀，把她拖出那间木屋子，但是转念又一想："算啦！这会儿她归神父，明天就归我了。"于是，他坐在忏悔室的小窗口对面，平静地等待她，心里开始嘲笑起这场艳遇。

他等了很久。华尔特夫人终于站起来，回身看见他，便走过去，那张面孔冰冷而严峻。

"先生，"她说道，"请您不要陪着我，也不要跟随我，再也不要独自去我家，去了我也概不接待。永别啦！"

说罢，她步伐庄重地走了。

杜洛华由她去了，因为他有一条原则，凡事绝不强求。随后，神父也从小间里出来，神情显得有点慌乱。杜洛华径直朝他走去，眼睛紧盯住他，冲他狠狠地说了一句：

"若不是看您穿着裙子，这张丑八怪的脸早就挨两记耳光啦！"

说罢，他一掉头，吹着口哨走出教堂。

那位胖先生头戴帽子，背着双手，站在教堂大门口，他等烦了，就举目搜寻宽敞的广场和与之相连的各条街口。

杜洛华从他旁边走过，二人还点头致意。

这位记者现在没事儿了，便前往《法兰西生活报》，一进门看见办事员忙碌的样子，就知道发生了不同寻常的事情，就赶忙走进社长办公室。

华尔特老头儿站在那儿，情绪有点儿激动，正断断续续口授一篇文章，口授中间，还向簇拥在周围的采访记者下达任务，又叮嘱布瓦勒纳几句，还拆阅信函。

老板一见杜洛华进来，便欢快地叫了一声：

"嘿！帅哥儿来了，老天多帮忙！"

他戛然住口，颇不好意思，随即道歉：

“请原谅我这样称呼您，我的头脑让紧急的情况给搞糊涂了。再者，我从早到晚听见妻子女儿提您这‘帅哥儿’，结果我也跟着叫惯了。您不会怪我吧？”

乔治笑道：

“绝不会。这个绰号没什么让我不高兴的。”

华尔特老头儿又说道：

“很好，那我就跟大家一样，叫您‘帅哥儿’这个绰号了。好啦！这么着，现在出了重大事件：内阁倒台了，三百一十票对一百零二票。我们的假期又得推迟，要推迟到猴年马月了，今天已经是七月二十八日了。因为摩洛哥事件，西班牙恼火了，这就导致杜朗·德·莱纳及其同伙下了台。我们完全陷进去了。马洛负责组织新内阁，他要让布丹·德·阿克尔将军任国防部长，让我们的朋友拉罗什-马提厄当外交部长，内政部长一职留给他自己，再加上内阁总理，我们就要成为半官方报纸了。我正在搞一篇头版头条文章，只是申明一下原则，给各位部长指明道路。”

老头子微微一笑，又说道：

“当然是他们打算遵循的道路。不过，关于摩洛哥问题，我还需要一些有意思的东西，一篇新闻稿啦，一篇能产生轰动效果的专栏文章啦，还有什么呢？反正您要给我弄出一样来。”

杜洛华略微一想，就答道：

“您要的东西，我有了，给您一篇研究文章，阐述我们左起突尼斯，中间经过阿尔及利亚，到右边摩洛哥的整个非洲殖民地的政治形势，讲述居住在这大片领土上的各种族的历史，还有记述从摩洛哥边境到菲吉格大绿洲的旅行，而那里正是当前冲突的发源地，却没有一个欧洲人去过。这合您的意吗？”

华尔特老头儿叫起来：

“太棒啦！什么题目？”

“《从突尼斯城到丹吉尔城》。”

“好极啦！”

杜洛华去查《法兰西生活报》合订本，找出他发表的第一篇文章《非洲猎奇记》，换一个题目，稍加改动，再用打字机打出来，就出色地解决问题了。这篇文章从头至尾都用得上，因为它讲的正是殖民地的政治问题、阿尔及利亚的居民问题，以及一次深入奥兰省旅行的情景。

只用三刻钟，文章就翻新了，简单修补一下，再添点儿新闻作料和几句对新内阁的颂词。

社长看了这篇文章,明确说道:

“真是佳作……佳作……佳作……您这人真是不可多得。衷心祝贺,衷心祝贺。”

杜洛华回家吃晚饭,他这一天过得很得意,尽管在三圣教堂受挫,但他明显感到这一局是赢定了。

他妻子正焦急地等待他,一见面就高声说道:

“你知道了吧,拉罗什当上了外交部长。”

“知道了,而且就此问题,我刚刚写了一篇关于阿尔及利亚的文章。”

“写了什么?”

“你也了解,就是我们合写的第一篇文章:《非洲猎奇记》,又翻出来,改头换面,就配合当前情况了。”

他妻子笑了:

“唔!不错,非常合适。”

她思考了片刻,又说道:

“我还想呢,当时你应当写续篇,结果半路……半路搁浅了。现在,我们可以着手写出来,正好配合形势,写一组漂亮的文章。”

乔治一边坐下准备喝汤,一边答道:

“好极了。弗雷吉埃那个王八已经死了,现在什么障碍也没有了。”

她以受到伤害的冷淡口气反击道:

“这种玩笑极不适宜了,请你收起来吧,已经开得太久了。”

他正要以挖苦的话回击,却收到仆人送来的一封电报。电报没有落款,只有这样的话:“我昏了头,请原谅。明日四时,请到蒙索公园。”

他明白了,顿时心花怒放。随手将小蓝纸塞进兜里,对他妻子说:

“亲爱的,我再也不开这种玩笑了。我得承认,这的确很愚蠢。”

他开始吃饭了。

他边吃边在心里反复念叨这两句话:“我昏了头,请原谅。明日四时,请到蒙索公园。”看来她顺从了。这话的意思就是:“我就范了,听从您的安排,随您指定什么地点,什么时间都行。”

他不由得笑起来。玛德莱娜问道:

“你怎么啦?”

“没什么。我想到那会儿碰见的一位神父,长的那副嘴脸真够绝的。”

次日,杜洛华准时赴约。公园里一张张椅子都坐满了人,有热得受不了的市民,还有让孩子在路径的沙土上打滚,而自己仿佛在遐想的保姆。

他在泉水流淌的一处小型古代废墟上，找到了华尔特夫人，只见她神色不安而痛苦，正绕着古竞技场的廊柱转悠。

他刚一打招呼，她就说道：

“公园里这么多人！”

他趁机说道：

“哦，真的，您愿意到别处去吗？”

“去哪儿？”

“随便哪儿，比方说，坐在马车里。您把挨着的窗帘放下，就遮得严严实实了。”

“对，那样更好。在这里我怕死了。”

“那好，过五分钟，您到环城大道那边的公园门口等我，我叫一辆出租马车去那儿接您。”

他跑着去了。

等他们上了车，她拉严了窗帘，便问道：

“您吩咐车夫把我们拉到哪儿去？”

乔治回答说：

“您不必操心，他知道了。”

地址他已经给车夫了，要去他在君士坦丁堡街的住宅。

华尔特夫人又问道：

“您想象不出，就因为您，我多么痛苦，受了多大的折磨。昨天在教堂里，我态度太生硬了，那是不顾一切要逃避您。我特别害怕单独和您在一起。您原谅我了吗？”

乔治紧紧握住她的双手：

“当然了，当然了。我这样爱您，还有什么不能原谅的呢？”

她一副哀求的神情注视他：

“听我说，必须保证尊重我……不要……不要……否则的话，我就再也不会同您见面了。”

开头他并不应声，小胡子下总挂着那种叫女人心驰神往的巧笑。他终于低声说道：

“我是您的奴仆。”

这时，华尔特夫人开始讲述，听说他要娶玛德莱娜·弗雷吉埃时，她是如何发觉自己爱上他了，讲得非常详细，有具体日期和不为人知的细节。

她戛然住口，马车刚刚停下。杜洛华打开车门。

“我们这是到哪儿啦？”她问道。

杜洛华回答：

“下车吧，进这所房子里。我们到里面会清静多了。”

“我们这是到哪儿啦？”

“到我家了。这是我单身时的住房，我又租下了……租些日子……我们好有个见面的小角落。”

一想到要单独同他在一起，她就恐慌万状，死死抓住坐椅的软垫，结结巴巴地恳求：

“不，不！我不愿意！我不愿意！”

他坚决有力地说道：

“我发誓会尊重您。来吧，您看到了，别人瞧我们呢，看热闹的人快要围上来了。快点儿……快点儿……快下来。”

他一再重复：

“我发誓会尊重您。”

一个酒店老板站在店门口，好奇地望着他们二人。她吓坏了，急忙冲进楼里。

她正要上楼，杜洛华却拉住她的胳膊：

“就是这儿，在楼下。”

杜洛华把她推进房里。

他一把门关上，就像饿虎扑食，把她紧紧抓住。她还拼力挣扎，搏斗，一边结结巴巴地说：

“噢！我的上帝！……噢！我的上帝啊！……”

杜洛华狂热地吻她脖颈，吻她眼睛，吻她嘴唇。她怎么也躲不开这疯狂的爱抚，一边推他，躲避他的嘴，一边又情不自禁地还他以亲吻。

突然，她停止挣扎了，完全认输，驯服了，任由人家给她脱衣服。杜洛华动作灵敏快捷，手指像贴身女仆一样轻盈，将她上下身的衣服，一件一件全部脱下来。

她从他手中夺下自己的胸衣，捂住自己的脸，就这样赤条条站在那儿，站在剥落下来的衣裙中间。

只有短靴没有给她脱掉，杜洛华抱起她朝床走去。这时，她声音微弱地在他耳边说：“我向您发誓……我向您发誓……我从未有过情夫。”活像一名少女在这种情况下说：“我向您发誓我是处女。”

杜洛华心中暗道：“这算什么，我才不在乎呢！”

# 第五章

入秋了。整个夏天，杜洛华夫妇就待在巴黎，趁议院短期休假之际，他们在《法兰西生活报》上支持新内阁，组织了一场有力的宣传运动。

摩洛哥形势日益险恶，刚到十月份，议会就复会了。

议会要休会那天，一名右派议员，德·朗贝尔-萨哈赞伯爵发表了一篇充满风趣的演说，甚至赢得了中间派的掌声；他说愿意像从前一个有名的印度总督那样打赌，拿他的髭胡赌总理的须髯，断言新内阁总理一定按捺不住，要步前任的后尘，向丹吉尔派兵，以便呼应当初派往突尼斯的军队，这也是喜欢对称的心理使然，就好比爱往壁炉上摆一对花瓶。

那名议员还说："诸位先生，对法国来说，非洲大地的确是一个壁炉，一个炉膛很大的壁炉，要用银行钞票点火，烧掉我们最好的木材。"

"你们已经像艺术家那样富于幻想，花了大价钱搞了突尼斯这个小摆设，装点壁炉的左角，你们还会看到，马罗先生要步他前任的后尘，用另一个小摆设摩洛哥来装点壁炉的右角。"

这篇演说虽然大受欢迎，可是内心里谁也不相信会派兵远征丹吉尔。

这一成为名篇的演说，倒让杜洛华借题发挥，写了十篇文章，论述阿尔及利亚殖民地问题，完成了他入报界之初就中断了的整个系列。他确信不会派兵远征，但他还是大力支持军事远征的思想，并拨动爱国主义这根琴弦，动用侮蔑立论的整个武库轰击西班牙：人们一向用这种武器对付与他们利益相左的民族。

《法兰西生活报》由于公然与政权关系密切，地位大大提高了。在最严肃的版面前边刊登的政治新闻，总要透露作为本报友人的几位部长的意图。巴黎和外省的各家报纸，无不在《法兰西生活报》上选择自己的新闻。对《法兰西生活报》，大家又引用，又畏惧，开始刮目相看了。它不再是某个政治投机小集团的可疑喉舌，而成为内阁的机关报了。该报的灵魂人物是拉罗什-马提厄，发言人则是杜洛华。而华尔特老头儿，这位缄默的议员和狡猾的社长，却善于藏行敛迹，据说他正暗中经营摩洛哥铜矿的一笔大生意。

玛德莱娜的沙龙成为一个权势中心，每周有好几位内阁成员前来聚会。甚至总理也到她家来用过两次晚餐。国家要员的那些夫人，从前还有顾虑不肯登门，现在却炫耀自己是她的朋友了，而且她们来拜访得很勤，要多于她们接待她的次数。

外交部长几乎作为主人指挥这个家。他随时出入，带来电文、情报和消息，口授给这对夫妇，就好像他们是他的秘书。

每次部长一走，只剩下夫妻二人了，杜洛华就对玛德莱娜大发一通，指责这个平庸的暴发户的行径，声调里含着威胁，话里话外尽是恶毒的影射。

然而，玛德莱娜却鄙夷地耸了耸肩膀，总是重复道：

"你能耐，也像他那样干哪，也当部长啊！到那时你再颐指气使。还没当上，就先闭嘴吧。"

乔治捻着小胡子，乜斜着她：

"别人还不知道我能干出什么名堂，"他说道，"也许有一天，他们会知道的。"

她颇富哲理地回答：

"活得久才能看得到。"

议会复会的那天早晨，杜洛华起床要去拉罗什-马提厄家吃午饭，接受指示，以便为次日的《法兰西生活报》准备政治性文章，类似内阁真正意图的半官方声明。他穿衣服的时候，先接受躺在床上的妻子的千叮咛万嘱咐：

"千万别忘了问他，拜龙克尔将军是不是按原定被派往奥兰了。如果派去了，那就非常说明问题。"

乔治很烦躁，回答说：

"该干什么我全清楚，何必你来唠叨，让我清静点儿吧！"

玛德莱娜却心平气和地又说：

"可是，亲爱的，我交给你找部长办的事儿，你总要忘掉一半。"

他没好气儿地咕哝道：

"得了，你那个部长，到头来也把我搞烦啦！那是个大傻瓜！"

玛德莱娜仍然平静地说：

"难说他主要是我的还是你的部长。他对你恐怕比对我还有用。"

乔治朝她半转过身，冷笑道：

"对不起，他可没有追我呀。"

她慢悠悠地申明道：

"他也同样没有追我，但是他给我们带来福运。"

乔治沉默片刻，又说道：

"你那些爱慕者，若是由我来挑选，我倒觉得沃德莱克那个老笨蛋更好些。咦，那老家伙怎么啦？我有一周没见他的面了。"

玛德莱娜还是不急不躁，回答说：

“他身体不好，给我写信来说，他痛风发作了，甚至卧床不起。你应当去一趟，了解一下病情。你也知道，他很喜欢你，你去瞧瞧，他会很高兴的。”

乔治答道：

“对，当然要瞧瞧，过一阵我就去。”

他穿好了衣服，帽子也戴上了，再检查一下有没有疏漏，没发现什么毛病，就走到床前，吻了吻妻子的额头：

“回头见，亲爱的，最早我也得过了七点钟回来。”

说罢，他便出门去了。

拉罗什-马提厄先生正在等他，十点钟就吃午饭，因为内阁要赶在议会复会之前，中午十二点先开个会。

拉罗什-马提厄夫人不愿改变用餐时间，部长就只好和杜洛华单独用餐，由部长的私人秘书陪坐。杜洛华介绍他的文章，指出粗线条，还不时查看草书在名片上的记录，讲完了便问道：

“您看还有什么要改动的吗，亲爱的部长？”

“极少要改动的，亲爱的朋友。关于摩洛哥事件，您也许有点儿过分肯定了。您可以大谈特谈远征军，就好像势在必行，同时又要明明白白地暗示，这种事不会发生，况且您本人也根本不相信嘛！要让公众从字里行间看出，我们不会去冒这个险。”

“很好。我明白了，也要尽量让别人明白这个意思。我妻子要我问您，拜龙克尔将军是否被派往奥兰了。我听您刚才讲的话，得出结论是不会派了。”

这位政治家答道：

“不派了。”

继而，他们又谈起即将举行的会议。拉罗什-马提厄便开始高谈阔论，他演习语句的效果，以便过几小时就撒播到他那些同僚身上。他挥动着右手，忽而举起叉子，忽而举起餐刀，忽而举起一小块面包，眼睛不看任何人，仿佛在面对议会讲话，将他那头发梳得溜光的美男子的辩才，像甜烧酒一样倾倒出来。他那小小的髭胡在唇上翘起，两边的细梢儿活像蝎子尾巴。他抹了发蜡，头发油光锃亮，中间分缝儿，两片头发贴在鬓角上，正是外省男子炫耀其美的一副嘴脸。他还年轻，但有点儿过分发福了，显出几分臃肿来，腹部将礼服坎肩撑得圆鼓鼓的。私人秘书想必早已听惯了这种夸夸其谈，放心地又吃又喝。然而，杜洛华却感到嫉妒钻心，他看不惯这种小人得志的样子，心中暗道：“算了吧，白痴！这些政客，全是地地道道的蠢货！”

他拿自身的价值和这个饶舌的部长的显位作比较，心中暗道：“他妈的！哪怕实实在在有十万法郎，我也能回到美丽的故乡鲁昂去竞选议员，让我那些既精明又蠢笨的诺曼底老乡，都卷入他们粗鄙的诡计中，那么比起这些鼠目寸光的跳梁小丑来，我会是多么杰出的政治家！"

拉罗什-马提厄一直讲到上咖啡的时候，他忽然发觉时间晚了，就摇铃叫人备车，并向记者伸出手：

"亲爱的朋友，全明白了吗？"

"完全明白了，亲爱的部长，您就放心吧。"

杜洛华缓步去报社，四点钟之前无事可干，就动手写那篇文章，四点钟要去君士坦丁堡街，同德·玛海勒夫人幽会：二人定期见面，每周两次，星期一和星期五。

不料，他一走进编辑部，就接到一封加急电报，是华尔特夫人拍来的。电文写道：

> 今天务必同你谈谈，事情非常非常要紧，两点钟在君士坦丁堡街等我。我能帮你一个大忙。
>
> 你的至死不渝的朋友
>
> 维尔吉妮

杜洛华骂了一声："他妈的！真是鬼缠身！"情绪一下子变得十分恶劣，心里很恼火，干不下去活儿，便又出门了。

这六周来，他力图同她割断关系，但未能让她那炽烈的恋情冷却下去。

她失足之后，曾经痛心疾首，连续三次约会，都大肆责备和诅咒她的情夫。杜洛华厌腻了这种吵闹，也厌腻了这个大惊小怪的中年妇人，便干脆敬而远之，希望这场艳情就这样不了了之。然而，华尔特夫人却拼命揪住他不放，就像颈上拴着石头投河那样，投身于这场爱情。杜洛华出于无奈、顺随和尊重，就让她给缠住了；而她把情夫禁锢在令人厌倦的淫欲中，用她的柔情百般折磨他。

她要天天同他见面，动不动就发个电报召唤，要同他在街头巷尾，去商店或公园匆匆见上一面。

可是每次见面，她总是重复那几句同样的话，说她如何痴情，如何狂热地爱他，再向他肯定一句"见到他该有多高兴"，便匆匆离去。

她根本不像杜洛华当初想象的那样。她极力迷住他，装出种种天真的娇态，表达爱情那么孩子气，简直可笑之至，与她的年龄极不相称。在此之前，她一直严守妇道，心灵保持处子状态，拒不接触任何感情，根本不知道肉欲，规规矩矩、平平静静地活到了四十岁，好像清冷的夏季之后黯然无色的秋天，又如凋残的春天，尽是未发育好的小花和早夭的花蕾，不料突然来了一个一百八十度大转弯，少女的爱情之花奇异地开放了，这爱情虽然迟来，却同样热烈而天真，充满出人意料的冲动、十六岁少女的小声喊叫、令人肉麻的软语温柔，以及未识青春的老风流。一天之内，她给他写十封信，写些幼稚可笑的疯话，笔调怪异，既富有诗意又逗趣，颇似印第安人的做法，尽取鸟兽的名字。

一等到只剩他们二人，她就又搂又吻，表现出胖女孩那样笨拙的亲热，颇为粗俗地撅起嘴，还蹦蹦跳跳，抖得胸衣里沉甸甸的乳房乱颤。

杜洛华尤感恶心的是听她叫他"我的小老鼠"、"我的小狗狗"、"我的小猫咪"、"我的小心肝"、"我的小青鸟"、"我的小宝宝"；同样感到恶心的是见她每次同他交欢，总要表演一小出喜剧，像孩子一样装作害羞呀，做出她认为可爱的害怕的小动作呀，搞些学坏的寄宿女生的小把戏呀，等等。

她常问："这张嘴是谁的？"杜洛华若不马上回答："是我的"，她就步步紧逼，直到把他气得脸色刷白。

杜洛华认为她应当觉出，爱情上必须掌握分寸，要灵活、谨慎，要恰到好处；她是个中年女子，做了母亲，又属于上流社会，即使委身于他，也应当庄重一些，节制一点冲动，不要耍花样，也可以流泪，但那是狄多①之泪，而不是朱丽叶的泪水。

她不厌其烦地向他重复：

"我多么爱你呀，我的小宝宝！你说，你也同样爱我吗，我的小贝贝？"

每当听她叫"我的小宝宝"，或者"我的小贝贝"，他真想叫她一声："我的姥姥。"

她还常对他说：

"我太荒唐了，最终给了你。但我并不后悔。这样爱有多好啊！"

所有这类话，从她这张嘴里讲出来，乔治听了特别恼火。她低声感叹："这样爱有多好啊"，活像舞台上一个天真少女在背台词。

还有，她的爱抚那么笨拙，也实在叫他气恼。她在这个美男子的亲吻下，一下子热血沸腾，突然耽于肉欲，在搂抱中，带进去一种笨拙的激情和一种凝神专注，每次杜洛华都忍俊不禁，联想到老年人要学认字的情景。

但凡半老徐娘最后一次爱恋，情意总是浓到极点，目光深邃得可怕。华尔特夫人就是以这种火辣辣的目光看着乔治，搂抱时恨不得把他勒死，用肥厚而火热的、疲惫而又不知餍足的肉体压住他，恨不得一口将他吞掉；而且，她还像女孩似的扭来扭去，

---

① 狄多：希腊神话传说中的迦太基女王和建国者。当初，她在丈夫遇害后逃至非洲，建迦太基国，与流亡的特洛伊王埃涅阿斯相爱很久。埃涅阿斯奉众神之命返国时，她痛苦绝望而自杀。罗马诗人维吉尔根据这一传说写成史诗《埃涅阿斯记》。

娇声娇气地说：

"我多爱你呀，我的小宝宝，我多爱你呀！来呀，和你的小女人好好玩玩！"

每逢这时候，他真想骂一句，拿起帽子摔门而去。

起初他们常在君士坦丁堡街幽会，但是杜洛华怕让德·玛海勒夫人撞见，现在他就找种种借口拒绝到那里见面。

这样一来，他就不得不去她家，几乎每天去吃午饭或晚饭。她在餐桌下面握住他的手，在门后递给他嘴唇。然而，杜洛华主要是和苏珊娜玩耍才开心，觉得她特别滑稽好玩。苏珊娜虽然长了一副布娃娃的模样，但是头脑机智灵活，歪点子多，往往出人意料，也总爱表现，赛似集市上演出的木偶。周围无论什么事、什么人她都敢嘲笑，说出来的话又尖锐又恰当。乔治能激发她的情绪，逗引她挖苦奚落，二人意气十分相投。

苏珊娜动不动就叫他：

"听我说，帅哥儿！到这儿来，帅哥儿！"

他就马上离开母亲，跑到女儿身边。小姑娘对着他耳朵，说了一句什么刻薄话，两个人就开怀大笑起来。

这期间，那位母亲的情爱倒了他胃口，最后叫他厌恶得受不了。他一见到她，一听她说话，一想起她，心里就冒火。他不再去她家，不再给她回信，也不再听她召唤了。

她终于明白人家不爱她了，心中痛苦极了。可是，她还要死缠活缠，窥伺并跟踪人家，到报社门口，到他家门口，到他可能经过的街道，坐在放下窗帘的马车里守候。

杜洛华真想粗暴地对待她，骂她打她，明确告诉她："滚开吧，我厌腻了，您让我烦透了。"然而，他毕竟在《法兰西生活报》干事，手下总得留情，只能以冷淡的、表面尊重的生硬态度，有时甚至用唐突的话语，力图让她明白，这事儿必须了结了。

但她还是执迷不悟，千方百计要引他去君士坦丁堡街，而杜洛华时时担心，就怕有朝一日，两个女人面对面在门口撞上。

反之，在整个夏季，杜洛华对德·玛海勒夫人的爱又增加了几分，他管她叫"淘气精"，从心里觉得还是喜欢她。两个人天性有些相似之处，同属于冒险的种类，既是生活的流浪者，又是上流社会的流浪者，犹如跑江湖的吉卜赛人，这连他们自己都没有意识到。

他们度过了一个相爱的美妙之夏，一个玩乐的大学生之夏。他们总是溜出来，到阿尔让特伊、布吉瓦尔、麦宗、普瓦西等巴黎郊外，去用午餐或晚餐，沿河泛舟，采摘岸边的野花。德·玛海勒夫人爱吃塞纳河的油炸小鱼、烩兔肉、水手鱼，喜欢小酒馆的藤棚架和划船游客的欢声笑语。杜洛华爱挑晴朗的日子，和她同乘郊区火车，坐在顶层，一边快活地胡诌八扯，一边观赏巴黎郊野，观赏如雨后春笋冒出的市民丑陋的小别墅。

有时，杜洛华必须赶回城里，去华尔特夫人家吃晚饭，想想刚分手的少妇，他真恨死了这个缠住他不放的老太婆。须知在河边的草丛中，那位年轻的情妇已然采完了他的情欲，收获了他的激情。

他同老板娘断绝关系的决心，早已明确地、几乎是粗暴地向她表示过了，原以为差不多摆脱了，不料一进报社就收到这封电报，要他两点钟去君士坦丁堡街。

他踱来踱去，反复看这封电文：

今天务必同你谈谈，事情非常非常要紧，两点钟在君士坦丁堡街等我。我能帮你一个大忙。

你的至死不渝的朋友

维尔吉妮

他心中暗道："这个丑老太婆真厉害，找我又要干什么呢？我敢打赌，她根本没有什么正经事要对我谈，又要唱老调，说她崇拜我。不过，还是看看再说吧。她要谈一件非常要紧的事，还要帮我大忙，也可能这是真的。可是，克洛蒂尔德四点钟要去，最迟三点钟，我就得把头一个打发走。真见鬼！但愿她们俩别撞上。女人也太凶啦！"

他又一转念，倒觉得唯独他老婆从未折磨过他。她有自己一套生活，不允许别人打乱她日常活动的那种雷打不动的安排，但是到了分配给做爱的时刻，她也显得非常爱他。

杜洛华缓步朝他那专供约会的住所走去，心中还对老板娘愤愤不已。

"哼！她若是对我谈不出正经事儿，看我怎么接待她！康伯伦[①]的法语同我的相比，还是太学究气了。首先我就得向她声明，我再也不登她家的门了。"

他进屋等待华尔特夫人。

她几乎脚前脚后到了，一见他就说道：

"哈！你接到我电报啦！运气真好！"

杜洛华却摆出一脸凶相：

"当然啦，我正要去议会，就在报社里收到电报。你还找我干什么？"

---

① 康伯伦（1770—1842）：法国将军，在滑铁卢战役要结束时，身陷重围，拒不投降，以"屎"字回敬敌人。

她已掀起面纱以便吻他，战战兢兢、服服帖帖地靠到近前，好似经常挨打的母狗。

“你对我多么残忍……你对我说话多么冷酷……我干了什么对不起你的事儿？你想象不出，我因你忍受多大痛苦！”

杜洛华恶狠狠地说：

“你又要重弹老调，对不对？”

她就站在他面前，只等他微笑一下，抬抬手，就投入他的怀抱。

她怯声怯气地说：

“现在这样对待我，当初就不该占有我，应当让我像原先那样，过着规规矩矩的幸福生活。你还记得在教堂里对我说过的话吗？还记得你怎样强逼我进这座楼房的吗？现在呢，你就是这样对我讲话！就这样接待我！上帝啊！我的上帝啊！你害得我好苦啊！”

他咚地一跺脚，吼道：

“喂！嗳！得啦！打住吧。我哪怕见你一分钟，也得听你唱这老调。真叫人以为你十二岁就让我给糟蹋了，当初你就像天使一样，什么事儿也不懂。没那回事儿，亲爱的，还是恢复事情的真相吧，绝不是什么诱骗未成年少女的事情。你委身于我的时候，完全到了懂事的年龄。这我非常感谢，无限感激您，然而，我没有义务至死都得系在你的衣裙上。你有老公，我有老婆，你我都不是自由之身。我们心血来潮，做了一回露水夫妻，神不知鬼不觉，这事已经结束了。”

华尔特夫人说道：

“噢！你多么粗暴啊！你多么粗鲁啊！我那时候，固然不是少女了，但还从未爱过，从未失足过……”

杜洛华打断她的话：

“这话你对我说过多少遍了，我已经知道了。可那时候，你有了两个孩子……总不能说是我使你失去了童贞……”

她退了两步：

“噢！乔治，这也太不像话啦！……”

她双手按住胸口，呼吸开始困难，哽咽之声已升到喉头。

杜洛华一见她眼泪要出来，就从壁炉角拿起帽子：

“哦！你要哭啦！那好，晚安！你就是叫我来看这出表演吗？”

她抢前一步，要拦住他的去路，又急忙从兜里掏出手帕，赶紧擦了擦眼睛。她振作一下，声音也就随之坚定起来，但因痛苦的颤动，说话还断断续续：

“不对……我来是要……是要通知你一条消息……一条政治消息……好让你赚

上五万法郎……甚至赚得更多……如果你愿意的话。”

杜洛华口气立刻缓和了，问道：

“怎么回事儿？你要说什么呀？”

“昨天晚上，我丈夫同拉罗什谈话，让我偶然听见了几句。况且，他们谈话也不大避讳我。我听见华尔特嘱咐部长，不要让你了解这个秘密，说你会全部揭露出去。”

杜洛华已经把帽子放到一张椅子上，神情专注地等待下面的话：

“究竟是什么事儿呢？”

“他们要掌握摩洛哥！”

“算了吧。我和拉罗什一起吃的午饭，他把内阁的意图差不多全向我口授了。”

“不对，亲爱的，他们要了你，就是怕别人了解他们的密谋。”

“坐下吧。”乔治说道。

乔治先坐到一张扶手椅上，华尔特夫人则从地上拖过一张小矮凳，坐到年轻人的两腿之间，她又温柔地说道：

“我心里总装着你，现在就特别注意别人在我周围悄悄说的话。”

她和声细语，开始向他解释，近来她如何推测出他们背着他策划的事情，既利用他，又怕他参与分好处。

她还说道：

“要知道，人一有了恋情，就变得狡猾了。”

到了昨天，她终于弄明白了，原来是一桩大生意，一桩秘密筹办的特大生意。现在她微笑了，那么得意自己的机灵，越说越兴奋，完全是金融家夫人的口吻，似乎看惯了交易所背地的种种策划，看惯了证券指数的波动，致使将自己的积蓄投到由名人、政客或银行家担保的资产上的小市民、靠小笔年金生活的人，在两小时的交易中就倾家荡产了。

她一再重复：

“噢！他们干的事儿非常厉害。非常厉害。而且，完全是华尔特一手操纵的。他可是个大行家。千真万确，他干这事儿是第一流的。”

这一大套开场白，杜洛华不耐烦了：

“嗳！倒是快说呀！”

“好吧！事情是这样的：拉罗什把外交部抓到手那天，他们就已经决定要远征丹吉尔了。当时，摩洛哥债券已跌至六十四至六十五法郎，他们一点点全部买进了，干得特别巧妙，通过一些行为不端的经纪人，不会引起任何警觉，甚至骗过了罗特希尔德银行。那家银行见总有人购买摩洛哥债券，觉得事有蹊跷，得到的回答是一些中间商买去了,而一列举那些中间商的名字,全是有污点的、走投无路的人。于是,那家大银行也就放了心。现在,就要开始远征了,我们的军队一开到那里,法国政府就要为这些公债担保了。我们这两位朋友就能赚上五六千万。你明白了这样一桩生意,也就明白他们提防所有人,不敢稍有疏忽。”

她的头抵着年轻人的坎肩,双臂倚在他的双腿上,贴得紧紧的,靠得紧紧的,心里明明白白地感到,她现在引起他的兴趣,只要能得到一下爱抚,得到一张笑脸,要她干什么都行,什么都豁出去了。

杜洛华问道:

“你有十足的把握吗?”

她胸有成竹地回答:

“唔!没问题!”

杜洛华郑重地说道:

“这一招确实很厉害。拉罗什这个恶棍,迟早要落到我的手中!哼!这个臭无赖,他得小心点儿!……他得小心点儿!……他这个部长的骨头架子,早晚要攥在我的手掌心里。”

他又思考了一下,喃喃说道:

“这个机会,怎么也得利用。”

“你还可以买债券,”华尔特夫人说道,“现在才到七十二法郎。”

杜洛华又说道:

“对,不过,我手头没现钱。”

她抬头望他,眼里充满恳求的神色:

“这情况我想过了,我的小猫咪,你若是对我特别好,特别好,你若是爱我一点儿,那就让我借给你一些。”

杜洛华非常干脆,近乎粗暴地回答:

“这个嘛,用不着。”

她以哀求的声调讷讷道:

“听我说,这事儿你不借钱也可以办。我本来就想拿出一万法郎,买这种债券,好攒点私房钱。好吧!我拿出两万法郎!算你一半。要知道,这钱我用不着偿还给华尔特。因此,眼下一文钱也不用付。事儿成了,你就赚七万法郎。事儿不成,你就算欠我一万法郎,什么时候还我都行。”

杜洛华还是说:

“不行,我不大愿意搞这种鬼名堂。”

于是，她又摆出种种道理，劝他下这个决心，向他证明他投入一万法郎，其实只是口头上的，因此，冒是冒点风险，但这笔钱已由华尔特银行支付了，她一个钱也用不着给他出。

此外，她还向他指出，促成这桩交易的这场政治宣传运动，是他在《法兰西生活报》上发动起来的，他若是不乘机捞一把，也就太天真了。

杜洛华还在犹豫，她又补充说道：

"你想想看，这一万法郎，实际上是华尔特替你垫的，而你为他做的事，价值不比这大多啦！"

"好吧！就这么办了，"杜洛华说道，"你我各一半。如果蚀本了，我就还给你一万法郎。"

华尔特夫人高兴极了，不禁站了起来，双手捧住他的头，开始贪婪地吻他。

起初他并不在意，可是她越来越疯狂，紧紧搂抱，亲热个没完，简直要把他吞掉。他心里嘀咕，等一会儿另一个就要来了，若是心软，势必耽误时间，把留给少妇的这股激情，就要丢到这个老太婆的怀抱里了。

于是，杜洛华轻轻地推开她，说道：

"嗳！要规矩点儿。"

她神色忧伤地看着他：

"噢！乔治，我连亲亲你都不行了。"

杜洛华答道：

"那倒不见得，但今天不行。我不舒服，有点偏头痛。"

她只好重又坐下，乖乖地待在他两腿之间，又问道：

"明天到我家去吃晚饭好吗？你去了会叫我多高兴啊！"

他心下犹豫，但是不敢拒绝。

"好吧，我一定去。"

"谢谢，我的小亲亲。"

她的面颊在年轻人胸上蹭来蹭去，是一种有规律的撒娇的动作，她的一根黑色长发挂到他的坎肩上。

她发觉了，于是萌生一个荒唐的念头，须知这种迷信的念头往往体现女人的全部理智：她开始将这根头发轻轻地缠在纽扣上，在另一颗纽扣上再缠一根，还把一根缠在上面的纽扣上，最后，每颗纽扣都缠了她一根头发。

等会儿他一起身，就会把这几根头发揪下来，会揪得生疼，可是多么幸福啊！他不知不觉就带走她一小绺头发，带走她身上的一点儿东西。这是他从未讨过的，可以说是一条锁链，一条秘密的无形锁链，将她和他拴在一起！也是她在他身上留下的一道符咒，能让他不由自主地想念她，梦见她，明天会多爱她一分。

杜洛华突然说道：

“我得走了，议会散会时还有人等我呢。今天我不能不去。”

华尔特夫人叹了口气：

“唉！这就要走了。”

接着，她又无可奈何地说道：

“去吧，我的小亲亲，可是明天可得去我那儿吃晚饭。”

她猛然一挣，只觉头皮像针扎似的疼了一下。她的心怦怦跳起来，吃一点儿苦她也高兴。

“再见！”她说道。

杜洛华带着怜悯的微笑搂抱她，冷淡地吻了吻她的眼睛。

可是，这一接触，她又神魂颠倒了，低声重复一遍：“这就要走啦！”哀求的目光投向敞着门的卧室。

杜洛华将她推开，急匆匆地说道：

“我得赶紧走，要迟到了。”

她又递过去嘴唇，杜洛华只是轻轻拂了一下，将她忘掉的雨伞拿给她，又说了一句：

“走吧，走吧，快点儿，都三点过了。”

华尔特夫人走在前面，出门还叮嘱他一句：

“明天，七点钟。”

杜洛华答道：

“明天，七点钟。”

二人分手，华尔特夫人向右拐，杜洛华向左拐去。

杜洛华一直走到环城大道，再沿着玛勒泽尔博大街，缓步往回走，经过一家糕点铺，看见一只水晶杯里装着冰糖栗子，心中便想道：“我给克洛蒂尔德带回一斤去。”他买了一袋这种甜果，知道克洛蒂尔德喜欢得要命。

四点钟，他又回到房中，等候年轻的情妇。

她稍微来迟了一会儿，因为她丈夫回家了，要住一周。她问道：

“明天能去我家吃晚饭吗？他会非常高兴见你的。”

“不行，我还得到老板家去吃晚饭。我们忙着呢，要运作一大堆政治和金融的事情。”

克洛蒂尔德已摘下帽子，现在正脱箍得太紧的上衣。

乔治指了指壁炉上的纸袋，对她说：

“我给你带来的冰糖栗子。”

她拍起手来：

“运气这么好！你太可爱了。”

她拿下纸袋，尝了一个栗子，说道：

“真好吃。我一尝就知道，我准一个也剩不下。”

接着，她喜滋滋又色迷迷地望着乔治，补充一句：

“看来，你宠着我所有的坏毛病，对吧？”

她慢慢地吃栗子，不时往纸袋里瞧一眼，看看是不是还有。

她忽然说道：

“喏，你来坐到这张扶手椅上，我就偎在你两腿之间，慢慢吃这糖果，这样我会很舒服的。”

乔治微微一笑，坐下来，劈开大腿夹住她，就像刚才夹着华尔特夫人那样。

克洛蒂尔德满嘴嚼着，抬头同他说话：

“你还不知道，亲爱的，我梦见你了，梦见我们二人骑着骆驼长途旅行。那是双峰骆驼，我们每人骑着一个驼峰，穿越沙漠。我们带了纸包的三明治、瓶装的葡萄酒，就坐在驼峰上吃这样的便饭。我们俩离得远，干不了别的事情，我就烦了，想下去。”

乔治应声说：

“我也一样，想下去。”

他哈哈大笑，觉得这故事很有趣，引逗她胡诌八扯，多讲些蠢话，讲情侣在一起调情说的各种幼稚可笑的事情。这类傻话出自德·玛海勒夫人之口，他就觉得动听，如果出自华尔特夫人之口，他就会恼火。

克洛蒂尔德也叫他：“我的小心肝，我的小宝宝，我的小猫咪”这些称呼，他觉得又温柔又亲热，如果由刚才那一位叫出来，他就会感到恶心和恼火了。同样的情话，出自不同的口，味道也就不同。

不过，他一边开心地听她胡说八道，一边想他要赚到的七万法郎，忽然，他用手指轻轻敲两下情妇的头，叫她住口：

“听我说，我的小猫咪，我要派你给你丈夫传个信儿，转告我的话，让他明天去购进一万法郎的摩洛哥债券。现在的行市为七十二法郎，保证他不出三个月，就能赚上六万到八万法郎。千万叮嘱他，要绝对保密。向他转告我的话，远征丹吉尔已成定局，到时候法国政府就会为摩洛哥债券担保了。你可不要拉别人搅和进来。我透露给你的,可是国家机密。”

她认真听完,低声说道:

“谢谢你,今天晚上我就告诉我丈夫。对他,你尽可放心,他不会乱讲。他那人靠得住。绝不会出什么事儿。”

栗子全吃光了,空纸袋她在手里一揉,扔进壁炉里,说道:“我们上床吧。”但她没有站起来,而是就势给乔治解坎肩的纽扣。

她戛然住手,两根手指择出一根缠在纽扣上的长发,咯咯大笑:

“咦,你还带着玛德莱娜的一根头发。可真是个忠实的丈夫!”

接着,她神情又严肃起来,拿着她发现的这根难以觉察的细丝,久久地审视,咕哝道:

“是棕色的,这不是玛德莱娜的头发。”

乔治微微一笑:

“很可能是女佣人的。”

然而,她像警探一样,仔细检查他的坎肩,又从一颗纽扣上摘下第二根头发,继而又发现第三根。她面失血色,身子微微颤抖,高声嚷道:

“噢!你和一个女人睡过觉,她在你每颗纽扣上都缠上了头发。”

乔治深感诧异,结结巴巴地说:

“没……没有的事儿。你乱说……”

他猛然想起来,这才明白是怎么回事儿,开始有点慌神儿,随即又冷笑着否认,但是随她怀疑他另有艳情,内心深处并不气恼。

她还在寻找,总有所发现,飞快地将头发择下来,扔到地毯上。

她出于女人的狡猾本能,已然猜测出来了。她怒不可遏,气得简直要哭了,磕磕巴巴地说:

“这个女人,她爱你……她要让你带走她身上的一点儿东西……噢!你这个负情的家伙……”

突然,她又大叫一声,这是神经质的尖声欢叫:“噢!……噢!……是个老太婆呀……这有根白头发……哼!对呀,现在你连老太婆都要了……她们是不是给你钱,说……她们是不是给你钱……噢!到了这份上,跟老太婆鬼混……这么说,你不需要我了……保住另一个吧……”

她霍地站起来,跑向她扔在椅子上的外衣,迅速地穿上。

杜洛华又羞又愧,想拦住她,结结巴巴地说道:

“嗳,不是……克洛……你真愚蠢……我也不知道是怎么回事儿……听我说……

别走……瞧你……别走呀……"

她一再重复：

"保住你那老太婆吧……留着她吧……用她的头发……用她的白头发，让人给编一个戒指……她那白头发够你用的了……"

她敏捷而飞速地穿好衣服，戴上帽子和面纱，乔治还想拉住她，她却抡圆胳膊，扇了他一个大嘴巴，趁他一愣神儿的工夫，打开房门跑掉了。

只剩下杜洛华一个人，他简直气疯了，恨透了华尔特那个婆娘，那个凶恶的老太婆。哼！这个女人，一定得打发走，要狠狠地打发走。

他用水敷敷被打红的面颊，也出了门，心里琢磨如何报复。这回绝不轻饶。哼！绝不轻饶！

他一直走到林阴大道，信步闲逛，到一家珠宝店门前站住，望着一块标价一千八百法郎的怀表，那是他渴望已久的了。

他心头猛然一喜，想道：

"我若是能赚到那七万法郎，就可以买下它了。"

他开始畅想，用那七万法郎能干多少事情。首先，他要竞选成为议员。其次，他要买下这块怀表，然后去交易所玩股票，还要……还要……

他还不想去报社，想回家同玛德莱娜聊聊，然后再去见华尔特，再写那篇文章。于是，他转身往家走。

走到德鲁奥街忽又站住，他忘记去探望德·沃德莱克伯爵了，而伯爵就住在当丹路，于是他又往回走，一路游逛，仍然畅想，想到许多许多事情，想到美事好事，想到自己就要发迹，还想到拉罗什那个无赖和老板娘那个老妖婆。至于克洛蒂尔德负气而走，他并不放在心上，知道她很快就能原谅他。

到了德·沃德莱克伯爵的住所，他问门房：

"德·沃德莱克先生怎么样了？听说他近日身体不好。"

门房答道：

"先生，伯爵先生情况很不好。痛风攻心了，恐怕过不了今天夜晚了。"

杜洛华万分惊骇，一时不知如何是好！沃德莱克要死啦！无数模糊的念头掠过脑海，令他心乱如麻，连他自己都不敢承认会产生这类想法。

他嗫嚅道："……谢谢……我以后再来……"自己都不明白要说什么。

他跳上一辆出租马车，赶快回家。

妻子已经回来，他气喘吁吁地冲进她的房间，立刻告诉她：

"你还不知道吧？沃德莱克要死啦！"

玛德莱娜正坐在那儿看信，她抬起眼睛，一连重复三遍：

“嗯？你说什么？……你说什么？……你说什么？……”

“我要告诉你，沃德莱克痛风发作，侵入心脏，人就要死了。”接着，他又补充一句：“你打算怎么办呢？”

玛德莱娜站起来，面失血色，脸颊神经质地抽搐，继而，她双手掩面，失声痛哭。她一直站在原地哭泣，浑身颤动，真是痛断肝肠。

忽然，她控制住痛苦，擦了擦眼泪：

“我要……我要去一趟……你不要管我了……说不准几点钟能回来……不要等我了……”

乔治回答：

“很好，你去吧。”

二人握了握手。她走得非常急，连手套都忘记戴了。

乔治一个人吃过晚饭，就开始写拟议的那篇文章，完全遵照那位部长的意图，向读者暗示不会远征摩洛哥。文章写好，他就送交报社，同老板闲谈了一会儿，便叼着烟卷回家来，不知为什么心情这么轻松。

妻子还没回来，他独自睡下了。

将近午夜时分，玛德莱娜才回来。乔治猛然惊醒，一下子从床上坐起来，问道：

“怎么样？”

他从未见过她脸色如此苍白，神情如此冲动。玛德莱娜低声说了一句：

“他死了。”

“哦！那……他什么也没有对你说吗？”

“没有。我到那儿时，他已经昏迷不醒了。”

乔治若有所思。有些问题到了嘴边，但他不敢提出来。

“睡觉吧。”他说道。

她迅速脱掉衣裙，挨着丈夫躺下。

乔治又问道：

“他死的时候，有亲属在身边吗？”

“只有一个侄儿。”

“哦！那侄儿，他常见面吗？”

“从不见面。他们有十年没相见了。”

“他还有别的亲戚吗？”

“没有……我想没有。”

“那么……这个侄儿应当是继承人了?”

“不知道。”

“沃德莱克,他生前很富有吧?”

“对,很富有。”

“大约有多少钱,你知道吗?”

“不知道,说不准确,大概有一两百万吧?”

乔治不再说什么了。玛德莱娜吹灭了蜡烛。他们在黑夜中并排躺着,谁也没有睡,都默默想心事。

乔治已经没有睡意了。现在他倒觉得,华尔特夫人向他许诺的七万法郎,已经是个小数目了。忽然,他感到玛德莱娜在哭泣。为了确证一下,他便问道:

“你睡了吗?”

“没有。”

她的声音沉重而发颤。乔治又说道:

“那会儿我忘了告诉你,你那位部长把我们骗了。”

“怎么回事儿?”

他从头至尾详详细细讲了,拉罗什和华尔特耍了什么手段。

等他讲完,玛德莱娜问道:

“这情况你是怎么知道的?”

乔治回答:

“恕不奉告。你有你的情报途径,我不得而知;我也有我的情报途径,也打算严守秘密。不管怎样,我敢保证,我这情报准确无误。”

玛德莱娜咕哝道:

“唔,这倒有可能,我已经觉察出,他们背着我们在搞什么事儿。”

这工夫,乔治等不来睡意,就往妻子身边靠了靠,轻轻地吻她耳朵。她一把将丈夫推开:

“求求你,让我安静点儿好不好?我可没情绪陪你玩。”

乔治无可奈何,只好翻身面壁,闭起双眼,最后总算睡着了。

# 第六章

教堂挂了黑纱，正门立的一个花圈上，有一个很大的盾形纹章，向过往行人宣告，这是一位贵绅的葬礼。

追悼仪式刚刚结束，吊唁的人慢慢离去，鱼贯从灵柩和德·沃德莱克伯爵的侄子面前经过。他侄子同大家握手并还礼。

乔治·杜洛华夫妇出了教堂，并肩走回家。他们心事重重，一路默默无言。

乔治终于开了口，仿佛自言自语：

“真的，特别叫人奇怪！”

玛德莱娜问道：

“什么怪呀，亲爱的？”

“沃德莱克什么也没给我们留下！”

她的脸刷地红了，雪白的肌肤仿佛突然蒙上粉红色面纱，从胸口红到面孔。她说道：

“为什么他一定要给我们留下什么呢？毫无理由这么做呀。”

她沉默了片刻，又说道：

“也许有一份遗嘱，放在公证人那里。现在我们还无法了解。”

乔治想了一下，低声说道：

“对，有这种可能性，不管怎么说，他毕竟是我们的、我们俩的最好的朋友。他生前每周两次到我们家吃晚饭，而且随时都可以到家来，到我们家就像在他自己家里一样，完全一样。他就像父亲那样爱你，而且，他没有家室，既没有子女，又没有兄弟姊妹，只有一个侄儿，还是个远房的侄儿。对，应当有个遗嘱。我并不是抱着多大希望，只想要一件纪念品，以表明他想到了我们，他喜爱我们，承认我们对他的感情。他对我们确实应当有个情谊的表示。”

玛德莱娜若有所思，但又无所谓地说道：

“不错，很可能有份遗嘱。”

他们一回到家，玛德莱娜就从男仆手里接过一封信，拆开看了，又递给丈夫。

拉马纳尔公证人事务所

沃日街17号

夫人：

请于星期二、星期三或星期四，下午二时到四时，前来本事务所办理与您有关的事宜。

顺致……

拉马纳尔

这回是乔治脸红了：

"估计就是这事儿。真怪了，他是通知你，而不是通知我，从法律上讲，我是一家之主。"

玛德莱娜没有立即应声，她略微沉吟一下，就说道：

"你愿意过一会儿我们一道去吗？"

"嗯，好吧。"

他们吃过午饭就动身了。

他们一走进拉马纳尔公证人事务所，第一文书就显得非常热情地站起来，把他们让进老板办公室。

公证人个头很矮，整个人圆滚滚的。脑袋好似圆球，钉在另一个圆球上，而下面的圆球又有两条小短腿支着，也像两个小圆球。

他点头问好，指着椅子请客人坐下，再转身对玛德莱娜说：

"夫人，我请您来，是要让您了解德·沃德莱克伯爵的遗嘱，这份遗嘱与您有关。"

乔治忍不住咕哝一句：

"料想就是这件事儿。"

公证人补充说：

"这份材料不长，我马上就传达给您。"

他从面前的文件夹中取出一张纸，念道：

本件签署人保罗-爱米尔-西普里安-贡特朗，即德·沃德莱克伯爵，身心健康，我在此表达最后的意愿。

鉴于死亡随时能夺走人的生命，我愿立此遗嘱，以防不测，存于拉马纳尔先生处。

我没有直接继承人，愿将我的全部财产遗赠给克莱尔-玛德莱娜·杜洛华夫人，不附带任何义务和条件。财产包括两部分：交易所证券六十万法郎，土地资产约五十万法郎。我请她接受亡友的这一馈赠，借以表示忠诚、深厚而又敬重的一种情谊。

公证人补充说：

“这是全部内容。这份遗嘱是今年八月份立的，取代两年前写的同样性质的一份遗嘱。前一份遗嘱上的继承人是克莱尔-玛德莱娜·弗雷吉埃夫人。那份遗嘱我还保存着，如果本家有人提出异议，就可以拿出来证明德·沃德莱克伯爵的意愿没有变化。”

玛德莱娜脸色特别苍白，低头看着自己的脚。乔治神经紧张，用手指捻着小胡子梢儿。公证人沉默了一会儿，又说道：

“当然，先生，没有您的同意，尊夫人是不能接受这笔遗赠的。”

杜洛华站起身来，语气生硬地说道：

“容我点儿时间考虑一下。”

公证人微笑着点了点头，非常和蔼地说道：

“您有顾虑，还犹豫不决，先生，这我完全理解。我还要补充一点情况，德·沃德莱克先生的侄子，今天上午得知他叔父的遗愿，就明确表示，如果让给他十万法郎，他准备尊重这遗愿。依我看，这份遗嘱是无懈可击的，但打官司总不是好事，会惹人议论，你们还是避免为好。世人往往要作出恶意的判断。不管怎样，你们能不能在星期六之前，就快点给予我答复？”

乔治颔首答道：“可以，先生。”接着，他十分客气地施礼告辞，让保持缄默的妻子走在前面，铁板着脸走出去，弄得公证人那张笑脸也维持不住了。

他们一回到家，杜洛华啪地一摔门，将帽子往床上一扔：

“你给沃德莱克当过情妇吧？”

玛德莱娜正往下摘面纱，听这话不禁一抖，转过身来：

“我？噢！……”

“对，就是你。谁也不会把全部财产留给一个女人，假如她不是……”

玛德莱娜颤抖起来，连别着透明面纱的别针都取不下来了。

她思考了一下，然后结结巴巴，声调激动地说：

“瞧你……瞧你……你真荒唐……你真……你真……那会儿……你本人……不是也希望……他给你留下点什么东西吗？”

乔治就站在她身旁，注视她情绪的每一种变化，犹如法官力图捕捉犯人的每一细小的破绽。他一板一眼地说道：

“不错……他可以给我留下点什么东西，给我……给我，你的丈夫……给我，他的朋友……你要听明白……而不是给你……给你，他的朋友……给你，我的老婆……按照常理……而且从公众舆论的角度看，这种差异最重要，是根本性的。”

现在，是玛德莱娜定睛注视丈夫了，她那澄净的目光既深邃又奇特，似乎要看出什么来，似乎要在这个人身上发现别人始终看不透的一面。须知这个人只有在一瞬间，只有在一瞬间疏忽或放松，或者不留意的时候，才像紧闭的门开了一条缝儿，让别人瞥见一点儿内心的秘密。她一字字咬得很清，缓缓地说道：

“我倒觉得事情不尽然……如果他把那么大一笔遗赠……留给你……那么，别人至少会感到同样奇怪。”

乔治粗暴地问道：

“这是为什么？”

玛德莱娜答道：

“就因为……”

她迟疑了一下，才说下去：

“就因为你是我丈夫……你认识他并没有多久……因为我很久以来就是他的朋友了……我……因为他立的头一份遗嘱，就已经写明赠给我的，那时弗雷吉埃还在世。”

乔治大步踱来踱去。他郑重说道：

“这事我不能接受。”

玛德莱娜无所谓地答道：

“太好了，那就没必要等到星期六了，我们可以马上通知拉马纳尔先生。”

乔治到她对面站住，二人又对视了片刻，都要力图看透对方内心严守的秘密，探测对方思想的活跃点。二人通过这种热切而无言的询问，力图剥露对方的意识：这是他们心灵的搏斗，两个人在一起生活，彼此却始终不了解，相互猜疑，相互窥探，相互摸底，但是都没有探到对方灵魂深处的污泥浊水。

忽然，他直冲妻子的脸，低声说道：

“好了，招了吧，你做过沃德莱克的情妇。”

玛德莱娜耸了耸肩膀：

“你真愚蠢……沃德莱克十分疼爱我……十分……没有别的……仅此而已。”

他跺了跺脚：

“你说谎！这不可能！”

玛德莱娜却平静地回答：

“然而事实如此。”

他重又来回踱步，继而又站住：

“那你就向我解释解释，他的全部财产，为什么留给你，给你……”

玛德莱娜漫不经心地、淡淡地说道：

“这很简单，正像你刚才说的，他只有我们这两个朋友，准确点儿说，只有我这一个朋友。在我小时候，他就认识我了。我母亲在他府上给女主人当陪伴。他经常到这儿来，而他又没有自然继承人，也就想到我。若说他对我有几分爱，这也是可能的。不过，哪个女人没有这样被人爱过呢？他考虑安排后事的时候，这种藏在心里的秘密柔情便起了作用，他就写下我的名字，这又有何不可呢？每星期一他都给我送花，却从来没有送给你，你丝毫也没有感到奇怪，对不对？今天，他出于同样的原因，把财产赠给我了，只因他没有任何人可赠送。反之，他若是把财产留给你，那才叫人万分惊讶呢。为什么？你是他什么人吗？”

她说得极其自然，极其平静，乔治听了也犯了踌躇。

乔治还是说道：

“反正都一样，在这种情况下，我们就不能接受这笔遗产。接受了，后果不堪设想。人人都要信以为真，人人都要说长道短，拿我当成笑柄。我那些同事本来就嫉妒得要命，有机会就要攻击我。我比谁都得更珍惜自己的名誉，更爱护自己的声望。这个人，在流言蜚语中，已经被人说成是我妻子的情夫，我就不可能同意，也不可能允许我妻子接受此人这样性质的遗赠。这种事，弗雷吉埃可能容忍，他是他，可我不行。”

玛德莱娜就和颜悦色地说：

“好啊！亲爱的，那就算了，我们不接受，口袋里无非少了一百万嘛，不过如此。”

乔治一直走来走去，开始把头脑里想的高声讲出来，不直接对妻子，但其实是讲给她听的：

“好啊！对……一百万……只好认了……他立遗嘱的时候，却没有明白，他在分寸上犯了多大错误，居然忘了常理！他居然没有想到，他要把我置于何等荒谬而可笑的境地……生活中无不存在分寸的问题……他应当留给我半数，那么问题就全解决了。”

他坐下来，跷起二郎腿，开始捻弄小胡子梢儿。每当烦闷、不安或者费力思考时，他往往做出这种动作。

玛德莱娜拿起不时绣上几针的绒绣，一边挑选绒线，一边说道：

“我嘛，只有闭嘴的份。什么事儿都得由你考虑。”

许久他没有应声，后来，口气才犹豫地说道：

“别人永远也不会明白，我怎么能同意沃德莱克指定你是唯一继承人。以这种方式接受这笔财产，就等于承认……你那方面承认同他有过罪恶的关系，我这方面则承认卑鄙地默许……我们若是接受了，你明白别人会怎么理解吗？必须想一个迂回的办法，找一个巧妙的方式打掩护。必须向别人暗示，比方说暗示他把这笔财产分给我们两人，半数给丈夫，半数给妻子。”

玛德莱娜问道：

“那遗嘱是正式文件，我不知道怎么可以这样处理。”

乔治答道：

“唔！这很简单。你可以按生前赠予的方式，把遗产分给我一半。我们没有子女，因此可以这样办。这样一办，就能封住众人的口，杜绝流言蜚语。”

玛德莱娜有点儿不耐烦了，反驳说：

“我也不知道怎样才能封住众人的口，杜绝流言蜚语，既然文件摆在那儿，是由沃德莱克签署的。”

乔治气冲冲又说道：

“这份遗嘱，难道我们还需要张贴出来吗？其实你才愚蠢呢！我们就说德·沃德莱克伯爵把财产留给我们各一半……就是这码事儿……要知道，没有我的同意，你是不能接受这笔遗赠的。要我同意，只有一个条件，对半分，这样我才不会成为人家嘲笑的对象。”

玛德莱娜再次以犀利的目光凝视他：

“随你便吧。我准备好了。”

于是他站起身，又开始走动，又显得犹豫起来，现在还回避妻子那敏锐的目光。他说道：

“不行……肯定不行……也许最好完全放弃算了……这样更能保持尊严……也显得更正派……更体面……这样一来，别人就再也不能胡乱猜测了，绝对不能了。最爱吹毛求疵的人，也只能躬身佩服了。”

他走到玛德莱娜面前停下：

“这样吧，亲爱的，你若是愿意的话，我一个人再跑一趟，去征求拉马纳尔先生的意见，向他解释一下，说明我的顾虑，我还要告诉他，我们从权处理，决定平分，免得惹人非议。既然我接受了一半遗产，显然谁也无权讥笑我了。这就等于高声宣布：‘我妻子之所以接受，是因为我接受了，我作为丈夫，自然能裁定，她可以做什么而不会损害名誉。’否则，这事一定会闹得满城风雨。”

玛德莱娜只是咕哝一句：

“随你便吧。”

他又讲起来，口若悬河：

“对，对半分这种解决办法，事情就明明白白了。一位朋友给我们留下遗产，他不愿意在我们之间确定差异，不愿意厚此薄彼，不愿意表明：‘我死后也像生前一样，更喜欢其中的一个。’自不待言，他更喜欢那个女的，但是他的财产既留给了女的，也留给了男的，从而清楚地表明，他的偏爱纯粹是柏拉图式的。你尽可相信，他若是想到这一点，就会这样做了。他没有认真考虑，也就没有预见可能产生的后果。刚才你说得很好，他每周总是给你送鲜花，这最后的念心儿也就要留给你，而没有意识到……”

玛德莱娜颇为恼火地接口说道：

“就这么定了，我明白了。你解释这么多用不着，马上去见公证人吧。”

乔治脸红了，结巴着说了一句：

“你说得对，我这就去。”

他戴上帽子，临出门时又说道：

“那个侄儿的难题，我设法用五万就解决了，好不好？”

妻子高傲地回答：

“不，要十万就给他十万。你若是不愿意，就从我那份里出好了。”

他忽觉惭愧了，低声说道：

“嗳！这不行，我们分摊吧。我们每人扣除五万，总共还能净剩一百万呢。”

接着，他又补充一句：

“一会儿见，我的小玛德。”

他去向公证人解释了，说是他妻子想出来的办法。

第二天，夫妻二人签署了生前馈赠书：玛德莱娜·杜洛华赠给丈夫五十万法郎。

这天天气晴朗，他们从事务所出来，乔治建议一直走到林阴大道。他显得特别亲热和体贴，充满敬意和温情，见什么都高兴，笑容满面；然而，玛德莱娜却仿佛有心事，表情有点儿严肃。

已是秋季，这天相当冷。行人似乎都很急，脚步匆匆。杜洛华领妻子走到一家珠宝店门前，他正是常来这里观赏他渴望已久的怀表。

“我送你一件首饰，你说好吗？”他说道。

玛德莱娜无所谓地咕哝道：

“你瞧着办吧。”

他们走进店铺。乔治问道：

“你想要什么，项链、手镯还是耳环？”

玛德莱娜一看见金银珠宝首饰，故意装出的冷淡也就荡然无存，好奇的目光一下子亮了，扫视满满陈列着珠宝的玻璃柜台。

忽然，她动了心，看中了一样首饰：

“这手链很漂亮！”

那是一副形状独特的手链，每环镶一颗宝石，各不相同。

乔治问道：

“这手链多少钱？”

珠宝商答道：

“三千法郎，先生。”

“两千五让给我，这笔生意就拍板了。”

那人犹豫了一下，答道：

“不行，先生，这不可能。”

杜洛华又说道：

“这样吧，再加上这块怀表，一千五百法郎，一共算四千法郎，我付现金，成不成。您再不肯，那我就去别处了。”

珠宝商十分为难。最后还是同意了。

“哦，好吧，先生。”

记者留下自己的住址，又补充说：

“请在怀表上刻一个男爵冠冕，下方再用花体刻上我姓名的缩写：乔·洛·康。”

玛德莱娜不禁惊讶，微微一笑。他们往外走时，她怀着几分温存挽起他的手臂，觉得他确实又机灵又能干。现在他有了年金，理应有个贵族头衔。这完全恰当。

商人向他们躬身施礼：

“您就交给我办吧，星期四一定刻好，男爵先生。”

他们经过通俗喜剧院，看到正推出一场新戏。

“你若是愿意，今晚我们来看戏，设法弄个包厢。”

果然还有个包厢，他们就定下了。乔治又说道：

“今晚下馆子怎么样？”

“唔！好，我愿意。”

他像君主一样快活，想想还能干点什么。

“我们去找德·玛海勒夫人，请她和我们共度这个晚上怎么样？听说她丈夫也在，我很高兴能见见面。”

他们前去拜访。乔治同情妇争吵后怕再见面，乐得身边有妻子在，免得解释了。

克洛蒂尔德倒好像什么也不记得了，她甚至逼使丈夫接受邀请。

晚餐气氛欢快，这个晚上过得非常开心。

乔治和玛德莱娜很晚才回到家。楼道里的煤气灯熄了。记者不时搓燃点火用的蜡绳，好照亮楼梯。

他们走到二楼楼梯口，搓的蜡绳忽然燃起火苗，在黑暗中照亮二人的面孔，映现在镜子里。

他们那模样好似幽灵，倏忽现形，好像随时会消失在黑夜里。

杜洛华抬起蜡绳照他们的形象，以便看得清楚些，他得意地笑道：

“瞧，百万富翁经过这里。”

## 第七章

征服摩洛哥已有两个月，法兰西成为丹吉尔的主人，拥有了直到的黎波里的地中海的整个非洲海岸，并为这个新吞并的国家公债担了保。

据说，两名部长从中捞了两千万，几乎指名道姓提到拉罗什-马提厄。

至于华尔特，巴黎无人不知无人不晓，他一箭双雕，债券上赚了三四千万，铜铁矿和大量地产赚了八百万到一千万。那些地产，他在远征摩洛哥之前廉价买进，等到法国占领那里之后，再转手高价卖给殖民开发公司。

数日之间，他就成了世界的主宰之一，成为万能的金融家。这类金融家几乎是万能的，比国王权势还大，能令人低头弯腰，令人嘴巴结巴着，讲出深藏内心的一切下流、无耻和嫉妒。

从前，他是犹太人华尔特，一家可疑的银行老板，一家暧昧的报社社长，一名被人怀疑投机钻营的议员。现在他摇身一变，成为华尔特先生，以色列富翁。

他要表明这一点。

卡尔斯堡亲王有一座极美的公馆，坐落在圣奥诺雷城关街，花园则朝着香榭丽舍大街。华尔特得知那位王公生活窘迫，便出价三百万，在二十四小时之内买下这座府邸，要求全部家具保持原样，连一张扶手椅的位置都不能移动。出价的数额很有诱惑力，那位王公同意了。

第二天，华尔特搬到了新居。

接着,他又出新招儿,要拿下巴黎,这是名副其实的征服者的主意,波拿巴式的主意。

这期间,匈牙利画家卡尔·马尔科维奇的一大幅油画,表现耶稣在波涛上行走,正在鉴别估价商雅克·勒诺布尔处展示,吸引了巴黎各界人士。

艺术评论家盛赞这幅作品,宣称这是本世纪杰作中的杰作。

华尔特用五十万法郎买下这幅画,并当即取走,一下子阻断了公众好奇心所汇成的潮流,致使全巴黎都在议论他,而他任由别人羡慕、咒骂还是赞同。

继而,他又在报上宣布,要于某一晚上,邀请巴黎各界名流到他府上欣赏那位外国大师的杰作,以便杜绝他将一件艺术品囚禁起来的流言。

届时他的府邸开放,来者不拒,只要在门口出示通知函即可。

通知函这样写道:"华尔特先生暨夫人,于十二月三十日晚九时至午夜,在宅中用电灯照明展示卡尔·马尔科维奇[①]的作品《耶稣凌波图》,敬请光临。"

还有一行小字体的附言:"午夜之后将举行舞会。"

这样,在愿意留下来的人当中,华尔特夫妇将挑选未来的相识。

其余的人则怀着世俗的、放肆的或淡漠的好奇心,见识了这幅画,这座公馆和公馆主人之后,便怎么来就怎么回去了。华尔特老头儿心中有数,以后他们还会再来拜访,就像拜访同他一样成为富翁的那些以色列兄弟。

首先必须吸引常见报的那些有贵族头衔而又一贫如洗的人。他们走进这家门,是要瞧瞧六周就赚了五千万的这个人长什么样子;他们走进这家门,也是要瞧瞧,要数数前来的都是什么人;他们走进这家门,还因为他情趣高雅而又机灵,能把他们邀到他这个以色列子孙的家中,欣赏一幅以基督教为主题的绘画。

他分明向他们表示:"你们看,我花了五十万法郎,买了马尔科维奇的《基督凌波图》。这幅宗教题材的杰作将永远放在我家中,放在我眼前,放在犹太人华尔特的家里。"

在上流社会,在公爵夫人和赛马俱乐部[②]的圈子里,大家纷纷议论这一毫无约束性的邀请:去那里就好像去波第[③]先生的画廊看水彩画一样。华尔特夫妇拥有一副杰作,他们选择一天晚上敞开大门,让所有人都有机会观赏。这再好不过了。

《法兰西生活报》在半个月以来,每天都在社会新闻栏刊登十二月三十日晚会的消息,极力煽起公众的好奇心。

---

① 实际上是匈牙利画家米哈利·蒙卡西(1844—1900):从1872年至1896年定居法国。

② 赛马俱乐部是保持贵族传统的封闭的小圈子。

③ 乔治·波第于19世纪末在巴黎赛兹街创办画廊,主旨是引导上流社会接受现代绘画。

老板如此风光,杜洛华气得要命。

他从妻子那里榨取了五十万法郎,自以为很富有了,现在却觉得自己很穷,穷得要命,他那点儿可怜的财富,怎能比像雨一样哗哗落到他周围的、而他根本不懂聚敛的那千百万呢?

他心中的妒恨与日俱增。他恨所有人,恨华尔特夫妇,甚至不再去他们家了;恨自己的妻子上了拉罗什的当,反过来还劝他不要买摩洛哥债券;尤其恨那个部长,每周两次到他家用晚餐,既利用他又耍弄了他。乔治给那部长当秘书,当随员,当笔杆子,每次在他口授下写东西的时候,恨不能掐死那个得意洋洋臭美的家伙。拉罗什当上部长,业绩平平,为了保住职位,他绝不让人猜出他已腰缠万贯。然而,那个律师暴发户说话越发傲慢,举止越发放肆,下断语越发大胆,那自信也越发十足了,从这种种变化中,杜洛华能感到他发了横财。

如今,在杜洛华家是拉罗什当家了,他接替了德·沃德莱克的位子,经常前来,对仆人说话的口气,俨然是这个家的二主人。

乔治气得发抖,但还是忍着,犹如一条狗想咬人却还不敢。然而,他对玛德莱娜的态度,时常又生硬又粗暴,而玛德莱娜只是耸耸肩膀,把他视为笨拙的孩子。不过,见他情绪总是那么坏,她很诧异,多次说过:

"你真叫我弄不明白,你总那么抱怨。可是,你的地位多优越啊!"

乔治转过身去,一声也不应。

起初他明确说,绝不去参加老板组织的晚会,再也不想跨进那个肮脏的犹太人的家门了。

这两个月来,华尔特夫人每天给他写信,求他去她家中,求他指定个约会地点,说是要把她替他赚的七万法郎当面交给他。

乔治根本不回复,将那些痛苦绝望的信投入炉火中。他倒不是不想接受二人获利中他的那份,而是偏要狠狠气她,以轻蔑的态度对待她,把她踩在脚下。她太富有啦!乔治就要傲视。

要展示那幅画的当天,玛德莱娜还指出,他不想去可是大错特错了,他仍然答道:

"让我清静点儿,我就待在家中。"

可是,吃完晚饭,他忽然说道:

"这个苦差事,还是得跑一趟啊。你快点准备吧。"

玛德莱娜早有所料。

"我有一刻钟就准备好了。"她说道。

乔治穿衣服时还气哼哼地嘟囔,甚至上了出租马车,他还继续发泄怨气。

卡尔斯堡公馆的正院被照得通明透亮,四只大电灯泡,在院子四角如同放射蓝光的四个小月亮。一条精美的地毯,从高台阶顺级而下,每一级上都立着一名身穿号服的听差,如雕像一般挺立不动。

杜洛华咕哝道:

“这才叫摆阔气呢!”

他耸耸肩膀,嫉妒得直揪心。

妻子对他说:

“住口吧,你也照样干好了。”

他们进了门,将沉重的外套交给迎上来的仆人。

还有几对夫妇到了,他们也脱下皮袄。只听他们低声赞道:“真漂亮!真漂亮!”

前厅极为宽敞,墙上挂着织有战神马尔斯和美神维纳斯爱情故事的壁毯。左右两翼的楼梯十分壮观,到二楼合拢。楼梯的锻铁扶手非常精美,由于年代已久,上面的镀金已然褪色,沿着红色大理石的梯阶,隐隐闪着光亮。

通往几间沙龙的门口有两个小姑娘,一个扮成玫瑰精灵,一个扮成蓝精灵,她们向每位夫人献上一束花。大家觉得这种安排十分美妙。

沙龙里熙熙攘攘,已经到了不少客人。

大部分女士都是上街的装束,以表明她们到这里来,就同参观所有个人画展一样。准备留下来参加舞会的,则穿着袒胸露臂的晚礼裙。

华尔特夫人由女友簇拥着,站在第二间客厅里,向参观者答礼。许多人不认识她,就像参观博物馆那样,径自走去,根本不管这住宅的主人。

华尔特夫人一望见杜洛华,脸色刷地白了,她动了一下,想走过去,但终于停在原地未动,等他前来。杜洛华恭恭敬敬地向她施礼问好,而玛德莱娜则对她极为亲热,百般恭维。乔治把妻子留给老板娘,自己则混入人群中,他要听听别人会讲些什么恶言恶语。

接连有五间沙龙,都镶着珍贵的壁布、意大利刺绣,或者不同颜色与风格的东方地毯,墙上挂着古典大师的画幅。尤其一间路易十六时代风格的小客厅,令人驻足欣赏,赞叹不已,只见墙壁上全镶着淡蓝地儿玫瑰色花束图案的锦缎,镶金的木制矮家具罩布与墙上的锦缎相同,显得精美极了。

乔治认出一些名人,诸如:德·费拉西纳公爵夫人、德·拉沃奈尔伯爵夫妇、德·安德列蒙亲王将军、美丽的德·杜纳侯爵夫人,以及首场演出必到场的所有男女名流。

他忽觉胳膊被人抓住,耳畔响起年轻的、欢快的声音,悄悄地对他说:

“哼！您终于来啦，坏透了的帅哥儿！为什么您不露面啦？”

原来是苏珊娜，她那盘卷如烟云的金发下，一对细瓷般的眼睛正在注视他。

乔治又见到她真是喜出望外，他毫不犹豫地握住她的手，接着表示歉意：

“来不了，这两个月来忙极了，根本没时间外出。”

苏珊娜表情变得严肃了，又说道：

“这不好，很不好，很不好。您多叫我们难过啊，因为妈妈和我，我们都特别喜欢您。我更是这样，没有您就受不了。没有您在眼前，我就烦闷得要命。您看，我对您这么坦率说出来，就是让您明白，您再也无权就这样不露面了。来，让我挽着您的手臂，亲自陪您去看《耶稣凌波图》，它就挂在最里端，还在温室后面呢。爸爸也真是的，把那幅画摆在那边，是要迫使人全走个遍。真怪了，爸爸有了这个公馆，就像孔雀开屏，一个劲儿炫耀。”

二人缓步穿过人群，惹人回身瞧这美男子和这喜人的布娃娃。

一位名画家叹道：

“嘿！瞧这一对多美，真是美妙无双。”

乔治心中暗道：

“我若是真有本事，就应当娶这一个。按说，这也是可能的。我原先怎么就没有想到呢？我怎么就稀里糊涂，娶了另一个呢？太荒唐啦！人做事总是操之过急，从不考虑充分了。”

嫉妒，苦涩的嫉妒，好似胆汁，一滴滴落入他的心田，破坏了他的全部快乐，使他的生活变得可憎了。

苏珊娜说道：

“哎！您要常来呀，帅哥儿。现在爸爸这么有钱，我们可以随便挥霍，可以痛痛快快地玩乐。”

他一直顺着自己的思路，答道：

“哦！现在，您该结婚了，要嫁给一个家道没落的英俊王子，我们也就没有什么机会见面了。”

苏珊娜坦率地高声说：

“嗳！不，还没有呢，我要找一个我喜欢的人，找一个我非常喜欢、完全喜欢的人。我的钱够两个人用了。”

乔治微微一笑，是一种讥讽而高傲的笑，于是开始向她指点走过去的宾客，说他们出身如何高贵，他们如何将生了锈的贵族头衔卖给像她这样的金融家女儿，现在无论是远离还是在妻子身边，都过着自由放荡的无耻生活，但是很有名望又受人尊敬。

他得出结论：

“我打赌不出六个月，您就得上钩，当上侯爵夫人、公爵夫人或者王妃。到那时，您就眼高于顶，对我不屑一顾了，小姐。”

苏珊娜气得直用扇子打他的手臂，发誓说她要完全按照自己的心愿结婚。

乔治冷笑道：

“走着瞧吧，您太富有了。”

苏珊娜也说道：

“您也富有啊，不是继承了一笔遗产嘛！”

乔治可怜巴巴地“噢”了一声：

“别提了，将将能有两万利弗尔的年息，现在这年头就不算什么了。”

“还有您夫人，也继承了。”

“对，我们两个人共一百万。年息四万，我们连置一辆马车都办不到。”

他们走到最后一间客厅，温室就出现在面前。这是一座冬季大花园，里面长满了热带高大的树木，遮护着一丛丛的奇花异草，只见一片墨绿色，灯光照进去，宛如银波流荡。一置身园中，便呼吸到潮湿土地和浓郁芳香的温润而清新的气息，使人产生一种奇异而甜腻的感觉，一种有害而又迷人的感觉，只觉得气氛淆杂，令人绵软无力。通道两侧是茂密的灌木丛，走在地毯上就像踩着厚厚的青苔。杜洛华忽然看见右侧一棵棕榈树的大圆顶下，有一个白色大理石水池，那面积足够游泳了。池边那代尔夫特[①]产的四只彩陶大天鹅，从半张的喙中向池里喷水。

池底铺着金色的细沙，几尾大金鱼在水中游弋，那双眼突起、鳞片上镶着蓝边的中国怪物，堪称水宫的达官贵人，无论游来游去，还是垂悬在金色池底，都令人联想起那个国度的奇妙刺绣。

记者停下脚步，心不由得怦怦直跳，他暗自思忖：

“嘿！这才叫豪华呢！要活得美，就应当住在这样的宅子里。别人办得到，我为什么就不能呢？”

他接着想有什么办法能达到这种目的，一时什么也想不出来，就觉得自己无能，心中十分恼火。

他的女伴也若有所思，不再讲话了。杜洛华从侧面瞥了她一眼，头脑又闪现这个念头：“其实，只要娶了这个有血有肉的小玩偶，就会大功告成。”

这时，苏珊娜仿佛猛醒过来：“当心！”她说道。她推着乔治穿过挡路的人群，又

① 荷兰城市名，以制造精美彩陶著称。

突然推他朝右拐去。

只见一片奇特的灌木丛，树叶伸向空中，像张开的尖尖手指微微颤动，而树丛正中有一个人，纹丝不动地站在海上。

效果惊人。画框恰好由颤动的绿丛遮住，仿佛一个黑洞，而洞中远处出现一幅神奇的幻景。

要仔细审视才能看明白。众使徒乘坐的船只有半截在画框里面，由斜射过来的灯光微微照见，而坐在船沿举着灯笼的使徒，将光亮全部投向缓缓起来的耶稣。

只见波涛在耶稣脚下让路，变得平复铺展，柔和驯顺了。化为人形的上帝周围一片黑暗，唯有天上的星光灿烂。

举着风灯的使徒指着天空，而在风灯余光的朦胧中，众使徒惊讶得脸都变了样。

果然是大师手笔，作品雄浑有力，出人意料，能震撼人的思想，能让人浮想数年而不忘怀。

观赏这幅画的人起初保持肃静，继而沉思着走开，过后才谈论这部作品的价值。

杜洛华观赏了一会儿，说了一句：

“能花得起钱买这类玩意儿，才够派呢！”

旁边有人又推又搡，以便挤到近前看个清楚。于是，杜洛华让开了，他的腋下始终夹着苏珊娜的手臂，这时夹得又紧了一点儿。

苏珊娜问他：

“您想喝杯香槟吗？我们去冷餐台吧！去那儿还能瞧见爸爸。”

他们又缓步穿过每间客厅，只见人越来越多，如潮般汹涌，都是盛装打扮，就像参加公众的庆典一样。

忽然，乔治仿佛听见有人说了一句：“瞧，那是拉罗什和杜洛华夫人。”这句话拂过耳畔，如同远处的声响随风飘动。是从哪儿来的呢？

乔治游目巡视，果然望见他妻子挽着那位部长的胳膊，那两个人相视而笑，正亲昵地低声交谈。

乔治想象别人一定望着他们并窃窃私语，心中顿时萌生一种强烈而愚蠢的欲望，要扑过去狠揍那两个人。

他妻子是当众出他的丑。他想起弗雷吉埃，现在别人大概要说：“杜洛华这个王八。”他是何许人？无非是个小小的暴发户，有点儿小聪明，其实并没有多大本事。别人之所以到他家去，是因为惧怕他，觉得他能干，然而他们在背地里，恐怕会毫无顾忌地议论这对记者小夫妻。这个女人，总引起别人对他的家庭产生怀疑，总是造成不好的名声，她那神态也表明她是个搞阴谋的女人：跟这样一个女人在一起，他不可能飞黄腾达。现在，她很可能成为他的绊脚石。唉！若是早能看透，早点儿明白该有多好！他会有多大的用武之地啊！他若能拿小苏珊娜当赌注，那能赢多大一局啊！他的眼睛真够瞎的，怎么没有看清这一层呢？

他们到了餐厅，好大的房间，排列着大理石柱子，墙上镶着古老的戈伯兰壁布。

华尔特一望见他的专栏编辑，就急忙过来抓乔治的双手。老板高兴得像喝醉了酒：

“您全都看到了吧？喂，苏珊娜，你全都指给他看了吧？来的人真多，对不对，帅哥儿？您看见盖尔什王爷了吗？他刚才过来喝了一杯潘趣酒。”

说罢，他又冲向参议员里索兰。跟在里索兰身边的傻乎乎的女人是他的妻子，那份花里胡哨的扮相，赛似集市上的杂货摊。

一位先生向苏珊娜施礼，那是一个身材修长的青年，头发有点儿拔顶，蓄着金黄色的美髯，气度不凡，走到哪儿都为人瞩目。乔治听人称他德·卡索尔侯爵，他忽然嫉妒起这个人来。从什么时候起，苏珊娜认识他的呢？大概是她家发了财之后吧。乔治推想他肯定是个求婚者。

有人拉起他的手臂，乔治扭头一看，原来是诺尔贝·德·瓦莱纳。老诗人还是晃着一头油腻的脏发，穿着那身破旧的礼服，还是一副无精打采的淡漠神态。

“这才叫开心呢，”他说道，“过一会儿还要跳舞，跳完舞就上床睡觉。那些小女孩也都兴高采烈。喝香槟吧，这是佳品。”

他让人斟满了一杯，等杜洛华也拿了一杯，便祝酒道：

“为聪明才智向百万财产报复而干杯！”

他又换成温和的口气说道：

“我倒不是怪他们妨碍我，或者怨恨他们，而是从原则上表示反对。”

乔治已无心听老诗人说话了，他发现苏珊娜和德·卡索尔侯爵刚刚溜掉，便突然离开诺尔贝·德·瓦莱纳，开始追寻那少女。

前来喝酒的人熙熙攘攘，拦住了他的去路，等他终于挤出人群，又碰巧同德·玛海勒夫妇撞了个满怀。

乔治同那位妻子常见面，但很久没有会见那位丈夫了。那位丈夫紧紧抓住他的双手：

“亲爱的朋友，万分感谢您让克洛蒂尔德转告给我的建议。我购买了摩洛哥债券，赚了将近十万法郎。这多亏了您啊！可以说，您的确是一位难得的朋友。”

有些男人回过头来，注视这个秀雅美丽的棕发娇娃。杜洛华答道：

“亲爱的朋友，帮忙要回报，我想借用尊夫人，确切点儿说，请她挽着我的手臂走一走。夫妇历来要拆开的。”

德·玛海勒先生点了点头：

“完全正确。如果我同你们走散了，那就过一小时，大家还在这里见面。”

“好极了。”

两个年轻人在前，那位丈夫在后，钻入了人群，克洛蒂尔德一再说：

“华尔特这家人运气真好。不过，生意头脑也少不了。”

乔治答道：

“哼！强手总有得意成功的时候，可以使用这种，也可以使用那种手段。”

克洛蒂尔德又说道：

“这下子，两个女儿，每个都能有两三千万嫁妆了，且不说苏珊娜长得多美。”

乔治没有应声，他的想法从另一张嘴里讲出来，心里不免有点儿恼火。

她还没有见到《耶稣凌波图》，乔治提议带她去看。他们边走边拿别人开心：说说谁的坏话，嘲笑生人的长相。圣保丹从旁边走过去，他们也觉得好笑：他礼服翻领上挂了那么多勋章，而走在他后面的一位前大使则少得可怜。

杜洛华感叹一句：

“林子大，什么鸟儿都有！”

布瓦勒纳过来同他握手，那扣眼又佩戴上决斗那天戴出来显示的黄绿两色绶带的勋章。

打扮得花枝招展、身体肥胖的佩什穆尔子爵夫人，在路易十六时代风格的小客厅里，正同一位公爵交谈。

乔治低声说道：

“风流对头。”

他穿过温室的时候，又瞧见他妻子坐在拉罗什身边，两个人几乎躲在一簇花木后面。他们那种行径分明在说：“我们在这里约会，在大庭广众之中见面。我们才不在乎舆论呢。”

德·玛海勒夫人承认，卡尔·马尔科维奇的《耶稣凌波图》确实出神入化。他们往回走时，也不知把那位丈夫丢到哪里了。

乔治问道：

“罗丽娜怎么样？她还一直记恨我吗？”

“对，一直那样。她不肯见你，一听人提起你就走开。”

乔治没有应声。小姑娘的这种反目成仇，一时压在他心头，令他黯然神伤。

在一道门的拐角处，苏珊娜突然抓住他们，高声说道：

“嘿！你们在这儿呀！好啦，帅哥儿，您就独自待会儿吧，我把美丽的克洛蒂尔德劫走了，带她去瞧瞧我的房间。”

两位女士走了，步履匆匆钻进人群，她们腰身曼妙，动作像水蛇一般，善于在人群之间游走。

几乎紧接着，一个人低声叫他：“乔治。”原来是华尔特夫人，她又压低嗓门说道：“噢！您太残酷无情啦！您就这样白白让我吃苦头！我派苏珊娜将陪伴您的女士拉走，好有机会同您说句话。听我说，今天晚上，我必须……我必须同您谈谈……否则……否则……您不知道我会干出什么来。您去温室那边，从左首一道门出去，进入花园，再沿着小径走到头，就能看到一架紫藤。十分钟后，您到那儿等我。您若是不愿意，我向您发誓，我会立刻在这里闹起来，大家出丑！”

乔治高傲地答道：

“好吧。十分钟后，我就会到您指定的地点。”

二人当即分手。乔治不料又碰见雅克·里瓦乐，差点误了时间。里瓦乐抓住他的胳膊，情绪非常激动，向他讲述了一大堆事情，他肯定是从冷餐台那里过来的。最后，杜洛华终于摆脱了，把人交给在两道门之间又碰上的德·玛海勒先生，自己赶紧溜走了。他还要特别当心，不能让他妻子和拉罗什瞧见。这一点不难做到，因为那二人似乎谈得很热烈，他终于到了花园。

冷风袭来，就好像洗冷水浴，他心中骂了一句：“妈的，我非感冒不可。”于是，他拿手帕像扎领带那样系在脖子上。然后，他沿小径缓步往前走，刚从亮堂堂的客厅出来，周围还看不清楚。

他分辨出两侧是灌木丛，落了叶的细枝在瑟瑟抖动，枝丫间穿过的灰色光亮，是公馆窗户透出的灯光。他隐约望见前方路中央有个白影，那正是华尔特夫人。她袒胸露臂，声音颤抖着讷讷说道：

“哦！你来啦？看来你是想要我的命吧？”

乔治平静地回答：

“求求您，别给我演戏好不好？否则我拔腿就走。”

她搂住乔治的脖子，几乎嘴唇贴着嘴唇说道：

“我有什么对不起你的？你就像恶棍一样对待我！我有什么对不起你的？”

乔治想推开她：

“上次见面的时候，你把头发缠在我的所有纽扣上，害得我们夫妻关系差点儿破裂。”

她不禁愕然，继而摇头否定：

“哼！你老婆才不在乎呢。大概是你的哪个情妇同你大闹一场。”

“我没有情妇。”

“住口吧！没有，那你为什么不来看我啦？你为什么不来和我吃晚饭，每周一次也不肯呢？我多么痛苦，简直肝肠寸断。我爱你到了什么程度，无论想什么都会想到你，无论看什么都看见你在眼前，再也不敢讲一句话，只怕一开口就讲出你的名字！你呀，这种感受，你是不懂的！我就觉得自己被巨爪抓住，捆起来，不知被投进了什么口袋里。总是念念不忘，一想起你喉咙就发紧，就像有什么东西被撕裂，就在乳房下面，心窝这里，这两腿还发软，连走路的力气都没有了。我就像个傻子，整天坐在椅子上想你。”

杜洛华惊讶地看着她。她不再是他从前认识的那个胡闹的胖女人，而成为丧失理智、什么事都干得出来的绝望女人。

这工夫，他头脑里隐隐约约有个设想，于是答道：

“亲爱的，爱情不是永恒的，总要有合有分。像我们这样的关系，再继续下去，就成了巨大的负担。我再也不愿意这样了。这就是事实。不过，你若是真能变得通情达理，把我当做朋友看待，那我还会像从前那样来你家。你觉得自己能做到这点吗？”

她将手臂搭在乔治的黑礼服上，低声说道：

“只要能见到你，我什么都做得到。”

“那好，一言为定，”乔治说道，“我们是朋友，仅仅是朋友。”

她讷讷道：“一言为定。”

可是，她又把嘴唇递过去：

“再吻一次……最后一吻。”

乔治委婉地拒绝：

“不行，我们必须执行协议。”

她转过身去，抹去两颗眼泪，然后从胸衣里掏出用粉红绸带扎着的一个纸包，递给杜洛华：

“拿着，这是摩洛哥那桩生意中你赚的份额。当时我特别高兴能替你赚了这笔钱。给你，拿着吧……”

乔治不想要：

“不，我绝不能收这笔钱。”

华尔特夫人生气了：

“嗳！现在，你可别给我来这套！这是你的，纯粹是你的。你不接着，我就扔到阴沟里。乔治，你不会给我来这套吧？”

乔治收下纸包,放进口袋里。

"该回去了,"他说道,"这样你会得肺炎的。"

她喃喃说了一句:

"我求之不得！死了才好呢!"

她抓起乔治一只手,无比激动地、发狂而绝望地吻了一通,随即逃往公馆。

乔治思前想后,慢慢往回走。他高昂着头回到温室,嘴角挂着微笑。

他妻子和拉罗什已不在那里了。人也减少了许多,显见那些人不想留下来跳舞。他望见苏珊娜拉着姐姐的手臂,姐妹俩朝他走来,邀请他和德·拉杜尔·伊沃兰伯爵,同她们一起跳四组舞。

乔治惊奇地问:

"又来个什么人?"

苏珊娜狡黠地答道:

"那是我姐姐的一位新朋友。"

萝丝满脸羞红,低声说道:

"你真坏,苏珊娜！这位先生是我的朋友,同样也是你的朋友。"

另一个微笑道:

"我明白了。"

萝丝生气了,转身不理他们,径自走开了。

杜洛华亲热地挽起留在身边的少女的手臂,软语温柔地对她说:

"听我说,我亲爱的小姑娘,您确实相信我是您朋友吗?"

"对呀,帅哥儿。"

"您信得过我吗?"

"完全信得过。"

"您还记得刚才我对您说的话吗?"

"说的什么事儿啊?"

"说的您的婚事,准确点儿说,是您将来要嫁的那个男人。"

"还记得。"

"那好！您能答应我一件事吗?"

"好哇,什么事儿?"

"就是每次有人向您求婚,您没有征求我的意见,就不要答复任何人。"

"好吧,我答应。"

"这是我们之间的秘密,只字也不要向您父母提起。"

“绝不说。”

“发誓?”

“发誓。”

里瓦乐来了,一副忙碌的样子:

“小姐,您父亲叫您去跳舞呢。”

苏珊娜说道:

“走吧,帅哥儿。”

杜洛华却不肯去,决定马上回家,要独自考虑些问题,觉得涌进头脑里的新事太多了。他开始寻找妻子,找了一会儿,才望见她在冷餐台正同两位陌生的男士喝可可。她介绍了自己的丈夫,却没有向丈夫报那二位的姓名。

过了片刻,乔治问道:

“我们走不走?”

“你说什么时候走都行。”

玛德莱娜挽住他的手臂,他们穿过人已稀少的几间客厅。

玛德莱娜问道:

“老板娘在哪儿?我要向她告辞。”

“算了。一见面,她又要挽留我们跳舞了,我已经待够了。”

“唔,真的,你说得对。”

一路上他们默默无言。回到家,玛德莱娜没等摘下面纱,就笑着对他说:

“你还不知道,我要给你一个惊喜。”

乔治情绪很坏,咕哝一声:

“什么呀?”

“猜猜看。”

“我可不费这个劲儿。”

“好吧!后天就过元旦了。”

“对。”

“是新年送礼的时候了。”

“对。”

“这是给你的新年礼物,刚才拉罗什交给我的。”

她递给乔治一个好似首饰匣的小黑盒。

乔治满不在乎地打开小盒,看见一枚荣誉团十字勋章。

他脸上失去点儿血色,微微一笑,说道:

“我更喜欢得一千万。而这玩意儿,用不着他破费。”

玛德莱娜原以为他会欣喜若狂,不料他如此冷淡,心里实在恼火。

“你真叫人难以置信。现在什么都不能满足你了。”

乔治平静地回答:

“这个人无非是还债,他欠我的还多着呢。”

听他这声调,玛德莱娜挺惊讶,便又说道:

“不过,在你这年龄,这毕竟是美事儿。”

乔治却郑重说道:

“什么都是相对的。今天,我也可能获得更多些。”

他拿了小盒,敞着盖儿放在壁炉上,只见平放在盒里的金星闪闪发光,他注视了一会儿,然后才关上盒盖,耸耸肩膀,上床睡觉了。

元月一日的《政府公报》,果然公布了授勋的消息:新闻记者普罗斯佩-乔治·杜洛华先生,因作出杰出贡献,被任命为荣誉团骑士。

他的姓氏中间加点隔开,这比授勋本身还令乔治高兴。

看了这条公布的消息之后一小时,他收到老板娘一封便函,求他带妻子去她家吃晚饭,以便祝贺他授了勋。他迟疑了几分钟,将这封措辞暧昧的便函投进炉火中,对玛德莱娜说道:

“今天晚上,我们到华尔特家吃饭。”

她深感诧异:

“咦!我原以为,你再也不想登他们家门了?”

乔治只咕哝一句:

“我改了主意。”

他们到了那里,看见老板娘独自待在路易十六时期风格的小客厅里。小客厅已布置成她的私人会客室。她穿了一身黑衣裙,头发扑了粉,这给她增添了几分魅力。她远看像个老太婆,近观则是位少妇,再要仔细审视,则是对人眼力的一种有趣考验。

“您这是戴孝吗?”玛德莱娜问道。

华尔特夫人忧伤地答道:

“也是也不是。我并没有失去哪个亲人,但是我到了生不如死的年纪。我今天服丧,表示这一阶段开始了。从今往后,我便心如死灰了。”

杜洛华心中暗道:

“这一决心,能够持久吗?”

晚餐的气氛有点儿沉闷。唯独苏珊娜不住嘴地讲话。萝丝仿佛心事重重。大家向记者讲了许多祝贺的话。

吃罢晚饭,大家在客厅和花房各处走走,聊聊天。杜洛华和老板娘走在后面,老板娘挽着他的手臂。

“您听我说,”她压低声音说道,“我再也不对您说什么了,永远不说了。不过,您要来看我,乔治。您瞧,我已经不称呼‘你’了。没有您,我无法生活,无法生活。这种折磨是难以想象的。日日夜夜,我都感觉到您,感觉您留在我眼里,留在我心中,留在我的肉体里。就好像您给我喝了一种毒药,药力在我的体内发作了。我受不了,真的,我受不了啦。我情愿在您面前只是一个老太婆。我的头发扑了白粉,就是要向您表示这一点。不过,您来这儿吧,以朋友的身份不时来一趟吧。”

她已经抓住乔治的手,用力握,用力揉搓,手指甲都抠进肉里了。

乔治平静地答道:

“已经说定了,没有必要再提了。您瞧,我一接到您的信,不就来了嘛!”

华尔特父女三人和玛德莱娜走在前面,他走到《耶稣凌波图》前便停下来等候杜洛华。

“您想想看,”华尔特笑道,“昨天,我发现我妻子跪在这幅画前,就像跪在小礼拜堂里那样。我一见那个笑啊!”

华尔特夫人以坚定的、饱含一种秘密激情的声音回敬道:

“正是这个基督,将来能拯救我的灵魂。我每次望着他,都觉得他给了我勇气和力量。”

她停在立于海上的上帝对面,喃喃说道:

“他多美啊!这些人,他们多么惧怕,又多么爱他呀!瞧瞧他那头、他那眼睛,他是多么淳朴自然,又多么超凡脱俗啊!”

苏珊娜叫起来:

“嘿!他多像您哪,帅哥儿!我敢说他像您。如果您留起络腮胡,或者他剃掉络腮胡,你们两个肯定会一模一样。哈!这简直太明显啦!”

苏珊娜让杜洛华站到油画旁边,果然,大家都承认两张面孔十分相像!

谁都惊讶不已。华尔特认为事情太怪了。玛德莱娜则微笑着说,耶稣的样子更有阳刚之气。

华尔特夫人伫立不动,定睛注视她那挨着耶稣面孔的情夫的面孔,她的脸色变得刷白,如同她的白发一样。

# 第八章

冬季的后半段时间，杜洛华夫妇常去华尔特家。由于玛德莱娜常说自己累了，愿意待在家里，乔治甚至随时一个人去华尔特家吃晚饭。

每星期五是杜洛华固定的日子，这天晚上，老板娘绝不邀请任何人：这天晚上属于帅哥儿，只属于帅哥儿一人。吃罢晚饭，大家就打牌，给金鱼喂食，像自家人似的玩耍。有好多回，在门后，在温室的树丛后面，在昏暗的角落里，华尔特夫人猛然搂住乔治，用尽全力紧紧地搂在胸口上，对着他耳朵说："我爱你！……我爱你！……我爱你爱得要死！……"乔治总是冷淡地将她推开，干巴巴地答道："您再这样，我可就不来这儿了。"

将近三月底，大家忽然谈起两姊妹的婚姻来。据说，萝丝要嫁给德·拉杜尔·伊沃兰伯爵，苏珊娜可能嫁给德·卡索尔侯爵。这两个人已成为华尔特家的常客，是受到特别优待和高看的客人。

乔治和苏珊娜相处无拘无束，像兄妹一般亲密，一聊就是几小时，他们嘲笑所有人，在一起显得情投意合。

他们俩再也没有提这少女可能的婚事，也从未谈起求亲者。

一天上午，老板拉杜洛华回家吃午饭，饭后，华尔特夫人被人叫去回答送货人的问题，乔治就对苏珊娜说："走，去给金鱼喂点儿面包。"

他俩每人从桌上拿起一大块面包，一同去温室。

水池大理石边沿放了些垫子，以便跪在上面，离游动的鱼近些。两个年轻人各取一个垫子，并肩俯向水面，用手指搓出面包小球，投进水中。金鱼一瞧见面包球，就转动着突起的大眼睛，摇头摆尾游过来，或者打着转转，或者扎向水底，追捕往下沉的圆圆的猎物，随即又浮上来索取。

金鱼嘴巴的动作非常有趣，能突然而迅速地游动，那奇特的姿势就像小怪物。它们火红的身躯由池底金色细沙映衬，在清澈的水中时而像火焰飘过，时而停下来，展示鳞片所镶的细细的蓝边。

乔治和苏珊娜瞧着他们在水中的倒影，冲他们的影像微笑。

忽然，乔治低声说道：

"苏珊娜，你对我这样可不好，总是鬼鬼祟祟的。"

苏珊娜问道：

“什么事儿啊，帅哥儿？”

“招待会那天晚上，您在这里答应我的话不记得了吗？”

“不记得了。”

“您答应过我，每次有人求婚，您都征求我的意见。”

“那怎么啦？”

“怎么了，有人求婚了呗。”

“谁呀？”

“您完全清楚。”

“不知道，我向您发誓。”

“不对，您一清二楚！就是那个花花公子德·卡索尔侯爵。”

“首先，他并不是花花公子。”

“这有可能，那他也是蠢货，赌博把家产赌光了，吃喝玩乐把人也搞垮了。而您这么美丽，这么年轻，这么聪明，对您来说，他可真是个绝妙的对象啊。”

少女笑着问道：

“您跟他有什么过不去的？”

“我？根本没有。”

“怎么没有，他并不像您说的这样。”

“别提了，他是个傻瓜，是个滑头。”

苏珊娜微微转过身子，不再注视池水了：

“哦，您这是怎么啦？”

他说话的口气，就好像有人把他心底的秘密掏出来似的：

“我是……我是……我是嫉妒他。”

少女略感惊异，说了一声：

“您？”

“对，我！”

“哦，为什么嫉妒？”

“因为我爱上您了，这您非常清楚，狠心的！”

这样一来，少女的口气严厉了：

“您疯啦，帅哥儿？”

乔治接过话头：

“我完全清楚我疯了。我是个结了婚的男人，而您是个少女，我怎么能向您承认这样的心事呢？我何止是疯了，简直还有罪，甚至卑鄙无耻。我不可能有什么希望，一想到这一点就丧失理智；一听说您要结婚，就气得要命，真想把人家宰了。苏珊娜，您务必宽恕我！”

乔治不讲了。鱼儿见无人投面包了，全都停在那里不动，几乎排列成行，好似英国士兵，望着不再管它们的两张俯视的面孔。

少女喜忧参半，喃喃说道：

“很可惜您结了婚。有什么办法呢？谁也无能为力。这算完啦！”

乔治猛地转过头去，贴得很近，直冲她的脸说道：

“假如我是自由之身，您能嫁给我吗？”

她语气坦诚地答道：

“是的，帅哥儿，我会嫁给您的，因为我非常喜欢您，远远超过喜欢任何人。”

乔治站起身，结结巴巴地说道：

“谢谢……谢谢……我恳求您，不要对任何人讲‘同意’，再稍微等一等。我恳求您啦！这一点您能答应我吗？”

苏珊娜心情有点儿慌乱，没听明白他的意思，就低声应道：

“我答应您。”

杜洛华将仍拿在手中的一大块面包投入水中，仿佛昏了头似的，没有道别一声就跑掉了。

那块未经手指捏过的面包浮在水上，所有金鱼都扑过去，张开贪婪的大口撕咬，还将面包拖到水池的另一端，在下面争夺，形成一种活动的伞状花序，似团团打转的一朵花，头朝下落入水中的一朵有生命的花。

苏珊娜深感意外，又颇为不安，她站起来，慢腾腾地走回客厅。记者已然离去。

杜洛华回到家中十分平静，他见玛德莱娜正在写信，就问道：

“星期五你去华尔特家吃晚饭吗？反正我要去。”

她迟疑了一下，才答道：

“不去了，我有点儿不舒服，还是待在家里好些。”

乔治说道：

“随你便吧，没人勉强你。”

乔治窥伺，跟踪，已经监视她很久了，掌握了她的全部行踪，他期待的时刻终于到了。听妻子说“还是待在家里好些”这话的口气，他绝不会判断错了。

此后几天，他对妻子很好，甚至有了已不常见的快活情绪。玛德莱娜对他说：“你又变得亲热了。”

星期五这天，乔治早早换好衣服，说是先去办几件事，然后就去老板家。六点钟左右，他亲了亲妻子，就出门去了。他到了洛蕾特圣母院广场，叫上一辆出租马车。

他对车夫说：

“您把车停在水泉街 17 号对面，等我的吩咐再走，拉我到拉法耶特街雉鸡饭店去。”

马车启动，马儿拉着车慢跑。杜洛华放下窗帘，等马车驶到他家对面，便目不转睛地盯住楼门口。等了十分钟，他看见玛德莱娜出了门，往环城大道方向走去。

等她一走远，杜洛华便从车窗探出头去，喊了一声：

“走吧！”

出租马车又启动了，把他送到雉鸡饭店，这个街区有名的一家布尔乔亚饭店。乔治走进大餐厅，从容地吃饭，不时地看看表，喝完咖啡，才七点半，于是又要了两杯高级香槟，然后悠闲自在地吸了一支好雪茄，这才出了饭店，叫住一辆过路的空车，吩咐车夫去拉罗什富科街。

马车停在他指定的一栋楼前，他下了车，什么也没有问门房，径直登上四楼。一名女仆来给他开门。

“吉贝尔·德·洛姆先生在家，对吧？”

“在家，先生。”

女仆把他让进客厅等候。过了一会儿，一个身材魁梧的男子走进来，他胸前佩戴勋章，一副军人气派，看样子还年轻，但是头发已经花白了。

杜洛华施礼问好，说道：

“警长先生，正如我所料，我妻子和她情夫正在一起吃晚饭，他们在殉道士街租了一套带家具的房间。”

警官颔首，答道：

“先生，我听您差遣。”

乔治接着说道：

“按规定，一直可以到九点，对不对？一过这个时间，你们就不能闯进私宅捉奸了吧？”

“不，先生，冬季到七点，从三月三十一日起延至九点。今天是四月五日，直到九点钟，我们都可以行动。”

“那好，警长先生。我有一辆马车停在楼下，我们可以带上您的手下人，到那门前稍微等一等。我们进去越晚，把握就越大，能够当场捉奸捉双。”

“就照您的意思办吧，先生。”

警长出去一下又回来,他穿上了大衣,将三色腰带遮起来。他闪身让杜洛华先走。可是,记者正满腹心事,一时没有反应过来,一再谦让不肯先走:"您先请……您先请。"

警官便指出:

"您先请吧,先生,这是我的家。"

杜洛华这才明白过来,赶紧颔首谢过,跨出房门。

他们先去派出所,接了三名身着便服等在那里的警察,因为白天杜洛华已经通知他们晚上要突袭。一人坐到车夫的旁边,另外两个坐进车厢里面,马车驶到殉道士街。

杜洛华说道:

"我有这套房间的平面图,是在三楼。进去先是一小间过厅,接着是餐室,最后是卧室。三间屋相通,没有可供逃跑的出口。再过去一点住了个锁匠,他随时听候你们的调遣。"

他们到了杜洛华指明的楼房门前,才八点一刻,于是又静静地等了二十分钟。杜洛华看看要打三刻钟了,便说道:"现在行动吧。"他们径直上楼去,根本没有理会门房,而门房也没有瞧见他们。街上留一名便衣监视楼门。

四个人上到三楼停下。杜洛华耳朵贴在门上听了听,眼睛对准钥匙孔望了望,什么也没有听到,什么也没有望见。接着,他拉响门铃。

警长对手下人说:

"你们守在这里,随时待命。"

他们等了两三分钟,乔治一连拉了几次门铃。他们听见房间里有点儿动静,接着有轻轻的脚步声走近。有人在窥视。记者弯起手指猛烈敲击木板门。

一个声音,一个极力伪装的女声问道:

"谁呀?"

警长答道:

"开门,执法人员。"

那声音又问道:

"您是什么人?"

"我是警长。开门,不然我就命令破门而入了。"

那声音又问道:

"您有什么事?"

杜洛华说道:

“是我。别枉费心机了，你们逃不出我们的手心！”

一阵轻轻的、赤足的脚步声走远了，几秒钟之后又转回来。

杜洛华又说道：

“如果你们还不肯开门，那我们就撞开啦！”

他抓住铜制门把手，用一侧肩膀慢慢推。门里的人不再应声，他就突然猛力一撞，由于这套配备家具出租的房间门锁已旧，门一下子撞开了，螺丝从木框里脱落，年轻人差点儿摔到玛德莱娜身上。少妇擎着一支蜡烛，正站在门厅里，她披头散发，光着大腿，身上只穿着一件衬衣和一条衬裙。

杜洛华嚷道：“就是她。我们抓住他们啦！”他朝里面冲去，警长摘下帽子跟在后边，而惊慌失措的少妇紧随其后给他们照亮。

他们穿过餐室，只见餐桌未撤，杯盘狼藉，有香槟酒空瓶、打开的肥鹅肝酱、鸡骨头架子，以及吃了一半的几块面包。餐具架上放了两只盘子，盘中有几摞牡蛎壳。

卧室一片凌乱，仿佛刚发生一场搏斗：一条长裙搭在椅背上，一条男人短裤骑在椅子扶手上。四只短筒靴，两大两小，都倒在床脚下。

这是配备家具出租的住房的一间屋子，家具极为普通，屋里飘着旅馆套房所特有的难闻气味，是从窗帘、帷幔、床垫、墙壁、坐椅散发出来的，还掺杂着在这里住过或生活过一天或半年的所有人的气味：他们先先后后，将自身的气味留在这个经常住人的地方。日久天长，气味便混杂起来，形成这类场所共有的一种又难辨识、又令人难以忍受的温吞吞的臭味。

壁炉上摆得满满的，有一只点心盘子、一瓶查尔特勒烈酒和两只半满的小酒杯。一顶大号男帽盖住了一个铜座钟。

警长猛地转过身，盯着玛德莱娜的眼睛：

“您就是克莱尔-玛德莱娜·杜洛华夫人，是在场的这位记者普罗斯佩-乔治·杜洛华先生的法定配偶吗？”

她声音哽咽，一字一顿地答道：

“是的，先生。”

“您在这里做什么？”

她默然不答。

警官重复问道：

“您在这里做什么？您离开自己的家，几乎赤身裸体，待在一套配备家具的房间里。您到这里干什么来了呢？”

他等了片刻，见少妇一直沉默不语，便又说道：

“既然您不愿意交代,夫人,那我就只好亲自验证了。”

床上毛毯鼓起一个人体形状,显然有人藏在下面。

警长走到床前,叫道:

“先生?”

躺着的那人一动不动,他好像背朝外,头埋在一个枕头下面。

警官捅捅大概是肩膀的部位,再次叫道:

“先生,请您自爱,不要逼我采取行动。”

可是,毛毯盖住的人体就像死尸一般,依然一动不动。

杜洛华大步跨上前,一把拉起毛毯,又掀开枕头,露出拉罗什-马提厄先生那张惨白的脸。他气得发抖,俯下身去,真想抓住脖子把拉罗什掐死,咬牙切齿地对他说:

“您至少有勇气承认自己的无耻勾当吧!”

警官又问道:

“您是什么人?”

奸夫吓昏了头,闭口不答。

警官又说道:

“我是警长,我责令您讲出自己的名字!”

乔治像一只发怒的野兽,气得发抖,吼道:

“你倒是回答呀,懦夫! 再不回答,我就立刻讲出你的名字!”

这时,躺在床上的人才结结巴巴地说道:

“警长先生,您不应当容忍这个人侮辱我。我得同您还是同他打交道? 我得回答您的问题还是他的问题?”

他嘴里好像唾液都干了。

警官答道:

“您是同我打交道,先生,只同我打交道。我问您了,您是什么人?”

对方又沉默不语了,他拉毯子紧紧护住脖子,恐惧的眼珠滴溜乱转,小胡子翘起来,由铁青的脸衬得特别黑。

警长又说道:

“您还不肯回答吗? 那我只好逮捕您了。不管怎么说,您先起床吧。等您穿好衣服,我再审问。”

那躯体在床上扭动,露出来的头则讷讷说道:

“可是,当着你们的面,我穿不了衣服。”

警官问道:

“这是为什么?”

那人又结结巴巴地回答:

“因为我光……我光……我光着身子。”

杜洛华嘿嘿冷笑,拾起掉在地上的一件衬衣,扔到床上,同时嚷道:

“得啦……起来吧……您能在我妻子面前脱光衣服,就完全可以在我面前穿上衣服。”

说罢,他转过身去,又回到壁炉旁边。

这工夫,玛德莱娜镇定下来,她见大势已去,就干脆豁出去了,眼睛也随之放射出大胆对抗的光芒;她卷了一个纸卷,走到摆在壁炉角上的丑陋的枝形大烛台前,将十根蜡烛全部点亮,就像要举办招待会那样。然后她背靠着大理石炉台,一只赤裸的脚倒钩着伸向要燃尽的炉火,而热气从身后掀起她那勉强遮住臀部的短衬裙;她又从粉红色纸盒里取出一支香烟,点燃了吸起来。

警长等她的同案犯起床这工夫,又回到她身边来。

她放肆地问道:

“先生,您常干这种行当吗?”

警长严肃地答道:

“尽量少干,夫人。”

玛德莱娜撇撇嘴,冲他一笑:

“我向您祝贺了,这可不大光彩。”

她故意回避,装作没看见她丈夫。

床上那位先生又穿上衣服,穿上裤子,穿上短筒靴,边套坎肩边走过来。

警官转身对他说:

“现在,先生,您告诉我您是什么人好吗?”

对方不回答。

于是,警长说道:

“看来,我不得不逮捕您了。”

那人突然嚷道:

“不要碰我,我是不可侵犯的!”

杜洛华冲过去,好像要动手将他打倒,但只是对着他的脸低声吼道:

“这儿是现行犯罪……现行犯罪。我若是愿意,就能让人逮捕您……对,这我办得到。”

接着,他又朗声说道:

"此人名叫拉罗什-马提厄,是现任外交部长。"

警长万分惊愕,退了两步,结结巴巴地问道:

"讲实话吧,先生,您到底愿不愿意告诉我,您是什么人?"

那人终于下了决心,用力说道:

"这个恶棍,唯独这回他没有说谎。不错,我名叫拉罗什-马提厄,是部长。"

接着,他伸手指向乔治的胸脯,指着那胸上像亮光一般显现的小红点,又加了一句:

"这个臭无赖衣服上挂的荣誉团勋章,就是我给他的!"

杜洛华气得脸色刷白,一把从扣眼儿上扯下火焰般的小绶带,投进炉火中。

"从你这浑蛋手里得来的勋章,也就值这个价!"

两个人面对面,一个细高挑儿,小胡子竖起,另一个矮胖,小胡子卷起,都握紧拳头,龇牙咧嘴,怒目而视。

警长赶紧插进两个人中间,用手将他们推开:

"两位先生,你们失态了,这样有失身份!"

他们住了口,背向走开。玛德莱娜嘴角挂着微笑,一动不动在那儿吸烟。

警官又说道:

"部长先生,我撞见您和这位杜洛华夫人单独在这里,您躺在床上,她几乎赤身裸体,你们的衣服扔得满屋子都是,这就构成了现行通奸罪。事实明显,您无法否认。您有什么要说的吗?"

拉罗什-马提厄咕哝道:

"我无话可说,您履行职责吧。"

警长又对玛德莱娜说道:

"夫人,您承认这位先生是您的情夫吗?"

她大言不惭地答道:

"我不否认,他正是我的情夫!"

"这就够了。"

接着,警官又记录了房间的状况和布置。这工夫,部长已经穿好衣服,手臂上搭着大衣,手里拿着帽子,等警官做完记录,便问道:

"先生,您还需要我吗?我该做些什么呢?我可以走了吗?"

杜洛华转向他,微笑着傲慢地说:

"何必走呢?我们事情办完了,先生,你们可以重新上床,我们就不打扰你们了。"

他用手指捅捅警官的手臂,说道:

"警长先生,我们走吧。我们在这里没什么可干的了。"

警官有点儿惊讶,但还是跟他往外走。到了门口,乔治闪身请他先走。可是警长拼命礼让,硬是不肯走在前面。

杜洛华还是坚持:"先生,您先请。"

警长则说:"您先请。"

于是,记者鞠了一躬,以讥笑的客气口吻说道:

"警长先生,这回您应当先请,这里几乎可以说是我的家。"

他们出了房门,他又小心翼翼将门轻轻关上。

一小时之后,乔治·杜洛华走进《法兰西生活报》报社办公室。

华尔特先生已经坐在办公室了,须知他兢兢业业,继续指导和关注自己的报纸。他的报纸规模扩大了很多,这也大大有利于他那日趋扩大的银行业务。

社长抬头问道:

"咦,您怎么来啦?您的神情也好怪呀!您为什么没有去我家吃晚饭呢?您是从哪儿来的?"

年轻人深知自己的话会产生什么效果,字字着重地宣布道:

"我刚把外交部长拉下来。"

对方以为他开玩笑:

"拉下来……怎么拉呀?"

"我要让内阁改组,不就是这么回事儿嘛!将那只豺狼赶走,为时不算太早了。"

老头子目瞪口呆,还以为他这位专栏作者喝醉了呢,便咕哝道:

"瞧您,您这不是乱说嘛!"

"绝不是乱说。拉罗什-马提厄和我妻子通奸,刚才让我当场捉住。警长到现场验证了这事。部长完蛋了。"

华尔特十分惊愕,把眼镜推到脑门上,问道:

"您这不是拿我寻开心吧?"

"绝不是。我甚至要以此为题,写一条社会新闻。"

"您究竟想干什么?"

"打倒这个骗子,恶棍,这匹害群之马!"

乔治将帽子放到一张椅子上,又补充一句:

"挡我路的人要当心,我绝不会手软!"

社长还有点迟疑,不解地低声问道:

"可是……您妻子?"

"明天早晨,我就提出离婚申请,我把她打发回去,还给故去的弗雷吉埃。"

"您要离婚?"

"当然了。我早就出了丑。可是,我只好装糊涂才能捉住他们。这下成功了,我完全控制了局面。"

华尔特先生还是没有回过神来,他眼神惊恐地望着杜洛华,心中暗道:"好家伙,跟这个小伙子打交道,可不能掉以轻心。"

乔治又说道:

"现在我算自由了……我还有一笔财产,等十月份议员换届选举时,就回家乡参加竞选,我在那里相当有名。同这个无人不觉得可疑的女人捆在一起,我既不能参加竞选,也不能赢得人们的敬重。她拿我当傻瓜,哄骗并控制我。然而,我一旦识破了她的把戏,就开始监视这个骚货。"

他哈哈大笑,又补充说:

"那个可怜的弗雷吉埃当了王八……当了王八还不觉察,还那么信赖无疑,心安理得。现在好了,我摆脱他给我留下的这个烂货,手脚放开了。现在,我可以一往无前了。"

乔治倒骑在椅子上,仿佛梦呓似的,又重复说:

"我可以一往无前了。"

华尔特老头儿眼镜支到脑门上,一直瞪大眼睛望着他,心中暗道:"不错,这个无赖,他会一往无前的。"

乔治站起来:

"我去写这条社会新闻。写法必须慎重。不过您知道,对我们这位部长来说,这可是致命一击。他是掉进大海里的人了,不能搭救他。《法兰西生活报》再姑息他,也得不到什么好处。"

老头子犹豫了半晌,继而打定了主意:

"写吧,"他说道,"谁掉进这种粪坑里,谁就该倒霉!"

## 第九章

过去了三个月,杜洛华离婚案才得以判决。他妻子又恢复"弗雷吉埃"的姓氏。华尔特全家七月十五日要去特鲁维尔度假,相约分手之前郊游一天。

日子选定一个星期四，早晨九点便出发，他们乘坐一辆四匹马拉的六座旅行大轿车。

预计到圣日耳曼亨利四世饭庄吃午饭。事前，帅哥儿要求这次冶游，除了他不邀请别的男客，因为他容忍不了德·卡索尔侯爵那副面孔在他眼前晃荡。不过，到了最后时刻，又决定把德·拉杜尔·伊沃兰伯爵从床上拉起来。这事儿头一天已经通知了杜洛华。

马车沿香榭丽舍大街飞快行驶，接着又穿越布洛涅树林。

晴朗的夏日，天气不太热。燕子在蓝天上画出长长的弧线；等燕子飞过去，那弧线似乎还看得见。

三位女士坐在后座，母亲在中间，两个女儿分列左右。三位男子坐对面的背向座，华尔特在中间，两位客人分居左右。

马车驶过塞纳河，又绕过瓦雷里安山丘，抵达布吉瓦尔，再沿河岸一直驶到佩克。

德·拉杜尔·伊沃兰伯爵不算年轻了，稀疏的连鬓胡蓄留得很长，有一点点微风，就能吹动那梢儿，这引起杜洛华的赞叹："他的胡子在风中多么飘逸潇洒。"伯爵深情地凝望萝丝，他们订婚已有一个月了。

乔治脸色特别苍白，他不时望望苏珊娜；苏珊娜的脸色也很苍白。二人的目光经常相遇，仿佛商议什么事情，彼此沟通，偷偷交换一种想法，随即又逃开。华尔特夫人则又平静又高兴。

午饭吃了很久。乔治提议到坪地上转一转，然后再返回巴黎。

大家先停下来观赏景色，沿墙拉成一排，赞叹辽阔的山水风光，只见塞纳河从一个长长的山丘脚下，流向迈宗—拉菲特，蜿蜒曲折好像绿茵上的一条巨蟒。右侧山丘顶上，马尔利渡槽投向天空的侧影，酷似巨足毛毛虫，而山下马尔利镇则掩藏在密林丛中。

广阔的平野在眼前延展，看得见错落散布的村庄。韦济奈的树林枝叶稀疏，露出一洼洼水塘，好似清晰洁净的斑点。往左边远处眺望，可见插入天空的萨特鲁维尔教堂尖尖的钟楼。

华尔特断言：

"世界上哪儿都找不到这样的美景，就连瑞士也找不出一个类似的地方。"

大家又开始漫步，略微享受一下这种景色。

乔治和苏珊娜走在后面，刚同前面的人拉开了几步远，他就控制着声音悄悄对少女说：

"苏珊娜，我多么爱您，简直到了神魂颠倒的程度。"

苏珊娜低声说道：

“我也非常爱您，帅哥儿。”

乔治又说道：

“我若是不能娶您为妻，那就远走高飞，离开巴黎，离开这个国家。”

少女答道：

“那您就试试向爸爸提出求婚吧。也许他会同意把我嫁给您呢。”

他不耐烦地略微摆摆手：

“不行，我再第十次向您重复一遍，那是徒劳无益的。他会立刻拒绝我再登门，会把我赶出报社，结果我们连面都见不到了。如果照规矩求婚，肯定就是这样美妙的后果。父母把您许配给了德·卡索尔侯爵，盼望您最终说声：‘好吧’，他们还在等待。”

少女问道：

“那该怎么办啊？”

乔治犹豫不决，侧目看着她：

“您爱我真到了能干出荒唐事的程度吗？”

少女坚决地回答：

“可以。”

“极大的荒唐事？”

“可以。”

“最大的荒唐事？”

“可以。”

“您有足够的勇气顶撞父母吗？”

“有哇。”

“真的？”

“真的。”

“那好！办法倒有一个，也是唯独的办法！这件事，必须由您，而不是由我提出来。您是他们的掌上明珠，想说什么就说什么，就是干出一件胆大妄为的事，他们也不会感到多么吃惊。今天晚上回到家中，您就先去找妈妈，要等她独自一人的时候，就向她承认您要嫁给我。她会大惊失色，会大发雷霆……”

苏珊娜打断他的话：

“嗳！妈妈准会同意。”

乔治急忙接过话头：

“不，您不了解她。她比您父亲还要恼怒，还要气愤。您就瞧着吧，她准会拒绝。

但是您要顶住，绝不能退让。您要反复说，您就是要嫁给我，除了我谁也不嫁。这您做得到吗？”

“做得到。”

“您从母亲房间出来，再去见父亲，对他重复同样的话，态度要非常严肃，非常坚决。”

“行啊，行啊，然后呢？”

“然后，然后，事情可就严重了。假如您很坚决，非常坚决，非常非常坚决地要做我妻子，亲爱的，亲爱的小苏珊娜……我就把您……我就把您劫走。”

她真是乐不可支，简直要拍手跳起来：

“哈！太美啦！您要把我劫走？什么时候把我劫走啊？”

她的脑海里顿时浮现深夜劫持，乘驿车出走，投宿乡间小店之类的故事，那全部的古老诗意，书本上那所有诱人的冒险，现在就像迷人的梦，即将变为现实。她反复问道：

“您什么时候把我劫走？”

他声音压得极低，答道：

“就是……今天晚上……今天深夜。”

少女又颤抖着问道：

“我们要去哪儿啊？”

“这个嘛，就是我的秘密了。仔细考虑您自己的行为。要想好了，这次出走，您就只能做我的妻子啦！这是唯一的办法，不过这办法……对您来说……又非常危险。”

苏珊娜明确说道：

“我意已决……我到哪儿去找您呢？”

“您能单独出公馆吗？”

“能。我会开那扇小角门。”

“那好！等看门人睡下了，快到半夜的时候，您就到和谐广场来同我会合。您见到海军部对面停的一辆出租马车，就能找到我。”

“我一定去。”

“真的吗？”

“真的。”

他拉住少女的手，紧紧握住：

“唔！我多么爱您啊！您多么和善，又多么勇敢啊！这么说来，您是不肯嫁给德·卡索尔先生啦？”

“噢！决不。”

“您拒绝的时候，您父亲是不是大动肝火啦？”

“我想是的，他又要把我送进修道院。”

“您瞧，态度必须强硬吧。”

“我一定强硬。”

她望着辽阔的天边，头脑里让劫持这个念头占满了。她要去比天边还要远的地方……同他一起远走高飞！……她要被劫走啦！……对此她非常自豪！她不大考虑自己的声誉，也不大考虑会不会碰上卑鄙无耻的人。这种事情，难道她知晓吗？难道她猜测得出来吗？

华尔特夫人回头叫了一声：

“你倒是过来呀，小宝贝！你和帅哥儿在那儿干什么呢？”

他们赶上来，大家正谈论洗海水浴的事，因为不久，全家就要去海滨了。

回程时取道沙图，避开了原路。

乔治不再说什么话了。他在想心事：看来，只要小姑娘有几分胆量，他就大功告成啦！这三个月来，他用不可抵御的情网将她缠住。他引诱她，俘获她，征服她，并且赢得了她的爱，博得人家的爱也是他最擅长的事。他轻而易举地摘取了她那布娃娃似的浮荡的心。

他终于得逞了：首先说服她拒绝了德·卡索尔先生的求婚，现在又说服她同意和他一起出走。因为除此以外，也想不出别的办法。

乔治心里一清二楚，华尔特夫人永远也不会同意把女儿嫁给他。她还爱着他，还会一直爱下去，那种痴情是不可理喻的。乔治也自有打算，以冷淡的态度同她保持距离，但是能感觉到她受强烈爱情的折磨，既贪婪又无能为力。他永远也不会使她退让。她也绝不会允许他娶走苏珊娜。

然而，一旦把小姑娘拉到远处，他就能以强手对强手的姿态，同她父亲讨价还价了。

他心中想这类事情，就不大听别人说什么了，只以只言片语虚与委蛇。回到巴黎市区，他才仿佛收回心思。

苏珊娜一路也在想心事。四匹马的铃铛声在她脑海里回荡，她恍若看见在永世照耀的月光下，大路没有尽头，看见他们穿越的幽暗的森林、路边的小旅店，以及马夫匆忙给车换马的情景，因为人人都猜出他们后面有人追赶。

马车驶进公馆院内，主人要留乔治吃晚饭。他谢绝了，回到自己家里。

他稍微吃了点东西，便整理文件，就好像要出远门似的，烧了一些可能损害名誉的信件，另外一些信藏了起来，又给几位朋友写了信。

他不时瞧一眼挂钟，心中暗道："那边可能闹腾起来了。"一股不安的情绪啮噬他的心。此举若是失败了呢？不过，他又有什么可担心的呢？他总能一推六二五！然而，这毕竟是他的一场大赌博！

将近十一点钟，他重又出门，溜达了一会儿，然后上了一辆出租马车，驶到和谐广场，让车夫停靠在海军部的拱廊旁边。

他不时擦一根火柴，瞧瞧怀表的时间，眼看到午夜了，他的心情也越来越焦灼了，隔一小会儿就从车门探出头去张望。

远处传来钟声，一口钟敲了十二下。继而，较近的一口钟也敲了十二下。接着，两口钟齐鸣十二响。最后十二下钟鸣，从遥远的地方传来。等最后的钟鸣停止之后，乔治心想："没指望了。这事儿砸了。她不会来了。"

不过，他还是决意一直等到天亮。既来之则安之，耐心等待吧。

他又陆续听到钟敲了一刻、半点、三刻，然后，所有大钟都敲响凌晨一时，就像刚才宣布午夜时分那样。

他不再等待了，留在那里只是挖空心思猜测，究竟出了什么事。突然，一个女子的头探进车门，问道：

"是您在这儿吗，帅哥儿？"

乔治吓了一跳，一时停止了呼吸。

"是您，苏珊娜？"

"对，是我。"

他扭动车门把手，可是越急越拧不开，嘴上还不断重复：

"哦！……是您……是您……进来吧。"

苏珊娜上了车，一下子倒在他身上。他冲车夫喊了一声："走吧！"马车便上路了。

她还气喘吁吁，没有说话。

乔治问道：

"哎！情况怎么样？"

她几乎瘫软在那儿，咕哝道：

"噢！简直可怕极了，尤其是妈妈那儿。"

乔治一阵不安，心头直发颤。

"您母亲？她说什么啦？讲给我听听。"

"噢！可真凶啊。我进了她房间，把我仔细准备的一小套话向她背诵一遍。她一听脸色就白了，大声嚷道：'绝不行！绝不行！'于是，我就大哭大闹，赌咒发誓说我非您不嫁。看样子她要打我，好像发疯了，扬言第二天就打发我回修道院。我从未见过她这样，从来没有！她说了一大堆蠢话，爸爸闻声过来，但是没有发她那么大火，只是明确说，招您这女婿还不够理想。

“他们也把我惹火了，我大喊大叫，嗓门比他们还高。爸爸叫我出去，那种戏剧性的表情对他根本不适合。这样一来，我更是决心同您一起逃走。我这不是来了。现在，我们去哪儿？”

乔治轻轻搂住她的腰肢，心怦怦直跳，全神贯注听她讲述事情的过程。忽然，他心中萌生一股仇恨，恨那些人。现在，他控制了他们的女儿，走着瞧吧！

乔治答道：

“时间太晚，没有火车了。我们乘这辆马车去塞夫尔，到那里过夜。白天我们再动身去拉罗什吉永。那是一座美丽的村庄，在芒特和包尼埃尔之间，就在塞纳河边。”

苏珊娜又咕哝道：

“糟糕，我没带衣物，身边什么也没有。”

乔治无所谓地笑了笑：

“没关系！到那儿再想办法吧。”

马车沿街道行驶。乔治拉起少女的一只手，怀着敬意慢慢亲吻。他不知道对少女讲点什么好，不大熟悉柏拉图式的柔情。这时，他忽然发觉她哭了。

他惊恐万分，问道：

“您怎么啦，我亲爱的小姑娘？”

她带着哭腔答道：

“我那可怜的妈妈，现在大概还没有睡觉，恐怕她已经发现我走了。”

她母亲的确没有睡觉。

苏珊娜一走出房间，就只剩下华尔特夫妇二人了。

华尔特夫人气昏了头，一时呆若木鸡，她问道：

“我的上帝啊！这究竟是怎么回事啊？”

华尔特怒不可遏，嚷道：

“怎么回事，就是那个阴谋家把她蒙骗了。正是他怂恿苏珊娜拒绝卡索尔。他觉得嫁妆很可观嘛，当然啦！”

他气急败坏，开始在房中踱步，继而又说道：

“你也一样，总是不断地勾引他，总是吹捧他，巴结他，跟他怎么也亲热不够。从早到晚，帅哥儿长，帅哥儿短。哼，他就是这样报答你的！”

他妻子铁青着脸,咕哝道:

“我? ……我勾引他?”

丈夫冲她破口大骂:

“对,就是你! 你们全都为他发了疯,玛海勒那婆娘、苏珊娜,还有其他女人。你以为我是瞎子吗,看不见你没两天不把他弄来就受不了?”

她站起身,悲怆地说道:

“我不允许您用这种口气同我说话。您忘了,我不像您这样,是在店铺里长大的。”

华尔特听了这话,一时怔住,接着狂怒地骂了一声“他妈的”,一摔门就走了。

等屋里只剩下她一个人了,她立刻本能地朝穿衣镜走去,要瞧瞧自己的模样,好像要看看自己身上有没有什么变化,因为她觉得刚才发生的事情太可怕,太不可思议了。苏珊娜爱上了帅哥儿! 帅哥儿要娶苏珊娜! 不会! 是她弄错了,这不是真的。小姑娘一时迷上这个美男子,也是很自然的事,希望父母给女儿找他做女婿。她一时耍了个小性子! 可是他呢? 他总不会跟小姑娘串通一气吧! 华尔特夫人这样思前想后,六神无主,就像大祸临头的人那样。不会。苏珊娜这样胡闹,帅哥儿大概什么也不知道。

她想了许久,觉得这个男人很难说,搞这种卑鄙勾当或者完全清白都有可能。他若真是策划了这一手,那该是多么恶毒的家伙! 那会发生什么事呢? 她预见到将会有多少危险和痛苦啊!

如果他并不知情,那么一切还可以挽回。带苏珊娜去旅行半年,这事也就过去了。可是她本人呢,以后再怎么跟他见面呢? 她可是一直爱着他。这种痴情已深入她的内心,就像射进肉里而拔不出的箭镞。

没有他就无法活下去,那就等于死掉了。

她的思想就迷失在这些惶恐和疑虑中,头开始疼起来,脑子混乱了,想事很吃力,也非常难受,越想越烦躁,想不明白就更加气急败坏了。她看看座钟,已经过了凌晨一点了,心中便想道:“我不能就这样待着,那非疯了不可。我得弄清楚,去把苏珊娜叫醒,盘问她到底怎么回事。”

她脱掉鞋,免得走路弄出声响,拿根蜡烛便朝女儿的房间走去。她轻轻推开房门,走进去看了看床,只见床铺没有动过,一时没闹明白,还以为小女儿仍在同父亲争吵呢。可是,她头脑马上掠过一丝可怕的怀疑,急忙跑向丈夫的房间。她脸色惨白,上气不接下气冲了进去。丈夫还躺在床上看书。

丈夫大惊失色,问道:

“哎呀！怎么啦？出什么事啦？”

她结结巴巴地说：

“你见到苏珊娜了吗？”

“我？没有哇！怎么啦？”

“她出……她出……出走了。她不在……不在自己的房间。”

他一跃下床，踩到地毯上，穿了拖鞋，也顾不得穿短裤，睡衣敞着怀，也冲向女儿的房间。

他一见房中的情景，便排除任何疑虑，肯定女儿出走了。

他一屁股坐到扶手椅上，同时把灯撂在面前的地上。

他妻子也跟来了，讷讷问道：

“怎么样啊？”

他回答没了力气，连发火也没了力气，只是呻吟着：

“完了，姑娘落到他手里了。我们算输定了。”

他妻子不解：

“什么……输定啦？”

“嗯，对呀，当然了。现在，非得把女儿嫁给他不可了。”

她像野兽一样嚎叫起来：

“嫁给他！决不！你疯了怎么的？”

华尔特伤心地答道：

“这样大喊大叫也无济于事。苏珊娜被他拐走，坏了名声。最好还是把女儿嫁给他。安排周密一点，这件丑事就不会有人知道了。”

他妻子却怒不可遏，浑身颤抖，反复嚷道：

“决不！决不把苏珊娜嫁给他！我永远也不会同意！”

华尔特气馁地咕哝道：

“可是，女儿已经在人家手里了。生米煮成了熟饭。只要我们不让步，他就不放人，把人藏起来。因此，要避免出丑，就必须立刻让步。”

他妻子心痛欲裂，又难以启齿，还一再重复：

“不行！不行！永远我也不会同意！”

华尔特不耐烦了，又说道：

“根本没有讨论的余地，只能这么办。噢！这个恶棍，看他把我们玩的……他确实很厉害。我们完全可以找一个地位比他高得多的人，但是论聪明和前程，那就不见得了。他这人能有前途，将来准能当上议员，当上部长。”

华尔特夫人却凶狠地声明：

“永远我也不会让他娶苏珊娜……你明白吗？……永远也不会！”

华尔特不禁恼火了，他是务实的人，现在开始为帅哥儿辩护了：

“闭上你的嘴吧……再对你说一遍，就得这么办……绝对如此。再者说，谁知道呢？也许将来我们并不觉得后悔。同这种人打交道，难说会发生什么情况。你也看到了，他是怎么用三篇文章，就把拉罗什-马提厄那傻瓜打倒了，他以丈夫的身份，那样做是特别难的，但是他处理得又是多么体面。总而言之，还是走着瞧吧。反正我们已经陷入被动，这事想摆脱也不可能。”

华尔特夫人真想大喊大叫，真想在地上打滚，揪自己的头发，她带着气急败坏的声调又说道：

“他休想得到她……我……不……愿……意！”

华尔特站起身，从地上拿起灯，又说道：

“真是的，你和所有女人一样愚蠢。你们一辈子只会感情用事，根本不懂审时度势，该屈从就屈从……你们都太愚蠢。哼！我要对你说，得把女儿嫁给他……必须这么办。”

他趿拉着拖鞋出了屋，穿过这个大公馆的宽敞的走廊，像个身穿睡衣的可笑幽灵，无声无息地回到自己房间。

华尔特夫人还站在原地，心痛欲裂，简直无法忍受。她还是弄不明白，只是受痛苦的折磨。继而她想到，不能就这样一动不动站到天亮，只觉心里萌生一种强烈的需要，想逃开，想乱跑一阵，想离开这里，去寻求帮助，寻求救援。

她首先寻思能向谁呼救。有什么人呢？可是没有想出来！一位神父！对，一位神父！她就投到神父的脚下，供出一切，忏悔自己的过失和绝望心情。神父听了会理解，不能让那个恶棍娶苏珊娜，他会出面阻止这件事。

要立即找到一位神父！然而到哪儿能找到呢？到哪儿去找呢？她实在不能这样待下去了。

这时，她眼前就像出现幻觉一般，看见凌波过去的耶稣的沉静形象。她看见的耶稣跟画上的一样。耶稣在呼唤她，对她说：“到我这儿来吧，跪到我的脚下吧，我能安慰您，启发您该怎么做。”

她拿起蜡烛，走出房间，下楼朝温室走去。耶稣就在温室的最里端，用玻璃门隔在小间里，以免油画受湿土潮气的侵蚀。

这样，在奇花异木丛中，就形成一座小礼拜堂。

此前她进入这冬季花园，不是阳光照耀，就是灯火辉煌，这次一见却黑洞洞的，心头不由得一阵惊悸。热带移来的繁茂的花木气息浓重，给园中的气氛增添了几分沉滞。门户不开，温室的奇花异木封闭在玻璃圆顶下，这种气味呼吸起来很吃力，令人昏迷，令人沉醉，让人既舒服又难受，使肉体产生一种销魂和死亡的朦胧之感。

可怜的女人战战兢兢地朝前走，黑暗中借着手中的烛光，看到那些奇花异木形状怪异，犹如魔鬼和幽灵。

突然，她瞧见了耶稣，便立即打开与之相隔的一道门，扑通跪到耶稣脚下。

她先是狂热地祈祷，结结巴巴讲些情话，进行热烈而绝望的祈求。继而，等火热呼唤的情绪平静下来，她抬眼瞻仰耶稣，突然又感到一阵惶恐。这摇曳烛光是唯一的光亮，从下方照上去，耶稣影影绰绰，那么酷似帅哥儿；凝望她的不再是上帝，而是她的情夫了。瞧那双眼睛、那额头、那脸上的表情、那冷淡而高傲的神态，正是她的情夫啊！

她咕哝道："耶稣啊！……耶稣啊！……耶稣啊！……"可是，"乔治"这两个字却时时来到嘴边。她忽然想到，就在此时此刻，乔治也许占有了她女儿。他和苏珊娜单独在什么地方，在一个房间里。他呀！他呀！同苏珊娜在一起！

她嘴上反复讲："耶稣！……耶稣！……"而心里想的却是他们……是她女儿和她情夫！他们两个单独在一起，在一个房间里……又是深夜。她看见他们了，看得清清楚楚，他们就在油画的位置上，立在她面前。他们相视而笑，相互拥抱。房间昏暗，床罩已掀开。她站起来，要朝他们奔过去，要抓住女儿的头发，把她从这种拥抱里拉开。她要扼住喉咙掐死女儿，她恨女儿，恨女儿委身给那个男人！她碰着女儿了……她的手指触到了油画，触到了耶稣的脚。

她大叫一声，仰身跌倒，蜡烛倒在地上熄灭了。

后来情形如何呢？她长时间徜徉在梦境里，看见许多稀奇古怪而可怕的事情，眼前总出现乔治和苏珊娜抱在一起的情景，而耶稣基督则为他们可恶的爱情祝福。

她隐约感到根本不在自己的房间，想逃开却又不能，仿佛全身麻木，手脚被捆住，唯有头脑还有意识，但是也很混乱，充满了虚幻怪异的可怕影像，仿佛陷入梦魔中。而这种怪梦往往是致命的，一般在热带，由形状怪异、香气郁烈的草木催人入睡，作用于大脑而产生的。

华尔特夫人倒在《耶稣凌波图》前，失去知觉，几乎窒息了，直到天亮才被人抬回去。她病得很重，令人为她的性命担心，过了一天才完全恢复神志。神志一恢复，她就哭起来。

苏珊娜失踪的事并未透露，而是对仆人说临时决定送进修道院了。华尔特先生答复了杜洛华的一封长信，同意将女儿嫁给他。

帅哥儿动身那天晚上就写好了那封长信，离开巴黎时投寄了。信中措辞恭谨，说他爱慕这位少女已久，但他们二人没有达成任何协议，而这次是她完全自由地投奔他，并对他说："我要做你的妻子"，他就认为自己有权将她留在身边，甚至将她藏起来，直至得到她父母的答复。而且他还认为，她父母的意愿虽具法律效力，但不如他的未婚妻的意愿重要。

他请华尔特先生将回信放在邮局待领，一位朋友会转交给他。

一旦如愿以偿，他便携苏珊娜回巴黎，让她回到父母家中，他本人则在一段时间内暂不露面。

返回之前，他们二人在塞纳河畔的拉罗什吉永村住了六天。

苏珊娜从未这样开心过，她扮演了恋人的角色。杜洛华对人说是他妹妹，他们亲密无间，过着自由自在和纯洁无瑕的日子，体现出一种相爱的情谊。乔治认为尊重她，不同她发生关系才是聪明的办法。他们到达那里的次日，少女买了随身用品和农妇的衣裳。她戴了一顶插了野花的大草帽，跑到河边钓鱼。她觉得这地方美极了。这里有一座古塔楼和古堡，里面展示着精美的挂毯。

乔治穿的一件粗布劳动服，是在当地商店买的。他带着苏珊娜，或者沿着河边漫步，或者泛舟河上。二人动不动就拥抱亲吻，少女是一片天真，而他却有点把持不住了。不过，他还是善于做强者。等他对少女说："明天我们回巴黎，您父亲已经同意我娶您"，她却天真地咕哝道："已经要回去啦？做您的妻子真开心！"

## 第十章

君士坦丁堡街的小套间显得特别昏暗，这是杜洛华和克洛蒂尔德·德·玛海勒在门口相见，立刻就进屋，还没有打开百叶窗的缘故。克洛蒂尔德急不可待地说：

"这么说，你要娶苏珊娜·华尔特啦？"

他口气柔和地承认了，还问了一句：

"你不知道吗？"

她站在他对面，简直义愤填膺，狂怒地又说道：

"你娶苏珊娜·华尔特！这太不像话啦！太不像话啦！你哄我，瞒了我三个月。谁都知道了，就我蒙在鼓里，还是我丈夫告诉我的。"

杜洛华总归有点惭愧，他干笑了一声，将帽子放到壁炉角上，捡一张扶手椅坐下。

少妇正面直视他，带着恼怒低声说道：

“你同老婆分手之后，就准备来这招儿，而你亲热地留着我这个情妇，是临时顶缺吧？你真是个十足的恶棍！”

杜洛华问道：

“干吗这么说呢？我老婆欺骗我，让我逮住了。我正当离了婚，要再娶一个。这不是极其自然的事吗？”

她气得浑身发抖，咕哝道：

“哼！你这个人，太狡诈太危险啦！”

他又微笑道：

“当然啦！蠢人和傻瓜才总是上当的货！”

少妇还顺着自己的思路：

“一开始我就应当识破你，可我就是难以相信，你竟然是这样一个淫棍！”

他端起架子，说道：

“请你注意你的用词。”

她立刻反击他这种指责：

“什么？现在你还想让我对你客客气气地说话！从我认识你的那天起，你对我就像个无赖，现在还大言不惭，不让我当你面讲出来？你欺骗所有人，利用所有人，到处捞钱，到处寻欢作乐，你还想让我把你当成正派人吗？”

杜洛华站起来，气得嘴唇发抖：

“闭嘴，要不然，我就把你赶出去。”

少妇气得结巴起来：

“赶出去……赶出去……你要把我从这里赶出去……你……就你？……”

她气得岔了气，说不出话来了，继而，她的怒火好像突然冲破大门，喷射而出：

“滚出去？……你倒忘了，这套房子，从租下的那一天起，就是我付的钱。哦，不错，有一段时间，你的确自己付了房钱。然而，究竟是谁租的呢？……是我……是谁一直保留着它？……还是我……而你却要把我赶出去！……闭起你的嘴，无赖！你以为我不知道，你是怎样将沃德莱克的遗产，从玛德莱娜手中榨取来一半吗？你以为我不知道，你怎么跟苏珊娜睡觉，好迫使她嫁给你吗？……”

杜洛华两手抓住她的肩膀，用力摇晃：

“不要扯上这一个！我不允许！”

少妇嚷道：

“你就是和她睡觉了，这我知道。”

说什么他都接受，唯独捏造这种事，令他怒不可遏。刚才少妇冲着他的脸嚷出那些事实，已经让他在心里憋了很大火，现在又捏造这种事，侮辱即将做他妻子的这个小姑娘，便刺激他的手掌产生打人的欲望了。

他重复道：

“住口……小心点儿……住口……”

他猛力摇晃她，就像摇撼树枝，好把果子摇落那样。

她用力嚎叫，帽子也掉了，嘴张得老大，眼神就跟疯了一样：

“你就是和她睡过觉……”

他放开手，狠命扇了她一个大耳光，把她扇倒在墙脚下。可是，她又转过身来，用手腕支起身子，又冲他骂道：

“你就是和她睡过觉！”

杜洛华扑过去，骑到她身上，左右开弓，大打出手，就像揍一个男人。

她忽然住口了，在拳头下开始呻吟。她也不动弹了，把脸藏在墙壁和地板的接口处，连声哀叫起来。

杜洛华不再打了，他站起来，在屋里走了几步，以便冷静下来。他忽然有了个主意，到卧室拿脸盆，放满冷水，将头浸到盆里，然后再洗洗手，一边细心地擦干手指，一边回去瞧瞧她在做什么。

她没有动窝儿，一直躺在那儿啜泣。

他问道：

“你这样哭天抹泪的，还有完没完？”

她不应声。杜洛华站在屋子中央，面对倒在地上的这个躯体，不禁有点尴尬，有点惭愧。

他猛然把心一横，从壁炉上抓起帽子，说了声：

“晚安，你准备走的时候，将钥匙交给门房，我可不恭候你的旨意了。”

他走出去，随手带上门，到小屋对门房说：

“太太还在屋里，等一会儿就走。您告诉房东，十月一日我解除租约。今天是八月十六日，还在规定的期限内。”

说完，他大步流星地走了，急着去置办给新娘的礼物，还差几样东西要买齐。

婚礼定于十月二十日议会复会之后，在玛德莱娜教堂举行。大家虽然不确切了解真相，但还是纷纷议论，好几种说法不胫而走，也有人私下讲，出了诱拐的事情，可又什么事都不敢一口咬定。

据仆人讲，那天半夜，主人将女儿送进修道院，然后决定了这桩婚事，当时华尔特夫人气得服了毒,她再也不同未婚女婿说话了。

夫人抬回来时几乎咽气了,肯定再也不能复原了。现在她看上去像个老太婆,头发全花白了,一心投在宗教上,每礼拜天都去领圣体。

九月初,《法兰西生活报》登出消息:杜洛华·德·康泰尔男爵升任总编,华尔特仍保留社长的头衔。

这阵子,报社又添了一大批人手,有著名的专栏作者、社会新闻记者、政治评论员、艺术和戏剧评论家等,都是出大价码,从各大报社和实力雄厚而稳健的老报社挖来的。

那些资深的报人、受人尊敬的严肃报人,谈起《法兰西生活报》也不再耸肩了。这家报纸全面而迅速的成功,打消了严肃作者当初对它的低估。

这家报纸总编的婚姻,自然是人们所说的巴黎要闻,尤其这段时间以来,乔治·杜洛华和华尔特一家引起人们极大的关注。所有上过社会新闻栏的名流,都打算去参加婚礼。

庆典在一个晴朗的秋日举行。

从早晨八点钟,玛德莱娜教堂神职人员便一齐动手,在俯临王宫街的高台阶铺上宽宽的红地毯,暂停行人通过,并向巴黎民众宣布,这里即将举行盛大的婚礼仪式。

上班通过这里的职员、年轻女士、商店伙计,都停下来看热闹,心里揣度,富人男女结婚要花多少钱。

将近十点钟,看热闹的人开始聚拢,以为仪式也许马上就开始了,等了几分钟又走开了。

十一点钟,几队警察开来,立即疏散聚拢的人群。

不久,应邀参加婚礼的首批客人到了,他们想占个好位置,坐到主殿靠通道的椅子上。

其他宾客陆续到了,女士衣裙,发出绫罗绸缎的声响;男人神态严肃,一个个几乎全秃了顶,走路的姿势都有上流社会的派头,在这种场合尤为显得庄重。

教堂里渐渐坐满了。阳光从敞开的正门射进来,照亮坐在头几排的亲朋好友。主祭坛显得有些昏暗,那里点满了大蜡烛,可是比起正对着大门射进来的一大束阳光,就显得幽幽而惨淡了。

相识之人,彼此打招呼,或者聚到一起。文人不像上流社会人士那么拘礼,他们低声交谈。有人眼睛专注视女子。

诺尔贝·德·瓦莱纳游目寻找朋友,望见雅克·里瓦乐坐在排椅中间,便过去相会。

“嘿！”里瓦乐说道，“未来属于机灵鬼！”

另一个丝毫也不羡慕，答道：“这对他再好不过了。他这辈子也就足够了。”接着，他们开始指指点点，随口说出一些在场者的名字。

里瓦乐问道：

“您知道吗，他那老婆现在怎么样啦？”

诗人微笑道：

“知道的不多。听说她深居简出，现在住在蒙马特区。不过……这里要加一个‘不过’……近来，我看《鹅毛笔》上刊登的一些政论文章，酷似弗雷吉埃和杜洛华的文笔。那些文章署名让·勒道尔，是个英俊而聪明的青年，和我们的朋友杜洛华是同一类人，他结识了杜洛华的前妻。从而我得出一个结论：那女人喜欢新手，并且永远爱他们。再说，她很富有，沃德莱克和拉罗什-马提厄，也都不是空手做她家的常客。”

里瓦乐认为：

“她一定不错，那个小玛德莱娜，人非常精明，又非常狡猾。她脱了衣裳肯定很迷人。对了，您说说看，杜洛华在宣判离婚之后，怎么还能在教堂举行婚礼呢？”

诺尔贝·德·瓦莱纳答道：

“他能在教堂举行婚礼，因为对教堂来说，他那第一次并不算结婚。”

“怎么会这样呢？”

“我们的帅哥儿娶玛德莱娜·弗雷吉埃的时候，不知是出于无所谓还是考虑节省，认为只到区政府登记就成了，因而没有接受神父的祝福，这对我们的圣母——教会来说，只构成同居的关系。因此，他今天仍作为童男来到圣母面前，教会也就向他提供豪华的排场，让华尔特老头儿破费一大笔。”

教堂的拱顶下人越多，喧闹声也就越大了，可以听见有些人说话嗓门儿相当高。有人指点议论名人。那些名人则摆出名人派头。他们为惹人注目而得意，越发刻意保持在大庭广众之中应有的姿态。他们已经习惯于出席各种盛大庆典，觉得自己是这类场合的点缀，就像艺术装饰品一样。

里瓦乐又问道：

“亲爱的，您常去老板家，您说说看，华尔特夫人和杜洛华彼此都不说话，这是真的吗？”

“对，绝不讲话了。夫人不愿意把小女儿嫁给他。然而，杜洛华抓住了那位父亲的把柄，以发现的尸体相威胁，据说是埋在摩洛哥的尸体，威胁老头子要无情地揭露出来。华尔特想起拉罗什-马提厄的事例，就立刻让步了。然而，那位母亲同所有女人一样，还固执己见，赌咒发誓再也不同她女婿说话了。他们二人面对面的情景，简直滑稽极了。夫人好似一尊雕像，复仇女神的雕像；杜洛华则十分尴尬，不过，他那人善于控制自己，还是极力保持泰然自若的样子！”

一些同仁前来同他们握手。政治问题的交谈，片言只语传到耳畔。而聚集在教堂前的民众的喧嚣，则像远处传来的海涛声模糊不清，同阳光一起从正门涌入教堂，升到拱顶，覆盖住聚在圣殿里的精英们更为审慎的喧嚣声。

突然，教堂侍卫用大戟在厚木地板上敲击三声。在场的人都转过身去，弄得衣裙，椅子吱咯吱咯响了一阵。新娘挽着父亲的手臂，出现在教堂大门耀眼的阳光里。

她的样子仍然像个玩具娃娃，像个头戴橘花冠、浑身雪白的美妙的玩具娃娃。

她在门口停了片刻，接着向大殿跨进第一步，与此同时，管风琴猛然一声巨响，以其金属的洪亮声音，宣布新娘进入教堂。

她低头走过来，但毫无羞怯之态，只是微微有些激动，显得又可爱又迷人，是个娇小的新娘。大家看着她走过，女宾们微笑着窃窃私语，男宾们则低声赞叹：“美妙极了，可爱极了。”华尔特先生脸色有点苍白，鼻子上平稳地架着眼镜，走路的那种庄严神态，未免有点做作。

他们身后跟着四名女傧相，都穿着一色粉红衣裙，四个都那么美丽，组成这位珠宝王后的侍从。四名男傧相也都是严格挑选出来的，都符合这种角色，那种整齐的步伐，就好像有芭蕾舞教师在指挥。

接着便是华尔特夫人，由另一个女婿的父亲挽着手臂，即已七十二岁的德·拉杜尔·伊沃兰侯爵。现在，华尔特夫人不是在走路，而是拖着脚步，仿佛向前挪一挪就要摔倒，叫人感到她的双脚粘在石板地上，双腿不听使唤，她的心也跳得厉害，犹如一只野兽要跳出她的胸膛逃走。

她明显消瘦了，斑斑白发衬得她的脸色更加苍白，面颊更为凹陷了。

她目视前方，不看任何人，也许只在想折磨她的那件事。

接下来便是乔治·杜洛华和一位陌生的老妇人。

他昂着头，也不左顾右盼，严峻的目光直视前方，微微皱着眉头，唇上的小胡子好像要冲起来。他在众人眼里是个美男子，神气十足，身材修长，双腿挺拔。那套礼服非常合身，佩戴的荣誉团勋章小红绶带，仿佛沾在礼服上的一滴鲜血。

随后而来的是亲属：六周前结了婚的萝丝和参议员里索兰·德·拉杜尔·伊沃兰伯爵和德·佩什穆尔子爵夫人。

殿后的队列颇为稀奇古怪，是杜洛华介绍到他新家庭来的盟友和朋友，那些立即成为他密友的巴黎半上流社会的有名人物，以及暴发户所必有的那些远亲，降级的、破了产的、名誉有污点的贵族，其中结了婚的就更糟了，有德·贝勒维涅先生、德·邦若兰侯爵、德·拉沃奈尔伯爵夫妇、拉莫拉诺公爵、克拉瓦洛夫亲王、瓦雷阿利骑士，以及华尔特的客人：盖尔什亲王、费拉西纳公爵夫妇、美丽的德·杜纳侯爵夫人。在这队列中，华尔特夫人的几位亲戚，还保留正宗的外省风范。

管风琴一直在鸣奏，从巨大的体魄、亮晶晶的喉咙里，有节奏地发出洪亮的声响，正是向天喊出的人类的欢乐和痛苦。两扇大门重又关闭，教堂里骤然一片昏暗，就好像刚把太阳赶出了大门。

现在，乔治和他妻子面对烛火通明的神坛，并排跪在主祭台上。从丹吉尔新来的主教走出圣器室，他头戴主教冠，手执法杖，要以上帝的名义把他俩结合起来。

主教按惯例提完问题，让二人交换了戒指，又向新婚夫妇发表基督教式的祝词。他讲话像链条一般连续不断，用夸饰的语言大谈特谈彼此的忠实。这位主教又高又胖，是以便便大腹显示威严的那种仪表堂堂的高级神父。

忽听一阵哭泣声，几个人回过头去，原来是华尔特夫人掩面而泣。

她不得已而让步。她不让步又有什么办法呢？不过，她把归来的女儿赶出房间，不肯拥抱和亲吻自己的女儿。杜洛华重新露面，恭恭敬敬向她施礼时，她以极低的声音对他说："您是我认识的最卑鄙无耻的小人，今后再也不要同我说话了。我绝不会搭理您！"从那一天起，她就受着痛苦的折磨，既难以忍受又难以平息。她恨苏珊娜，恨之入骨，这仇恨中既有激增炽烈的痴情，又有心痛欲裂的嫉妒。而这嫉妒是多么奇特，是以母亲和情敌的双重身份，不可告人而又凶狠异常，就像新创的伤口那样灼痛。

可是在这教堂里，一位主教面对两千人，并当着她本人的面，正将她女儿和她情夫结为夫妻！她却什么也不能说！她却不能阻止！她却不能大喊一声："喂，这个男人是我的，他是我的情夫。您祝福的这一结合是耻辱的！"

好几位女宾颇为感动，低声说道："可怜的母亲，她多么激动啊。"

主教朗声说道："你们是大地上最幸福的人，也是最富有和最受尊敬的人。您，先生，您才华出众，您写文章教导、规劝、指引芸芸众生，您要完成美好的使命，要为世人做出光辉的典范……"

杜洛华听得心花怒放，如醉如痴。罗马教会的一位高级神职人员，竟如此盛赞他。他感到身后有一大群人，是为他而来的一大群名人。他觉得有一股力量在推动他，托举他，而他，身为康泰勒两个穷苦乡下人的儿子，正在变成大地的一个主宰。

父母的影像忽又浮现在他眼前，他们在鲁昂附近的大河谷之上的山顶，在简陋的小酒馆里，正给当地的老乡倒酒。他继承了德·沃德莱克的遗产时，给他们寄过去五千法郎。这回，他要给他们寄去五万法郎。他们可以用来置一块地，过上满足而幸福的生活。

主教已经讲完长篇祝词。一位披着金色襟带的神父登上神坛。管插入第12幅图风琴再次奏响,歌颂这对新婚夫妇。

不大会儿工夫,管风琴发出持续不断的轰鸣,如同惊涛骇浪,而声浪威力无比,势欲掀起屋顶,响彻蓝天。嗡鸣之声充斥教堂,震撼着人的肉体和心灵。继而,琴声忽又平静下来,变为纤巧轻快的音符,在空中驰骋,犹如清风拂着耳畔。这是优美柔和的乐段,像鸟儿一样跳跃飞舞。忽然,这纤巧的音乐又变得厚重了,力度和响度大得惊人,就好比一颗沙粒化为一个世界。

接着又响起歌声,在人们低垂的头上流荡,那是巴黎歌剧院的沃里和朗代克在歌唱。香炉里散发着安息香的清香,神坛上的祝圣仪式即将完成。由教士呼唤的耶稣基督降临人世,为乔治·杜洛华男爵的大喜事祝圣。

帅哥儿跪在苏珊娜身边,低垂着额头,此时此刻,他几乎感到自己成为信徒,成为修道士,心里充满了感激,感谢神灵如此施惠,保佑他成功。他不大清楚究竟应当感谢谁,就只能感谢神灵了。

仪式结束了,他站起身,让妻子挽着手臂,一同走进圣器室。这时,参加婚礼的宾客排起长龙,鱼贯走过来祝贺。乔治简直乐疯了,自以为是国王,正在接受万民的欢呼。他同来祝贺的客人一一握手,说两句毫无意义的应酬话,回谢客人的祝贺:"感谢您的光临。"

忽然,他望见了德·玛海勒夫人,于是想起他们所有的亲吻,想起他们每次爱抚的情景,想起她的亲热、声调和嘴唇的味道,不禁热血沸腾,忽然有了同她重修旧好的愿望。她美丽,优雅,眼睛特别有神,像个淘气的孩子。乔治想:"平心而论,她是多么迷人的情妇啊!"

德·玛海勒夫人走过来,她有点胆怯,有点不安,向他伸出手去。乔治握住她的手,没有立刻放开,他感到了她手指的谨慎呼唤,以及表示原谅与和好的轻轻一按。他则紧紧握住这只小手,似乎表明:"我永远爱你,我是你的。"

二人的目光相遇,都含着微笑,眼神放光,充满了情爱。少妇甜美地低声说道:"回见,先生!"

乔治喜形于色,答道:"回见,夫人!"

少妇走了。

其余宾客簇拥着,似一条长河,从他面前流过。终于,人渐渐稀少了,最后一批也走了。

乔治又挽起苏珊娜的手臂,再次穿过教堂。

教堂仍然座无虚席,每个人都回到了原座,他们要看着新婚夫妇走过去。乔治脚步沉稳，头高高扬起，眼睛注视着正门那阳光灿烂的大海湾，只觉得浑身微微战栗：这种冷战恰恰是由巨大的幸福引发的。他不看任何人，一心想着自己。

他走到门口，望见聚集的人群，黑压压一片，沸反盈天，他们全是为他而来，为他乔治·杜洛华而来。巴黎民众无不瞻仰他，羡慕他。

他又举目眺望，望见和谐广场那边的众议院，觉得自己只要纵身一跃，就能从玛德莱娜教堂的大门跃到波旁宫①的大门。

他穿过围观的人群，缓步走下高高的台阶。这些人他都视而不见。他的思想又回到从前，在令他目眩的灿烂阳光下，眼前又浮现德·玛海勒夫人的倩影，只见她正对着穿衣镜，整理她每次起床都会凌乱的鬓角小发卷。

① 法国议会所在地。

# 作者年表

1850 年　8 月 5 日出生于诺曼底米洛美尼尔城堡的一个小贵族家庭。父亲名叫居斯塔夫·德·莫泊桑。母亲名叫洛尔·勒·普瓦特温。

1851 年　8 月 17 日在教堂接受洗礼。

1854 年　全家定居于塞纳河滨海省格兰维尔-伊莫维尔庄园中。这个庄园为莫泊桑后来写的小说《一生》提供了背景。

1856 年　5 月 19 日胞弟艾尔维·德·莫泊桑出生。

1859 年　全家离开诺曼底前往巴黎谋生。10 月莫泊桑进入拿破仑公学读书。

1860 年　夏季,母亲携二子回到诺曼底埃特尔塔的维尔基别墅居住。年底,莫泊桑离开拿破仑公学;父母因感情不和而协议分居。

1861—1862 年　埃特尔塔教区的欧布尔教士为莫泊桑两兄弟担任家教。

1863 年　进入伊夫托修道院办的学校六年级读书,开始创作第一部诗集。

1866 年　暑假中搭救了溺水的英国诗人、文学批评家斯文伯恩,受到对方的热情款待。

1868 年　由于写了一首有蔑视教会的诗被教会学校开除。在母亲辅导下读完高中二年课程,10 月进入鲁昂中学。在创作上开始受到诗人路易·布耶和小说家福楼拜的栽培。

1869 年　7 月 18 日路易·布耶去世。7 月 27 日通过中学毕业会考并获得克安大学文学学士。10 月赴巴黎攻读法律专业,受叔本华的哲学思想影响颇深。

1870 年　7 月普法战争爆发,应征入伍。在战争中的经历成了他日后写作的重要素材。

1871 年　9 月退伍复员。

1872 年　3 月进入海军部工作。10 月被任命为殖民地管理处的临时雇员，但没有薪水。工作之余继续学习法律。

1873 年　2 月正式领薪水，开始了公务员生涯。在福楼拜的指导下开始学习小说创作。

1874 年　冬季在福楼拜寓所结识了屠格涅夫、都德、左拉、龚古尔等著名作家。

1875 年　创作历史诗剧《鲁恩伯爵夫人的背叛》。4 月在一群朋友中不公开上演黄色滑稽剧《玫瑰花瓣·土耳其人之家》。短篇恐怖小说《剥皮的手》在《洛林季风桥年鉴》上发表，莫泊桑署名为约瑟夫·普律尼埃。

1876 年　3 月在《文学共和国》上以居伊·德·华勒蒙的笔名发表诗歌《水边》。10 月到法国南部诉安蒂伯居住。完成独幕诗剧《排演》。结识阿莱克斯、瑟阿尔、厄尼克、于斯曼等青年作家，以左拉为偶像经常出入巴黎郊区左拉的梅塘别墅聚会，号称"梅塘集团"。开始出现脱发症。

1877 年　2 月完成剧本《鲁恩伯爵夫人的背叛》。4 月 16 日与阿莱克斯、瑟阿尔、厄尼克、于斯曼等青年作家在特拉普饭店举办自然主义作家晚宴，左拉、福楼拜、龚古尔等著名作家出席。这次聚餐成了自然主义诞生的标志。5 月《玫瑰花瓣·土耳其人之家》在贝克剧场上演。8 月被医生诊断患有恶疾，经海军部准假，赴瑞士洛埃施进行温泉治疗。12 月打算写小说《一生》。

1878 年　1 月完成对剧本《鲁恩伯爵夫人的背叛》的修改，但该剧未能上演。

1879 年　2 月 1 日到公共教育部任职。2 月 19 日剧本《旧日的故事》在巴朗德剧院首演。3 月 10 日剧本《旧日的故事》出版。夏季，"梅塘集团"6 位作家约定以普法战争为背景，各自创作一篇小说，并以《梅塘之夜》为总题名合集出版。被授予学术界奖章（莫泊桑一生中唯一的一次）。10 月 28 日在《文学共和国》上发表文章《居斯塔夫·福楼拜》。12 月在《现代与自然主义者杂志》上发表诗歌《一位少女》（即 1876 年发表的《水边》），埃塘泊法庭认为该诗有伤风化，传令莫泊桑出庭，福楼拜出面干预并劝告莫泊桑。

1880 年　2 月 14 日到埃塘泊法庭候审，26 日总检察长写信给法兰西检察官，依法提出免予起诉的命令。4 月 17 日小说合集《梅塘之夜》出版，莫泊桑的短篇小说《羊脂球》轰动文坛。几天后其诗集也相继出版。5 月 8 日福楼拜患中风去世。5 月 30 日中篇小说《一个巴黎市民的星期天》开始在《高卢人报》上连载。6 月 1 日教育部准许莫泊桑六个月假期，莫泊桑赴科西嘉旅行，写成短篇小说《科西嘉的强盗》，莫泊桑从此离职成为专职作家。8月结识克蕾芒丝女士。

1881年 从克劳札勒街搬至巴蒂涅奥勒地区的都隆街83号居住。5月小说集《泰利埃妓馆》出版，《一个农场女佣的故事》、《一家人》等8篇中短篇小说问世。7—9月，作为《高卢人报》特派记者赴北非阿尔及利亚等地参观访问。从这年开始，长期为《吉尔·布拉斯报》等多种报刊撰稿，直至1891年。

1882年 5月小说集《菲菲小姐》出版，《女疯子》、《一个诺曼底佬》、《皮埃罗》等短篇小说问世。夏天到布列塔尼旅行。

1883年 2月27日与约瑟芬·利泽尔曼的私生子在巴黎出生。3月在《当代名流》上发表研究左拉的文章。4月第一部长篇小说《一生》出版。小说集《菲菲小姐》(增订版)、《山鹬的故事》、《月光》等先后出版，《骑马》、《我的叔叔于勒》、《两个朋友》、《米隆老爹》、《勋章到手了！》、《珠宝》、《绳子》等短篇佳作问世。这年遭受眼疾、偏头痛、神经痛等多种疾病的折磨。

1884年 离开都隆街到蒙夏宁居住。相继出版游记《阳光下》，小说集《哈丽特小姐》和《隆多丽姊妹》、《项链》、《伞》、《幸福》、《遗产》、《衣橱》、《小酒桶》、《俘虏》、《散步》、《索瓦热老婆婆》等多部短篇佳作问世。

1885年 3月小说集《白天与夜晚的故事》出版。4月长篇小说《漂亮朋友》开始在《吉尔·布拉斯报》上连载。4—6月与画家热尔韦等人出游意大利西西里等地，购买游艇并命名为“漂亮朋友”号。5月长篇小说《漂亮朋友》单行本出版。12月小说集《帕朗先生》出版。

1886年 1月19日胞弟艾尔维与玛丽-苔莱丝完婚。1月小说集《图瓦》出版。5月小说集《小罗克》出版。12月下旬长篇小说《温泉》开始在《吉尔·布拉斯报》上连载。年底，应罗思柴尔德男爵邀请，访问英国。

1887年 1月长篇小说《温泉》出版。5月小说集《奥尔拉》出版。夏天到伦敦、牛津等地游览。9月撰写论文《小说研究》和长篇小说《彼尔与若望》的部分。10月至次年1月前往北非旅行。

1888年 1月《小说研究》在《费加罗报》的文艺副刊上发表，长篇小说《彼尔与若望》出版。同年出版《在水上》、《于松夫人的蔷薇》。11—12月乘“漂亮朋友”号游艇出游，途经热那亚、那不勒斯、阿尔及利亚、突尼斯等地。

1889 年 2 月小说集《左手》出版。5 月长篇小说《如死一般强》出版。8 月艾尔维精神病发作，莫泊桑将其送往医院治疗。9—10 月乘“漂亮朋友”号游艇再次出游，访问突尼斯、意大利。11 月 13 日胞弟艾尔维病故。文论《十九世纪小说发展》在 1899 年《博览》杂志上发表。这年莫泊桑身体状况每况愈下，出现严重的幻觉现象。

1890 年 3 月游记《漂泊的日子》出版。4 月短篇小说集《无益的美》出版。6 月长篇小说《我们的心灵》出版。由于病情日益恶化，原定本年度出访西班牙与埃及的计划被迫取消，但年内多次接待一位神秘的“穿灰衣的女人”。性格变坏，经常发脾气，与维克多·雨果大道的新居的房主打官司，借口是房子太吵闹。

1891 年 3 月与人合写的三幕剧《穆索特》在吉姆纳斯剧场首演成功。6 月到狄沃纳、香泊勒等地温泉治疗。12 月身体各部位剧烈疼痛，难以忍受，几乎到了要疯狂的地步。圣诞节前与他巴黎的两位女友玛丽·卜纳、阿尔伯·卡安到圣-玛格丽特岛过节。

1892 年 新年元旦在尼斯他母亲家用晚餐。1 月 2 日深夜试图割断喉咙自杀。1 月 8 日作为精神病人被送进巴黎帕西医院就治。

1893 年 7 月 6 日因精神病严重发作，与世长辞。7 月 8 日其遗体被埋葬在巴黎蒙巴纳斯公墓的第二十六区里。

## 外国文学名著名译丛书

主编：刘硕良　郑纳新

### 第一辑

堂吉诃德（上、下）　（西班牙）塞万提斯著，董燕生译
十日谈（上、下）　（意）薄伽丘著，肖天佑译
神曲　（意）但丁著，张曙光译
茶花女　（法）小仲马著，胡小跃译
欧也妮·葛朗台　（法）巴尔扎克著，罗国林译
高老头　（法）巴尔扎克著，管筱明译
红与黑　（法）斯当达著，罗新璋译
巴黎圣母院　（法）雨果著，李玉民译
包法利夫人　（法）福楼拜著，管筱明译
羊脂球　（法）莫泊桑著，李玉民译
呼啸山庄　（英）艾米莉·勃朗特著，沈东子译
苔丝　（英）托马斯·哈代著，黄健人译
大卫·科波菲尔（上、下）　（英）狄更斯著，石定乐、石定柔译
少年维特的烦恼　（德）歌德著，杨武能译
安娜·卡列尼娜（上、下）　（俄）托尔斯泰著，力冈译
飘（上、下）　（美）玛格丽特·米切尔著，黄健人译

### 第二辑

格林童话全集（上、下）　（德）格林兄弟著，杨武能译
豪夫童话全集　（德）威廉·豪夫著，杨武能译
爱丽丝漫游奇境　（英）刘易斯·卡罗尔著，黄健人译
刨根问底的故事　（英）吉卜林著，邱仪译
小王子　（法）圣-埃克絮贝里著，李玉民译
安徒生经典童话与故事　（丹麦）安徒生著，石琴娥译
骑鹅历险记　（瑞典）塞尔玛·拉格洛夫著，石琴娥编译
爱的教育　（意）亚米契斯著，夏丏尊译
汤姆·索耶历险记　（美）马克·吐温著，莫雅平译
哈克贝利·费恩历险记　（美）马克·吐温著，饶健华译